KB062640

쓰바키야마 과장의 7일간

쓴바키야마 과장의 7일간

아사다 지로 장편소설

이선희 옮김

창해

: 차례 :

사라꽃 피는 길

생각이 안 난다.

아무리 머릿속을 헤집어봐도 생각이 안 난다…….

순백의 꽃을 매달고 있는 사라수(沙羅樹. 이엽시과의 상록 교목. 부처님이 쿠시나가라의 사라수 사이에서 열반에 드셨다) 가로수 길을 걸어가면서 쓰바키야마 가즈아키는 끊임없이 생각에 생각을 거듭했다.

여기가 대체 어디일까? 나는 지금 어디로 가고 있는 것일까?

지평선까지 똑바로 이어져 있는, 편도 삼차선의 넓은 도로에는 가끔 느릿한 속도로 차가 지나간다. 도로를 걸어가고 있는 사람들의 그림자는 드문드문하고, 그들 역시 느릿한 걸음걸이로 똑같은 보폭을 유지하고 있다.

문득 자신도 똑같은 보폭으로 걷고 있다는 사실을 깨닫고 쓰바키야마는 사라수 옆에 멈추어 서서, 싱그러운 초록의 이파리를 올려다보며 잠시 생각에 잠겼다. 사라수는 원래 이렇게 큰

나무일까? 그러고 보니 집 현관 앞에 있던 사라수도 새하얀 꽃망울을 터뜨리고 있었다.

그제야 겨우 그의 머릿속에 오늘 하루의 시작이 떠올랐다. 그것은 아침에 집을 나서는 길에 현관 앞에서 나눈 아내와의 대화였다.

'이거 동백나무야?'

'아니에요. 사라수라고 하던걸요.'

'사라수? 흐음, 처음 듣는 이름인데 꽃이 아주 예쁘군.'

'전에 이 집에 살던 사람이, 이 나무는 초여름이 되면 눈부실 정도로 새하얀 꽃이 피니까 가지를 자르지 말라고 했어요.'

더할 나위 없이 행복한 아침이었다. 자신보다 정확히 열두 살 연하인 띠동갑의 아내는 교외에 있는 단독주택으로 이사하고 나서 한층 더 젊어 보였다. 전학하기 싫다고 울음을 터뜨리던 아들도 아파트에 살던 때보다 눈에 띄게 활발해진 것 같았다.

그는 언덕 밑에 있는 갈림길까지 아들의 손을 잡고 걸었다.

'오늘 빨리 오세요. 어제 하던 게임, 오늘도 같이 해야 돼요!'

2학년으로 올라가자 아이의 어깨에서 힘겹게만 보이던 책가방도 이제는 한결 안정되어 보인다.

'오늘은 안 돼. 중요한 거래처와 식사하기로 했거든.'

'또요?'

아들은 마치 어른처럼 깊은 한숨을 내쉬었다.

'술을 너무 많이 마시지 마세요. 아빠 혈압 높잖아요.'

아내와 똑같은 말투로 말하고 아들은 작은 손을 놓았다.

'그럼 최대한 빨리 오세요.'

언덕길을 내려오며 그는 몇 번이나 아들을 돌아보았다.

'그러다 지각하겠어요. 빨리 가세요!'

오늘따라 아들은 왜 갈림길에 우두커니 서서 자신을 바라보고 있었을까?

그러고 나서⋯⋯.

그는 가지가 부러질 듯이 한껏 매달려 있는 사라꽃을 올려다보며 생각했다.

'초여름 대 바겐세일'의 첫날. 다른 백화점에서는 도저히 흉내도 낼 수 없는, 말 그대로 특별한 바겐세일이다. 해마다 이 세일 기간엔 입이 딱 벌어질 정도의 목표가 부과되는데, 여성복 부문 상반기 매출목표를 달성하느냐 달성하지 못하느냐가 이 일주일에 달려 있다고 해도 과언이 아니다. 따라서 이번 바겐세일 동안엔 하루도 쉬는 날이 없었다.

아무리 그래도 전년에 비해 매출 실적이 10퍼센트나 떨어진 요즘 같은 시기에 전년 대비 120퍼센트라는 목표는 무모하기 짝이 없었다. 대체 어떤 근거로 그런 목표가 나왔느냐고, 지난주 회의시간에 그는 부장에게 따지듯이 물었다. 만약에 목표를 달성하지 못하면 매장담당과장인 그가 제1급 전범戰犯 취급을 받을 것은 불을 보듯 뻔한 노릇이었다. 여성복 매출의 약 40퍼센트를, 젊은 미시족과 커리어우먼을 고객으로 하는 여성복 제1과가 담당하고 있었기 때문이다.

그렇다고 이제 와서 정해진 목표를 뒤집을 수는 없다. 경기가 좋은 시절에는 담당과장이 매주 자발적으로 목표를 정하고 거의 목표대로 매출을 달성했지만, 최근에는 그의 관할 밖인 부장회의에서 목표가 정해졌다. 그렇다면 실로 편안하게 일하고 무난하게 승진한 미카미 부장에 비해 후임자인 그에게 매장담당과장이라는 직무는 최악의 운명이라고 할 수 있으리라.

무리한 목표를 달성하면 수훈감이라며 미카미 부장은 너털웃음을 지었다. 그러나 그것은 더 이상 있을 수 없는 일이다. 해를 거듭할수록 매출이 떨어지고 있어서, 이제는 패색이 짙은 백화점이라는 전쟁터에서 처벌감은 있어도 수훈감은 있을 수 없다. 실제로 최근 몇 년 동안 대부분의 매장담당과장은 1년 만에 목이 잘려서 지방에 있는 지점이나 계열사로 좌천되었다. 이거야말로 매출 하락을 빙자한 구조조정이 아니고 뭐란 말인가.

미카미 부장에게 기세등등하게 말하고 나서 3층의 매장으로 가는 엘리베이터 안에서 그는 잠시 지난날을 되돌아보았다.

그는 마흔여섯이라는 느지막한 나이에 본점의 여성복 과장이 되었다. 여성복과 과장은 백화점맨의 꽃이라고 할 수 있다. 고졸高卒 동기생이 모두 배송이나 검품檢品, 총무 일에서 벗어나지 못하고 있는 가운데 그의 '출세'는 이례적이라고 할 수 있었다. 그것을 계기로 조금 낡긴 했지만 자그마한 단독주택도 구입했다. 그는 더 이상 출세하고 싶은 마음도 없었지만 여기서 쓰러질 수도 없었다. 오랜 분투 끝에 손에 쥔 작은 행복을 빼앗기고 싶지 않았기 때문이다.

입사 연도로 보면 한참 후배인 부장에게 그는 가격표를 붙이는 방법부터 짐차를 조종하는 방법까지 전부 가르쳐주었다. 그런데도 어깨를 나란히 할 틈도 없이 부장에게 추월당해버린 것은 능력의 차이 때문이 아니라 부장이 게이오 대학 경제학과를 졸업한 백화점 업계의 간부후보생이었기 때문이다.

그런 불합리한 상황에 무릎을 꿇을 수는 없었다.

아침 열 시. 운명의 막은 가차없이 올라갔다.

결코 과장된 말이 아니라 바겐세일 첫날의 예상 매출액은 주말 하루보다도 크다. 즉, 백화점의 중점판매상품은 광고 효과에 의존하기 때문에, 첫날의 매상으로 일주일의 대세를 거의 예측할 수 있는 것이다.

이번 특별 바겐세일이 실패하면 상반기의 매출목표 달성은 거의 불가능해진다. 그리고 연말까지 부진한 실적을 만회하지 못하면 그에게 '내년'은 없다.

여덟 명의 여직원과 서른 명의 파견직원 한 사람 한 사람에게 이번 세일의 중요성을 일일이 설파하고 싶은 기분이었지만, 자세한 지시 사항은 시마다 계장에게 맡겨놓았다. 나이도 젊은 데다가 키도 크고 일본인답지 않은 용모의 시마다는 1910년대부터 정면 계단의 층계참에 우뚝 서 있는 로마 시대의 조각품을 닮았다. 매장에서 싸우는 여자 병사들을 움직이는 건 쓰바키야마의 불퉁한 얼굴이 아니라 바로 시마다의 상큼한 미소였던 것이다.

백화점의 문이 열리자마자 손님들이 밀물처럼 밀려들었다. 오전 열한 시에 계산대를 점검하고 난 그는 승리를 확신했다.

"가장 잘 팔리는 물건은 뭔가?"

"에스컬레이터 옆에 있는 염가 상품과 특별 매장에 있는 1만 엔짜리 균일가 상품입니다."

시마다는 에스컬레이터 앞에서 북새통을 이루고 있는 사람들을 가리키며 대답했다.

"총알은?"

"오늘 하루는 그럭저럭 버틸 것 같습니다만."

광고에 게재한 상품이 히트를 치고 있다. 염가 상품으로 내놓은 여름용 니트와 블라우스, 그리고 8층 세일장에 준비한 1만 엔짜리 균일가 상품인 정장과 원피스다. 양쪽 다 거의 이익을 무시한 협찬 상품이기 때문에 수량은 한정되어 있다.

"거래처에 연락할까요?"

"아니, 내가 할게. 지금은 어떻게든 물건을 받아내야 하니까."

협찬 상품을 더 내놓으라고 억지를 부리는 일은 젊은 시마다에겐 역부족이었다. 그는 쇼 케이스 뒤에서 몸을 웅크리고 거래처의 담당자들에게 닥치는 대로 전화를 걸었다.

"어렵다는 건 누구보다 잘 알고 있네. 하지만 자네와 나 사이에 그 정도는 해줄 수 있지 않나? 아무튼 샘플이라도 좋고 작년 상품이라도 좋으니까 폐점할 때까지 정장 100벌만 더 부탁하네. 내가 얼마나 답답하면 이렇게 통사정하겠나? 다른 거래처에서도 다들 협조해주고 있다구."

인간만사 새옹지마란 말이 지금처럼 절실하게 가슴을 울린 적은 없었다. 경기가 좋던 시절에는 백화점 쪽에서 이렇게 고개를 숙이고 사정할 필요가 없었다. 양복 등에 땀이 배어나올 정도로 그는 오랫동안 쭈그리고 앉아 긴급 납품 교섭을 계속했다.

체중을 조금 줄이지 않으면 이 일도 계속할 수 없으리라.

그런 다음에는…… 어떻게 되었을까?

상쾌한 바람이 뺨을 스치는 사라수 가로수 길이 바겐세일의 전쟁터와 이어져 있다고는 도저히 생각할 수 없었다.

그는 손을 이마에 올려 푸른 하늘에 떠 있는 태양을 가리고, 지금 지나온 길을 되돌아보았다. 여기가 대체 어디일까?

가끔 넓은 차도를 지나가는 자동차의 속도가 거북이 걸음처럼 답답하게 느껴졌다. 아마 집중적으로 속도위반을 단속하는 지역인가 보다.

사람들은 길게 뻗은 사라수 그늘 사이로 숨었다 나타났다 하면서, 자로 잰 듯이 정확한 간격을 두고 걸어가고 있었다. 그들의 발걸음 또한 답답할 정도로 느리게 느껴졌다.

그는 문득 기묘한 사실을 깨달았다. 반대편에는 아무도 없었던 것이다. 건너편 차선으로는 자동차도 보이지 않았다.

"저기, 실례지만 한 가지 여쭤봐도 될까요?"

그는 잠시 걸음을 멈추고 옆에서 걷고 있는 남자에게 말을 걸었다. 백화점맨 특유의 말투는 배시시 웃음이 나올 정도로 정중하기 그지없었다. 물론 부드러운 미소도 잊지 않았다.

"지금 어디로 가고 계시지요? 제 생각엔 똑같은 곳을 향해 가고 있는 것처럼 보입니다만."

그러자 남자가 멈추어 서서 불안한 시선으로 허공을 쳐다보며 대답했다.

"나도 지금 그 질문을 하려던 참이었소."

전혀 예상하지 못한 대답이었다.

"네? ……그렇다면 당신도 여기가 어딘지, 지금 무엇을 하고 있는지 모른다는 건가요?"

"그래요. 내가 지금 무엇을 하고 있는지 전혀 모르겠어요. 다만 사람들이랑 같이 걸어가야 할 것 같은 기분이 들어요. 어떻게 된 건지는 모르지만, 어쨌든 이상할 정도로 기분이 좋군요."

마음 깊은 곳에서 안도의 한숨을 내쉬듯이 미소를 지으며, 남자는 "그럼……" 하고 친밀하게 손을 들고 앞사람을 따라 걸어갔다.

대답을 얻을 수는 없었지만 그의 마음은 약간 편안해졌다. '어떻게 된 건지는 모르지만, 어쨌든 이상할 정도로 기분이 좋다'는 남자의 말에는 백 퍼센트 동감이었기 때문이다.

그러자 자신도 사람들을 따라 걸어가야겠다는 기분이 들었다. 그는 사라수에서 떨어져 황급히 사람들의 뒤를 좇아갔다.

폐점은 오후 일곱 시 삼십 분…… 첫날 목표는 무사히 달성했다. 소리 내어 외칠 수는 없지만 사실상 쾌거라고 할 수 있었다.

집계표를 보고도 마치 당연하다는 듯이 수고했다는 말조차 하지 않는 미카미 부장을 보고 그는 뒤통수를 한 대 갈겨주고 싶었다.

'이것 봐, 미카미! 똑같이 목표를 달성했다고 해도, 당신이 과

장이었던 시절과는 고생이 천지차이라구! 그걸 알기나 해?'

그러나 불평을 늘어놓을 틈이 없었다. 영업시간은 끝이 났지만, 그에게는 아직 처리해야 할 일이 산더미처럼 쌓여 있었다.

먼저 매장을 다시 배치해야 한다. 고객에게 반응이 좋은 상품은 전면에 진열하고, 매출이 저조했던 상품은 뒤쪽으로 이동시킨다. 고객의 발길이 가장 빈번한 3층 매장과, 8층에 있는 바겐세일 매장을 몇 차례 왕복하고 나서 그는 적절한 지시를 내렸다.

"아무리 경비 절약 때문이라고 해도 폐점과 동시에 에어컨을 끄는 법이 어딨어요?"

땀으로 뒤범벅이 된 그의 얼굴을 불쌍한 눈으로 쳐다보며 시마다가 투덜거렸다.

"여덟 시부터 거래처와 식사하기로 되어 있네. 뒤처리를 좀 해줄 수 있겠나?"

"걱정하지 마세요. 경과는 휴대폰으로 보고드리겠습니다."

"1만 엔짜리 균일가 상품은 전부 들어왔나?"

"세 개 회사에서는 들어왔고, 이제 산코 상회와 메이플 상사에서만 들어오면 됩니다. 그러면 제법 그럴듯하게 갖춰지는 거지요."

"그래 잘됐군. 하긴 이런 불경기엔 업체들도 재고를 산더미처럼 껴안고 있으니까……. 마침 저녁식사를 산코 상회와 하기로되어 있으니까 그때 다시 강력하게 말해서 재고품을 모조리 내놓도록 해야겠군."

"꼭 성공하셔야 됩니다. 매출 목표를 달성하느냐 마느냐가 거기에 달려 있으니까요."

전년에 비해 매출 하락이 당연해져버린 지금, 매장의 사기는 더할 수 없이 깊은 수렁에 빠져 있었다. 그는 시마다와 둘이서 적군이 떼거지로 몰려오고 있는 혹독한 전선에서 가까스로 버티고 있는 듯한 생각이 들었다.

이미 멈춰버린 에스컬레이터를 걸어서 내려가며 그는 갑자기 생각난 듯 물었다.

"자네, 부장님의 대학 후배였던가?"

그러자 시마다는 내키지 않는 듯 중얼거리며 대답했다.

"네. 그렇긴 하지만 갑자기 그건 왜요?"

"일찌감치 나를 추월해서 내 자리를 맡아주게. 난 이제 지쳤어. 납품소에 내려가서 검품이나 하며 지낼까 해."

대졸사원과 고졸사원을 거의 같은 수로 채용한 그의 세대에는 학력이 결정적인 의미를 갖고 있었다. 그러나 그로부터 10년 후 고졸 일반직을 채용하지 않는 현실에서 시마다가 고졸 출신의 신세타령을 이해할 수 있을 리 없었다.

"과장님, 많이 피곤하신가 봐요."

"아니, 그렇지는 않아. 하지만 앞으로는 다이어트를 좀 해야겠어. 이게 다 스트레스 때문에 찐 살이거든."

솔직히 말하면 쓰바키야마는 거래처와의 저녁식사에 가고 싶지 않았다. 길게 꼬리를 끄는 불경기가 접대의 주객을 바꾸어놓았다. 필시 미카미 부장은 거래처에 고개를 숙인 적이 없었을 것이다.

그가 두통을 느낀 것은 사원 출입구를 통해 어둠이 내려앉은 밤거리로 나왔을 때였다. 담배에 불을 붙인 순간, 입에서 신음 소리가 새어나올 정도로 강한 통증이 목덜미를 가로질렀다.

많이 피곤하신가 봐요, 라는 시마다의 말에는 간이 덜컹 내려 앉았다. 2주일이 넘게 휴일도 없이 일했으니 피곤한 건 당연하 지만, 아랫사람이 알아차릴 정도로 내색하는 건 곤란하다.

그는 목덜미를 주무르면서 수첩을 펼쳤다. 이번 세일이 끝나 면 사흘쯤 휴가를 내야겠다. 회비만 내놓고 한 번밖에 가지 않 은 헬스클럽에 가서 3킬로그램 정도 다이어트를 할 생각이다.

이미 여덟 시가 지나 있었다. 그러나 약속시간에 늦더라도 출 입구에서 피우는 꿀맛 같은 담배 한 대와는 바꿀 수 없었다.

직원들이 다니는 통로에는 폐점 후에 걸어가면서 담배를 피 우지 말라는 안내문이 붙어 있었다. 백화점은 이런 유치한 규정 을 매우 좋아한다. 그 덕분에 폐점 시간 이후에도 출입구 밖에 는 언제나 수많은 반딧불이 쓰레기통 주변을 둘러싸곤 한다. 백 화점 안에서 담배를 피우는 것보다 이 광경이 훨씬 더 꼴불견 아닐까?

아직 길게 남아 있는 담배를 쓰레기통에 던져넣고 그는 낮의 열기가 남아 있는 밤거리로 나갔다.

"수고하셨습니다."

"네, 수고했어요."

여직원들이 그를 앞질러 갔다. 그는 걸음을 내디디면서 점점 더 벗겨지고 있는 이마에 맺힌 송골송골한 땀방울을 손수건으로 닦았다.

백화점에서 그리 멀지 않은 음식점의 객실에서는 거래처의 담당자 세 명이 이미 술기운이 거나한 상태에서 그를 기다리고 있었다.

"먼저 시작했습니다, 쓰바키야마 과장님."

"이런! 늦어서 죄송합니다."

경기가 좋았을 때만 해도 거래처 사람들이 먼저 술잔을 돌리는 일은 감히 상상도 못했다. 아니 그들은 백화점에서 담당자가 올 때까지 조금도 흐트러지지 않은 긴장된 자세로 기다리곤 했다. 최근 몇 년 사이에 백화점맨의 권위는 완전히 땅에 떨어지고 말았다.

그는 다시 한 번 미카미 부장은 억세게 운이 좋은 사람이라는 것을 뼈저리게 느꼈다. 부장이 과장이던 시절에는 매출이 떨어지면 거래처에 책임을 물을 수 있었다. 상품이 팔리지 않은 게 백화점 탓이 아니라 물건이 나쁘기 때문이라고 오히려 큰소리를 친 것이다. 그래서 미카미 부장은 거래처에 항상 거만한 자세를 취할 수 있었다.

"그나저나 쓰바키야마 과장. 1만 엔짜리 정장을 100벌이나 더 달라는 건 너무 터무니없는 요구가 아닌가?"

"초장부터 그렇게 빡빡하게 말하지 말라구. 우린 요즘 죽을 지경이니까."

"오늘은 어떻게 준비했지만 다음엔 어림도 없네."

"내가 무리한 요구를 할 수 있는 곳이라곤 산코 상회밖에 더 있겠나."

상대에게 술을 따르려는 순간, 쓰바키야마는 갑자기 심한 구토증이 치밀어 올랐다.

"잠깐 실례할게."

그는 엉거주춤 자리에서 빠져나왔다. 도착하자마자 마신 맥주가 좋지 않았던 것일까? 아무리 그래도 불쑥 구토증이 치밀어 오르는 건 이상하다.

그는 신발도 신지 않고 화장실로 뛰어들어가 독약 같은 오물을 토해냈다. 그리고 도저히 서 있을 수 없어서 그 자리에 털썩 주저앉았다.

그는 휴대폰으로 시마다에게 전화를 걸었다.

"즉시 이리로 좀 오겠나? 몸이 좋지 않아서 그러니까 나와 교대해주게."

"괜찮으십니까?"

괜찮지 않으니까 전화하는 게 아닌가!

"난 괜찮으니까 산코 상회에 고개를 조아려서 가지고 있는 옷을 모두 내놓게 해. 무슨 짓을 해서라도!"

음식점 이름을 댄 것을 끝으로 그는 바닥에 드러누웠다.

온몸이 차갑게 식으면서 땀이 마르는 것을 느꼈다. 그는 목소리도 낼 수 없어서 화장실 문틈으로 손을 내저어 사람을 불렀다. 그와 동시에 여종업원의 비명이 들려왔다.

"산코 상회의 손님이에요!"

잠깐만. 산코 상회의 손님이라. 그렇다면 내가 접대를 받고 있는 거군. 어쩌면 그게 당연하지만…….

요란한 발소리와 함께 사람들이 우르르 몰려왔다.

"쓰바키야마 과장, 무슨 일이야?"

"움직이면 안 돼요. 일단 구급차를 부르세요!"

"쓰바키야마 과장님. 정신을 잃으면 안 돼요."

온몸이 마비된 것처럼 손끝과 발끝이 움직이지 않았다. 세 명의 남자와 여종업원의 얼굴이 형광등을 가로막았다.

"뇌출혈일까?"

"심장마비일지도 몰라요. 안색이 백지장처럼 창백해요!"

"구급차는 아직인가? 위험한 것 같은데."

아니다. 난 그저 지쳤을 뿐이다. 틀림없다. 잠시만 이렇게 누워 있으면 금방 좋아질 것이다. 그보다 시마다 혼자 산코 상회와 이야기를 마무리지을 수 있을까?

그는 나오지 않는 목소리를 억지로 짜내어 입술을 움직이려고 했다.

"무슨 말을 하려는가 봐요."

"쓰바키야마 과장, 그냥 가만히 있어!"

"뭐라구요? 예?"

귀를 가까이 댄 남자에게 그는 바람처럼 황량한 목소리로 중얼거렸다.

"1만 엔짜리 정장…… 부탁해. 있는 대로 몽땅……."

몸에서 힘을 빼자 순간적으로 아내와 아들의 얼굴이 눈꺼풀을 스쳤다. 그리고 다음 순간, 무거운 어둠이 온몸을 내리눌렀다.

시선을 앞으로 돌리자 새하얀 건물이 눈에 들어왔다. 관공서나 학교처럼 보이는 청결한 느낌의 건물이었다.

자동차와 사람들은 모두 빨려들어가듯이 그 건물 안으로 들어갔다. 그나저나 왜 이렇게 기분이 상쾌한 걸까? 음식점에서 쓰러진 이후 왜 여기에 있는지는 둘째 치고, 마치 어린아이로 돌아간 것처럼 발걸음이 가벼웠다.

옥상에 있는 스피커에서 백화점 안내 방송처럼 청명한 목소리가 흘러나왔다.

"여기에 모이신 여러분께 알려드립니다. 걱정할 것은 하나도 없습니다. 다들 개인적인 말씀은 삼가고 담당자의 지시를 따라주십시오. 여러분의 사전 지식은 아무런 도움이 되지 않습니다. 지정된 화살표를 따라 질서 있게 나아가십시오."

"저기……."

고급 의상을 입고 있는 노파가 불안한 표정으로 그의 양복자락을 붙잡았다.

"무슨 일이시죠?"

그는 자신도 모르게 매장에서 손님을 안내하듯이 두 손을 가지런히 앞으로 모으고 대꾸했다.

"난 센다기에 있는 대학병원에 있다 왔는데, 대체 어떻게 된 거유? 뭐가 뭔지 도통 모르겠구려."

마치 부잣집 안방마님 같은 느낌을 주는 노파였다.

'모른다'는 말은 백화점맨의 금기어였다.

"주위를 둘러보니 다 늙어빠진 노인들이 많구려. 하긴 나도 일흔넷이나 됐지만 말이오. 그나마 댁이 가장 젊은 분 같아서 그러는데, 설명 좀 해주시겠소?"

"죄송합니다."

그는 양복자락을 잡고 있는 노파의 손을 따뜻하게 잡으며 말을 이었다.

"그럼 병원에서 직접 이쪽으로 오셨나요?"

"그래요. 이래봬도 꽤 중병이었다우. 간암이라서 복수도 가득 찼는데…… 아니, 어떻게 된 거지? 배가 홀쭉하게 들어갔네."

몸에 꼭 끼는 타이트 스커트를 입은 노파는 자신의 배를 어루만지며 흐뭇한 표정으로 웃었다.

"실은 저도 묘할 정도로 기분이 좋답니다. 요즘 컨디션이 별로 좋지 않았는데 피곤도 완전히 풀렸구요."

"다른 분들은 아시려나?"

"글쎄요. 사람들의 표정을 보면 아시는 분도 있고 그렇지 않은 분도 있는 것 같군요."

그때 문 옆에서 제복을 입고 있는 사람이 눈에 띄었다.

"저분에게 물어보면 어떻겠수?"

"여기가 어디냐고 물어보란 말씀이세요? 왠지 멍청한 질문 같은데요."

그러나 노파는 그의 손을 끌고 제복을 입은 남자에게 다가갔다. 언뜻 보기엔 경찰관 같았지만 표정은 도를 깨친 승려처럼 매우 온화했다.

"걱정하지 마세요. 이대로 화살표를 따라 가시면 됩니다."

그러나 노파는 납득할 수 없다는 표정으로 남자의 미소 띤 얼굴을 빤히 쳐다보았다.

"다른 사람은 어떨지 모르지만 나는 뭔가 잘못됐다고 생각한다우. 댁은 걱정하지 말라고 하는데, 난 조금 전까지 대학병원의, 그것도 중환자실에서 코에 튜브를 꽂고 누워 있었어요. 그런데 아무런 설명도 해주지 않으면서 어떻게 걱정하지 말라는 거유?"

좋은 사람을 알게 되었다고 그는 마음속으로 무릎을 치며 감탄했다. 자신은 틀에 박힌 지시를 따르는 샐러리맨의 습성에 너무 오래 젖어 있었기 때문인지 꼬치꼬치 이유를 캐묻는 법이 없었다. 그런데 노파가 모든 것을 대변해주고 있지 않은가.

"꿈을 꾸는 건 아닌 것 같구려. 조금 전까진 꿈이라고 생각했는데, 이 젊은 양반과 얘기하다가 꿈이 아니란 걸 알았어요. 난 병원으로 돌아가야 해요. 나 때문에 아들과 며느리, 손자들이 전부 모여 있다오. 우리 둘째 아들은 말이우, 일을 내팽개치고 미국에서 왔어요. 나 때문에 일부러 말이오. 제발 내 사정 좀 봐서 어떻게든 해주구려."

노파의 말에는 백 퍼센트 동감이었다. 이것은 뭔가 잘못되었다. 자기는 바로 조금 전까지 음식점에 있었다. 1만 엔짜리 균일가 상품 건을 마무리짓지 않으면 안 된다. 술에 취해 꿈을 꾸고 있다고 생각했는데 아무래도 그것은 아닌 듯싶다. 만약에 정신없이 술에 취해 하룻밤 필름이 끊겼다고 하면 그야말로 큰일이다. 바겐세일 이틀째에 가장 중요한 매장 담당 과장이 무단 결근이라니! 어쨌든 한시라도 빨리 매장으로 돌아가야 한다.

"걱정할 건 하나도 없으니까 너무 큰 소리는 내지 마세요."

남자는 노파를 달래면서 그 주위에서 가장 큰 사라수 아래로 데려갔다. 문의 양쪽에서 하늘 높이 뻗어 있는 두 그루의 거목은 가지가 휘어질 정도로 새하얀 꽃이 만발해 있었다.

"나 참 한심하긴! 뭐가 뭔지 모르는 건 당신들이야."

직공들의 작업복을 입은 늙은 도편수가 지나가면서 기세 좋게 손으로 코를 풀었다.

"이것 봐, 할망구. 체념할 땐 깨끗이 체념해야지. 괜한 사람 붙들고 이러니저러니 떼쓰지 말고 빨랑빨랑 앞으로 가슈!"

체념이라는 말이 쓰바키야마의 가슴을 무겁게 내리눌렀다.

"이제 아셨죠, 할머니?"

남자는 새하얀 꽃 아래에서 다정한 손길로 노파의 등을 토닥거렸다. 노파는 옆에 서 있던 쓰바키야마를 힐끔 쳐다보고 나서 애절한 미소를 지었다.

"왜 그러세요?"

노파의 얼굴에는 웃음과 울음이 뒤섞여 있었다.

"……내가 죽었다는구려."

그는 가까스로 버티고 서서 흐드러지게 피어 있는 꽃을 올려다보았다. 사라꽃이 선선한 초여름 바람에 가볍게 흔들렸다.

건물 안에는 노인들로 발 디딜 틈조차 없었다.

"그래서 이렇게 늙은이들만 있는 건가 보구려. 당신은 젊어 보이는데 참 안됐네요. 몇 살이유?"

"마흔여섯입니다."

"세상에, 그렇게 젊은 나이에! 무리를 많이 하셨나 보네."

"물론 무리를 하긴 했지만 저만한 나이에는 누구나 그 정도 일은 하지 않을까요?"

오른쪽 홀에 '① 신청'이라는 아크릴판이 걸려 있었다. 그곳에서는 감색 제복을 입은 젊은 여자가 사람들 사이에서 목소리를 높이고 있었다.

"기재사항을 이해하지 못하시는 분은 언제든지 물어보세요. 불교는 하얀색 종이, 기독교는 노란색 종이, 신토(神道. 일본의 고유신앙)는 분홍색 종이, 다른 종교나 종교가 없는 분은 파란색 종이를 사용하십시오."

사람들은 책상 앞에 나란히 서서 종이에 뭔가를 쓰고 있었다. 노파가 하얀색 종이를 들고 와서 쓰바키야마의 앞에 섰다.

"난 불교라우. 뭐 대부분 불교인 것 같지만요. 당신 종파는 뭐유?"

"뭐였더라? 부동명왕不動明王인 것 같은데요."

"부동명왕이라면 진언종이구려. 자, 여기에 동그라미를 쳐요."

아무래도 여기에서는 인생의 경험이 중요한지, 노인들은 어찌할 바를 모르고 당황하고 있는 젊은 사람들한테 이런저런 도움을 주고 있었다.

"난 정토진종이라우. 나무아미타불. 당신은 자기 집의 종파도 몰라요?"

"변변치 못해서 죄송합니다. 초등학교 다닐 때 어머니께서 돌아가시고 아버지 밑에서 자랐거든요."

"이런, 정말 안됐구려. 그러면 아버님보다 먼저……."

"아버님은 치매에 걸려 병원에 입원해 계셔서 아무것도 모르실 거예요. 그런데 이름과 주소 다음에 법명(法名. 불가에서 죽은 사람에게 붙여주는 이름)이 있는데요. 이건 잘 모르는데 어떻게 하죠?"

"정말이네! 법명은 나도 잘 모른다우. 어쨌든 내가 죽었다는 것조차 몰랐으니까 말이우. 아가씨, 나 좀 보구려."

노파는 제복을 입은 여자를 불렀다. 여기저기에서 불러대는 통에 짜증이 날 만도 한데 여자의 얼굴에는 웃음이 끊이지 않았다. 이 여자야말로 서비스업의 거울이 아닌가. 그는 마음속으로 탄성을 질렀다.

"법명 말인가요? 잠시만 기다리세요. 금방 알아봐드릴 테니까요."

여자는 익숙한 손놀림으로 들고 있던 파일을 들췄다.

"어디 보자, 도쿄 도都 스기나미 구區의 이와세 노리 할머님은 명관원항락묘용대자明觀院恒樂妙容大姉 님이에요."

"어머나 세상에! 이렇게 훌륭한 법명을 붙여주다니, 고마워 어쩔 줄 모르겠네!"

노파는 자신의 법명을 들여다보며 기쁨을 감추지 못했다.

이른바 '원호(院號. 예전에 상왕이나 황태후에게 붙였던 칭호)'라고 할 만한 고급 법명이다. 죽은 사람의 이름을 돈 주고 사는 것은 상당히 세속적이라고 생각했지만 막상 내 일로 닥치자 그렇게만 생각할 것도 아니었다.

"이런 이름은 상당히 비싸겠지요?"

그는 노파의 법명을 들여다보며 물었다.

"이건 백만 엔짜리랍니다. 아아, 고마워서 어쩌누?"

"백만 엔?! 그게 정말이에요?"

"틀림없어요. 내가 5년 전에 남편의 법명을 지어줬으니까."

그는 집의 불단에 놓여 있는 어머니의 위패를 떠올렸다. 어머니가 세상을 떠난 게 그가 초등학생 때의 일이었으니 법명의 가격은 알 도리가 없지만, 매우 간소한 법명이었다는 것은 지금도 똑똑히 기억하고 있다.

어머니 법명과의 균형을 생각해도 그렇고, 집 때문에 대출금을 잔뜩 껴안고 있는 현재의 경제상황을 고려해도 자신에게 거창한 법명을 붙여줄 리가 없었다.

"어디 보자, 도쿄 도 다마 시市의 쓰바키야마 가즈아키 씨는 소광도성거사昭光道成居士 님이에요."

'역시나!'

그는 실망감을 감출 수 없었다.

"엉뚱한 질문인지는 모르겠지만 한 가지 물어봐도 될까요……?"

그는 양복 주머니에서 수첩을 꺼내 법명을 메모하면서 물었다. 아마 여기에서는 백화점에서 화장실을 묻는 정도로 통상적인 질문이 틀림없다고 생각하면서…….

"네, 뭐든지 물어보세요."

여자의 표정은 여전히 더할 수 없이 부드러웠다.

"법명의 등급에 따라 앞으로의 처우가 달라지나요?"

"그럴 리가요!"

여자의 한층 밝아진 웃음이 그의 불안을 해소시켜 주었다.

"그런 일은 없으니까 걱정하지 마세요. 지금부터 여러분을 좌우하는 건 어디까지나 현세에서의 행동뿐이에요. 법명의 가격은 유족분들이 여러분의 죽음을 어떻게 받아들이느냐 하는 거지요. 즉, 저쪽 세계의 이야기니까 여기와는 상관없어요."

여자는 그렇게 말하고 창문 너머에 있는 푸른 하늘을 가리켰다.

"그래요?"

노파의 얼굴에서는 실망하는 빛이 역력했다.

"하지만 결코 무의미한 건 아니에요. 보시布施라는 건 본디 사자死者에 대한 존경의 표시니까 아마 유족분들에게는 마음의 양식이 될 거예요."

그는 왠지 고개가 끄덕여졌다. 인간의 죽음에 관한 여러 가지 의례적인 비용, 즉 공양이나 보시는 '저쪽 세계의 이야기'인 것이다. 남은 사람들은 사자에 대한 경의와 사모의 마음을 눈에 보이는 형태로 바꾸어 마음을 정리하곤 한다.

"카드에 필요한 사항을 다 적었으면 바닥에 표시되어 있는 초록색 화살표를 따라가세요."

여자는 부드러운 손으로 두 사람의 등을 가볍게 밀었다.

"여러 가지로 감사합니다."

"고맙구려."

쓰바키야마와 노파는 현관의 혼잡함을 뚫고 '② 사진 촬영'이라고 쓰여 있는 아크릴판을 향해 걸어갔다.

"……사진을 찍어야 하나 봐요."

"이제 와서 어디에 쓰려고 그러는 걸까?"

초로의 담당자가 불안해하는 사람들의 얼굴을 쳐다보며 설명하고 있었다.

"이 사진은 여러분의 향년의 얼굴, 다시 말해 세상을 떠난 당시의 모습을 사무적으로 기록해두기 위한 것입니다. 화장을 하거나 억지로 웃을 필요는 없습니다. 아주 자연스런 표정으로 카메라 앞에 앉으면 됩니다."

행렬은 몇 개의 작은 방으로 나뉘어 들어가며, 정해진 순서에 따라 사진 촬영이 끝났다.

사진을 찍은 사람은 뒷문을 통해 좁은 복도로 나갔다. 계속해서 화살표를 따라 걸어가자 밝은 빛이 비치는 넓은 홀에 도착했다. 여기부터는 조금 복잡하게 나뉘는 것 같았다. 한가운데에 서 있는 남자가 목소리를 높여 또박또박 말했다.

"자살하신 분은 3번으로 가세요. 그곳에서 심사를 받지 않으면 더 이상 앞으로 갈 수 없습니다."

등이 구부정하고 키가 큰 중년의 사내가 지겹다는 표정으로 남자를 쳐다보며 물었다.

"심사라니, 무슨 심사를 한다는 거요?"

"자살할 만한 사정이 있었느냐 하는 심사입니다."

"……웃기고 있네."

"그렇게 생각하실 게 아닙니다. 어쨌든 자살하는 사람들이 해마다 늘어나서 지금은 연간 3만 명에 이르고 있으니까요. 따라서 예전처럼 일반 사망과 함께 취급할 수 없어서, 올해부터 별도로 취급하게 되었습니다. 양해해주십시오."

"그러니까 무슨 심사를 하냐고 물었잖소? 자살할 만한 사정이 아니라면 어떻게 되지?"

"올해부터 규정이 달라져서 리세트Reset됩니다."

"리세트?"

"인생을 다시 시작하는 거죠. 다만, 더 가혹한 인생을 살아가야 합니다."

"뭐야?"

사내는 덤벼들 듯이 소리를 지르다 흠칫 멈추어 섰다.

"걱정하지 마십시오. 자살할 만한 사정이 있었다는 심사 결과가 나오면 즉시 일반 코스로 돌아갈 수 있으니까요. 더구나 올해는 규정이 생긴 첫해니까 다소 온정이 통할 겁니다. 자, 다녀오세요."

고개를 숙인 사내의 어깨를 밀고 나서 남자는 서류를 펼치며 사자의 이름을 불렀다.

"명관원항락묘용대자 님!"

노파의 법명이다. 쓰바키야마는 사자들을 둘러보며 멍하니 서 있는 노파에게 말했다.

"할머님이세요."

"응?! 아, 예에!"

다소 혼란스런 목소리로 대답하고 나서 노파는 손을 번쩍 들었다.

"명관원항락묘용대자 님은 강습 면제입니다. 4번 에스컬레이터를 타십시오. 그동안 수고 많으셨습니다."

홀의 여기저기에 서 있던 하늘나라 공무원들이 일제히 박수를 보냈다. 노파는 "고맙구려" 하고 말하며 사방을 향해 고개를 숙이고 나서 남자에게 물었다.

"그런데, 이건 무슨 뜻이유?"

남자가 따뜻한 미소를 지으며 대답했다.

"새삼스레 강습받을 필요가 없을 만큼 훌륭한 인생을 사셨다는 겁니다. 진심으로 축하드립니다."

그 말이 끝나자마자 "수고 많으셨습니다" "축하드립니다" 하는 위로의 목소리가 여기저기에서 들려왔다. 무슨 일인지는 알 수 없지만 어쨌든 축하할 만한 일인 것 같았다. 쓰바키야마도 다른 사자들과 함께 노파를 향해 힘찬 박수를 보냈다.

"정말 잘됐어요. 틀림없이 극락왕생하실 거예요."

"그럴까요? ……하긴 지금까지 살면서 나쁜 짓을 저지른 적은 별로 없었다우. 그런데 당신은요?"

그 질문을 듣기라도 한 것처럼 남자가 그의 이름을 불렀다.

"소광도성거사 님, 계십니까?"

"네, 전데요."

"26번 강의실에서 강습을 받으세요. 계단을 올라가면 2층에 있습니다."

강습표를 받아들고 나서 쓰바키야마는 노파를 에스컬레이터 앞까지 배웅했다.

"나만 가도 괜찮을까요……?"

계단으로 향하는 수많은 사람들의 뒷모습을 바라보면서 노파는 미안한 듯이 말을 이었다.

"나는 참 나쁜 시대에 태어났답니다. 학교에도 못 가고 근로 봉사를 해야만 했지요. 전쟁으로 폭격을 맞은 곳에서 군인으로 근무하던 남편을 알게 되었는데, 그 사람이 술을 좋아하고 도박도 좋아하는 한량이었지 뭐유. 어린 자식을 셋이나 껴안고, 아까 자살했다는 사람처럼 몇 번이나 몸을 던지려고 했는지 모른다우."

불과 몇 초 만에 노파는 자신의 기나긴 인생을 들려주었다.

즉, 나쁜 시대에 태어나 온갖 고통과 괴로움을 당한 노파는 한량이었던 남편에게 백만 엔짜리 법명을 지어주고, 자신도 자식들에게 똑같은 값의 법명을 받고 이 세상으로 왔다는 것이다.

"저기, 명관원항락묘용대자 할머님."

"그렇게 부르니까 알아들을 수가 없구려. 좀 짧게 불러요."

"그러면 묘용 할머님. 이렇게 말씀드리면 건방지다고 하시겠지만 할머님 인생은 참으로 훌륭했습니다."

노파는 숱이 많은 새하얀 머리를 숙이더니 천천히 고개를 가로저었다.

"그렇지도 않다우. 그동안 다른 사람들 신세도 많이 졌고, 때로는 의리를 지키지 않은 일도 있었고……. 가끔씩 생각이 난답니다. 눈을 질끈 감고 얼굴을 일그러뜨리며 어금니를 악물고 일했던 시절이. 사실은 나도 다른 분들과 같이 강습을 받고 싶은데……"

그후에는 박수도 찬사도 들리지 않았다. 사람들은 다만 강습표를 들고 엄숙한 표정으로 계단으로 가고 있었다.

그는 에스컬레이터의 끝을 올려다보았다. 아득한 하늘 위에서 눈이 시리도록 환한 빛이 비쳤지만 끝은 보이지 않았다.

"강습을 마치면 또 만날 수 있겠지요, 소광도성거사 님?"

노파는 그렇게 말하며 쓰바키야마의 손을 잡았다.

"글쎄요……"

그는 별로 자신이 없었다. 아니, 이대로 왕생(往生. 이승을 떠나 저승에서 다시 태어남)할 수는 없다고 생각했다.

"저는 아직 남겨둔 일이 너무 많습니다. 일도 그렇고 가족들의 장래도 그렇고……"

그는 그제야 겨우 자신의 입장을 냉정하게 생각했다. 사랑스런 아들은 이제 겨우 초등학생이다. 나이 차이가 많이 나는 아내도 끔찍하게 사랑하고 있다. 노인병원에 계신 아버지는 누가 돌볼 것이며, 겨우 마련한 집의 대출금은 어떻게 한단 말인가? 서재의 서랍에는 아무도 모르게 야한 책과 에로 비디오를 숨겨놓았다. 따로 숨겨놓은 비상금은 없지만 그 대신 아내 몰래 소비자금융에서 빌린 돈도 있다.

일은 어떻게 될까? 상반기의 승패를 가르게 될 '초여름 대 바겐세일'은 어떻게 되었을까? 내가 없으면 부장은 아무 일도 못하고 우왕좌왕할 것이다. 이런 불황 속에서 커다란 목표를 향해 나아갈 수 있는 후임자도 있을 리가 없다. 그리고, 그리고……

쓰바키야마는 애써 미소를 지으며 백화점맨답게 허리를 깊숙이 숙였다.

"묘용 할머님, 언젠가 또 만날 수 있겠지요. 감사합니다."

"그럼 다음에 또 만나요."

노파는 아쉬운 듯이 그의 손을 놓고는 에스컬레이터를 탔다.

"조심해서 타세요."

노파는 가볍게 손을 흔들더니 두 번 다시 아래쪽을 돌아보지 않았다. 이윽고 노파의 작은 뒷모습은 하늘에서 쏟아지는 아름다운 빛 속으로 사라졌다.

노파가 시야에서 사라지자 그는 흠칫 제정신을 차렸다. 이러고 있을 때가 아니다. 어쨌든 이대로 왕생할 수는 없다.

그러면 어떻게 해야 할까? 주위를 두리번거리고 있을 때 계단의 입구에 서 있던 직원이 다가왔다. 마치 오랜 경력으로 똘똘 뭉쳐 있는 듯한, 이런 공무원 세계에 관한 일이라면 모르는 게 없다는 느낌을 주는 중년의 여성이었다. 제복의 옷깃에는 별이 세 개나 달려 있었다.

"소광도성거사 님."

여자는 야단치는 듯한 말투로 단호하게 그의 법명을 불렀다.

"여기서 뭐하시는 거예요? 이제 곧 26번 강의실에서 강습이 시작될 거예요. 자, 서둘러 5번 화살표를 따라가 주세요."

시키는 대로 하면 되돌릴 수 없을 것 같은 생각이 들어 그는 강력하게 이의를 제기했다.

"잠시만요! 나는 이대로 왕생할 수 없습니다. 아직 남겨둔 일이 너무 많은 데다가……."

여자는 그의 이의를 묵살하듯이 재빨리 말을 가로막았다.

"그럴 수는 없어요. 이건 당신이 정할 일이 아니니까요. 당신은 수명을 다했어요. 어쩔 수 없는 일이에요. 당신의 인생은 태어날 때부터 46년이라고 정해져 있었으니까요."

"그, 그럴 수가……."

"정말로 말귀가 어두운 분이군요. 어쨌든 강습을 받으세요. 그런 다음에 도저히 납득할 수 없다든지, 이대로 왕생할 수 없는 정당한 사유가 있을 경우 개별적으로 처리될 겁니다."

됐다! 그는 마음속으로 환호성을 질렀다. 아무리 생각해봐도 자신은 '이대로 죽을 수 없는 정당한 사정'으로 가득 차 있었다. 오랜 샐러리맨 생활의 습성으로 인해 정당한 주장을 가슴에 품은 채 부당한 상황에 휘말려서는 안 된다. 여기는 더 물러설 수 없는 막다른 곳이기 때문이다.

"알겠습니다. 정당한 사정이 있으면 나중에 들어주시는 거지요?"

"물론이에요. 단, 상응하는 사정이 없으면 특례는 인정하지 않습니다."

쓰바키야마는 자신도 모르게 제복 입은 여자의 봉긋한 가슴에 양복차림의 자기 가슴을 들이밀며 말했다.

"난 상응하는 사정이 있어요. 정당한 주장이라구요!"

삭막하고 어두컴컴한, '관공서'라는 이미지를 그대로 떠올리게 하는 계단을 올라가자 기다란 복도의 끝까지 번호가 붙어 있는 강의실이 늘어서 있었다.

사자들은 제각기 강습표에 쓰여진 강의실로 들어갔다.

"강의실을 잘못 들어가지 않도록 꼼꼼히 확인하세요."

여기에서도 제복 차림의 직원이 정중하게 안내를 하고 있었다.

"여기에선 뭘 하는 거죠?"

그는 잠시 멈추어 서서 제복을 입은 직원에게 물었다. 이 질문은 하지 않는 게 오히려 이상하리라. 그러나 사자들이 거의 노인이기 때문인지, 다른 사람들은 마치 알 것 다 아는 양 직원의 지시를 잘 따르고 있었다.

"예?"

직원은 그를 머리끝에서 발끝까지 훑어보았다. 나이로 보나 백화점맨의 청결한 양복 차림으로 보나, 사자들 중에서는 참 특이한 모습이었다. 뜻밖의 질문이긴 하지만 이 사람이라면 무리가 아니라는 듯이 직원은 미소 띤 얼굴로 대답해주었다.

"일단 현재의 입장을 설명해드릴 겁니다."

그렇다. 이것은 백화점에서 길을 안내하는 것과 같았다. 일단은 손님의 현재 위치를 확인해야 한다.

"그나저나 여기는 어디지요?"

"그건 강습실에서 가르쳐드릴 겁니다."

"아까 어떤 할머니는 곧바로 에스컬레이터를 타고 가셨는데요. 그 할머니는 강습을 받지 않아도 되나요?"

"아아, 그분은 강습 면제입니다. 그런 분은 좀처럼 나오지 않지요."

"한마디로 말해 극락왕생하신 건가요?"

"예, 그렇답니다."

직원은 눈을 가늘게 뜨고 고개를 끄덕였다. 아무래도 강습을 면제받는 사람은 그만큼 흔치 않고, 모두가 축복해줄 만큼 경사스런 일인 것 같다.

"강습을 면제받을 만큼 훌륭한 분은 자신의 인생을 납득하고 있기 때문에, 지금 와서 새삼스럽게 입장을 설명드릴 필요가 없는 거죠."

다시 말해 세상에 티끌만큼의 미련도 없는 훌륭한 인생이라는 뜻이리라. 그러나 우리 인생에서 그런 사람이 어디 있겠는가?

"강의실에 들어가시면 현재의 입장을 설명해드린 다음에 강사가 강습을 시작할 겁니다. 그런데 강의실은 어디죠? 아, 26번 강의실이군요."

그의 강습표를 들여다본 남자는 복도 끝을 가리켰다.

"26번 강의실은 이쪽으로 50미터 정도 가시면 오른쪽에 있습니다. 아무쪼록 다른 강의실로 들어가시지 말기 바랍니다. 강습 내용이 제각기 다르니까요."

"강습 내용이 다르다니, 그게 무슨 뜻이죠?"

스스로도 샐러리맨답지 않게 질문이 많다고 생각했다. 그러나 의문을 가슴에 품은 채 강습을 받고 싶지는 않았다.

"강습실은 각각 오계에 따라 나눠지고 있습니다."

"예?! 강습실이 5층까지 있나요?"

"……그게 아니라 오계五戒는 불교에서 말하는 다섯 가지 계율입니다. 일단은 살생하지 마라……."

"난 살인을 하지 않았습니다."

"알고 있습니다. 살인한 사람은 복도의 맨 끝에 있는 100번 강의실이니까요."

"그런 자들은 즉시 지옥행인가요?"

"천만에요."

직원은 보기 좋게 살이 찐 턱을 흔들면서 약간은 뽐내듯이 대답했다.

"여기에서는 현세에서 생각하는 것만큼 가혹하게 판정하지 않아요. 물론 살인은 끔찍한 죄이지만 그럴 수밖에 없는 상응하는 사정이 있으면 용서받을 수 있어요. 다만, 자신의 죄를 깨닫기 위해서 강습은 받아야 합니다."

여기에 온 후로 가장 많이 듣는 말이 '상응하는 사정'이라는 말이다. 아무래도 하늘의 심판은 상당히 자유롭고 관용적인 것 같다.

"다음에 도둑질하지 마라."

"도둑질도 안 했습니다."

"음행淫行을 저지르지 마라."

"그것은 목에 칼이 들어와도 안 했습니다."

"또한 거짓말하지 마라. 술을 마시지 마라."

이 조건을 전부 만족시키는 사람은 그렇게 많지 않으리라. 아까 그 노파는 그리 짧지 않은 인생에서 이 다섯 가지 계율을 전부 지키고 극락왕생할 수 있는 조건을 충족시킨 것이다. 분명히 쉽게 찾아볼 수 없는 사람이다.

"물론 정도의 문제는 있지요. 이 세상에는 선의의 거짓말이라는 것도 있고, 다른 사람에게 실수하지 않을 정도의 술이라면 강습을 받을 필요가 없습니다. 하지만 역시 그 두 가지 계율을 지키지 못한 사람이 가장 많지요."

자신은 어느 쪽일까? 그는 술도 좋아하고 거짓말도 많이 했다.

그러나 남자의 입에서 나온 말은 그의 상상을 초월했다.

"26번 강의실은 음행을 저지른 사람들을 교육하는 곳입니다."

"헉……!"

쓰바키야마의 입에서 자신도 모르게 신음소리가 새어나왔다. 한순간 지난 세월을 돌이켜보았지만 짐작되는 부분은 전혀 없었다.

"왜 그러세요?"

상대에게 불만을 말해도 소용없다고 생각하면서도, 그는 무슨 말이든 쏟아내지 않고는 견딜 수 없었다.

"이건 뭔가 잘못됐어요. 내가 음행을 저지르다니, 그럴 리가 없어요! 이것 봐요, 자랑은 아니지만 난 여자들한테 전혀 인기가 없었다구요. 이 얼굴과 체구를 봐도 알 수 있잖아요? 그리고 퇴폐 이발소라든지 사창가라든지, 그런 데는 발길도 들여놓지 않았어요. 쓸데없는 돈을 낭비하고 싶지 않았고, 이상한 병에 걸리는 것도 무서웠고……. 그렇지 않으면 마스터베이션이 음행이란 건가요?"

사자들이 웃음을 터뜨리며 지나갔다. 무심결에 그의 목소리가 커져버렸다.

직원은 그의 등을 가볍게 토닥거리며 화를 진정시키라고 했다.

"어쨌든 강습을 받으세요. 희망자한테는 그후에 재심사가 있으니까요. 절대로 음행을 저지르지 않았다고 생각하면 그때 자신의 주장을 펼치면 됩니다. 어쨌든 지금은 시간이 됐으니까 강의실로 들어가십시오."

인사할 기분이 들지 않아서 그는 그대로 발길을 돌려 강의실로 향했다.

음행이란 것은 천부당만부당한 일이다. 물론 육체의 쾌락에 빠진 적이 없는 건 아니지만 모두 정상적인 성행위였다는 자신은 있다. 그것도 즉시 한 사람 한 사람의 이름과 얼굴을 떠올릴 수 있을 정도밖에 되지 않는다. 조금 가혹하기는 하지만 마흔여섯 살의 건강한 남자로서는 창피할 정도로 빈약한 체험이었다.

"그렇지 않아. 절대로 그렇지 않아!"

그는 걸으면서 나지막이 중얼거렸다. 강습의 내용 따위는 아무래도 상관없었다. 자신은 현세에서 마무리짓지 못한 일이 너무나 많았다. 도저히 이대로 왕생할 수는 없었다.

재심사 자리에서는 음행에 대해 일절 언급하지 말고, 이대로 왕생할 수 없는 사정에 대해 제대로 설명하자. 그렇다. 나의 경우는 아무리 생각해도 '상응하는 사정'이니까 말이다.

강습실은 완만한 계단식 경사에 긴 의자와 긴 책상이 나란히 놓여 있었다. 이미 대부분의 자리는 사람들로 메워져 있었다. 그는 뒤쪽 문으로 들어와서 강의실을 내려다볼 수 있는 창가에 자리를 잡았다.

남녀의 수가 엇비슷했는데, 이곳 역시 대부분 노인이었다. 세상이 뜻밖에도 공평하다는 생각이 들자, 겨우 마흔여섯에 죽음을 맞이한 자신의 처지에 불만이 치솟았다.

창밖에는 사라꽃이 흐드러지게 피어 있고, 나무 사이로 넓은 잔디가 깔린 정원이 펼쳐져 있었다. 지평선은 풍요로운 침엽수의 숲이었다.

그때 어린 소년이 강의실 계단을 뛰어올라왔다.

"지각이야, 지각!"

소년은 숨을 헐떡이며 어른스럽게 물었다.

"이 자리, 비어 있나요?"

"그래, 앉아도 돼."

"고맙습니다. 그럼 실례할게요."

반바지에 새하얀 남방셔츠는 사립 초등학교 교복이리라. 어쨌든 예의바른 소년은 부잣집 도련님처럼 기품이 있었다.

자리에 앉자 소년은 여름용 모자를 벗고 이마에 배어나온 땀을 닦았다.

"지각한 줄 알았는데 다행이에요."

아들과 비슷한 또래? 소년의 붙임성 있는 얼굴에는 환한 미소가 가득했다.

"꼬마야, 몇 학년이니?"

"2학년이에요."

소년의 또랑또랑한 대답이 그의 기분을 어둡게 만들었다.

"어떻게……."

묻고자 해서 나온 말이 아니었다. 어린아이가 그 나이에 여기로 와야 하는 까닭을 이해할 수 없어서 무심결에 내뱉은 말이었다. 가로수길을 지나올 때나, 건물 안에 들어와서나 어린아이의 모습은 전혀 보지 못했었다.

"전 분명히 횡단보도로 건너고 있었는데 차가 멈추지 않았어요."

소년의 표정에서는 슬픔을 찾아볼 수 없었다.

"여기가 어딘지 알고 있니?"

예, 하고 소년은 가볍게 고개를 끄덕였다.

"저는 죽은 거예요."

쓰바키야마는 벌떡 일어서서 문 옆에 서 있는 여직원을 불렀다.

"무슨 일이시죠?"

"잠시 이리로 와보시오. 할 말이 있소."

사자들의 시선을 뚫고 여직원이 다가왔다. 그는 낮은 목소리로 단호하게 말했다.

"이 소년은 어떻게 된 거요?"

"수명이 다 돼서 온 거예요."

"그게 아니라, 이렇게 어린아이가 음행을 저질렀을 리 없지 않소? 아무리 하늘의 공무원이라 해도 일은 제대로 해야지."

여직원은 소년의 강습표를 확인하고 나서 조용히 말했다.

"잘못 처리한 게 아니에요. 물론 이 소년한텐 음행의 죄가 없지만, 현재의 입장을 분명히 알려주기 위해 이 강의실에서 강습의 초반부를 들으라고 한 거예요. 꼬마야, 여기에서는 15분 정도만 선생님 얘기를 들으면 돼. 그런 다음에 이름을 부를 테니까 복도에서 강습이 끝날 때까지 기다리렴."

"이봐요, 일을 그렇게 대충 처리하면 어떡해요? 이 애는 아직 어린아이요."

그는 기세등등한 표정으로 분노를 터뜨렸다. 이 소년의 운명을 누가 정했는지는 모르지만 도저히 용서할 수 없었다. 또한 모든 것을 사무적으로 처리하려고 하는 공무원의 업무방식은 더욱 참을 수 없었다.

"아저씨, 전 괜찮아요. 전 아무렇지도 않아요."

소년은 어색한 표정을 지으며 그의 양복자락을 끌었다.

"어머나! 아저씨보다 꼬마가 더 분별력이 있네요. 꼬마야, 이름이 뭐니?"

"네기시 유타예요."

"그게 아니라 법명 말이야. 앞으로는 유타라는 이름이 아니라 법명으로 말해야 한단다."

여자는 소년의 강습표를 들여다보았다.

"한자로 쓰여 있어서 어떻게 읽는지 모르겠어요."

"연공웅심동자蓮空雄心童子라고 읽는 거야. 잘 기억해두렴."

"연공웅심동자……."

소년은 여직원을 따라서 노래하듯이 읊조렸다.

"그럼 15분쯤 뒤에 이름을 부를게."

여직원은 수상쩍은 눈길로 그를 힐끔 쳐다보고 자리로 돌아갔다.

"연공웅심동자. 연, 공, 웅, 심, 동, 자."

소년이 계속 중얼거리는 것을 보고 쓰바키야마는 수첩을 꺼내 소년의 법명을 한자로 쓰고 그 밑에 토를 달았다. 그런 다음 그 부분을 찢어 소년에게 건네주었다.

"고맙습니다."

그는 소년의 머리를 껴안았다. 마치 백화점 매장에서 미아를 발견한 듯한 기분이 들었다.

"도대체 어떻게 된 거지? 이렇게 어린 녀석이 무슨 잘못을 저질렀다고……."

아들과 비슷한 또래의 소년의 어깨는 손을 대면 깨질 듯한 얇은 유리그릇을 연상시켰다. 어느새 그의 눈에는 그렁그렁 눈물이 고였다.

"아저씨, 울지 마세요. 여기에는 눈물을 흘리는 사람이 없잖아요."

소년의 밝은 목소리에 눈에 고여 있던 눈물이 뺨을 타고 흘러내렸다.

"딴사람들은 다 납득해도 아저씨는 납득할 수 없어. 뭐가 수명이란 거야? 사람의 수명을 자기들 멋대로 정해도 된다는 거야, 뭐야?"

"아저씬 왜 깨끗하게 체념하지 못하는 거예요? 보세요, 다들 쳐다보고 있잖아요."

소년은 반바지 주머니에서 새하얀 손수건을 꺼내 쓰바키야마의 눈물을 닦아주었다.

"너는 슬프지 않니?"

"왜 슬프지 않겠어요? 하지만 아까 1층에서 울고 있었더니, 하늘나라 여직원 누나가 이렇게 말했어요. 내가 울면 엄마랑 아빠는 나보다 100배는 더 많이 운다구요. 그래서 이제 울지 않기로 했어요."

"흐윽, 흐윽……."

그 말에 안으로 들어가려던 눈물이 다시 밖으로 쏟아져나왔다. 그렇다면 자신을 먼저 보낸 아내와 아들은 지금쯤 얼마나 많은 눈물을 흘리며 한탄하고 있을까?

"아저씨, 울지 마세요."

소년이 그의 등을 따뜻하게 어루만지며 위로해주었다.

이윽고 파란색 콤비를 입은 교관이 단상에 섰다. 몹시 세속적인 분위기가 느껴지는, 이를테면 신바시 가라스모리 출구 쪽에 좌판이라도 깔아놓고 있을 성싶은 중년의 남자였다. 커다란 안

경테에는 번들번들 기름기가 배어 있었다.

"안녕하십니까?"

이미지와 절묘하게 어울리는 세속적인 목소리로 교관이 말하자 사자들은 큰 소리로 "안녕하세요?" 하고 대답했다.

"앞으로의 일정을 간단히 설명하겠습니다. 일단 처음의 15분 정도는 여러분이 여기에 오시게 된 상황을 설명해드릴 겁니다. 뭐 대부분의 분들은 들을 필요도 없으시리라 생각하지만요."

그 말에 사자들은 일제히 쓴웃음을 지었다. 그러나 쓰바키야마는 웃을 일이 아니라고 생각했다.

"그런 다음에 15분 정도는 슬라이드를 보시게 됩니다. 죄송하지만 그때가 되면 창가에 계신 분들은 커튼을 닫아주십시오. 아시겠습니까?"

"네!"

창가에 앉아 있는 사자들이 일제히 대답했다. 그러나 그는 대답하지 않았다.

"그러고 나서 한 시간에 걸쳐 설교 시간이 있겠습니다. 공정하게 심사한 결과, 여러분은 현세에서 오계 중의 하나인 음행을 저질렀다는 판정을 받았습니다. 예전에는 오계 중 하나라도 어기면 인정사정 보지 않고 그대로 지옥행이었지만, 최근에는 저승의 시스템이 상당히 너그러워져서 일단은 강습을 받게 됩니다. 그리고 마지막에 여러분 책상 위에 있는 '반성 버튼'을 누르기만 하면 대부분의 죄가 면제됩니다."

사자들의 입에서 새어나오는 안도의 한숨이 하나가 되었다.

그러나 쓰바키야마는 안도의 한숨을 내쉬는 대신에 마음속으로 '지금 장난하냐?!' 하고 중얼거렸다.

"하지만 여러분. 대부분의 경우에는 용서를 받지만 개중에는 예외도 있답니다. 가령 요코하마 시 쓰루미 구에서 오신 광악원 지영성헌거사廣岳院智榮誠憲居士 님, 어디 계시죠?"

강의실 끝에서 풍채가 좋은 노인이 불안한 표정으로 손을 들었다.

"정말 놀랍군요! 부인 말고도 관계를 가진 여자가 네 명, 자식이 모두 여덟 명. 그 정도는 관대하게 봐준다고 해도 79년간의 인생에서 당신 때문에 목을 맨 여자가 두 명, 눈물을 흘린 여자가 밤하늘의 별처럼 많다고 하면……."

"역시 난 지옥행인가요?"

노인은 붉게 달아오른 얼굴을 숙이며 어깨를 떨구었다.

"뭐 지옥행인지 아닌지는 몇 번 재강습을 받고 그 결과에 달렸겠지요."

교관은 원시와 근시 겸용인 듯한 안경 너머로 계속 서류를 들추었다.

"나고야 시 나카무라 구에서 오신 정명적수신녀靜明寂水信女 님. 아주 아름다운 법명을 받으셨는데, 어디에 계시죠?"

"네……."

손을 든 사람은 도저히 여염집 여자로 볼 수 없는 화려한 옷차림의 여성이었다.

"상당히 젊어 보이는데, 연세가 어떻게 되시나요?"

"그렇게 젊지 않아요. 예순일곱이랍니다."

감탄사가 강의실을 가득 메웠다. 그 여성의 얼굴은 고작해야 50대로밖에 보이지 않았다.

"여기저기에 손을 많이 댔거든요. 돈도 꽤 들었답니다."

사투리를 억지로 표준말로 바꾸며, 여자는 애써 변명을 늘어놓았다.

"이혼 경력이 세 번! 더구나 상대가 모두 혼자 사는 노인이라면 예삿일이 아니지요."

"무례하군요. 난 그동안 혼자 사는 노인들을 위해 자원봉사를 해왔어요. 고독한 노인들한테 몸과 마음을 바쳐 정성껏 섬겨왔지요."

"불만이 있으면 재심사 자리에서 말씀하시지요. 그렇게 정성껏 섬기신 분이 배우자가 세상을 떠나자마자 집을 팔아치우고 또 다음 상대로 갈아타셨나요? 당신은 재강습으로 끝나지 않고 복합강습을 받으셔야 합니다. 미리 알아두십시오."

"복합강습이라니, 그건 뭐죠?"

여자가 불퉁한 표정으로 물어보자 교관은 잠시 여자를 노려보고 나서 비아냥거림을 한껏 담아 말했다.

"이 강습이 끝나면 56번 강의실로 가십시오. 그곳에서는 오계 가운데 하나인 거짓말에 대해 강습하고 있습니다. 그리고 78번 강의실에 가서 도둑질에 대한 강습도 받아야 합니다. 그리고……."

교관의 목소리가 한층 어둡게 가라앉았다.

"복도 맨 끝에 있는 100번 강의실에도 가서야 합니다. 거기에서 어떤 강습을 하고 있는지 아시죠? 살인에 대한 강습입니다."

"아아……!"

여자는 신음소리를 토하더니 쓰러지듯 책상 위에 엎드렸다.

여자로부터 고개를 돌린 교관의 표정은 백팔십도 달라졌고 목소리도 한층 가벼워졌다.

"하지만 다른 분들은 그럴 일이 없을 테니까 안심하십시오. 이미 아시다시피 여러분이 계시는 이곳은 현세와 내세의 중간 단계, 흔히 저승이라고 하는 중유(中有. 사람이 죽은 후에 다음에 태어날 때까지의 기간. 이 기간 동안 중유의 존재는 향을 음식으로 삼는다고 한다. 중유의 기간은 칠칠일, 즉 49일이다)의 세계입니다. 여러분은 어지간한 일이 없는 한 언젠간 극락왕생하시겠지만, 그러기 위해서는 생전의 행동을 제대로 심사해서 강습을 받고, 반성을 통해 중립적인 영혼으로 만들어야 합니다. 그러기 위해 필요한 모든 사무와 실무 절차를 처리하는 곳이 바로 여기지요. 옛날에는 여기를 '중유청中有廳'이라고 했지만 요즘은 국제화 시대라서 '스피리츠 어라이벌 센터(Spirits Arrival Center, 영혼도착소)', 약칭 'SAC'라고 부르고 있습니다."

교관은 말을 하면서 칠판에 영어 스펠링을 쓰고, 빨간 분필로 머리글자인 'S' 'A' 'C'에 동그라미를 쳤다.

"한 가지 질문해도 되겠소?"

맨 앞줄에 앉아 있던 백발의 노인이 손을 들었다.

"네, 하십시오."

"나는 제1차 세계대전에 육군장교로 참가해서 인류에 어긋나는 짓을 많이 저질렀소. 그런데 고작 90분의 강습을 받고 극락왕생을 하다니⋯⋯."

노인은 거기까지 말하더니 고개를 푹 떨구었다.

"전쟁은 특수한 사회 현상이기 때문에 죄를 따지는 일이 거의 없습니다."

"내 말은 그게 아니오. 신이 용서하느냐 용서하지 않느냐가 아니라 전쟁으로 희생된 이름 모를 수많은 영혼이 있는데⋯⋯ 그곳에서 살아남은 내가⋯⋯ 고작 90분의 강습으로 극락왕생을 하다니⋯⋯ 그것만은 내 명예와 양심을 걸고 사양하고 싶소."

쥐 죽은 듯이 조용한 강의실에 노인의 흐느낌만이 울려퍼졌다.

"그런 말씀은 재심사 자리에서 하십시오. 다만 한 가지 알아두셔야 할 것은 아오모리 현 기타쓰가루 군郡에서 오신 무광원지응법의거사武光院知應法義居士 님, 본인 멋대로 죄를 만들 필요는 없습니다. 당신의 죄는 음행뿐이니까요."

사자들이 한꺼번에 웃음을 터뜨린 것은 노인의 양심적인 주장이 '음행'과 너무도 어울리지 않았기 때문이다.

"한심하기 짝이 없군."

쓰바키야마는 그렇게 중얼거리며 크게 하품을 했다. 이런 식으로 개인적인 질문에 일일이 대꾸하다가는 끝도 한도 없으리라. 일을 사무적으로 처리하는 대신에 요령이라곤 손톱만큼도 찾아볼 수 없는 전형적인 공무원 스타일이다.

그때 웃음거리가 된 노인이 입을 열었다.

"남자로 태어나서 변명하는 건 볼썽사납다고 생각하오만 수치를 당한 김에 한마디하자면 나는 나름대로 인생을 충분히 즐겼다오. 이거야말로 남자의 숙원이 아니겠소?"

노인은 교활한 유머로 평생의 자기 모순을 교묘하게 마무리했다. 한심하긴 하지만 대단한 일이라고 쓰바키야마는 생각했다.

"아저씨, 음행이 뭐예요?"

소년이 그에게 얼굴을 가까이 대고 작은 소리로 물었다. 그는 죽기 전 아들에게도 이런 종류의 질문을 받고 식은땀을 흘린 적이 한두 번이 아니었다. 대답이 막힌 그는 헛기침을 하며 중얼거리듯이 말했다.

"나중에 어른이 되면 알게 될 거야."

다음 순간, 그는 입술이 바싹 마르며 아차 하는 생각이 들었다. 이 얼마나 잔혹한 대답인가.

앞에서는 교관의 말이 계속되었다.

"이미 세상을 등진 여러분은 이 SAC에서 극락왕생하기 위해 강습을 받고 있는 겁니다. 생전에는 모든 분들이 죽으면 어떻게 될까 하는 커다란 의문과 견딜 수 없는 공포에 시달리곤 하는데, 지금은 어떠세요? 공포를 전혀 느낄 수 없지요? 무슨 일이든 그렇지만 듣는 것과 직접 경험하는 것에는 커다란 차이가 있답니다. 하지만 옛날에는 여기도 상당히 무서운 곳이었지요. 현세가 봉건사회였던 시절에는 이쪽도 비슷해서, 흔히 말하는 '육도윤회(六道輪廻. 중생이 생전에 한 행위에 따라서 저마다 가서 살게 된다는 곳. 지옥도·아귀도·축생도·아수라도·인간도·천상도)'라든지 '인과응보因果應報'의 사고방식이 굳어져 있었습니다. 한마디로 말해 당시의 SAC는 끔찍한 재판의 자리였던 셈이지요. 그런데 현세가 발전함에 따라 내세도 현대화되었습니다. 따라서 최근 100년 사이에 SAC도 의식과 기능이 눈에 띄게 발전해서, 지금은 모든 분들이 어떤 방법으로든 극락왕생할 수 있는 꿈 같은 시스템으로 바뀌었습니다. 이렇게 된 배경이나 역사에 관심이 있는 분들은 『중유청의 역사』나 『SAC 개혁의 100년』이라는 책에 자세히 설명되어 있으니까 1층에 있는 매점에서 구입해 꼭 한번 읽어보시기 바랍니다."

교관은 책 두 권을 양손에 들고 한쪽은 5퍼센트의 소비세를 포함해서 1,800엔, 다른 한쪽은 657엔에 소비세를 부가해서 내야 한다고 자세하게 설명해주었다.

그는 문득 생각이 나서 주머니를 뒤져보았다. 그런 책을 살 생각은 눈곱만큼도 없었지만, 여기서도 현세와 똑같은 소비 행태가 이루어지는 것 같았다.

지갑을 손에 들고 그는 안도의 한숨을 내쉬었다. 평소에 가지고 다니던 만큼의 돈이 들어 있었다. 물론 현금카드나 신용카드는 사용할 수 없겠지만 말이다.

가장 분하고 억울한 것은 아직 처리하지 않은 영수증들이다. 바쁘다는 핑계로 경리부에 청구하지 못한 경비가 제법 만만치 않았다. 직원들에게는 경비를 부지런히 정산하라고 입에 침이 마르도록 잔소리하면서, 정작 자신의 지갑 속에는 두 달 전의 커피값 영수증이 그대로 잠자고 있었다. 과장이라는 직책상 유용할 수 있는 사적인 경비의 영수증까지 합치면 보통 금액이 아니라서 정말이지 억울해서 견딜 수 없을 지경이었다.

그나저나 저승이 이렇게 생동하는 곳이었단 말인가.

"물론 지옥은 옛날처럼 존재하지만 그곳에 떨어질 가능성은 현세에서 교도소에 수감될 확률과 거의 비슷한 정도입니다."

교관의 설명이 일단락되자 아까 이야기를 나누었던 여직원이 소년의 이름을 불렀다.

"연공웅심동자 님. 렌蓮 짱!"

소년은 고개를 들었으나 익숙하지 않은 법명에 아직도 실감이 나지 않는 모양이었다.

"너를 부르는구나. 자, 어서 가렴."

"제가 렌 짱이에요? 살아 있을 때는 유 짱이었는데 여기에서는 렌 짱이군요."

그렇게 말하는 소년의 미소가 몹시 애처로워 보였다.

"빨리 익숙해지는 게 좋을 거야."

"걱정하지 마세요. 아저씨, 고맙습니다."

소년은 퉁기듯이 일어나 강의실의 완만한 계단을 뛰어내려 갔다.

"그러면 지금부터 슬라이드를 상영할 테니까 창가에 계신 분들은 커튼을 닫아주세요."

교관은 손에 들고 있는 레이저 포인트로 비추면서 기계를 조작했다. 칠판 위에 스크린이 내려오고 큼지막하게 제목이 나타났다.

〈음행의 죄〉

쓰바키야마는 한쪽 팔꿈치를 책상 위에 대고 얼굴을 괴면서 따분한 표정으로 크게 하품을 했다. 어떤 심사기준이 있는지는 모르지만 적어도 이런 죄를 뒤집어쓸 만큼 성적으로 풍부한 경험은 없다. 제발 하늘의 공무원들이라도 정신 바짝 차려서 자기처럼 억울한 사람을 만들지 않기를 바랄 뿐이었다.

그런데 다음 순간, 그는 어둠 속에서 소스라치게 놀랐다. 두 번째 화면에 나타난 분홍색 소제목이 그의 심장을 얼어붙게 만든 것이다.

〈소광도성거사의 경우〉

저건 내가 아닌가? 그는 마른침을 꿀꺽 삼켰다.

"오늘 소개해드릴 유형은 지금 이 강습을 받고 있는 한 남자 분입니다. 향년 46세. 도쿄에 있는 유명한 백화점에서 오랫동안 근무하셨습니다. 언뜻 보면 품행이 방정한 인물 같지만 본인도 깨닫지 못하는 사이에 악질적인 음행을 저질렀습니다. 피해자는……"

교관은 잠시 말을 멈추고 세 번째 화면이 나오도록 버튼을 눌렀다. 그러나 기계에 이상이 있는지 화면이 나오기까지 잠시 시간이 걸렸다. 그동안 그의 목과 얼굴은 얼얼할 정도로 화끈거렸다.

"피해자는 같은 백화점에 근무하는 사에키 도모코 씨. 가해자와 입사동기입니다."

화면에 나온 도모코의 사진은 오랫동안 바뀌지 않은 사원증 사진이 틀림없었다. 적어도 10년은 됐을 것이다.

"당사자들 외에 그들의 관계를 알고 있는 사람은 아무도 없습니다. 주위에서는 이 두 사람을 아주 친한 동기생으로 알고 있지요. 그러나 실제로는 친구의 울타리를 뛰어넘은 섹스 파트너였습니다. 음탕한 육체 관계는 남자분이 결혼할 때까지 18년 동안이나 계속되었지요."

도모코에 관해서는 까맣게 잊어버리고 있었다. 지금의 그에게는 아무 상관도 없는 사람이었기 때문이다.

객관적으로 보면 교관의 설명에 틀린 부분은 없다. 그러나 두 사람의 관계를 '음행'으로 단정하는 저승의 판단은 결단코 받아들일 수 없었다. 물론 여기에서 구경거리가 되기는 싫었기 때문에 교관이 어떤 말을 하는지 일단은 끝까지 들을 수밖에 없었다.

화면이 장례식 광경으로 바뀌었다. 전혀 기억나지는 않지만 관심이 가지 않을 리 없다. 어쨌든 자신의 장례식이기 때문이다.

조촐한 교외의 장례식장이 나타났다. 평범한 인생을 살아온 그에게는 더할 수 없이 잘 어울리는 장소였다. 화면이 몇 컷 바뀌는 사이에 그의 얼굴은 불쾌감으로 가득 찼다. 직장 사람들의 모습을 별로 찾아볼 수 없는 장례식장은 한산하기 그지없었다. 시마다와 몇몇 여사원의 얼굴은 확인할 수 있었지만 직속상사인 미카미 부장은 물론 담당 임원도 보이지 않았다.

카메라가 우연히 그들의 모습을 잡지 않은 것은 아니리라. 46세의 남자 장례식에 직장 사람들이 오지 않을 경우 한산한 것은 당연한 일이다.

그의 불만을 눈치챈 듯 교관이 설명을 덧붙였다.

"장례식은 그 사람을 말해준다고 하는데, 아무리 그래도 이 장례식은 너무 쓸쓸하군요. 하지만 여기에는 그럴 수밖에 없는 안타까운 사정이 있습니다. 고인의 직장은 하필이면 바겐세일 중이라서 고양이의 손이라도 빌리고 싶을 정도로 정신없이 바빴답니다. 따라서 이것은 결코 소광도성거사 님의 인덕이 부족했기 때문이 아닙니다. 많은 분들이 그 전날 참석해서 고인의 명복을 빌었으니까요."

그는 어쩔 수 없다고 고개를 가로저으면서 깊은 한숨을 내쉬었다. 바겐세일의 첫날, 즉 목요일 밤에 쓰러져서 그대로 숨을 거두었다면 장례식은 토요일에 치러져야 한다. 토요일이라면 백화점으로선 가장 매출이 많을 때가 아닌가. 그래도 시마다와 몇몇 여사원들을 보내준 것은 백화점이 할 수 있는 최대한의 성의표시이리라.

이제 화면은 관이 나갈 때의 모습으로 바뀌었다. 교관의 레이저 포인트가 관 안에 꽃을 던지는 사람들의 얼굴을 좇았다.

"사에키 도모코 씨, 이분입니다. 보시다시피 하늘이 무너져내린 것처럼 슬퍼하고 계십니다."

도모코는 손수건으로 입을 가린 채 멍하니 관을 들여다보고 있었다.

"그런데, 애초에 두 사람이 가까워진 계기는……."

갑자기 변사 말투로 변하며 교관이 화면을 바꾸었다. 다음에 등장한 것은 그럭저럭 사반세기나 지난 신입사원 시절의 사진이었다.

"이분이 젊은 시절의 소광도성거사 님, 그리고 그 옆에 앉아 계신 분이 사에키 도모코 씨입니다. 많은 신입사원들 중에서 두 분이 나란히 앉아 있는 게 우연일까요? 아닙니다. 이것이야말로 그후의 운명을 암시하는 중요한 사진이라고 할 수 있겠지요."

화면은 일변해서 어두컴컴한 술집의 카운터를 보여주었다. 마치 연예인들의 불륜이라도 잡은 특종사진 같았다.

"입사하고 2년이 지난 뒤, 도모코 씨는 실연의 상처를 친구인 소광도성거사 님에게 털어놓고 위로를 받습니다. 이 시점까지는 아직 친구 사이였지요. 하지만 흔히 있는 일이 아닐까요? 이런 일을 계기로 두 사람이 사귀기 시작하는 건……."

어둠 속에서 실소가 새어나왔다.

분명히 흔히 있는 일인지도 모른다. 그러나 그에게는 전혀 악의가 없었다. 서로 스스럼없는 사이라고 생각했기에 도모코는 연애의 전후 사정을 그에게 털어놓았고, 그도 남자의 입장에서 조언을 해주었다.

도모코와는 신입사원 시절부터 이상할 정도로 마음이 잘 맞았다. 같은 고졸 출신에다 나이가 같다는 이유도 있었겠지만 상사의 소문에 대한 수다나, 영화 혹은 음식에 대한 취향도 신기할 정도로 일치했다. 그러나 지나치게 마음이 잘 맞아서 그런지 이성이라는 느낌은 거의 받지 못했다.

"뭐 자연스런 상황이지만 두 사람은 그날 밤 친구의 울타리를 뛰어넘어 남자와 여자가 되었지요. 당시 사내 연애는 결혼을 전제로 한 것 외에는 터부시되고 있어서, 그들의 관계는 극비리에 계속됩니다. 특히 여직원이 대부분을 차지하는 백화점에서는 이런 일에 상당히 민감한 것 같더군요."

아니다. 그는 힘차게 고개를 가로저었다. 관계가 계속된 것은 사실이지만 끈끈한 연애감정은 아니었다. 겨우 한 달에 한 번, 어쩌다 생각난 것처럼 관계를 가지는 친밀한 친구였을 뿐이다.

침대 속에서 들었던 도모코의 목소리가 되살아났다.

'있잖아, 쓰바키야마. 나, 좋아하는 사람이 생겼어.'

'그래? 누군데?'

'긴자 지점의 주임이야. 노동조합 일 때문에 알게 됐어. 아직 별다른 일은 없었지만 이제 진지하게 생각해볼까 해.'

'흐음……'

오래도록 교제하는 동안에 그런 일은 몇 번인가 있었다. 물론 대화의 주객이 바뀐 경우도 있었다.

그리고 그런 얘기가 나오면 그 순간부터 두 사람의 관계는 즉시 '친구'로 돌아간다. 그저 가끔 식사나 하면서 연애의 경과 보고를 들을 뿐이다. 그러나 몇 달 뒤에는 항상 원래의 관계로 돌아가곤 했다.

무엇이 음탕하냐? 무엇이 음행이냐? 그는 큰 소리로 항의하고 싶은 기분이었다. 지금은 '프리 섹스'를 주장하는 시대다. 규칙도 없고 도덕도 없고, 모든 사람이 풀 리그전의 양상을 보이는 대도시의 청춘들 가운데에서 두 사람만이 부정한 관계였다고는 도저히 생각할 수 없다.

오히려 두 사람은 서로의 연애를 부정한 것으로 만들지 않는

굳건한 요새였다고 생각한다. 다른 사람을 만나다 위험을 느끼면 재빨리 몸을 돌려 원래의 요새로 도망치면 되었다. 그래서 그는 몇 번의 연애에서 상처를 받지 않고 마음을 정리할 수 있었다. 그 점은 도모코도 마찬가지였을 거라고 생각한다. 언제나 마음 편하게 도망칠 수 있는 요새가 있었기에 치열한 연애 전쟁에서 패배하는 일이 없었던 것이다.

그가 뒤늦게나마 결혼했을 때도 도모코는 진심으로 축복해주었다. 결혼하겠다고 그녀에게 말한 것은 역시 침대 안이었다.

'그래? 알고 있어. 키가 크고 예쁘장하게 생긴 사람이지? 우리 백화점의 꽃, 안내양이잖아? 잘해봐, 쓰바키야마. 지금이 승부의 갈림길이야.'

'실은 반한 것도 반한 거지만 이제 서른여덟이나 됐으니까 슬슬 결혼할 때가 된 것 같아서 말이야. 도모코, 괜찮지?'

'내가 괜찮고 말고 할 성질의 것이 아니잖아? 이렇게 좋은 기회가 어딨어? 그런데 그렇게 젊고 예쁜 여자한테 어떻게 결혼 허락을 받아냈어?'

'아직 결혼 허락을 받진 못했어. 몇 번 식사를 같이 하고 술을 마셨을 뿐이야. 결혼하면 일을 그만두고 싶다고 하더군.'

'세상에! ……그건 프로포즈해달라는 거나 마찬가지잖아?'

'그렇지? 나도 그렇게 생각해.'

'설마 그렇진 않겠지만 이미 양다리를 걸치고 있는 건 아니겠지? 난 그것만은 사절이야.'

'그렇지는 않아. 그러니까……'

'노 프라블럼No problem. 알았어. 어떻게 돼가는지 가끔 경과나 얘기해줘. 아아! 당신도 결혼한다니, 나도 이제 결혼에 대해 진지하게 생각해야 할 때가 됐나 봐.'

서른여덟 살의 도모코는 스무 살의 도모코보다 훨씬 아름다웠다. 이별의 키스를 나누는 순간, 그때까지 생각지도 못했던 진한 미련이 가슴을 메웠다.

그는 연애의 경과를 얘기해주지 않았다. 그녀에게서도 연락이 없었다. 서른여덟 살이 되어서야 비로소 그때까지 오랫동안 믿고 의지했던 요새가 역할을 마치고, 그와 도모코는 어느새 인생사의 한 굽이를 마무리지어야 하는 나이가 되어 있었던 것이다.

그녀가 근무하는 시계보석과는 다른 층에 있었기 때문에, 백화점 안에서도 얼굴을 마주치는 일은 없었다.

쓰바키야마는 딱 한 번 반지를 주문하기 위해 7층의 시계보석과를 찾았다. 당시 그곳에서는 결혼 시즌인 가을을 앞두고 다이아몬드 반지를 홍보하고 있었다. 마음은 아팠지만 적어도 그녀의 판매실적으로 이어지기를 바라며 찾아간 것이다.

백화점의 보석은 비싸긴 하지만 믿을 수 있다. 10퍼센트를 할인해주는 사원용 할인티켓도 사용할 수 있다.

그녀는 꼼꼼하고 정중하게 반지를 골라준 다음, 그와 그의 피앙세에게 얼굴을 가까이 대고 속삭이듯 말했다.

'이거 계산대에서 계산하지 않고 업자에게 직접 갖다주라고 할게. 그러면 반값이 될 거야.'

매장 계장의 권한으로는 충분히 가능한 일이다. 자신이 고른 상품을 반품 전표와 함께 업자에게 돌려준다. 그러면 무리한 요구라는 것을 알면서도 업자는 백화점을 통하지 않고 그에게 직접 파는 것이다.

'그러면 당신의 실적이 안 되잖아?'

'실적? ……나도 얼마 뒤에 결혼해서 여기와는 이별이야. 실적은 무슨 얼어죽을 실적! 여기에서 절약한 돈은 내 부조금이라고 생각하고 신혼여행 때 써.'

정말로 결혼할 예정이 있었는지 없었는지는 모르지만 그녀는 그후에도 계속 시계보석과의 엘리트 계장으로 근무하고 있었다.

그는 다시 한 번 마음속으로 중얼거렸다. 자신들의 관계가 음행일 리가 없다!

화면은 시계보석 매장에서 하와이의 신혼여행으로, 그리고 신혼의 행복한 가정을 이어서 보여주었다.

"유감스럽게도 소광도성거사 님은 사려 깊지 못한 사람이었습니다. 아마 그는 지금쯤 자신에게 왜 음행이라고 하는지 고개를 갸웃거리고 있겠지요. 참으로 둔감하기 짝이 없는 사람입니다."

행복한 가정에서 갑자기 바뀐 어두운 화면에 그는 눈을 동그랗게 떴다.

추억이 묻어 있는 원룸 아파트에서 도모코가 유리 탁자에 엎드려 있었다. 불빛도 색깔도 없는 흑백 필름이었다.

"지난 18년간 한결같이 프로포즈를 기다렸는데……. 다른 사람과 연애한다는 얘기는 전부 그의 질투를 끌어내기 위해 꾸며낸 얘기였는데……. 그는 음행을 저지르고 결국 도모코 씨를 버렸지요."

강의실 여기저기에서 웅성거림이 들려왔다.

"가엾기도 해라……."

"참으로 잔인한 남자군."

"정말 음탕한 녀석이야."

앞자리에 있는 노인들의 중얼거림이 날카로운 비수가 되어 그의 가슴에 꽂혔다.

이 판정은 지나치게 일방적이지 않은가. 적어도 변명이라도 할 수 있다면 얼마나 좋을까? 도모코가 은밀하게 자신을 사모했다는 말은 도저히 믿을 수 없다. 물론 애매모호한 상태에서 18년이나 사귄 남자가 결혼하면 충격을 받는 것은 당연하다. 나도 반대의 입장이라면 홧술 정도는 마셨을 것이다. 그런데 뭐가 음탕하단 건가. 그것은 악연의 청산이 아닌가.

커튼을 열라고 지시하고 나서 교관은 기름기가 밴 안경을 손수건으로 닦았다. 그런 다음 시선을 넌지시 그에게 향하며 입을 열었다.

"소광도성거사 님은 불만스럽게 생각하겠지만 SAC의 판정은 어디까지나 공명정대합니다. 그는 18년이라는 오랜 세월에 걸쳐 순진한 여자의 마음을 짓밟고, 사랑 없이 음탕한 짓을 거듭했습니다. 여러분! 자신이 왜 이 강습을 받고 있는지, 인생의 어느 부분에 문제가 있었는지 곰곰이 생각해보십시오. 음행이란 건 결코 불륜이나 이상한 성행위나 금전에 의한 육체의 매매가 아닙니다. 자신의 행위에 의해 상대방이 얼마나 큰 상처를 받았느냐, 자신의 욕망을 채우기 위해 상대의 진심을 이용하지는 않았느냐, 이것이 바로 음행의 정의입니다."

교관은 잠시 사자들의 반성을 촉구하듯이 입을 다물었다. 노인들은 하나같이 고개를 숙였고, 잘못을 깨달은 것처럼 고개를 주억거리는 사람도 있었다.

"한 가지 물어봐도 되겠소?"

마치 천수를 다한 듯이 새우처럼 등이 굽은 노인이 책상을 의지하며 일어섰다.

"나처럼 100년이 넘게 살면 과연 어느 여자를 울리고 어느 여자를 기쁘게 했는지 알 수 없는 법이지요."

"오키나와 현 나하 시에서 오신 석예지영신사釋譽知榮信士 님. 향년 102세이시죠?"

교관은 서류를 들추면서 정중하게 말했다.

"가능하면 내 영상도 보여줄 수 없겠소?"

"죄송하지만 영감님의 경우는 자료가 될 만한 필름이 없습니다. 나중에 개별적으로 설명해드리지요."

"말도 안 되는 소리! 분명한 이유도 모르면서 반성 버튼을 누를 수는 없잖소?"

"하지만 짐작되는 부분은 있으시지요?"

잠시 생각에 잠긴 표정을 짓더니 노인은 "하긴 뭐"라고 하며 쓴웃음을 지었다.

"마음 편안히 누르셔도 됩니다."

노인이 자리에 앉자 교관은 사자들을 둘러보며 설명을 덧붙였다.

"그러면 여기에서 SAC의 공평한 조사와 심사 시스템에 대해 말씀드리겠습니다. 물론 석가모니께서 천상의 연꽃을 통해 여러분의 인생을 일일이 살펴보시는 건 아닙니다. 실은 현세의 각 지역에 수많은 SAC 조사원이 파견되어 있고, 그들의 상세한 보고를 근거로 심사위원회에서 심사하는 겁니다."

생각지도 못한 이야기를 들은 사자들은 일제히 깜짝 놀란 표정을 지었다.

"잠시만요! 그 조사원이란 건 뭐요? 투명인간이요?"

사자 한 사람이 전원의 의문을 대변했다.

"아닙니다. 살아 있는 사람을 가장하고 있습니다. 그들은 보통 사람의 모습으로 현세에서 생활하고 있습니다."

"그렇다면 내가 아는 사람 중에도 조사원이 있었단 거요?"

"아는 사람인지 아닌지는 모르지만 아주 가까운 곳에 있었지요."

"맙소사!"

여기저기에서 들려오는 웅성거림이 하나의 소리를 만들었다.

그도 재빨리 생전에 친했던 사람들의 얼굴을 떠올려보았다. 아주 사적인 부분까지 조사하려면 탐정이나 스파이 같은 사람은 아닐 것이다. 그렇다면 자신과 아주 가까운 곳에 살아 있는 사람을 가장한 SAC 조사원이 있었단 말인가? 어쩌면 백화점의 직원들이나 상사, 오래전부터 단골이었던 고객, 자주 가는 술집의 호스티스나 바텐더, 스스럼없이 가까이 지내던 이웃집 아줌마의 남편일지도 모른다.

"정말 더럽군!"

갑자기 분노의 목소리를 토해낸 사람은 조금 전 현관에서 마주친 작업복 차림의 도편수였다. 겉모습으로 봐선 나쁜 술버릇이 죄일 것 같지만, 의외로 음행 죄를 저질렀나 보다.

"이것 보슈. 도둑고양이처럼 살금살금 남의 연애질이나 탐색하다니, 이렇게 인권을 침해해도 되나? 모든 일엔 정도가 있는 법이야!"

도편수의 매서운 일갈에도 기죽지 않고 교관은 서류철을 책상에 내동댕이치며 고함을 쳤다.

"닥쳐요! 당신한텐 이미 인권 따위는 없어요. 불만이란 살아 있을 때나 표시하는 거란 말이요!"

사자들에게 이처럼 가혹한 말이 어디 있을까? 사자들이 입을 다물자 교관은 다시 미소를 지으며 덧붙였다.

"재심사를 원하시는 분은 나중에 남으세요."

그후의 장황하고 따분한 설교를 그는 남의 일처럼 한 귀로 듣고 한 귀로 흘렸다. 어쨌든 현세에 남겨둔 일 때문에라도 이의를 제기할 생각이었다. 다만 이의를 제기할 이유가 한 가지 늘어났을 뿐이다.

"예수 그리스도는 사랑을 설파하고, 석가모니는 자애를 가르치고, 공자는 인의를 주장했습니다. 여기에 공통적으로 들어 있는 가장 중요한 사항은 다른 사람에 대한 배려의 마음입니다.

여러분은 색욕에 빠져서 무서운 음행을 저질렀습니다. 본래 오계에서 한 가지라도 죄를 저지르면 즉시 지옥으로 가야 하지만, 현세의 문명이 발전함과 동시에 인류가 지적으로 진화하면서 지옥으로 가야 할 정도의 악인은 거의 사라졌습니다. 그에 따라 강습 시간도 점차 줄어들었지요. 그러면 이쯤에서 여러분한테 반성을 촉구하고 싶습니다."

모든 것은 말하기 나름이다. 세상이 아무리 발전해도 악인이 줄어드는 것은 아니다. 솔직히 말하면 인구의 증가와 더불어 사자의 수가 많아져서, 스스로 참회를 신고하게 하여 사자의 구분 작업을 합리적으로 하려는 것이리라. 더구나 의학과 영양학의 발전으로 사자들은 점점 고령화하고 있다. 현명한 노인들은 좋은 게 좋은 것이란 생각으로 일단은 반성 버튼을 누를 게 틀림없다.

"그러면 책상 위에 있는 빨간색 버튼을 주목해주십시오. 이 강의실에는 지금 100명의 수강생이 있습니다. 생전에 저지른 음행에 대해 '아아, 참으로 나쁜 짓을 했다. 정말 잘못했다' 하고 반성하시는 분은 그 버튼을 누르기만 하면 죄는 면제됩니다. 준비되셨나요?"

어쩌면 이렇게 하늘이나 땅이나 공무원들의 일하는 방식이 똑같을까? 모든 사람을 하나의 틀에다 끼워넣는 것, 이거야말로 공무원 스타일의 전형 아닌가! 이래서는 남녀간의 문제나 고약한 술버릇, 사소한 거짓말은 종교적인 이유로 죄는 되어도 벌은 받지 않는다고 하는 것이나 마찬가지이리라.

아무튼 다른 죄를 저지르지 않아 '복합강습'을 받지 않아도 되는 자신은 이 버튼을 누르기만 하면 극락왕생을 할 수 있는 것 같다.

"그러면 누르십시오!"

그는 버튼으로 가던 손을 거둬들였다. 이런 성격 때문에 현세의 삶에서도 많은 손해를 보아왔다. 그러나 아무리 생각해도 도모코와의 관계를 음행이라고 인정할 수는 없었다.

칠판 위에 있는 전광판의 숫자가 변하기 시작했다. '80'까지는 알아볼 수 없을 정도로 빠르게 변하더니 그 다음은 조금 주저하듯이 숫자가 바뀌었다. 그리고 '99'까지 도착했을 때 숫자는 그곳에서 정지하고 말았다.

"그러면 강습표에 도장을 찍겠습니다. 교단 앞으로 와서 한 줄로 서시기 바랍니다."

교관의 눈이 순간적으로 그를 노려보았다.

사자들은 정연하게 줄을 서서 교관에게 강습 수료의 도장을 받고 강의실에서 나갔다.

그를 제외한 전원이 자신의 죄를 인정한 것은 아니리라. 다만 그렇게 하면 번거롭지 않기 때문에, 자신의 믿음과는 상관없이 버튼을 누른 것임에 틀림없다.

강의실 구석에 우두커니 남겨진 채 그는 잠시 생각에 잠겼다.

부모에게 물려받은 이 완고한 성격 때문에 지금까지 많은 손해를 감수해야 했다. 그렇다고 순간의 안락을 위해 검은 것을 희다고 말할 수는 없었다. 잘못되었다는 것을 알고도 상사의 의

견에 맞장구칠 수 없었던 것이다. 그것만으로도 샐러리맨 자질이 부족했다고 할 수 있으리라.

"이제 어떻게 하시겠습니까, 소광도성거사 님?"

교관이 교단 위에서 자료를 정리하면서 물었다.

"재심사를 부탁합니다."

교관은 지겹다는 표정으로 그를 올려다보았다. 재심사를 청구하는 건 사자의 권리지만 가능한 한 희망자가 나오지 않도록 설득하는 게 교관의 의무인가 보다.

"음행을 인정하지 않는 거군요."

"네, 그리고 또 한 가지……."

그는 자리에서 일어서서 천천히 교단을 향해 내려갔다.

"전 도저히 이대로 죽을 수 없습니다. 현세에 남겨놓은 일들이 너무 많아서요……."

교관은 노골적으로 얼굴을 찡그렸다. 정당한 권리의 주장을 거부할 수는 없지만 개인적으로는 거부하고 있는 것이다. 현세에서도 흔히 볼 수 있는 동사무소 공무원의 표정이었다.

"그건 웬만하면 그만두는 편이 좋습니다. 좋은 일은 하나도 없고 다들 귀찮아하는 데다가, 당신에게도 상당히 위험이 따르는 일이니까요."

"전 아무리 위험해도 괜찮습니다. 어쨌든 부탁합니다."

그가 강습표를 내밀자 교관은 한숨을 쉬면서 '재심사'라는 붉은 스탬프를 찍었다.

"현관으로 나가서 좌측 안쪽에 있는 별관으로 가십시오."

그는 강습표를 빼앗듯이 낚아채고 강의실에서 나왔다. 복도는 강습을 마친 사자들로 발 디딜 틈이 없었다. 그러나 불안한 얼굴은 찾아볼 수 없고 오히려 극락왕생에 대한 기대로 모두 편안해 보였다.

천상으로 올라가는 에스컬레이터는 혼잡하기 이를 데가 없었다. 머리 위에서는 의혹에 가득 찬 시선이 일제히 그에게 쏟아졌다. 그는 그 시선에 기죽지 않고 천상의 빛으로 빨려들어가는 사람들의 얼굴을 빤히 쳐다보았다.

당신들은 정말로 현세에 미련이 없는가? 그렇게 간단한 인생이었나? 자기만 그렇게 극락으로 가 버리면 끝이란 말인가······!

상응하는 사정

재심사를 처리하는 별관은 사라꽃이 흐드러지게 피어 있는 동쪽 끝에 있었다. 잔디밭을 건너온 상큼한 바람은 신혼여행 때 갔던 하와이의 기후를 연상시켰다.

현관 주위는 여전히 혼잡했지만 별관으로 가는 사람의 모습은 보이지 않았다. 거의 천수를 다한 노인이라고 하지만 본디 인간은 이렇게 순순히 죽음을 받아들이는 법일까?

별관은 3층짜리 낡은 건물로, 대부분 창고나 자료실로 사용하는지 조용하고 어두컴컴한 건물 주위에는 싸늘한 냉기만 떠다니고 있었다.

현관문 주위는 사람의 발길을 거부하듯이 새빨간 백일홍으로 뒤덮여 있다. 한 소년이 땀을 닦으면서 백일홍 아래에 조목별로 쓰여 있는 거창한 간판을 올려다보고 있다.

"아아, 렌 짱. 여기서 뭐하고 있어?"

긴 법명은 기억나지 않지만 그는 여직원이 불렀던 소년의 이름을 떠올리며 말을 걸었다.

"아! 아까 그 아저씨군요? 이거 한자라서 읽을 수가 없어서요."

소년은 가느다란 손가락으로 간판을 가리켰다. 사립초등학교 로고가 새겨져 있는 새하얀 여름 모자가 눈부셨다. 그는 재빨리 주위를 둘러보았다. 주위에서는 직원들의 모습이 보이지 않았다.

"여긴 너처럼 어린아이가 오는 데가 아니야. 넌 빨리 에스컬레이터를 타고⋯⋯."

그는 설교를 시작하다가 작은 한숨을 내쉬었다. 소년이 한쪽 손에 들고 있는 '재심사'라는 붉은 스탬프가 찍힌 서류를 보았기 때문이다.

"어째서⋯⋯."

"전 죽고 싶지 않아요."

소년은 인간으로서 할 수 있는 당연한 주장을 단호하게 말했다. 대답할 말을 찾지 못해서 그는 새하얀 교복의 가슴 높이로 몸을 구부렸다.

"렌 짱, 네 마음은 이해하지만 한 번 죽은 사람은 다시 살아날 수 없단다."

"그럼 아저씨는 뭐하러 오셨어요?"

"나는⋯⋯ 너무나 갑작스럽게 죽어서 회사일과 집안일, 집의 대출금 등, 해결해야 할 일들이 너무 많이 있거든. 도저히 납득할 수 없는 일도 있고 말이야. 귀신이라도 좋으니까 다시 저쪽 세계로 돌아가서 그 일들을 처리해야 돼. 물론 아저씨도 죽고 싶지는 않지만 다시 돌아가려고 해도 이미 장례식이 끝나 땅속에 묻혀버렸으니 어쩔 수 없지."

소년의 입술이 일그러지면서 순식간에 눈에서 눈물이 흘러내렸다.

"하지만 저는 죽고 싶지 않아요."

"알았어, 알았으니까 울지 마. 아저씨가 간판을 읽어줄 테니까 잘 생각해보렴."

"네."

소년은 순순히 대답한 다음에 손수건으로 눈물을 닦았다.

"잘 들어. ……재심사를 희망하시는 여러분께. 본 심사부에서는 여러분의 사망 사실에 대한 재심사는 일체 접수하지 않습니다."

"이게 무슨 뜻이에요?"

"다시 살아서 돌아갈 수는 없단 뜻이겠지."

소년은 조그만 가슴을 움츠리며 작게 한숨을 내쉬었다.

"현세의 고민과 반드시 정리해두어야 하는 것, 이른바 '이대로는 억울해서 도저히 죽을 수 없는 것'에 상응하는 사정만 SAC의 전문 심사관들이 엄격하게 심사하겠습니다. 재심사 청구는 여러분의 정당한 권리이지만 심사 결과에 대한 이의는 인정하지 않습니다……. 즉, 한마디로 말해서 어지간한 사정이 없는 이상 불평하지 말고 극락으로 가라는 말이야."

"불평을 해도 소용없다는 뜻인가요?"

"대부분의 경우에는 인정하지 않는단 거겠지."

"만약에 인정하면 그 다음에는 어떻게 되는 거죠?"

"나도 여긴 처음이라서 그것까지는 모르겠구나."

소년은 지나칠 정도로 총명했다. 어느 부잣집 도련님인지는 모르지만 상당히 좋은 교육을 받은 것 같다.

"자, 이제 알았으면 아까 있던 데로 돌아가서 에스컬레이터를 타렴."

"싫어요."

소년은 야무진 목소리로 말을 이었다.

"아저씨는 어떨지 모르지만 제 경우는 틀림없이 '상응하는 사정'일 거예요."

"……너 설마 집의 대출금을 갚아야 하는 건 아니겠지? 초등학교에 다니는 아들이 있거나 치매에 걸린 아버지가 있는 것도 아니겠지?"

"그것만이 상응하는 사정은 아니라고 생각해요."

"……알았어. 그러면 네 맘대로 하거라."

이렇게 되바라진 녀석이 아들이 아닌 게 얼마나 다행인가. 그는 마음속으로 혀를 쯧쯧 찼다.

그는 현관의 냉기 속으로 발을 밀어넣었다. 반들반들 왁스의 윤기가 감도는 복도에 빨간색 테이프로 화살표가 찍혀 있었다. 세월의 무게가 느껴지는, 병원이나 학교 같은 어둠침침하고 위엄 있는 건물이었다.

'재심사실'이라고 쓰여진 문 앞에 무섭게 생긴 뚱뚱한 사내가 멍하니 서 있었다. 사내도 역시 재심사를 받으러 온 것 같았다. 나이는 쓰바키야마와 비슷한 정도일까? 역시 나이가 젊은 만큼 깨끗이 포기하지 못하는 것이리라.

사내는 그와 소년을 노려보고 나서 인사 대신 가볍게 코웃음을 쳤다.

"강습표는 거기 창문에 제출하슈. 나 참, 기가 막혀서. 정밀검사를 하는 병원도 아닌데 이쪽으로 가라, 저쪽으로 가라, 생난리를 치니 원."

검은 티셔츠 위에 검은 양복을 입은 사내는 언뜻 보기에 한창 유행하는 브랜드 패션이지만, 손목에 있는 투박한 팔찌가 몸을 휘감고 있는 옷과 어울리지 않았다. 얼굴 표정이나 말투에서는 야쿠자 같은 험악함이 배어 있었다.

"당신 아들녀석이슈?"

"아닙니다. 그냥 여기에서 만났어요."

"그러슈? 그거 다행이구면."

사내는 새하얀 치아를 드러내며 히죽 웃더니 두 사람에게 긴 의자를 권했다.

"뭐가 다행이란 건가요?"

"아까부터 창문 너머로 보고 있었는데, 난 교통사고를 당해 함께 비명횡사한 부자지간인 줄 알았지. 그러면 너무 불쌍하지 않겠소?"

"이 애는 횡단보도를 건너다 차에 치였다고 하더군요. 난 아마 뇌출혈이나 지주막하 출혈로……."

"아마라니, 자기가 어떻게 죽었는지도 모른단 말이오?"

"갑자기 정신을 잃어버린 다음엔 아무것도 기억나지 않아요."

"그러면 무리도 아니구먼."

사내의 얼굴과 말투는 흉폭하게 보이지만 의외로 친절한 것 같다. 애초에 죽은 사람이 야쿠자를 두려워할 이유가 없지만 말이다.

"그런데 당신은요?"

그는 사내에게 병원 대합실에 있는 보호자에게 병명을 묻듯 물었다.

"난 말이지, 난……."

사내는 소년의 옆얼굴을 힐끔 쳐다보고 나서 그의 어깨를 잡고 자기 쪽으로 끌어당겼다.

"꼬마 녀석한테는 말하지 마슈. 실은 말이야, 난 살해당했소."

"예에?! 정말인가요?"

"여기에서 내가 뭐하려고 거짓말을 하겠수?"

"그거 안됐군요……."

그가 동정 어린 시선으로 말하자 사내는 거구를 움츠리며 고개를 떨구었다.

"내 얘기를 들어주겠수?"

"그래요. 속 시원히 말해보세요. 왜 그런 일이 일어난 거죠?"

"보다시피 직업이 직업이니만큼 총을 맞아도 어쩔 수 없는 노릇이지. 그것도 다 팔자려니 생각할 수 있소. 하지만 딴사람으로 착각해서 죽임을 당하는 건 분명 다른 일이오. 그리 오래 살지는 않았지만 그렇게 멍청한 녀석이 있다니."

사내는 탁한 소리를 낮추며 짐승처럼 신음소리를 냈다.

"세, 세상에! 딴사람으로 착각해서 죽임을 당했단 건가요?"

"그래요. 이렇게 억울할 데가 어디 있겠소? 안 그래요, 아우님?"

"당신한테 아우님이란 말을 들을 이유는 없지만, 그건 정말로 억울하겠군요."

"그렇죠? 바로 사나흘 전의 일이라오. 아니, 일주일쯤 됐을까? 날짜를 정확히 알 수 없는 건 며칠 동안 의식불명 상태에 빠져 있었기 때문이라오. 뭐 그런 건 아무래도 상관없소. 어쨌든 생전 처음 보는 녀석이 딴사람으로 착각해서 총을 쏘더군. 그 녀석, 탕탕탕탕 총을 쏜 다음에 '히익!' 하고 비명을 지르더군요. '히익! 우야면 좋노? 잘못 봤데이. 이거 딴 녀석 아이가?!' ……이해하겠수, 아우님? 점점 멀어져가는 의식 속에서 그 소리를 들었을 때 내가 얼마나 분하고 억울했는지!"

"운이 없었다고밖에 표현할 길이 없군요."

그러나 그것이 재심사를 청구한 이유라면 심사관들이 인정하지 않으리라고 그는 생각했다. 아무리 운이 없어도 그것이 사내의 수명임에는 틀림없는 것이다.

"너무 고집부리지 않는 편이 좋을 거예요. 아무래도 여기 공무원은 그렇게 인정이 많은 것 같지는 않으니까요."

"아아, 그건 나도 알고 있소. 강의실에서 한바탕 옥신각신했으니까. 나도 이런 직업을 갖고 있는 이상, 가령 딴사람으로 착각했다고 해도 새삼스레 이러니저러니 불평할 생각은 없소. 하지만 비록 작긴 해도 일가―家를 이룬 몸으로 사랑스런 고붕(子

分. 부하)들을 길거리에서 헤매게 할 수는 없지 않소? 그 녀석들, 밥줄이 끊어지면 무슨 짓을 할지 몰라요. 즉, 난 사회의 평화를 위해 다시 저쪽으로 돌아가서 고붕들이 밥을 먹고 살아갈 수 있도록 해줘야 한단 말이오. 또한 원수를 갚을 생각은 추호도 하지 말라는 말도 해야만 해요."

그렇군. 그렇다면 '상응하는 사정'일지도 모른다. 그쪽 업계의 도덕이나 의리는 잘 모르지만 가령 딴사람으로 착각했다고 해도 오야붕(親分. 두목, 우두머리)이 살해당했다면 엄청난 소란이 벌어졌으리라. 사회의 평화를 위해서도 고붕들을 설득할 필요가 있다.

"이게 다 내가 어리석은 탓이지 뭐. 요즘 야쿠자들이 개나 소나 브랜드 패션에 빠져드는 바람에 나도 그대로 따라했더니만. 이게 다 독창성이 부족한 탓이오. 뚱뚱보에 갈색 머리에 유럽 스타일의 검은색 옷에, 다들 이러고 다니니 누가 누군지 어떻게 알겠수?"

사내는 새끼손가락이 없는 왼손을 가리며 머리를 감싼 채 그를 올려다보았다.

그때 불쑥 문이 열리고 날카로운 표정의 여직원이 사내의 이름을 불렀다.

"의정원용무협도거사義正院勇武俠道居士 님, 들어오세요."

"넵!"

패기가 넘치는 대답을 하고 사내는 심사실로 들어갔다. 확고한 신념을 갖고 있는 세련된 행동에 그는 감탄하지 않을 수 없었다.

"아저씨, 저 아저씨는 야쿠자죠?"

소년이 그의 소맷자락을 끌었다. 이렇게 어린아이가 한눈에 정체를 알아본다는 것은 참 대단한 일이다. 야쿠자뿐만 아니라 최근에는 외모를 보고 직업을 판단하는 일이 점점 어려워지고 있는데 말이다.

"아저씨는 무슨 일을 했어요?"

소년의 질문은 꼬리에 꼬리를 물었다. 총명할 뿐만 아니라 호기심도 대단히 왕성한 것 같다.

"한번 맞춰보겠니?"

"글쎄요……."

소년은 의자에서 몸을 앞으로 내밀더니 고개를 갸웃거리며 그를 관찰했다.

"알았어요. 백화점에서 근무했죠?"

정말이지, 도저히 사랑할 수 없는 꼬마다.

"어떻게 알았지?"

"엄마랑 백화점에 자주 갔거든요. 그리고 백화점 직원들이 물건이랑 카탈로그를 가지고 집에 온 적도 있구요."

"어떻게 알았냐니까!"

소년에게 놀림당하고 있다는 생각에 그는 돌연 발끈했다.

"하얀색 와이셔츠에 말끔한 양복차림! 백화점 사람들은 걸을 때 등을 쭉 펴고 주머니에 손을 넣지 않아요. 그리고 서 있을 때 랑 사람들이랑 얘기할 때는 두 손을 앞에서 마주 잡지요."

후후후, 하고 소년은 탐정처럼 웃으며 덧붙였다.

"맞았어요?"

"그래, 정확해."

특별한 능력이 있는 것은 아니리라. 요컨대 어린아이의 맑은 눈에는 야쿠자가 야쿠자로 보이는 것처럼 자신도 백화점맨다운 풍모와 행동을 하고 있는 것이다.

"하지만 이제 아무 상관없어요. 그렇죠?"

혼잣말처럼 중얼거린 소년의 한마디가 그의 가슴을 찔렀다. 그렇다. 이제 아무 상관없다. 직장은 물론이고 태어나서 지금까지 착실히 쌓아온 모든 생활, 모든 개성, 모든 기득권은 죽음과 함께 재로 변해버렸다.

갑작스레 피곤이 몰려와서 그는 팔꿈치로 몸을 지탱했다. 그러자 소년이 작은 손바닥으로 그의 어깨를 두들겼다.

"아저씨, 왜 그러세요? 어디 아프세요?"

"아니야. 지금의 네 말이 가슴을 찌르는구나. 왠지 살아 있는 게 싫어져서 그래."

그는 자신이 말해놓고도 우스워서 절망적으로 웃었다.

"하지만 이대로 죽는 것도 싫잖아요?"

그래 그래. 네 말대로다.

사내의 재심사는 불과 5분 만에 끝났다. 신청은 당연히 기각됐으리라고 생각했는데, 복도에 나온 순간 사내는 천진난만한 미소를 지으며 두 사람에게 V 사인을 보냈다.

작은 창문에서 여직원이 서류를 내밀며 사내를 불렀다.

"의정원용무협도거사 님."

"넵!"

"이 서류를 들고 본관 1층 안쪽에 있는 '리라이프 메이킹 룸 Relife Making Room' 으로 가세요."

"예?! 그게 뭐요? 리라……."

"리라이프 메이킹 룸이요. 정식 명칭은 '특별역송실特別逆送 室' 이지만 너무 직접적인 표현이라서 그렇게 부르고 있어요. 문에는 'RMR' 이라고 쓰여 있을 거예요."

"흐음, 특별역송실이라고 하면 더 알기 쉬울 텐데."

"알기 쉬우면 안 되기 때문에 일부러 그렇게 한 거예요. 이런 특별한 방법이 있다는 걸 알고 너도나도 해달라고 하면 큰일이잖아요? 의정원 님. 당신은 이것이 아주 간단하다고 생각하는 것 같은데, 이건 특별 중에서도 특별이라는 걸 아셔야 해요."

"네네, 알고 있답니다. 알고 있다마다요!"

사내는 여자의 손에서 서류를 낚아채더니 그를 돌아보았다.

"당신은 너무 고집부리지 않는 편이 좋겠수. 이건 특별 중에서도 특별이고, 상당히 위험한 일 같으니까. 그러면 난 먼저 가겠수다!"

사내는 콧노래를 부르며 성큼성큼 걸어갔다.

여직원은 냉기가 흘러나오는 작은 창문 너머로 복도에 있는 두 사람을 노려보았다.

'그냥 시키는 대로 극락왕생하면 좋을 텐데, 왜 그렇게 고집불통이야?' 하고 말하는 듯한 심술궂은 눈초리였다.

"다음은 소쾅도성거사 님."

그는 일어서면서 조심스럽게 말했다.

"저기, 괜찮다면 이 소년을 먼저 들여보내도 될까요? 이 소년 은 시간이 많이 걸릴 것 같진 않은데요."

소년은 떼를 쓰고 있는 게 분명하니, 심사관이 매뉴얼대로 타 일러서 극락으로 보내줄 것이다. 더 이상 불안한 시간을 안겨주 어서는 안 된다.

"아니에요. 당신이 더 빨리 끝날 거예요. 어서 들어오세요."

"잠시만 기다리렴."

그는 소년의 어깨를 토닥이고 나서 재심사실로 들어갔다.

몸이 약간 떨릴 정도로 냉방이 잘된 곳이었다. 그곳에서는 세 명의 심사관이 긴 의자에 나란히 앉아 두꺼운 서류철과 눈싸움 하고 있었다.

그 상황에서 그는 즉시 입사할 때의 면접시험을 떠올렸다. 긴 의자의 한가운데에는 나이가 많은 신사가 앉고, 양쪽에는 각각 중간관리자 같은 남녀가 앉아 있었다.

"자리에 앉으세요."

나이가 많은 심사관이 미소를 지으며 의자를 권했다.

"입사할 때 면접시험 같죠? 현세에서 당신은 이쪽에 앉았었 나요?"

양쪽에 있는 두 사람은 그를 평가하듯이 말없이 날카로운 시 선을 내던졌다.

"네, 최근엔 해마다 면접관이 되어 면접을 실시했습니다."

"그렇다면 그쪽 자리는 그럭저럭 25년 만이겠군요."

"저는 고졸이니까 30년 가까이 됩니다."

"아, 그렇군요."

심사관은 한 손으로 안경을 잡고 서류를 들추면서 말했다.

그는 철제 의자에 앉아 등을 쭉 펴고 자세를 바로 했다. 무슨 일이 있어도 '특별 중의 특별'을 인정받아야 한다. 도저히 이대로 죽을 수는 없다. 어떤 질문을 해도 대답할 자신이 있고, 마음대로 말하라고 하면 '상응하는 사정'을 거침없이 떠들어댈 준비도 되어 있었다.

세 명의 심사관은 머리를 마주 대고 속삭이듯이 의견을 나누었다.

"……그러면 되겠지?"

"……뭐 그렇게 하면 되겠지요."

"……네, 그러면 될 것 같아요."

그러면……이라니, 지금 무슨 말을 하고 있는 걸까? 무릎 위에서 꼭 쥐고 있는 주먹에 촉촉이 땀이 배어나왔다.

"……하지만 주임님, 이건 어떻게 할까요?"

"……아아, 그거 말이군…… 자네는 어떻게 생각하나?"

"그건 어쩔 수 없지 않을까요? 본인이 알아듣도록 설명하면……."

그거라는 건 또 무엇일까? 어디까지 이마이고 어디까지 머리인지 알 수 없지만, 어쨌든 그는 손수건으로 이마에 배어나온 땀을 닦았다.

양쪽에 있는 심사관의 머리가 떨어지더니 주임은 웃음을 되찾으며 뜻밖의 말을 했다.

"본 심사위원회에서는 소광도성거사 님의 현세 특별역송조치를 허락하겠습니다. 지금 즉시 본관 1층에 있는 '리라이프 메이킹 룸'으로 가셔서 담당자의 지시를 따르십시오. 혹시 궁금하신 점이 있으면 질문하십시오."

그는 강렬한 갈증을 느끼면서 한 손을 심사관에게 향했다.

"……그쪽에서 질문하실 건 없나요?"

"본 심사위원회에서는 당신의 사정이 상응하다고 인정했습니다."

주임은 입술 끝을 올리면서 계속 미소를 지었다. 잠시 어색한 침묵이 흘렀다.

"단, 이 현세 특별역송조치에서는 몇 가지 지켜야 할 사항이 있습니다. 나중에 RMR에서 엄수사항이 쓰여 있는 종이를 주겠지만 여기에서 대강 설명해드리지요. 첫째, 제한시간을 지켜주셔야 합니다."

주임은 진지한 표정으로 검지를 곧추세웠다.

"제한시간이라구요?"

"그렇습니다. 현세에서 있을 수 있는 역송기간은 사후 7일간으로 한정됩니다. 흔히 초칠일이라고 하는 기간까지이지요."

그는 재빨리 실내를 둘러보고 달력을 찾았다. 주임은 사후 7일간이라고 하지만 자신이 죽은 날짜를 정확히 모른다. 오늘이 며칠인지도 모른다. 강습실에서 자신의 장례식 모습을 슬라이드로 보았으니까 사후 며칠이 경과한 것만은 분명하다. 그렇다면 자신에게 허용되는 시간은 고작해야 닷새밖에 안 된다.

질문할 필요도 없이 심사관은 서류를 보면서 말했다.

"당신은 6월 21일 오후 11시 48분에 사망하셨군요. 역송기간은 하루 단위이니까 12분만 더 버텼다면 하루를 버셨을 텐데요. 하지만 이것도 규칙이니까 어쩔 수 없습니다. 어쨌든 23일 토요일이 장례식이었습니다. 시간이 조금 빡빡하긴 했지만 일요일이 도모비키(友引. 일본에서는 이날 장례를 치르면 친구의 죽음을 부른다고 해서 꺼린다)라서 어쩔 수 없었던 모양이더군요."

"잠시만 기다리세요."

그는 수첩을 꺼내 그 날짜를 수첩의 여백에 적어넣었다.

하필이면 왜 이렇게 바쁠 때 죽은 것일까? 수첩에는 매일의 매출 목표와 함께 자기가 죽은 6월 21일, 즉 바겐세일의 첫날에 '산코 상회와 회식 PM 8:00'라고 적혀 있었다. 죽음에 이른 날까지는 수많은 회의와 거래처와의 미팅, 홍보부와의 사전 교섭과 매장의 레이아웃, 필요한 기자재의 수배 등 바겐세일의 준비로 가득 채워져 있었다.

특별히 바쁜 시기에 운이 나쁘게 죽은 것은 아니다. 다만 일로 인해 죽음을 당했을 뿐이다. 그는 그제야 겨우 아주 단순한 사실을 깨달았다.

"조금이라도 시간을 효과적으로 사용하기 위해서 역송시작시각은 내일 오전 0시로 하겠습니다. 즉, 당신에게 주어진 제한시간은 6월 25일 월요일부터 꼬박 사흘간입니다. 괜찮겠지요?"

괜찮냐고? 뭐가 괜찮냔 말인가? 모든 것이 뜬구름을 잡는 듯한 이야기 같아서 무엇을 물어봐야 할지 몰랐다. 그는 일단 생각나는 대로 질문했다.

"만에 하나, 그 규칙인지 뭔지를 깨뜨리면 어떻게 되지요?"

그러자 심사관들의 표정이 일시에 일그러졌다.

여자 심사관이 대답 대신 어두운 표정으로 오른손의 엄지를 바닥으로 향했다.

"그게 무슨 뜻이죠?"

"무서운 일을 당할 거예요."

여자 심사관은 도저히 그 다음을 물을 수 없을 정도로 낮고 음산한 목소리로 대답했다. 그러자 주임이 다급한 표정으로 다음 이야기로 화제를 돌렸다.

"그리고 둘째는 원한을 푸는 행동을 해서는 안 됩니다."

"그것은 걱정할 필요 없습니다. 미련은 남았지만 원한은 없으니까요."

주임은 고개를 끄덕이면서 쓴웃음을 지었다.

"하지만 가끔 있답니다. 이런저런 핑계를 대서 현세로 역송되자마자 그동안 원한이 쌓여 있던 상대를 죽여버리는 사람이. 그런 사람 때문에 우리까지 곤란해지곤 하지요."

"그것도 규정을 깨뜨리는 일이군요."

"물론이에요."

여자 심사관이 안경 너머로 음험한 눈초리를 치켜올리며 다시 엄지를 바닥으로 향했다.

"그러면 무서운 일을 당할 거예요."

심사관들의 표정에 또다시 어두운 그림자가 드리웠다.

"그리고 또 한 가지……."

주임은 빨리 이야기를 마무리짓고 싶어하는 것 같았다.

"RMR에서는 당신에게 역송용 가짜 육체를 준비해주기 때문에, 현세에서 가족이나 친구를 만나도 아무런 문제가 일어나지 않습니다. 가짜 육체는 생전의 당신과는 눈곱만큼도 비슷하지 않으니까요. 따라서 당신은 그들이 당신의 정체를 눈치채지 못하도록 해야 합니다. 만에 하나 누군가 눈치라도 채서 소동이 일어나면……."

"무서운 일을 당하는군요."

그가 엄지를 바닥으로 향하자 심사관들의 표정에는 더욱 어두운 그림자가 드리웠다.

"……그렇습니다. 다시 한 번 말씀드리지요. 제한시간 엄수, 복수 금지, 정체의 비밀 유지. 이 세 가지가 현세 특별역송조치의 엄수사항입니다. 당신의 사정에 대해선 본 심사관들이 충분히 참작했으니까 부디 이 세 가지 사항을 어기지 말고 신중하게 행동하십시오."

그는 백화점맨답게 정중하게 인사를 하고 나서 심사실을 나왔다. 그리고 긴 의자에 앉아 따분한 듯이 다리를 흔들고 있는 소년에게 V 사인을 보냈다.

"아저씨는 무사히 통과됐지만 넌 떼를 쓰면 안 된다."

이렇게 어린아이가 특별조치의 대상이 될 리가 없다. 세 명의 심사관에게 귀가 따갑도록 설교를 들어야 하는 소년의 모습을 상상하자 가슴 밑바닥이 아려왔다. 그는 렌 짱의 눈높이로 몸을 구부리고 작은 머리를 쓰다듬으며 말했다.

"잘 들어. 엄마랑 아빠랑 친구들을 만난다고 해도 넌 이제 아무것도 할 수 없어. 아마 심사관 아저씨들도 똑같이 말할 거야. 그럴 바에야 차라리 할머니랑 할아버지가 기다리고 있는 곳으로 빨리 가는 게 좋지 않을까?"

그러자 소년은 그의 손을 뿌리치고 벌떡 일어섰다.

"싫어요! 제가 다시 저쪽으로 가고 싶어하는 건 엄마랑 아빠를 만나기 위해서가 아니에요. 아무것도 모르시면서 함부로 말하지 마세요!"

그때 여직원이 소년의 이름을 불렀다.

"네!"

소년은 밝게 대답하고 나서 문의 손잡이를 잡고 뒤돌아보았다.

"저는 걱정하지 마시고 아저씨나 잘하세요."

소년은 하얀 손을 흔들며 저쪽으로 사라졌다.

어두컴컴한 복도를 걸으면서 그는 앞으로 어떻게 해야 할지 생각했다.

사후 7일간이라는 제한시간은 예로부터 내려오는 규정이니까 어쩔 수 없으리라. 자기도 모르는 사이에 그 가운데 나흘을 헛되이 사용한 것도 시스템상 어쩔 수 없는 일이리라.

다행히 죽이고 싶을 정도로 원한이 있는 사람은 없다.

어쨌든 전혀 비슷하지 않은 가짜 모습으로 현세로 돌아간다는 것은 뜻밖의 일이었다. 그러나 생전의 모습으로 돌아가면 귀신이 나타났다고 난리를 피울 것이므로, 남겨놓은 일의 뒤처리는커녕 주변 사람들을 혼란의 늪에 빠뜨릴 것이다. 역시 다른 사람인 척하며 자신이 할 수 있는 범위 안에서 주변을 정리하지 않으면 안 되리라.

이것은 보통 어려운 일이 아니다. 실제로 해보지 않으면 모르지만 이런 상황이 아니라면 생각만 해도 골치가 아플 것 같았다.

"으음……."

타박타박 걸어가는 그의 입에서 신음소리가 새어나왔다. 아무래도 자신은 '이대로 죽을 수 없다'는 막연한 이유만으로 사태를 안이하게 생각하고 있는 것 같다. 살아가는 것도 죽는 것도 쉽지 않은 세상에, 죽은 사람이 다시 살아나는 것이 쉬울 리가 없다. 그렇게 어려운 일을 해내기에 충분한 '상응하는 사정' 따위는 누구에게도 없을지 모른다.

본관으로 돌아가면서 그는 문득 사에키 도모코를 떠올렸다.

그렇다. 그저 '문득' 생각한 것이다. 그녀에 대한 그의 감정은 언제나 그 정도였다. 속마음까지 털어놓을 수 있는 친구임과 동시에 서로 따분함을 달래주는 섹스 파트너. 요즘 세상에 이렇게 마음 편한 관계는 특별히 드문 것도 아니지 않은가?

여자와 남자가 대등하게 사회에 참가하고 있는 오늘날, 그런 관계는 아주 자연스러운 것이리라.

더구나 두 사람 사이에는 철석같은 암묵의 약속이 있었다. 한쪽이 다른 사람을 사랑한다고 선언한 순간부터 서로의 몸에는 손가락 하나 대지 않는 친구 관계로 돌아간다. 그리고 실연을 선언함과 동시에 다시 육체 관계를 회복하는 것이다. 따라서 그의 결혼으로 인해 오랫동안 계속되었던 그 기묘한 관계는 깨끗이 청산되었다. 그리고 영원한 친구로 돌아가고 나서 벌써 8년의 세월이 흘렀다.

도모코가 다른 남자와 사랑에 빠졌다고 했을 때도 그는 질투를 느끼지 않았다. 질투를 느끼지 않았다는 것은 곧 연애 감정이 없었다는 것이다. 그 점은 도모코도 마찬가지였으리라.

"뭐가 음행이란 거야?"

발걸음을 내디디면서 그는 토해내듯이 중얼거렸다.

도모코가 은밀히 그를 연모했다는 것은 애꿎은 날조에 지나지 않는다. 이것은 억울하기 짝이 없는 누명이다. 낡은 도덕관념에 사로잡혀 있는 노인들이라면 또 몰라도, 고도성장기에 프리 섹스의 청춘을 보내고, 나아가서는 남녀고용평등법의 사회에서 살아온 사람들은 전부 음행의 죄를 저질렀단 말인가!

잠깐만! 그때 그의 뇌리에 번뜩 스쳐지나가는 것이 있었다.

억울한 누명의 원인은 아주 단순하다. 애초에 공무원 사회는 민간 기업보다 10년 정도는 뒤처져 있다. 공무원의 머릿속도 10년 이상 뒤떨어져 있다. 영리를 추구하지 않기 때문에 위기감이 없고, 위기감이 없기 때문에 개혁을 필요로 하지 않는다. 그리고 이 '중유청'도 그렇다. 명칭은 현대적으로 '스피리츠 어라이벌 센터SAC'라고 바꾸었지만 오래된 걸로 따지면 지적 생명체가 탄생한 이후 면면히 이어져 내려온 최고最古의 공무원 사회가 아닌가? 그렇다면 10년이 아니라 50년 정도 뒤처져 있다고 해도 이상할 게 없다. 자신이 50년 전의 사회기준에 따라 재판받고 있다면 음탕하다고 손가락질당해도 이의를 제기할 수 없으리라.

하물며 사자들은 거의 수십 년 전에 젊음을 보낸 노인들이다. 자신들의 세대가 늙어서 죽고 사자들이 전부 음행 판정에 이의를 제기할 때까지, 이 천상에 있는 공무원 사회의 인식은 바뀌지 않을 것이다.

어쨌든 현세로 돌아가면 태연하게 생활하고 있을 도모코의 생활을 들여다보고, 증거 테이프나 사진을 가지고 돌아오기로 하자.

'특별역송실'은 본관 1층 안쪽의, 좁은 복도를 몇 번이나 구부러져야 하는 찾기 힘든 곳에 있었다. 더구나 작은 화살표에 'RMR'이라고 암호 같은 알파벳이 쓰여 있어서, 일부러 사자들의 눈에 띄지 않도록 해놓았다고밖에 생각할 수 없었다.

그는 그것을 보고 세무서의 세금환급과를 떠올렸다. 원천징수된 소득세에서 각자의 생활 사정에 따라 환급금을 찾는 건 납세자의 정당한 권리이지만, 어떻게 해야 하는지 모르는 데다가 귀찮기 때문에 아무도 하려고 하지 않는다. 물론 세무서에서도 적극적으로 환급을 장려하지 않는다. 즉, 정확하게 말하면 세금환급은 납세자의 권리가 아니라 부지런한 납세자의 권리인 것이다. 그와 마찬가지로 특별역송조치 시스템도 사자의 권리가 아니라 부지런한 사자의 권리인 셈이다.

'RMR'은 '리라이프 메이킹 룸'의 약자라고 한다. 간판만 영어로 바꿨을 뿐인데 마치 조직까지 개혁한 듯한 표정을 짓는 것, 이것도 역시 공무원 사회의 나쁜 버릇이다.

조금도 친절하지 않은 화살표를 따라 복도를 헤매는 사이에 그는 극히 현세적인 조바심을 느꼈다. '국철'이 'JR'로 명칭을 바꾸었을 때에 느꼈던 조바심이다. 전매공사가 'JT'로 바뀌고 농협이 'JA'로 바뀌고 중앙경마회가 'JRA'로 바뀌면서 결국에는 자위대까지 'JSDF'라는 도저히 이해할 수 없는 약칭을 사용하고 있다. 이렇게까지 바뀌면 'J'라는 머리글자에는 일종의 외설적인 느낌까지 들곤 한다.

그렇게 생각하면서 그는 가까스로 특별역송실의 문 앞에 섰다.

문 위에는 '노크'라는 퉁명스런 글씨가 쓰여 있었다. 복도에는 무거운 어둠이 자리잡고 바닥과 벽은 몹시 지저분했다. 그는 '쓸데없는 일을 시키지 마라!'라는 무언의 압력을 느꼈다.

노크를 하자 "들어오세요"라는 자포자기한 듯한 남자의 목소리가 들려왔다.

"아아, 소광도성거사 님이군요. 댁이 도쿄 도 다마 시에 있죠? 이거 반가운데요."

마치 한직으로 쫓겨난 것 같은 느낌을 주는 중년의 남자였다.

"그 근처에 사셨나요?"

"아닙니다. 예전에 그 근처에서 조사원으로 일한 적이 있었지요. 그땐 정말 바빴답니다. 그만큼 보람도 있었지만요."

이렇게 경박한 녀석이 적당히 보고하는 바람에 나 같은 사람이 음행이란 죄를 뒤집어쓴 것이리라.

"새빠알간 드레스가 자알 어울리네에～."

흘러간 옛 노래를 읊조리면서 남자는 테이블 위에 검은 서류 가방을 올려놓았다.

"그러면 지금부터 '환생還生가방'에 대해 설명하겠습니다."

"환생가방이라구요?"

"그래요. 황천에서 돌아가니까 환생이지요. 일본어는 참 아름답지요? 그렇지 않나요?"

아무리 공무원이라도 이 설명만큼은 정중하고 꼼꼼하게 해주었으면 좋겠다.

"현세에서 필요한 물건들은 다 이 가방 안에 들어 있지요. 그러니까 결코 다른 사람한테 맡겨서는 안 됩니다. 물론 코인 로커나 물품 보관소에 맡겨도 안 됩니다. 항상 몸에서 떼지 말고 가지고 다니십시오."

오늘날 샐러리맨 세 명 중에 한 명은 가지고 있을 법한 눈에 띄지 않는 평범한 가방이었다.

"나일론으로 만들어서 가볍고 튼튼합니다. 보세요, 이렇게 어깨에도 멜 수 있고요."

남자가 어깨에 메고 흔들자 안에서 덜거덕거리는 소리가 났다. 지퍼를 열고 맨 처음 꺼낸 것은 휴대폰이었다.

"이 휴대폰은 현세의 휴대폰과 똑같이 사용할 수 있습니다. 다른 점이라면 # 와 * 이외에 ☆ 버튼이 있다는 거죠."

그는 남자 쪽으로 머리를 가까이 대고 휴대폰을 들여다보았다.

"이 ☆ 버튼은 뭐죠?"

"현세와 이쪽의 핫라인이지요. 모르는 일이나 곤란한 일이 있으면 주저하지 말고 언제든지 이 버튼을 눌러 서비스센터를 호출하십시오. SAC 담당자가 24시간 대기하고 있으니까요."

"한 가지 물어볼 게 있는데요. 제 행동을 지켜보는 담당자라는 분이 설마 당신은 아니겠지요?"

그는 설명하는 사이에도 콧노래를 그치지 않는 경박한 남자에게 조심스럽게 물어보았다. 그러자 남자는 한순간 불쾌한 표정을 짓더니 퉁명스럽게 말했다.

"아닙니다. 서비스센터의 담당자는 전문가니까 걱정하지 마십시오. 그러면 다음은……."

남자가 가방에서 꺼낸 것은 반으로 접힌 지갑이었다.

"돈인가요?"

"네, 하지만 보통 지갑과는 조금 다릅니다. 이 지갑에서는 필요한 돈은 얼마든지 나오지만 필요하지 않은 돈은 한 푼도 나오지 않습니다."

분명히 보통 지갑과는 다르다. 그것도 조금이 아니라 엄청나게 다르다.

"이것 말고도 여러 가지가 들어 있지만, 당신의 상황에 따라 나오는 물건이 달라지니까 그때마다 확인해보시기 바랍니다."

남자는 심술궂게 씨익 웃고는 환생가방의 지퍼를 닫았다.

뭐가 뭔지 모르겠다. 도대체 현세에 가서 뭐를 어떻게 하란 말인가? 어쩌면 '상응하는 사정을 충분히 참작해서 내린 심사 위원회의 특별한 조치'라는 것은 표면적인 이유일 뿐이고, 사실은 그냥 대충 처리해버리는 시스템이 아닐까?

머릿속이 몽롱해서 질문도 떠오르지 않았다. 경박한 남자는 망연히 서 있는 그에게 담배를 권했다.

그는 심한 골초임에도 불구하고 여기에 온 뒤로 계속 담배를 피우지 않았다. 와이셔츠 주머니에는 사반세기나 고집스럽게 피어온 '하이라이트'가 들어 있었는데 까맣게 잊고 있었다.

"어럽쇼? 어떻게 된 거죠? 별로 담배를 피우고 싶지 않군요."

남자는 담배를 문 입술 끝을 올리며 비웃듯이 웃음을 흘렸다.

"그래요? 그렇다면 이번 기회에 담배를 끊으세요."

"하지만 생각해보니 담배를 끊을 이유가 없군요."

그는 '하이라이트'에 불을 붙이고 한 모금 깊숙이 들이마셨다. 스트레스에서 해방되고 나서 피우는 담배만큼 달콤한 게 있을까?

"내가 이러쿵저러쿵 참견할 문제는 아니지만요."

남자는 담배 연기를 그에게 내뿜으면서 말했다.

"저쪽으로 돌아가 봤자 좋은 일은 하나도 없을 겁니다. 나도 이런 식으로 하루에 몇 명씩 만나고 있지만 위험을 감수하면서까지 돌아가야 할 이유가 있는 사람은 하나도 없더군요."

"하지만 나한텐 그에 상응하는 사정이……."

"그 상응하는 사정이라는 게 뭐죠? 현세에서 살아 있을 때, 살아 있어야 하는 상응하는 사정을 생각해본 적이 있나요? 죽을 때 죽어야만 하는 상응하는 사정도 생각해보지 않았겠지요? 그런 사람이 다시 돌아가야 할 상응하는 사정이 있다는 건 이상하다고 생각하지 않나요?"

이 사람 혹시 학창시절을 너무 부유하게 보낸 거 아냐? 돈 많은 부모를 둔 덕에 생활비를 걱정하지 않고 학문의 기회까지 얻은 녀석들은 이런 공허한 말장난을 통해 자신이 훌륭하게 사회에 참가하고 있다고 철석같이 믿고 있다.

쓰바키야마는 토론할 마음이 들지 않아 재심사실에서부터 계속 마음에 걸렸던 것을 물어보았다.

"현세로 돌아가는 데에 따르는 위험이 뭐지요?"

남자는 왜 쓸데없는 질문을 하느냐는 식으로 잠시 침묵을 지켰다.

"그건…… 엄수사항을 깨뜨렸을 때의 벌칙을 말하지요."

말을 하는 남자의 표정에 어두운 그림자가 드리웠다.

"좀 더 구체적으로 말해주시겠어요?"

"……무서운 일을 당하는 겁니다."

"즉, 이거군요."

그는 조금 전에 여자심사관이 그렇게 한 것처럼 엄지를 땅으로 향했다. 그 순간 남자는 철제 의자에서 허리를 들고 주위가 떠나갈 듯이 비명을 질렀다.

"어떻게 태연하게 그런 짓을 할 수 있지요? 마치 남의 일처럼 말이에요!"

"무서운 일을 당한다는 건, 어떤 일을 당한다는 건가요?"

"내가 어떻게 알아요? 어쨌든 현세로 돌아간 사람들의 절반은 무서운 일을 당했어요. 당신이 하려고 하는 일은 그만큼 위험한 일이라구요!"

남자는 검은 가방을 그에게 건네고는 문을 열고 복도의 양쪽을 살펴보았다.

"따라오세요. 이건 내 일은 아니지만 당신의 궁금증이 조금은 풀릴 거예요. 이런 일을 하다가 들키면 동료들이 날 싫어할 텐데, 하여튼 좋은 걸 보여줄게요."

그는 남자가 시키는 대로 복도로 나왔다. 환생가방은 제법 묵직했다. 휴대폰과 지갑 외에 또 무엇이 들어 있을까?

"내가 무리한 부탁을 한 건가요?"

"무리라고 할 정도는 아니지만 이것이 얼마나 위험한 일인지 모르는 것 같아서요."

정중하기만 할 뿐 조금도 친절하지 않은 하늘의 공무원 사회에서 그래도 이 사람은 어느 정도 인간적인 성실함을 갖추고 있는 것 같다.

좁은 복도를 몇 번 구부러지자 낯익은 광장으로 나왔다. 강습을 받기 전에 사자들이 분류된 곳이다. 여전히 많은 사람들이 모여서 담당자의 지시를 기다리고 있다.

"사람들이 많은 걸 보니 현세가 상당히 덥나 보군요."

"그야 물론이죠. 완전히 찜통이에요, 찜통. ……그런데 날씨가 더우면 많이 죽나 보죠?"

"여기가 가장 붐비는 건 혹독한 추위가 이어지는 겨울이지요.

그리고 더위가 계속되는 한여름에도 상당히 복잡해요. 당신도 더위 때문에 죽은 게 아닌가요?"

분명히 이번 더위는 육체에 상당한 영향을 주었다. 최근 들어 직장에 도착하기도 전에 하루의 체력을 다 소비해버리는 혹서가 계속되고 있었다. 바겐세일에 대비하여 거래처들을 돌아다니다 에어컨이 멋은 백화점에서 밤늦게까지 잔업을 하고, 집에 돌아가는 것은 언제나 마지막 지하철이었다. 따라서 더 이상 견디지 못하고 육체가 한계에 이른 것이다.

"저 에스컬레이터를 보세요."

남자는 광장 뒤쪽에 있는 내려가는 에스컬레이터를 가리켰다. 화끈한 열기와 무거운 습기가 가득 차 있는 어두운 곳이었다.

"무서운 일을 당한다는 건 저 에스컬레이터를 타고 내려간다는 뜻이에요."

설명을 하면서도 남자는 경박하게 신음소리를 내며 몸을 바들바들 떨었다.

"구체적으로 어떤 일을 당한다는 거죠?"

"그건 나도 몰라요. 본 적은 물론이고 가 보지도 못했으니까요. 하지만 짐작만으로도 알 수 있지 않을까요? 현세의 발전에 따라 이쪽도 상당히 부드러워지긴 했지만 옛날부터 내려오는 규칙이라고 할까, 지옥의 기본 형태가 있으니까요."

그는 인기척이 없는 에스컬레이터에 가까이 다가가서 아득히 먼 아래쪽을 내려다보았다. 그곳에서는 후텁지근한 바람이 올라왔다. 에스컬레이터의 붉은 벨트와 강철 계단은 아득히 먼 곳에서 무서운 어둠 속으로 빨려 들어갔다.

"이제 대강 알았으면 그만 가지요."

복도를 걸어가면서 남자는 쓰바키야마의 옆얼굴을 슬쩍 훔쳐보았다.

"그래도 돌아가겠다는 마음은 바뀌지 않아요. 나한텐 남아 있는 일이 있으니까요. 어쨌든 엄수사항만 지키면 되는 거죠?"

"그래요. 하지만 무슨 사정인진 모르지만 현세로 돌아간 사람의 절반은 조금 전의 에스컬레이터를 타야만 했지요. 생각을 바꾸려면 지금밖에 없어요."

"난 괜찮으니까 빨리 처리해주세요."

남자는 한숨을 쉬면서 엄수사항이 적힌 종이를 그에게 건네주었다.

"좋습니다. 제한시간 엄수, 복수 금지, 정체의 비밀 유지. 이 세 가지는 꼭 지키십시오."

그렇게 몇 번씩 못을 박을 정도로 어려운 일은 아니리라. 겨우 사흘 안에, 더구나 이미 죽은 사람이라는 자유롭지 못한 처지에서 할 수 있는 일은 불을 보듯 뻔하지 않을까? 절대로 무리한 일은 하지 말고 나 자신만 납득시키고 돌아오면 된다.

특별역송실로 돌아가자 남자는 안쪽에 있는 문을 가리켰다.

"그쪽으로 나가면 작은 방이 몇 개 있는데, 당신 이름이 쓰여 있는 방으로 들어가서 즉시 주무시면 됩니다."

또다시 뜻밖의 상황이다. 그 방에 현세역송장치라도 있는 것일까?

"그건 방으로 들어가시면 알 수 있습니다. 그럼 조심해서 다녀오세요."

남자는 안쪽 복도를 향해 그의 등을 가볍게 밀었다. 그런 다음에 문이 닫히고 자물쇠 채우는 소리가 들렸다.

창문이 없는 복도 맞은편에 작은 방이 나란히 있고, 첫 번째 문에 '의정원용무협도거사 님'이라고 쓰여 있었다. 그 우락부락한 사내는 자기보다 먼저 현세로 여행을 떠난 것일까?

'소광도성거사 님'이라는 글자가 쓰여 있는 문 앞에 서서 그는 잠시 숨을 가다듬었다.

조심스럽게 문을 연 순간, 그는 자기도 모르게 굵은 아저씨의 목소리로 "오오!" 하고 중얼거렸다.

그곳은 그리움을 불러일으키는 비즈니스 호텔의 객실 그 자체였다. 좁은 통로의 오른쪽에는 옷을 넣는 로커가 있고, 왼쪽에는 작은 욕실이 자리하고 있다. 싱글 침대에 조그만 TV. 벽에 붙어 있는 책상은 간단한 일을 처리할 수 있을 정도이고, 발밑에는 장난감 같은 냉장고까지 갖추어져 있었다.

커튼을 열자 초록의 물결이 넘실대는 목장 같은 저승의 풍경이 눈에 들어왔다. 이 경치에는 왠지 위화감이 들었다. 비즈니스 호텔의 창문에는 역시 현란한 네온사인이 어울리지 않을까?

지방 출장은 거의 가지 않았지만 마지막 전철을 놓치고 비즈니스 호텔에 숙박하는 일은 흔히 있었다. 그는 환생가방이라는 검은 가방을 껴안은 채 침대에 몸을 내던졌다. 눈을 감았다 떴을 때는 모든 것이 꿈이기를 기도했다. 그러나 멈칫거리며 눈꺼풀을 들어올리자 베갯맡의 창문 너머에는 저승의 푸른 하늘이 펼쳐져 있었다.

그는 다시 한 번 눈을 감았다.

돌아가라. 그날로 돌아가라. 음식점 화장실에서 쓰러진 것은 단순한 빈혈일 뿐, 그 이후에 별 이상 없이 거래처와 저녁식사를 마치고 나는 비즈니스 호텔의 침대에 도착한 것이다.

그 순간 마물魔物 같은 잠기운이 엄습해왔다.

샤워는 내일 아침에 하자. 집에 전화를 걸어야 하는데. 적어도 양복이라도 벗어야 하는데…….

몽롱한 의식 속에서 그는 무심코 발밑에 있는 TV로 시선을 돌렸다. 그러자 회색 화면에 '소광도성거사 님'이라는 글자가 떠올랐다. 그와 동시에 나지막하지만 맑은 여자의 목소리가 흘러나왔다.

"안녕하세요? 여기는 SAC 중유청의 리라이프 서비스센터입니다. 지금부터 당신을 현세로 역송시키겠습니다. 저는 지금부터 당신을 담당하게 될 마야라고 합니다. 역송 기간 중에 궁금하신 점이 있으면 휴대폰을 통해 24시간 접수하고 있으니, 언제든지 마음 편하게 이용하시기 바랍니다."

너무도 전문가라는 느낌을 주는, 자신의 모든 인생을 일에 맡기고 있는 듯한 여자의 목소리였다. 최근에는 어느 직장에나 이런 유형의 여성이 있는데, 그들은 특히 업무면에서 단연 신뢰할 수 있다. 가정을 등에 지고 있는 동년배의 남자는 상대도 되지 않는다.

"잘 부탁합니다."

잠의 세계로 슬며시 빠져들어가면서 그는 중얼거리듯이 말했다.

마야의 나지막하면서 분명한 목소리가 이어졌다.

"흔히 저승이라고 하는 이 중유의 세계는 현세와 저세상의 중간에 위치하고 있습니다. 현세를 떠난 영혼들이 일단 모여서 심사와 강습을 받은 후, 저세상으로 가는 터미널이라고 생각하시면 됩니다. 대부분의 분들은 필요한 수속을 마치고 저세상으로 가지만 당신은 본인의 강력한 희망에 따라 현세특별역송조치를 취하게 되었습니다. 이 조치가 매우 특별하다는 사실을 기억해두시기 바랍니다."

TV 화면에는 여전히 그의 법명만이 표시되어 있었다. 목소리로 추측하건대 마야라는 여성은 아름답게 생긴 묘령의 여인이 아닐까? 혹시 모습을 볼 수 있을까 해서 그는 무거운 눈꺼풀을 들어올렸다.

"당신이 순조롭게 갈 수 있었던 저세상에는 과거도 미래도 없습니다. 다시 말해 고뇌는 하나도 없다는 뜻입니다. 그곳은 행복한 순간만이 영원히 계속되는 세계입니다. 하지만 당신은 과거에 대한 강한 집착과 함께 실현하지 못한 미래를 원통하게 생각하고 있습니다. 더구나 음행에 대해서도 이의를 제기하셨습니다. 따라서 자신의 눈으로 직접 현세를 확인하시고, 죽음의 현실과 죄의 실상을 제대로 납득하셔야만 저세상에서 편안히 쉬실 수 있을 겁니다. 그리고 그것이 바로 이 역송조치의 목적이기도 합니다. 부디 이 목적을 잊어버리지 말고 세 가지 엄수 사항을 항상 마음에 새기며 신중하게 행동하시기 바랍니다. 다시 한 번 말씀드리겠습니다. 제한시간 엄수, 복수 금지, 정체의 비밀 유지. 또한 당신이 현세에서 자유롭게 활동할 수 있도록 본 서비스센터에서는 전혀 비슷하지 않은 가짜 육체를 준비하겠습니다. 현세에 도착한 뒤 순간적으로 당황하시겠지만, 그로 인해 불편한 점은 없을 테니 안심하십시오. 그러면 잘 다녀오십시오. 봉 부아야주(Bon Voyage. 즐거운 항해)!"

마지막으로 마야의 애드립을 남기고 TV는 켜졌을 때와 마찬가지로 멋대로 꺼졌다.

수마睡魔가 그의 온몸을 휘감았다. 이대로 잠들어도 될까? 깊은 잠에서 눈을 떴을 때, 나는 어디에 있을까?

아늑한 잠결에 흔들리면서 그는 조금도 불안을 느끼지 않는 자신을 이상하게 생각했다. 왜 이 미지의 체험이 두렵지 않은 걸까? 그 이유는 한 가지밖에 없었다. 이미 죽은 자가 무엇을 두려워한단 말인가.

어쩌면 자신이 어리석었는지도 모른다. 강의실에서 아무 망설임 없이 '반성 버튼'을 누르고, 재빨리 에스컬레이터를 타고 저세상으로 간 사람들은 인간에게 닥치는 모든 불행의 원인이 생명 그 자체임을 알고 있었던 것이다.

그는 아버지에 대한 꿈을 꾸었다.

그가 태어나고 자란 관사官舍였다. 2차대전 이전의 유물과도 같은 문화주택들이 강 언저리에 늘어서 있고, 울타리 건너편에는 드넓은 배 밭이 펼쳐져 있다. 장지문을 사이에 둔 방 두 개에, 어두운 부엌과 항아리처럼 나지막한 욕조가 그들 부자의 생활 터전이었다. 아버지는 넓은 세 평짜리 방을 아들에게 주고, 자신은 그 방에 어울리지 않는 불단이 절반을 점령하고 있는 두 평 남짓한 방에서 기거했다.

어느 날의 기억이 그대로 꿈으로 나타났다.

시청에서 돌아오자마자 아버지는 자전거를 내동댕이치듯 놓고 마당 끝에서 그를 불렀다.

"애야, 잠시 할 말이 있다."

과묵한 데다 눌변인 아버지가 정식으로 무슨 말을 할 때는 언제나 그렇게 서두를 꺼냈다. 툇마루에서 아들의 방으로 올라온 아버지는 양복도 벗지 않고 책상다리를 하고 앉았다. 그래도 그는 책상을 향한 채 뒤를 돌아보지 않았다.

"무슨 일이세요?"

"나를 쳐다보고 얘기해라. 이제 악착같이 공부할 필요는 없지 않느냐?"

그 한마디에 그는 아버지가 무슨 말을 하려는지 알 수 있었다. 작게 한숨을 쉬며 의자를 돌리자 아버지는 근엄한 얼굴을 한층 찡그리며 아들을 노려보았다.

"내려와서 바닥에 앉거라. 아버지의 얘기를 높은 곳에서 듣는 녀석이 어디 있어?"

그가 같은 눈높이로 무릎을 꿇고 앉기를 기다렸다가 아버지는 천천히 입을 열었다.

"너, 취직반을 선택했다고 하더구나. 아버지와는 한마디 의논도 없이 대체 무슨 심산이냐?"

담임선생님이 일부러 시청까지 연락한 건가? 어제 고등학교 3학년들의 진로 조사가 있었다.

"선생님께서 전화하셨나요?"

"아니다. 회계과에서 들었다."

화가 나서 견딜 수 없다는 표정으로 아버지는 잠시 잠자코 계셨다. 회계과 계장의 막내아들이 그의 동급생이었다.

"네가 가토보다 훨씬 성적이 좋지 않느냐?"

"그게 아니라 국립대학에 갈 자신이 없어요."

"대학은 국립만 있는 게 아니다."

'하지만' 이라는 한마디가 도저히 입 밖으로 나오지 않아 그는 힘없이 고개를 숙였다. 말재주가 없는 아버지를 말로 몰아붙일 수는 없었다.

"부모를 무시하지 말거라."

그 말은 너까지 나를 무시하느냐는 말로 들렸다. 그런 다음에 아버지는 가슴이 찢어지는 한마디를 입에 담았다.

"나중에 저승에 가서 네 어미를 볼 면목이 없구나."

그는 잠의 세계로 빠져들면서 생각했다. 아버지는 아들의 죽음을 알고 있을까?

적어도 강의실에서 본 슬라이드 필름에서는 아버지의 모습을 볼 수 없었다. 일부러 알리지 않은 게 아닐까? 80여 년의 인생에서 일어난 최대의 비극을 구태여 치매에 걸려 노인병원에 누워 있는 아버지에게 알려줄 필요는 없으리라.

최근에는 면회를 가도 눈앞에 있는 가족이 누구인지도 몰라보기 때문에, 자신의 모습이 보이지 않는 것에 대해서도 의문을 갖지 않으리라. 아버지를 계속 속이는 것은 괴로운 일이겠지만 아내가 어떻게든 버텨주기를 바랄 뿐이다. 어쨌든 그렇게 오랜 시간은 아닐 테니까 말이다.

장면이 바뀌어도 슬픈 꿈은 계속되었다.

아내가 될 사람을 전철역까지 바래다주고 집으로 돌아오자 아버지는 TV 앞에서 찻잔에 술을 따르고 있었다. 마치 큰 작업을 마친 사람처럼 얼굴에는 비장감마저 감돌고 있었다.

"역전 홈런이구나."

"예?! 누가 홈런을 쳤나요?"

"야구 얘기가 아니다."

아버지가 빙빙 돌려서 얘기하는 것은 참으로 신기한 일이었다. 그렇게 말하고 나서 아버지는 망설이면서 겨우 말을 꺼냈다.

"난 결혼할 사람을 데리고 온다기에 도모코가 정식으로 인사하러 오는 줄 알았다. 결혼을 빨리 하라고 재촉한 건 그런 뜻이었는데."

"그래서 역전 홈런이란 거예요?"

"그래. 다른 사람이라곤 꿈에도 생각하지 못했다."

"도모코는 단지 좋은 직장 동료였어요. 몇 번이나 말씀드려야 아시겠어요?"

아버지는 찻잔을 내려놓더니 나른한 표정을 지으며 그대로 누웠다.

"어느 직장 동료가 집에 와서 청소도 하고 빨래도 해주겠니?"

야단치는 건지 어이없어하는 건지는 모르지만 아버지가 낙담하는 것만은 분명했다.

"아버지 마음에 안 드세요?"

"아니다. 내가 착각하고 있었을 뿐이야. 어쨌든 홀아비 집엔 이가 서 말이라는데, 우리 집엔 홀아비가 두 명이나 있으니 이가 여섯 말은 됐을 게야. 그런 집과도 이제 이별이구나. 정말 잘됐어……."

그는 새삼스레 아버지는 강한 남자라고 생각했다. 육체적으로 강인한 남자가 아니라 정신적으로 강한 남자다. 아버지는 운명을 거역하며 싸우지 않고, 언제나 운명을 감수하며 살아왔다. 더구나 군대에서 단련된 몸은 건장해서 적어도 대여섯 살은 젊어 보였다.

시청에서 정년 퇴직한 다음에도 노인들을 위한 자원봉사자들을 지도하는 촉탁 일을 맡아서, 계속 성냥갑 같은 관사에서 살았다. 사회에 도움이 되는 동안은 관사에서 나갈 필요가 없다는 아버지의 주장을 시청의 후배들이 예외적으로 인정한 것이다.

그가 가까스로 구입한 단독주택의 계약금은 아버지의 저축이었다. 그래도 같이 살지 않겠다고 주장하는 아버지를 그는 보쌈하듯이 신혼집으로 데려왔다.

이삿짐을 거의 운반한 다음에도 아버지는 관사의 썩은 툇마루에 앉아 있었다.

"아버님, 왜 이렇게 고집을 부리세요? 이 집이 그렇게 좋으셨어요?"

아내의 밝은 농담에도 아버지는 일어서려고 하지 않았다.

"너희도 무리하게 집을 사지 말고 그냥 사택에서 살지 그랬니? 관사나 사택이 일하는 자의 특권이란 걸 왜 모르지?"

"하지만 여기는 허물어서 새로 건물을 짓는다니까 어쩔 수 없잖아요?"

"그건 그렇지만, 그렇다고 너희가 무리하게 집을 살 필요는 없었는데."

"왜 어린애처럼 떼를 쓰고 그러세요? 자, 어서 가요."

두 사람의 대화를 들으면서 그는 아버지의 마음속을 헤아려 보았다. 아버지는 단지 아들과 며느리의 신세를 지고 싶지 않았을 뿐이리라.

마치 관사에서 기氣를 받고 산 것처럼, 아버지는 관사에서 나오자마자 급격히 늙어버렸다.

꿈은 계속해서 아버지와의 기억만을 생생하게 보여주었다. 정확하게 말하면 꿈이 아니라 기억의 재현이었다.

치매에 걸린 아버지를 노인병원으로 보내던 날, 그는 태어나서 처음으로 아버지를 위해 눈물을 흘렸다. 마침 아들은 학교에 가고 아내는 베란다에서 빨래를 널고 있었다. 그날 아침, 우연히 두 사람만 아침식사를 하게 된 것이 좋지 않았다. 어머니가 세상을 떠난 이후에 하루도 빠짐없이 아침을 차려준 아버지. 그는 그런 아버지와 둘이서 보낸 그동안의 생활을 떠올리며 말했다.

"역시 일찍 결혼해서 일찍 아이를 낳는 편이 좋을 걸 그랬어요."

대답하지 않는 아버지를 향해 그는 혼잣말처럼 중얼거렸다. 아버지도 자신도, 외동아들을 낳은 것은 마흔이 가까워서였다. 그는 움직이는 시체처럼 늙고 쇠약한 아버지가 가여워서 견딜 수 없었다.

그는 잠의 세계 속에서도 아버지만을 생각하는 자신을 의아하게 생각했다.

꿈이 끊어지자 어둠의 저편에서 빛이 보였다.

현세 도착

축축하게 땀이 밴 무거운 몸이 위에서 내리눌렀다. 꼼짝도 할수 없이 가위에 눌린 채 쓰바키야마는 서서히 불쾌한 잠의 밑바닥에서 기어올라왔다.

눈에 보이지 않는 어떤 물체에 깔려 있다고 생각했지만 그렇지는 않았다. 그저 몸이 무거웠다. 그리고 그것이 자기 육체의 무게라는 것을 깨달을 때까지는 잠시 시간이 필요했다.

당연한 일이지만 그가 잠에서 깨어난 침대는 사람 모양으로 움푹 들어가 있었다. 인간은 육체의 질량만큼 만유인력에 항거하는 법이다. 그리고 존재 자체에 고통을 느낄 만큼 현세의 육체는 무겁기 그지없었다.

그는 어둠 속에서 손발을 쭉 펴고 고개를 돌렸다. 이윽고 어둠에 눈이 익숙해지자 잠으로 빠졌을 때와 조금도 다름없는 호텔의 실내가 눈에 들어왔다.

'뭐야? 아직도 현세에 도착하지 않았나……?'

지금쯤 현세의 어딘가에 도착했을 거라고 생각했는데, 아무래도 한숨 더 자고 일어나야 할 것 같다. 육체는 이미 가짜 육체인지 뭔지로 바뀌어 있는 것 같았지만.

　다시 눈을 감고 두 손으로 얼굴을 덮은 그는 아연실색했다. 그의 트레이드 마크였던 대머리에 풍성한 머리칼이 느껴졌던 것이다. 자신도 모르게 떼어내려고 했지만 물론 가발은 아니었다.

　그는 침대에서 굴러 떨어져서 창가로 기어갔다. 밖은 캄캄한 밤이었다. 저승에도 하루라는 시간이 있는 것일까?

　아니다. 그렇지 않다. 무거운 몸을 이끌고 창가로 다가간 그의 눈에 들어온 것은 밤하늘을 밀어 올리듯 솟구쳐 있는 고층건물들과 형형색색의 네온사인이었다.

　이미 현세로 돌아와 있었던 것이다.

　"으악!"

　바로 옆에서 여자의 비명소리가 들려와 그는 재빨리 뒤돌아보았다. 그리고 어두운 실내에 시선을 고정시켰다.

　침착해라. 침착해라. 지금 내 주위에서 무슨 일이 일어나고 있는지 냉정하게 생각해보자.

　"누구 있어요?"

　불안에 휩싸여 있는 여자의 목소리가 들렸다. 지금 내가 하고 싶은 말을 어둠 속에 있는 여자가 대신 말했다.

　"진정해요. 소리 지르지 말아요. 제발 부탁해요."

　아니다. 이것은 내가 내는 목소리가 아닌가!

　"으악!"

또다시 날카로운 금속성의 소리를 지르고 그는 긴 머리칼을 두 손으로 잡으며 욕실로 뛰어들어갔다. 황급히 불을 켰다. 거울 안에서 우두커니 서 있는 사람은 자신과는 털끝만큼도 닮지 않은 아름다운 묘령의 여자였다.

그는 더 이상 놀라지도 않고 겁먹지도 않았다. 다만 생각지도 못한 가짜 육체에 어이가 없을 뿐이었다. 검은 환생가방 속에서 휴대폰이 소리를 내어 울었다. 하필이면 착신음이 베토벤의「운명」이었다.

"웃기고 자빠졌네!"

자신의 입에서 나온 신경질적인 목소리가 너무도 끔찍했다. 그는 욕실에서 뛰어나와 환생가방 속을 뒤져 휴대폰을 찾았다.

휴대폰을 귀에 대자마자 마야의 나지막한 소리가 들려왔다.

"축하해요. 당신은 무사히 현세에 도착했습니다. 기분이 어떠세요?"

"네네, 기분은 더할 수 없이 좋아요. 그나저나 어떻게 이런 모습으로 만들 수 있죠?"

입에서 자연스럽게 흘러나오는 여자의 말투에 소름이 끼쳤다. 휴대폰 건너편에서 마야는 어두운 목소리로 호호호 웃었다.

"누가 정한 건 아니에요. 현세인격분류표에 근거해 당신을 가장 대조적인 모습으로 바꾼 것뿐이니까요. 정 마음에 들지 않으시면 세 명까지 변신은 가능합니다만."

"변신이라구요? ……됐어요. 무엇으로 바뀔지 생각만 해도 온몸에 소름이 끼치니까요."

"알겠어요. 그러면 메모할 준비를 하세요."

"메모요?"

"예. 가짜 육체에 대해서 알아야 하니까요. 앞으로는 완전히 그 인물로 행동해주세요. 일단 이름은 가즈야마 쓰바키."

"한자는 어떻게 쓰죠?"

"당신의 속세에서의 이름을 뒤집어놓은 것뿐이에요. 쓰바키야마 가즈아키椿山和昭에서 가즈야마 쓰바키和山椿로. 나이는 서른아홉 살."

"어머나, 제법 나이가 많군요. 언뜻 보기엔 더 젊어 보이는데."

"나중에 꼼꼼히 살펴보세요. 요즘의 커리어우먼은 거의 나이를 짐작할 수 없으니까요. 하지만 자세히 살펴보면 이미 눈가에는 잔주름이 자글자글하고 피부도 나이에 걸맞게 축 늘어졌답니다. 자, 한번 읽어보세요, 당신의 이름을."

"……가즈야마 쓰바키."

"오 예Oh Yeah! 아주 잘했어요, 쓰바키 씨."

아무렇게나 지은 이름을 입에 담은 순간 그는 기묘한 기분에 빠졌다. 가즈야마 쓰바키라는 여성의 인격이 아무 거부감 없이 가슴속으로 들어온 것이다.

"나쁘지 않군요. 계속하세요."

메모를 하면서 '쓰바키'는 말했다.

"직업은 프리랜서 스타일리스트. 당신이 현세에 계실 때 백화점 여성복 코너에서 오래 일했다고 해서 그렇게 했어요. 물론 독신이에요. 무슨 불만이 있나요?"

"아니, 없어요……."

"그러면 현세의 인격을 그것으로 확정하겠어요. 혹 곤란한 일이 있을 땐 전화기의 ☆ 버튼을 누르시면 저와 연결됩니다."

"네."

그는 순순히 고개를 끄덕였다.

그리고 전화를 끊고 길고 가느다란 손가락을 보았다. 46년간 눈에 익은 투박하고 굵은 손가락과는 많은 차이가 있었다.

손등에 볼록하게 튀어나온 힘줄은 서른아홉 살의 나이를 느끼게 했지만 그 나름대로 섹시하게 보였다. 뾰족한 손가락 끝에는 보기 좋은 투명한 손톱이 자라나 있어서, 가사노동과는 전혀 관계가 없는 독신 커리어우먼의 손이라는 느낌이 들었다.

사자에게는 공포가 없다. 미래가 없으니까 불안도 없다. 그러나 왠지 가슴이 두근거렸다.

그는 침실의 불을 끄고 커튼을 닫았다. 그리고 자신은 쓰바키야마 가즈아키가 아니라 가즈야마 쓰바키라고 스스로에게 들려주면서 로커를 열고 온몸이 비치는 거울 앞에 섰다.

흐음. 그럭저럭 봐줄 만하군. 아니, 솔직히 말하면 자기 타입이다.

검은 티셔츠에 베이지색 스판 바지. 키는 크지도 않고 작지도 않고, 날씬한 몸매에 비해 가슴과 엉덩이는 풍만한 편이다. 더구나 나이를 느끼게 하지 않는 신선함과 생동감까지 갖추고 있었다.

"이 카사노바 아저씨, 뭘 그렇게 말똥말똥 쳐다보는 거야?"

거울 안에 있는 자신이 불쾌한 표정으로 말했다.

"하지만 어쩔 수 없잖아. 내 몸인데 제대로 확인해둬야지."

나이를 젊어 보이게 하는 짙은 와인색으로 물들인 짧은 머리는 날카롭고 지적인 표정과 잘 어울렸다. 액세서리는 실처럼 가는 금목걸이에 작은 다이아몬드 귀걸이. 왼손 가운뎃손가락에는 카르티에 반지. 맨발에 고급 브랜드 상품 같은 검은 샌들. 단순하면서도 자연스러운, 한 치의 빈틈도 없는 완벽한 센스였다.

"과연 베테랑 스타일리스트야. 흠잡을 데가 하나도 없어."

문에 체인을 걸고 자물쇠를 확인한 다음 그는 아무도 없는 실내를 둘러보았다. 스판 바지의 옆 지퍼에 손을 대자 심장이 터질 듯이 쿵쾅거렸다. 가짜 육체라고는 하지만 완전한 생명이 깃들어 있는 여자의 몸이다.

그는 자연스럽게 요염한 동작으로 지퍼를 내리고 티셔츠를 벗었다.

"오오!" 하고 소리치려고 했지만 그의 입에선 자기도 모르게 "굉장하다!"라는 소리가 튀어나왔다.

옷을 입으면 날씬하게 보이는 스타일인지, 속옷 차림의 몸매는 상상 밖으로 풍만했다. 더구나 새하얀 피부는 등줄기에 소름이 돋을 정도로 부드러웠다.

그런데 브래지어는 어떻게 벗는 걸까? 아내에게서도 그런 동작을 보지 못한 그는 왼손을 허리 뒤로, 오른손을 어깨 너머로 돌려 호크를 찾았지만 호크는 손에 닿지 않았다.

"어떻게 하는 거지?"

손을 내려 아기를 업는 것처럼 뒤로 돌리자 양손이 닿았다.

브래지어를 벗은 다음 그는 실오라기 하나 걸치지 않은 자신의 알몸을 물릴 정도로 바라보았다.

그것은 참으로 기묘한 느낌이었다. 휴일마다 빼놓지 않고 헬스클럽과 피부미용실에 다녔을 법한 완벽한 미인의 내부에 대머리와 뚱뚱보, 안경의 삼중고에 허덕이는 중년 남자의 정신이 들어 있다.

그는 조심스럽게 몸의 여기저기를 만져보았다. 그러나 손이 여자의 것이라서 그런지 감각은 정신을 만족시켜주지 못했다. 어디까지나 자신의 손으로 자신의 육체를 만지고 있는 것에 지나지 않기 때문이다.

거울을 향해 이런저런 포즈를 취하면서 그는 신기해하는 시각과 촉각을 즐겼다. 호기심과 나르시시즘과 변신하고 싶다는 욕망이 뒤얽힌 쾌락의 극치였다.

누구에게도 신경 쓸 필요 없고 뒤끝이 꺼림칙하지도 않고, 그렇다고 범죄도 아니고 돈도 들지 않는다.

한동안 침대 위에서 요조숙녀답지 않은 묘한 동작을 취한 다음 그는 시계를 보았다.

"어머나, 세상에 맙소사! 지금 이런 짓을 하고 있을 때가 아닌데!"

'어머나, 어머나' 하고 입버릇처럼 나오는 말이 오히려 욕정을 부채질해서, 그는 잠시 몸을 더 만지작거리다 겨우 속옷을 입었다.

침대 옆에 있는 디지털 시계는 오전 1시를 가리키고 있었다. 그 순간 심사관의 목소리가 기억 속에 되살아났다.

"조금이라도 시간을 효과적으로 사용하기 위해서 역송시작시각은 내일 오전 0시로 하겠습니다. 즉, 당신에게 주어진 제한시간은 6월 25일 월요일부터 꼬박 사흘간입니다. 괜찮겠지요?"

그렇다면 지금은 6월 25일 오전 1시. 목숨보다 귀중한 한 시간을 얼빠진 사람처럼 자신의 몸을 만지며 허비한 것이다.

"최악이야!"

그는 익숙하지 않은 손놀림으로 브래지어의 호크를 채우고 옷을 입었다. 고맙게도 얼굴에는 자연스럽게 화장이 되어 있었다.

커튼을 젖히고 그는 숨막힐 듯 쏟아지는 대도시의 야경을 바라보았다. 가짜 육체를 빌려서 다시 태어난 이곳은 신주쿠 일대에 있는 호텔인 것 같다. 그런데 지금부터 어떻게 해야 하지?

"당황하면 안 돼. 마음을 가라앉히고 차분히 생각해보자."

그는 스스로를 격려했다. 처리해야 할 일이 산더미처럼 쌓여 있을 때는 한꺼번에 처리하려고 하지 말고 하나씩 순서대로 정리해야 한다. 그것이 오랜 백화점맨 생활에서 얻은 지혜다.

이런 때는 일의 우선권을 따질 게 아니라 간단한 일부터 처리하는 것이 요령이다. 그 요령으로 고졸에 특별한 자격증도 없는 사람이 이례적으로 백화점 과장 자리를 꿰찼다.

그는 사흘 동안 처리해야 할 일에 대해 냉정하게 생각해보았다.

가장 마음에 걸리는 것은 역시 아내와 아들이다. 다행히 이런 모습이라면 근처에 가서 볼 수도 있고, 조심만 하면 정체를 들키지 않고 위로해줄 수도 있으리라. 물론…… 아무도 모르게 이별을 알릴 수도 있고.

아버지도 만나고 싶다. 바쁘다는 핑계로 아버지가 입원한 병원에도 한 달이나 가지 못했다. 치매에 걸린 아버지에게 자신이 해줄 수 있는 것은 아무것도 없지만 적어도 먼저 세상을 떠난 불효를 사죄하면서 감사의 마음도 전하고 싶다. 생각해보면 46년이나 살아오면서 아버지에게 고맙다거나 죄송하다는 말을 한 번도 하지 않은 것 같다.

백화점은 어떻게 되었을까? '초여름 대 바겐세일'은 막바지를 향해 달리고 있다. 최전선 지휘관인 담당과장이 돌연사한 이후, 제대로 매출 목표를 달성할 수 있을까? 시마다 계장 혼자의 힘으로는 도저히 무리다. 미카미 부장은 매장에 나와 있을까? 거래처에선 자신이 죽은 것을 다행으로 생각하며 물건을 납품하지 않은 건 아닐까?

그리고 음행의 혐의가 걸려 있는 사에키 도모코. 이것만은 반드시 당사자를 만나 사건의 진위를 확인해야 한다. 아니, 무슨 일이 있어도 억울한 누명을 벗어야 한다.

"힘을 내야 돼. 이건 할 수 있느냐 없느냐가 아니라 반드시 해야 하는 거야!"

중년 남자의 생각이 목소리가 되어 입에서 나오는 순간 아름다운 여자의 말로 변했다. 그러자 왠지 몸에서 맥이 빠지는 것 같았다. 그러나 현세의 일을 처리하는 데 있어서는 뺄 것도 더할 것도 없는 안성맞춤이었다.

지금은 일분일초도 함부로 낭비할 수 없다. 이 시간에는 아무 것도 할 수 없지만 그는 일단 거리로 나가 보고 싶었다.

그는 검은 환생가방을 어깨에 멨다. 중년 남자가 들면 초라하게 보일 비즈니스 가방이 아름다운 여자가 어깨에 메자 세련된 브랜드 명품으로 보였다.

어두컴컴한 심야의 복도로 걸음을 내디뎠다. 그는 어느새 커리어우먼답게 당당하게 걷고 있었다.

가능한 한 이 몸에 익숙해져야 한다. 다른 사람과 얘기를 할 수 있으면 좋겠는데.

내려가는 엘리베이터에는 짙은 색 양복을 입은 키가 큰 신사가 타고 있었다. 엘리베이터의 문이 열리고 한순간 멈칫거린 것은 그 사람이 여자로서 만나는 첫 번째 이성異性이었기 때문이다.

"타시죠."

신사는 그에게 미소를 지으며 낮은 바리톤 음성으로 말했다.

세상에 이렇게 멋진 사람이 있다니!

"로비로 가실 건가요?"

그가 엘리베이터에 올라타자 신사는 더할 수 없이 정중한 말투로 물었다. 끝에 '마담?'이라고 덧붙이지 않는 게 이상할 정도였다.

"아, 네."

두근거리는 가슴을 진정시키면서 그는 가까스로 대답했다.

만약 자신이 여자였다면 어떤 남자를 좋아할까? 언젠가 그렇게 생각해본 적이 있었다. 물론 생전의 일이지만.

조용하고 지적이고 키가 크고 남자 냄새가 나지 않고, 짙은 색 양복과 세련된 넥타이, 새하얀 와이셔츠가 조금도 샐러리맨처럼 보이지 않고 멋지게 어울리는 사람. 한마디로 자신과 정반대의 남자라고 생각했었다.

　'……내 타입이야. 더할 것도 덜할 것도 없이.'

　마음속으로 중얼거리자 그의 가슴이 한층 더 두근거렸다.

　'제발 부탁이에요. 말을 걸어줘요. 아무 말이나 해줘요.'

　마치 마음속의 염원이 통한 것처럼 신사가 앞에 시선을 고정한 채 입을 열었다.

　"이 시간에 밖에 나가시려고요?"

　"아, 네."

　"약속이라도 있으신가요?"

　"아니에요……. 그냥 잠이 오지 않아서 바에서 술이라도 마실까 해서요."

　"그러세요? 실은 저도 그렇답니다. 만약 괜찮으시다면 저와 같이 마시지 않겠어요? 아, 싫으시면 사양하셔도 괜찮습니다."

　갑자기 정신이 아득해져서 그는 발에 힘을 주었다. 이 얼마나 자연스러운, 이 얼마나 악의 없는 접근방법인가. 이렇게 접근하면 백이면 백, 어느 여자가 거절할 수 있으랴.

　"그렇게 하죠."

　수줍은 표정으로 대답하자 신사는 왕년의 할리우드 영화에서나 볼 수 있는 환상적인 미소를 지었다. 그에 따라 신사의 가느다란 콧수염이 일자로 변했다.

"영광이군요. 그러면 잠시 시간을 같이 할까요?"

가짜 육체에 익숙해지기 위해 객실에서 나오자마자 기가 막힌 타이밍에 기가 막힌 상대를 만났다. 이게 웬 행운이람? 그는 마음속으로 환호성을 질렀다.

"이 호텔의 바는 두 시까지니까 이제 한 시간도 안 남았군요."

"저도 아침에 일찍 일어나야 하는데, 마침 잘됐네요."

신사는 엘리베이터에서 내려서 인적이 끊긴 조용한 로비를 똑바로 걷기 시작했다. 아마 바가 어디에 있는지 알고 있는 단골손님인가 보다.

"일 때문에 오셨어요?"

코끝을 간질이는 희미한 향수 냄새를 맡으며 그가 물었다.

"예에, 학회가 있어서요."

어머나, 정말 멋있는 사람이야!

신사는 바로 들어가더니 그를 카운터 자리로 안내했다.

별로 높지 않은 의자가 매우 편안했다. 카운터 너머에 있는 거울에 비친 두 사람의 모습은 제법 잘 어울렸다.

"우리가 전세라도 낸 것처럼 아무도 없군요. 테이블이 좋을까요?"

"아니, 여기가 좋아요."

"서로 마주 보면 오히려 말하기 어색할 것 같아서요. 카운터 너머에 있는 거울은 왠지 가상의 세계 같잖아요? 처음 보는 사람과는 이런 카운터가 훨씬 얘기하기 편한 법이지요."

"정말 그래요. 여자들과 이런 데 많이 와보셨나 봐요?"

"무슨 칵테일로 하실까요?"

그러나 쓰바키야마는 그렇게 고급스런 음료를 모른다. 그래도 우롱차를 시킬 수는 없어서 무난하게 맥주를 주문했다.

"직업상 동료 학자들이나 제자 같은 여자들을 만나도 주로 일 때문에 만나는 경우가 많지요. 그런 경우에 마주 보게 되면 아무래도 화제가 딱딱한 쪽으로 흐르기 일쑤라서 언제나 이렇게 앉곤 한답니다."

"전공은요?"

특별히 감출 필요가 없을 텐데 신사는 약간 주저하듯이 말했다.

"역사입니다. 일본의 역사지요. 특히 센고쿠 시대(戰國時代. 1467~1568)의 무장武將에 대해 연구하고 있죠."

그는 왠지 기운이 빠졌다. 같은 역사학자라고 해도 이 사람에게는 고고학이나 중세유럽학이 어울리지 않을까?

"이거 소개가 늦었군요. 공교롭게도 지금은 명함이 없지만 다케다 이사무라고 합니다."

신사는 냅킨에 '武田勇'이라고 한자를 썼다. 점점 오른쪽으로 올라가는, 몹시 서툰 글씨였다.

"어머나! 센고쿠 시대의 무장 같은 이름이에요!"

"실은 그 유명한 다케다 신겐의 후예랍니다. 애초에……."

집안 내력을 말하려고 하는 남자의 손에서 볼펜을 빼앗아 그는 냅킨에 자기 이름을 썼다.

"저는 쓰바키야마…… 아니, 가즈야마 쓰바키예요."

"아아, 정말 아름다운 이름이군요. 직업은요?"

그래그래, 좋은 질문이다. 자기에 대해 말하며 스스로 훈련하고자 했던 것이 이 데이트의 목적이었다.

"프리랜서 스타일리스트예요. 잡지 사진이나 백화점의 광고, 쇼윈도의 디스플레이 같은 것을 하고 있어요. 나이는 서른아홉 살. 아직 독신이에요."

"서른아홉? ……실례일지 모르지만 훨씬 젊게 보이는데요."

"전 서른아홉 살이 젊지 않다고 생각한 적은 한 번도 없어요. 일부러 젊게 보이려고 노력한 적도 없구요."

순조로운 출발이다. 서른아홉 살의 커리어우먼은 이 정도로 자기 주장을 하지 않으면 안 된다.

"난 마흔다섯이지요. 정확히 그 나이로 보이죠?"

"전 당신을 보고 학자에 대한 이미지가 바뀌었어요. 학자들은 대부분 나이보다 늙어 보이고 지저분해 보이잖아요? 별로 만나 본 적은 없지만 이미지가 그래요."

신사는 마침 잘 말했다는 식으로 고개를 끄덕였다.

"거의 다 그렇지요. 사실 나는 외교관 아버지를 둔 덕분에 고등학교까지는 런던에서 다녔답니다. 이미지가 조금 다른 것은 아마 그 때문이겠지요."

"어머나, 그런 분이 센고쿠 시대의 무장에 대해 연구하세요?"

"일종의 향수라고나 할까요? 외국에서 아버지의 장서를 닥치는 대로 읽는 사이에 모국의 역사에 대해 관심을 갖게 된 거죠."

신사는 의외로 말이 많았다. 가짜 육체에 조금이라도 익숙해지기 위해서는 신사의 수다에 파고들지 않으면 안 된다.

"그나저나 왠지 처음 만난 것 같지 않네요. 대학교수와 스타일리스트는 아무런 접점도 없잖아요? 그런데 우연히 엘리베이터 안에서 만나 마치 오래된 친구처럼 이렇게 스스럼없이 얘기하다니, 정말 이상한 느낌이에요."

"나도 그래요. 당신처럼 잘 맞는 여자 분은 처음이군요. 그렇지 않으면 전생에 인연이 있었던가……."

그 순간, 두 사람은 카운터 너머에 있는 거울 속에서 흠칫 놀라며 서로를 쳐다보았다.

"전생에…… 인연이 있었다구요?"

"그냥…… 농담이었어요. 너무 깊이 생각하지 마세요."

황급히 거울에서 눈길을 피한 두 사람은 처음으로 마주 보았다. 서로의 외모에만 시선을 빼앗겨 소지품을 확인하지 못한 것이 결정적인 실수였다.

신사의 무릎 위에는 그의 옆자리에 놓여 있는 검은 가방과 똑같은 가방이 놓여 있었다.

"당신 혹시……."

"설마 당신……?"

두 사람은 동시에 입술을 부르르 떨었다. 그리고 머리를 가까이 대고 조금 전에 이름을 쓴 냅킨을 들여다보았다.

"아니라면 미안하지만 혹시 의정원용무협도거사 님 아니에요?"

"설마라고 생각하지만 당신 혹시 소광도성거사?!"

스타일리스트와 대학교수 사이에 마치 마군(魔群. 불도를 방해하는 모든 번뇌와 악행)이 지나가는 듯한 길고 어두운 침묵이 찾아왔다.

너무나 놀랍고 어이가 없는 나머지 입이 다물어지지 않았다. 다케다의 콧수염을 기른 단정한 입술 끝에서 붉은 브랜디가 피처럼 떨어졌다. 쓰바키야마도 입에서 흘러넘치는 맥주를 손수건으로 닦아야 했다.

"무슨 일이세요?"

이상하게 쳐다보는 바텐더의 목소리에 두 사람은 겨우 제정신으로 돌아왔다.

"미안하지만 자리를 바꾸어도 되겠나? 저쪽 구석에 있는 테이블로 가겠네."

쓰바키야마에게 시선을 고정시킨 채, 다케다는 얼어붙은 입술만으로 말했다.

두 사람은 똑같이 생긴 환생가방을 들고 붉은 등불이 켜진 테이블로 자리를 옮겼다.

"그나저나 잘도 변했군. 전혀 눈치채지 못했네."

"피장파장이 아닌가요? 당신한테는 그런 말을 듣고 싶지 않아요."

"흐음, 그렇군. 현세인격분류표에 따라 가장 대조적인 모습으로 바꾸면…… 이렇게 되는군. 푸하하하. 배꼽 빠지겠어!"

다케다는 이맛살을 찡그리며 그의 모습을 쳐다보고 불쾌한 듯이 말했다.

"어떻게 여자 말투를 쓸 수 있지? 온몸에 소름이 다다다다 돋지 않나?"

영혼과 가짜 육체의 인격 배분은 어떻게 되어 있는 것일까? 이것은 쉬운 문제가 아니리라.

"당신이야말로 그렇게 생각하지 않나요? 학자처럼 품위 있는 말투에 위화감이 없어요?"

"전혀!"

다케다는 그렇게 말하며 쓴웃음을 지었다. 표정은 여전히 지적이었다.

"그렇다면 다시 말해~."

"제발 부탁이니까 말끝을 질질 끌거나 함부로 올리지 말아줄래? 그건 언어의 파괴야."

"누군 그러고 싶어서 그러는 줄 아세요? 즈윽, 언어는 육체가 내뱉고 있으니까 어쩔 수 없다구요!"

"도저히 납득할 수 없어. 하지만…… 아아, 정말 끔찍하군. 난 왜 이런 목소리로 이렇게 말하고 있는 걸까? 자랑은 아니지만 난 태어나서 지금까지 '나'라고 말한 적이 별로 없었지."

"그래요? 그럼 뭐라고 했어요?"

"대부분 '이 몸'이나 '이 어르신'이지."

"그럼 그렇게 말하면 되잖아요? 억지로 무리할 필요 없이."

"이, 이 몸이…… 이, 이 어르신께서…… 아, 안 돼. 그렇게 말하고 싶지만 온몸에서 저항이 느껴져. 이건 불가항력이야."

육체와 영혼의 불일치에 다케다는 어찌할 바를 몰랐다.

바에는 조용한 피아노 선율이 흐르고 있었다. 계산대 앞에서 따분하게 서 있는 웨이터도, 컵을 닦고 있는 바텐더도, 늙은 피아니스트도 모두 현세에서 살아가는 사람들이었다.

다케다는 어색한 학자의 언어로 그를 만날 때까지의 과정을 설명했다.

현세에 도착해서 가짜 육체를 확인했을 때는 너무나 놀라서 기절하는 줄 알았다. 이렇게 익숙하지 않은 육체로 무엇을 할 수 있을지 진지하게 고민하기도 했다. 그러나 어쨌든 한시라도 빨리 익숙해져야 한다. 솔직히 말해서 그 육체로 자연스럽게 행동할 자신이 없었다. 그래서 일단 밖으로 나가 보려고 생각한 것이다.

그런 전후의 사정은 쓰바키야마와 정확히 일치했다.

"그러다 나를 만났군요."

"그래. 어쨌든 누군가와 대화를 나누면서 내 존재를 확인하려고 한 거지……. 아아, 정말 끔찍해. 누가 이렇게 역겨운 말을 하고 있는 거야?"

"당신 자신이에요."

"그래……. 하지만 그것 말고도 당신을 유혹한 이유가 있어."

다케다는 의자에 깊숙이 앉은 채 긴 다리를 꼬고 브랜디 글라스에 말을 걸 듯이 입을 열었다.

"당신은 말을 걸지 않고는 못 배길 정도로 아름다워. 가령 우연히 엘리베이터를 같이 탄 남자가 다시 태어난 사자死者가 아니더라도 당신을 유혹했을 거야. 아름다움이 죄라는 사실을 나는 처음 알았어……. 으윽, 온몸에 소름이 끼쳐. 입술이 멋대로 움직여서 이렇게 끔찍한 말을 하다니!"

"멋있어요, 다케다 씨! 더 말씀해주세요."

"알았어. 내 본의는 아니지만 그렇게 부탁한다면 말해주지. 난 아무래도 당신을 사랑하는 것 같아. 이 갑작스러운 고백을 당신이 받아들이든 거부하든 상관없어. 만약에 이렇게 순간적으로 빠지는 사랑을 당신이 의심한다면……."

"의심한다면?"

"의심한다면……."

"부끄러워하지 말고 말씀하세요."

"그건 내 잘못이 아니야. 당신이 천사를 믿지 않는 것뿐이니까."

그는 황홀한 시선으로 다케다를 바라보았다. 그의 눈동자 안에서는 틀림없이 수없이 많은 별이 날아다니고 있으리라. 그는 꿈꾸는 듯한 표정으로 기도하듯이 두 손을 마주 잡았다.

"으, 으윽! 나한테 이렇게 소름 끼치는 인격을 주다니! 요컨대 내 인격을 대조표인지 뭔지에 맞춰서 정반대로 만들면 이렇게 된다는 건가?"

"그만 진정하세요. 당신 기분은 나도 이해하니까요. 하지만 현세에서는 그 육체라야 활동하기 좋을 거예요. 자, 이제 그만 기분을 풀고 앞으로 어떻게 해야 할지 생각해봐요."

몇 잔의 맥주와 브랜디를 마신 두 사람은 적당히 취기가 올랐다.

고등학교까지 런던에서 보낸 대학교수의 육체는 어디까지나 신사적이라서, 말투나 행동은 전혀 흐트러지지 않았다.

한편 쓰바키야마는 위험한 징조를 느끼고 있었다. 아무래도 이 육체는 술에 약한 것 같다.

"다케다 씨. 나, 조금 취한 것 같아요. 이제 방에 가서 마시지 않을래요?"

그는 다케다의 손에 객실 열쇠를 쥐어주면서 게슴츠레한 눈으로 바라보았다.

"하고 싶은 얘기가 너무 많아요."

"나도 얘기는 하고 싶지만……. 그래, 얘기만이라면 상관없겠지. 하지만……."

객실 열쇠를 길고 부드러운 손가락으로 들어올리면서 다케다는 단호하게 말했다.

"영혼의 연애에 섹스는 어울리지 않아."

"그건 분명히 그래요. 하지만 우리는 육체를 갖고 있어요. 그것도 겨우 사흘만 허용된 인간의 육체를 말이에요."

"혹시 금기가 아닐까?"

다케다는 잠시 기억을 돌이켜보았지만 섹스와 연애를 금지한다는 말은 없었다.

"어서 가요."

주저하는 다케다의 손을 잡고 쓰바키야마는 자리에서 일어섰다.

이 강렬한 충동은 결코 술 때문만은 아니다. 스스로에게 이별을 고할 틈도 없이 자신의 육체는 사라져버렸다. 그래서 적어도 이 가짜 육체를 통해 인간으로서 마지막 기억을 간직하고 싶다고 간절히 애원한 것이었다.

계산대에서 졸린 표정으로 서 있는 웨이터는 다케다의 손에서 전표를 받아들고는 정중하게 물었다.

"객실에 달아놓을까요? 아니면 카드로 하시겠어요?"

"아니, 현금으로 계산하겠네."

다케다는 지갑에서 돈을 꺼내며 그의 귓가에 대고 속삭였다.

"필요한 돈은 얼마든지 나온다고 하더군. 살아 있을 때 이런 지갑을 가지고 있었다면 고생할 필요는 없었을 텐데."

바에서 나오자 다케다는 앞으로 몸을 숙이며 구부정한 모습으로 걸었다. 짙은 슬픔이 야윈 등을 뒤덮고 있었다.

"나는 당신도 알다시피 생전에는 야쿠자였지……."

야쿠자의 신상 이야기를 하기에는 자연스럽지 않은 진지한 말투가 오히려 내용을 박진감 있게 만들었다.

"어차피 안방에서 편안히 죽을 수 없다고 생각해서 아내와 자식은 만들지 않았어."

"그것처럼 편한 인생이 어딨겠어요?"

"한편으로 생각하면 그렇겠지. 그렇다면 왜 위험하다는 사실을 알면서도 돌아오려고 했을까?"

"그건 말했잖아요. 사랑스런 고붕들을 먹고살 수 있게 해줘야 한다구요."

다케다는 등으로 끄덕였다. 초췌하기 짝이 없는 육체가 그대로 바닥에 쓰러질 것 같았다. 그는 재빨리 다케다를 지탱하듯이 팔짱을 꼈다.

"내가 없으면 그들은 살아갈 수 없어."

"그건 자신에 대한 과대평가가 아닐까요? 그들은 어차피 남이잖아요?"

팔짱을 낀 그의 팔에 힘이 들어갔다. 신세타령을 하고 싶지는 않지만 자신의 분노만은 다케다에게 이해시키고 싶었다.

"미안하군. 당신에겐 자식이 있다고 했지?"

"그래요. 겨우 초등학교 2학년이에요. 그 애가 어떻게 될지 생각하면 말 그대로 앞이 캄캄해요."

그들은 엘리베이터를 탔다. 열쇠의 번호를 확인하고 나서 다케다는 층수의 버튼을 눌렀다.

"이야기하는 순서가 좋지 않았어. 다시 처음부터 말해도 되겠어?"

"눈물을 찔찔 짜야 되는 신파극 말인가요?"

"그렇게 생각할 수도 있겠지. 하지만 그들은 부모의 정을 모르는 녀석들이야. 요즘 세상에 야쿠자가 되는 건 애시당초 부모의 사랑이 부족한 녀석들이지. 그래서 야쿠자가 되어 오야붕과 고붕, 형님과 동생 등 가정과 비슷한 것을 만들려고 하는 거야."

"그 말을 들으니 동정이 가는군요. 그런 얘기는 자주 듣지만요."

엘리베이터의 문이 열리고, 그는 다케다를 부축하면서 복도를 걸었다. 그러다 문득 한 가지 사실에 생각이 미치자 그는 다케다의 팔을 잡아끌었다.

"말은 그럴듯하게 하면서 설마 복수할 생각은 아니겠지요?"

"복수? ……천만에. 그런 짓을 하면 큰일난다고 하더군."

"그래요. 알고 있으면 됐어요. 그런 짓을 하면 무서운 일을 당할 거예요."

그는 심사관의 손짓을 흉내내어 엄지를 땅으로 향했다.

"자랑은 아니지만 이래뵈도 고붕들한테 구린내나는 밥을 먹인 적은 한 번도 없어."

"어머나! 이 세상에 그런 야쿠자도 있어요?"

"나는 데키야(신사나 사찰의 참배인을 상대로 노점 따위를 벌이는 상인)였으니까 가능했지. 원래 법률에 저촉되는 노름꾼이나 다른 야쿠자와 달리, 우리 데키야는 그럴 마음만 있으면 정상적으로 장사를 해서 먹고살 수 있거든."

"아아! 신사神社나 절 앞에서 다코야키(문어구이)나 솜사탕을 파는 사람들 말이죠?"

"그래. 나도 열다섯 살 때부터 계속 다코야키와 솜사탕을 팔아왔어."

그는 객실의 문을 열었다. 실내는 잠들지 않은 밤거리의 무지갯빛으로 물들어 있었다.

그는 실내등의 스위치를 찾는 다케다의 손을 제지하고 양복 가슴에 얼굴을 묻었다.

"내가 없으면 그들이 어떻게 살아갈지, 내 머릿속에는 그 생각밖에 없어. 다들 아직 나이가 젊어서 내 뒤를 이을 녀석이 없었거든."

"왜 젊은 사람들뿐이었어요?"

"장사도 배우고 인간적으로도 어느 정도 성숙하면 내가 데키야에서 손을 씻게 만들었거든. 자금이 필요하면 빌려주기도 하고 보증인이 돼주기도 했지. 이래봬도 돈에 대해서는 철두철미해서 은행의 신용도도 높은 편이었어."

"흐음……. 그러면 나이순으로 착실하게 독립하니까 젊은 사람들만 남을 수밖에 없겠군요. 이렇게 말하면 뭐하지만 그거 혹시 자원봉사 아니에요?"

"옛날부터 야쿠자라는 건 그런 식이었어. 그래서 나를 키워준 오야붕은 나한테 미안하다고 사과했지. 몸이 쇠약해져서 나를 후계자로 임명했을 때 말이야."

"왜 후계자로 임명하면서 미안하다고 한 거죠?"

"나를 끝까지 독립시킬 수 없었으니까 그렇지. 그러면서 자신의 뒤를 이어 자신처럼 젊은 사람들을 키워주라고 하더군."

이미 죽은 사람이 거짓말을 할 이유는 없으리라. 다케다의 손은 다른 사람 대신 살해당한 억울함으로 부들부들 떨렸다.

"이제 어떻게 될까요?"

"하나의 조직이 없어지면 다른 조직에서 떠맡는 게 규칙이지."

"그러면 진짜 야쿠자가 되겠군요?"

"야쿠자의 세계도 세상의 이치와 똑같아서, 그렇게 간 서자庶子는 고생을 할 수밖에 없어. 일단 어느 한 사람은 내 원수를 갚으라는 명령을 받겠지. 나도 상위 조직 안에서는 간부의 한 사람이니까 아무리 딴사람으로 착각해 살해당했다 해도 그냥 내버려둘 수 없을 거야. 그런데 이 세상에 자기 고붕을 사랑하지 않는 오야붕이 어디 있겠어? 따라서 어릴 때부터 키운 자기 고붕들은 그냥 놔두고 위험한 일은 다른 곳에서 온 고붕한테 시키는 거야."

"이제 됐어요. 그런 얘기는 듣고 싶지 않아요."

그의 이마에 다케다의 뜨거운 눈물이 떨어졌다. 이 사람은 자기 고붕들한테 부모가 주지 못한 애정을 주고 학교에서 가르쳐주지 못한 것을 가르쳐주었다.

"정말 몰랐어요. 이 세상에 그런 사람들이 있다는 건."

다케다는 그를 따뜻한 가슴으로 껴안으며 말했다.

"그런 일은 내가 하지 않으면 아무도 못해."

아무런 망설임도 저항도 없이, 그는 발꿈치를 들어 다케다의 목덜미에 팔을 두르고 입술을 포갰다. 키가 큰 다케다도 목을 옆으로 기울이며 자연스럽게 그의 키스를 받았다.

"알았어요."

"뭘를?"

"정신적인 사랑에 섹스는 맞지 않다는 것을요."

"하지만 키스는 멋있었어."

"놀랐어요?"

"아니. 당신은 내 입술에서 슬픈 말을 거둬가주었어. 고마워."

그는 다시 입술을 포갰다. 이렇게 정열적인 키스는 성행위의 일부분일 텐데, 그 이상의 정열을 추구할 마음이 들지 않는 것은 참으로 이상했다. 지금의 도취감보다 더한 환희를 또 경험할 수 있을까.

"기분이 좋아요……. 왜죠?"

"나도 마찬가지야. 계속 이렇게 있고 싶어. 할 수만 있다면 이대로 돌이 되고 싶어."

두 사람이 빌린 육체에 허용되는 행위는 틀림없이 여기까지이리라. 육체는 한계가 있지만 영혼은 영원하기 때문에, 육체를 빌린 영혼의 입맞춤에 끝이 없는 것이다.

"하지만 지금은 이렇게 키스나 하고 있을 때가 아니에요."

그는 다케다의 팔에서 빠져나가 창가에 있는 의자에 앉았다.

"그래. 우리에게 허용된 시간은 사흘밖에 안 되니까."

다케다는 침대에 걸터앉아 머리를 감싸고 고민에 빠졌다.

"그렇게까지 고민할 필요는 없어요."

그는 자신이 해결해야 할 문제에 비하면 다케다의 문제는 훨씬 간단하다고 생각했다. 간단하지는 않더라도 단순한 것임에는 틀림없다.

"다케다 씨. 내가 얼마나 큰 고민을 안고 있는지 알아요?"

그는 자신이 사흘 동안 처리해야 될 문제에 대해 자세하게 얘기해주었다. 가장을 잃고 쓸쓸하게 남겨진 아내와 아들. 자식의 죽음조차 모르고 있는 늙은 아버지. 무거운 책임을 짊어지고 있는 직장. 그리고 음행이라는 억울한 누명까지 풀어야 한다.

"난 당신처럼 슬퍼하고 한탄할 시간이 없어요."

"그래도 도와줄 수 없어. 나도 당신의 말처럼 간단하지 않으니까."

"알고 있어요. 우리 서로 노력하기로 해요. 최선을 다하는 거예요."

말해놓고 보니 왠지 백화점의 조례 시간에 하는 훈시 같았다. 그는 검은 환생가방을 들고 의자에서 벌떡 일어났다.

오야붕의 재난

다케다 이사무. 향년 45세. 법명 '의정원용무협도거사'. 생전의 직업은 유한회사 다케다 흥업의 전 대표이사. 그러나 그의 실체는 공진회共進會 4대 회장이다.

상부단체는 간토(關東. 도쿄, 이바라키, 지바를 중심으로 한 동쪽 지방) 지역 일원을 영역으로 하는 폭력단체지만 그는 자신이 폭력단의 일원이라고 생각하지 않았다. 애초에 폭력단이라는 호칭 자체가 일종의 트집으로 그보다 더 심한 사회적 차별은 없다고 철석같이 믿고 있다.

같은 야쿠자라고 해도 도박꾼은 법으로 금지하고 있는 도박을 생업으로 삼고 있기 때문에 무법자임이 틀림없지만, 신사나 사찰 앞에서 노점상을 하는 사람들을 왜 폭력단이라고 부르는지 이해가 가지 않았다.

물론 오늘날에는 성실하게 일해서 밥 먹고 살아가는 동료들이 그렇게 많지는 않다. 더구나 도박꾼과 데키야의 경계가 희미해지면서, 야쿠자들은 돈이 될 만한 모든 업종에 손을 대서 '틈새종합산업'으로 변하고 있었다.

그러나 열다섯의 나이에 도박꾼의 심부름꾼으로 이 길을 걷기 시작한 이후, 고색창연한 데키야 직종 외에는 아무것도 모르는 그는 부동산은 물론이고 고리대금업과 유흥업, 게임방, 호스트바, 외국인 호스티스의 알선 등에는 아무런 관심이 없었다.

그야말로 성실한 야쿠자 그 자체이며 사라져가는 전통문화의 얼마 되지 않는 후계자였다. 그는 비행청소년의 갱생 활동도 온몸으로 실천했다. 도로교통법 위반으로 한 번 체포된 적이 있었지만 그것도 불법 주차나 신호 위반이 아니라 불법 노점상 단속에 의한 체포였다. 덧붙여서 말하자면 그의 운전면허증은 오랜 무사고를 보증하는 녹색면허다.

예전에 이런 야쿠자는 그 지역의 명사였다. 의협심을 미덕으로 치던 시대에는 일반 사람들도 오야붕이라고 부르며 믿고 따랐고, 같은 동료들도 '야쿠자의 거울'이라고 입이 닳도록 찬사를 보냈다. 그러나 지금은 사회는 물론, 같은 야쿠자로부터도 차별을 받고 무시당하고 있다.

일반 사람들로부터 차별받는 것은 어쩔 수 없지만 같은 동료로부터 무시당하는 이유는 한 가지밖에 없다. 돈이 없기 때문이다.

그가 이끌고 있는 공진회는 거창한 이름에 어울리지 않게 찢어지게 가난했다. 옛날 방식으로 가업을 이끌어가려고 하면 자원봉사나 마찬가지기 때문이다. 더구나 그는 얼마 되지 않는 이익금 중에서 다달이 은행에 적금을 들고, 고붕 한 사람 한 사람의 명의로 재형저축도 들어놓았다. 더구나 세무사의 손을 빌리지 않고 해마다 확정신고를 하고, 납세 의무도 충실히 지켰다. 그래서 세금신고를 해야 하는 3월이 되면 스트레스가 쌓여서 머리가 터질 지경이었다.

야쿠자들 사이에서는 관혼상제 때에 많은 축의금과 조의금을 주고받는 것이 의리다.

하지만 정도를 걷다보니 가난을 벗어나지 못해 그는 다른 사람만큼 의리를 지킬 수 없었다. 이 업계의 '다른 사람만큼의 의리'는 금일봉 100만 엔이기 때문이다.

그는 그런 관습에 대해 배금주의적인 악폐라는 신념을 가지고 있었기 때문에, 자신에게 걸맞은 돈을 내고 조금도 부끄러워하지 않았다.

비록 가장 말단에 있는 하부조직이긴 하지만 공진회는 2차대전 직후부터 어둠에 휩싸인 도시에서 4대째 이어온 명문 중의 명문이다. 그래서 다른 조직에 몸담고 있는 사람들도 그에게는 한 수 접어주고 있지만, 장례식이 있을 때마다 조의금 3만 엔짜리 봉투를 내밀어가지고는 무시당할 수밖에 없다.

그것 말고도 무시당하는 이유가 있었다.

공진회, 즉 유한회사 다케다 흥업에는 네 명의 '정사원'과 두 명의 '아르바이트생'이 있다. 정사원은 술잔의 맹세를 나누어 형제의 의를 맺은 고붕들이고, 아르바이트생은 아직 수업 중이라서 술잔의 맹세를 나누지 못한 사람들이다. 이 아르바이트생들은 조직의 사무소 근처에 있는 그의 아파트에서 같이 살고 있다.

출근시간은 오전 9시, 교육시간은 8시 45분으로 정해져 있어서 1분이라도 지각하면 귀가 따갑도록 잔소리를 들어야 한다. 또 무단결근이나 상품 기자재에 문제가 있는 자는 새끼손가락이 잘리는 벌을 받아야 한다. 다행히 철저한 교육 때문인지, 그도 원하지 않는 이 처벌을 실시한 적은 아직까지 한 번도 없었다.

즉, 그는 언젠가 손을 씻고 성실하게 살아갈 때에 실패하지 않을 정도로 인재교육을 했던 것이다. 그러나 선대가 생각해내고 그가 완성시킨 이 사원교육은 야쿠자의 본분에 어긋난다고 해서 동료들에게는 무시당했다.

고붕들 사이에 서열은 있지만 아직 후계자는 정하지 않았다. 그는 마음속으로 자기를 끝으로 공진회를 해산하려고 했던 것이다. 그래서 앞으로 더 이상 사람을 늘리지 않고 여섯 명을 모두 졸업시키면 자신도 손을 씻으려고 했다.

"왜지……?"

침대 위에서 그는 머리카락을 움켜쥔 채 신음소리처럼 중얼거렸다.

인간의 운명에 '왜'라는 단어는 없을지도 모른다. 그러나 의미가 없다는 사실을 알면서도 '왜'라고 말하지 않으면 안 될 정도로 그는 자신의 운명을 납득하지 못했다.

아무리 야쿠자라고 해도 다른 사람 대신 죽는 것은 너무 비참하지 않은가!

"왜지…… 왜 내가……?"

그는 가늘고 부드러운 학자의 손으로 얼굴을 덮었다. 낯선 육체의 한탄이 한층 슬픔을 가중시켰다. 생전에는 이런 식으로 우물쭈물거리며 고민한 적이 없었다.

'히익! 우야면 좋노? 잘못 봤데이. 이거 딴 녀석 아이가?!'

킬러의 외침이 귓가에 되살아났다. 그가 숨이 붙어 있을 때 마지막으로 들은 목소리였다.

다른 사람 대신 죽임을 당하다니. 아무리 야쿠자라도 이런 부조리는 참을 수 없다.

자랑은 아니지만 지금까지 사람들의 원한을 산 기억은 없다. 아니, 이런 시대에 그렇게 살아왔다면 자랑해도 좋으리라. 적어도 외무성의 부패한 관리나 성추행을 일삼는 교사들보다는 훨씬 성실하게 살아왔다고 자부한다.

도심에 있는 절에서 추도식이 있었다. 숙부격에 해당하는 사람의 1주기 법요식이다. 그를 아껴준 그 오야붕은 1년 전에 있었던 항쟁에서 숨을 거두었다.

항쟁은 희생자가 균형을 이룬 곳에서 타협했기 때문에 그가 습격당한 것과는 아무런 관계가 없을 것이다.

그는 법요식을 마치고 돌아가는 길에 형제들의 권유로 술을 마시러 갔다.

"……그래. 그런가?"

그는 지난 기억을 떠올리며 고개를 들었다. 죽음이라는 엄연한 현실에 짓눌려서 지금까지 사건의 전말을 되짚어보지 않았다. 즉, 다른 사람과 착각했다는 것은 그때 동석한 형제 중의 '누군가와 착각했다는 말이다.

"그때 같이 있었던 사람은 데쓰 형님과 시게타 형제, 그리고 신주쿠의 이치카와……."

다들 훌륭하게 일가를 이룬 오야붕들이다. 친한 사이지만 목숨을 위협받을 만한 문제가 있다는 이야기는 들어보지 못했다.

빌린 육체가 익숙하지 않은 탓인지 죽음 직전의 기억은 좀처럼 돌아오지 않았다.

그는 검은 환생가방을 껴안고 일어났다. 지금 가장 먼저 해야 할 일은 사실의 확인이다. 과연 어떤 경위로 자신이 살해당했는지, 그것이 명확하지 않으면 사랑스런 고붕들을 설득할 수 없다. 그러기 위해서는 일단 살해당한 현장에 가서 기억을 정확히 되살려야 한다.

그는 본래 매우 부지런한 사람이다. 아마 배운 게 좀 있었다면 일류 영업자가 되었으리라. 평소에 고붕들한테 오늘 할 일은 내일로 미루지 말라고 입이 닳도록 말했기 때문인지, 생각하자마자 즉시 몸이 움직였다.

호텔 입구에서 택시를 타고 행선지를 말한 순간, 가방 안에 있는 휴대폰이 울었다.

"여보세요……?"

멈칫거리며 전화를 받자 낮고 투명한 여자의 목소리가 귀에 들어왔다. 리라이프 서비스센터의 마야였다.

"의정원용무협도거사 님이시죠?"

"네, 그렇소만."

"목소리가 아주 매력적이에요. 제가 좋아하는 지적인 바리톤이군요."

"고맙소. 그런데 무슨 일이죠?"

말투도 목소리도 달라졌기 때문인지 마야는 일단 본인 여부부터 확인했다.

"지금 어디론가 가고 있는 것 같은데, 이런 시간에 어디에 가시죠?"

휴대폰을 귀에 댄 채 그는 뒤쪽 유리창을 돌아보았다. 쫓아오는 차는 보이지 않았다.

"어디에 있는 거요?"

"어디긴 어디겠어요? 중유 세계지요. 하지만 현세에서 당신이 어디에 있는지 알아내는 건 식은 죽 먹기예요. 휴대폰의 발신전파를 파악하고 있으니까요."

그렇게 불편한 휴대폰의 존재는 현세에서도 들어본 적이 있었다.

"내가 어딜 가든 무슨 참견이요? 이건 프라이버시 침해요."

"미안하지만 의정원 님, 영혼에는 프라이버시가 없답니다. 잘 생각해보세요. 프라이버시는 원래 육체의 주장이니까 그 육체가 사라져버린 사자에게는 그야말로 사어死語가 아닐까요? 호호호, 난 왜 이렇게 말재주가 좋을까?"

화가 나긴 하지만 마야의 말에는 일리가 있었다. 그가 대꾸하지 않는 것을 보고 마야는 계속해서 충고했다.

"제한시간 안에는 무슨 일을 해도 자유지만 무의미한 일은 하지 않는 편이 좋을 거예요."

그때 운전사가 졸린 듯한 눈으로 힐끔 쳐다보며 물었다.

"손님. 긴자까지 수도고속도로로 갈까요? 아니면 그냥 밑의 길로 갈까요?"

운전사의 목소리가 수화기를 타고 들어갔는지 마야가 조언을 했다.

"긴자에 가시려면 그냥 밑으로 가는 게 좋아요. 수도고속도로 는 야간 공사 중이라서, 다케하시에서 병목현상이 발생해 3킬로 미터 정도 정체되어 있으니까요."

그 말을 듣고 그는 "그냥 밑으로 가 주시오"라고 운전사에게 말했다.

"마야 님. 무의미한 일은 하지 않을 테니까 쓸데없는 걱정하 지 마시오."

"그렇다면 앞으로 걱정하지 않을게요. 하지만 의정원 님, 아 무쪼록 엄수사항을 잊지 마세요. 쓰바키야마 씨와 있을 때 당신 은 멍청하게도 본명을 입에 담았는데, 담당자인 저는 간떨어지 는 줄 알았어요. 잘 들으세요. 상대가 사자인 쓰바키야마 씨가 아니었다면 당신은 이미 한 가지 엄수사항을 위반한 것이 된다 구요!"

저승에서 온 전화는 멋대로 끊어졌다.

그는 택시 시트에 깊숙이 몸을 맡겼다. 분명히 조금 전 멍청 하게도 본명을 말해버렸다. 지금부터 정신 바짝 차리고 행동하 지 않으면 무서운 일을 당할지도 모른다.

그나저나 육체의 무게는 왜 이렇게 고통스러울까? 이렇게 무거운 육체를 가지고 45년이나 살아왔다고 생각하니, 행불행에 상관없이 인생은 고해라는 말이 뼈저리게 다가왔다. 더구나 이 가짜 육체는 고작해야 65킬로그램밖에 되지 않지만 살아 있을 당시의 체중은 85킬로그램이나 됐었다.

"긴자 어디에 세워드릴까요?"

그의 생각은 운전사의 질문으로 정지되었다. 그렇다. 지금부터는 기억을 환기시켜야 한다.

"그냥 이대로 달려주겠소? 확실하게 생각나지 않는군요."

인간은 끔찍한 경험을 잊어버리고 즐거운 기억만을 간직한 채 살아간다. 그렇게 하지 않으면 과거의 무게에 짓눌려 죽어버리기 때문이리라. 죽음에 이르는 하루의 기억이 거의 생각나지 않는 것은 그 때문일까? 사망한 날의 기억…… 물론 그것은 생애 최악의 기억이다.

자신은 다른 사람 대신 살해당했다. 지금에 와서 그 사람을 원망하고 싶지는 않지만 진실은 알고 싶다. 죽음에 이른 이유를 소홀히 해서는 안 된다. 그것은 45년의 인생을 소홀히 하는 거나 마찬가지니까.

그는 창 밖으로 스쳐지나가는 가로등을 바라보며 잠시 생각에 잠겼다.

데쓰 형님…… 그는 항쟁으로 세상을 떠난 숙부의 후계자다. 자기가 가장 밑바닥에 있던 시절부터 그 형님은 친절하게 대해 주었다. 일반적인 가족관계로 말하면 사촌형에 해당하는 데쓰 형님을 그는 마음속 깊이 존경했다. 아마 그의 뜻밖의 죽음을 가장 슬퍼한 사람은 데쓰 형님이 아닐까?

시게타 형제…… 일문一門 중 가까운 혈통은 아니지만 젊은 시절부터 이상할 정도로 마음이 잘 맞아서, 서로의 인간성과 인품은 친형제보다 더 잘 알고 있다. 데키야라는 본업에서 멀어진 것은 뛰어난 사업수완을 가졌기 때문이고, 외모도 결코 야쿠자로 보이지 않았다. 인생관과 추구하는 목표가 다르기 때문인지, 오히려 나이가 들면서 연대감은 강해졌다.

이치카와…… 그는 한솥밥을 먹고 자란 동생이다. 어린 나이에 밑바닥부터 시작해서 결국 손을 씻지 않고 일가를 이룬 것은 그와 이치카와 두 사람뿐이었다. 그런 연유로 이치카와에게는 피를 나눈 동생 같은 애정이 있었다.

자신이 죽던 날, 이 세 사람과 함께 있었던 것은 분명하다.

그렇다면 그들 중의 누군가를 간사이(關西. 교토, 오사카를 중심으로 한 서쪽 지방) 지방 사투리를 사용하는 킬러가 노리고 있었던 것이다.

"생각하는 동안 천천히 가 주시오."

택시는 네온이 거의 사라진 일방통행의 가로수 길을 탐색하듯이 천천히 달렸다.

"아아, 여기군요. 여기에 세워주시오."

필요한 돈은 얼마든지 나오는 편리한 지갑에서 미터기의 요금보다 많은 돈을 꺼내 지불하고 나서 그는 한밤중의 거리로 나왔다.

그날 밤의 기억이 되살아난 것은 아니었다. 다만 인기척이 사라진 가로수 옆에 놓여 있는 꽃다발을 보았을 뿐이다. 긴자 한가운데에서 차에 치여 죽은 사람은 없을 테니까, 그 꽃다발은 누군가가 그의 영혼에 바친 것이라고 생각할 수밖에 없었다.

그렇게 길지 않은 45년의 삶을 마친 장소. 더 이상 그곳에 서 있을 수 없어서 그는 도로를 사이에 둔 반대편 건물에 기대어 잠시 아득한 기억을 더듬었다.

그렇다. 가느다란 빗줄기가 흩뿌리고 있었다. 가로수에 기대며 무너지듯이 쓰러졌을 때, 푸른 나뭇잎이 머금고 있던 빗방울을 일제히 쏟아내던 기억이 났다.

분명히 등 뒤에서 머리를 맞았다. 총을 맞았다는 생각은 꿈에도 못했다. 다만 어떤 물건이 떨어졌던가, 누군가가 머리를 친 거라고 생각했다. 그러나 뒤를 돌아보려고 하는 순간 무릎이 꺾이고 말았다.

킬러는 권총을 두 손으로 들고 큰 대大 자로 쓰러진 그의 가슴과 배에 마지막 총알을 박아넣었다. 그리고 탄환이 떨어진 순간, 마른하늘에 날벼락 같은 소리가 들려왔다.

'히익! 우야면 좋노? 잘못 봤데이. 이거 딴 녀석 아이가?!'

누구와 착각한 것일까? 누구를 죽이려고 했던 것일까? 그는 도로 건너편에 있는 끔찍한 현장에 시선을 고정시킨 채 기억의 테이프를 조금 뒤로 감았다.

그렇다. 다른 사람들은 엘리베이터를 타고 내려갔는데 자기 혼자만 계단으로 내려왔다. 형제들과 호스티스들이 엘리베이터를 타고, 마지막으로 자신이 타려고 했더니 중량 초과의 부저가 울렸다.

그는 내리려고 하는 호스티스를 손을 흔들며 만류했다.

"난 어차피 85킬로그램이나 되니까 네가 내려도 마찬가지야."

그리고 그는 계단으로 내려갔다. 엘리베이터는 도중에 멈추었는지, 1층에 먼저 도착한 사람은 그였다.

킬러는 골목에 숨어 있었던 것일까? 아니면 자동차 안에 숨어 있었나? 어쨌든 킬러는 계단에서 내려온 그를 표적으로 착각해서 등 뒤에서 발소리를 죽이고 접근했다.

역시 의사의 말대로 열심히 다이어트를 해야 했다. 그는 이제야 뼈저리게 후회했다. 자신의 목숨을 빼앗은 것은 중성지방도도 콜레스테롤도 아니었지만 비만 때문에 죽은 것은 분명했다.

고개를 돌리자 길가에 낯익은 차가 세워져 있었다. 긴자에는 어울리지 않는, 젊은이들이 좋아하는 새하얀 스포츠카였다.

자동차 문에는 정겨운 문장紋章이 붙어 있고, 개조된 머플러에서는 나지막한 엔진소리가 흘러나왔다.

그는 가로등 불빛을 받고 있는 정면 유리창을 들여다보았다. 시트를 뒤로 젖히고 멍하니 하늘을 바라보고 있는 소년의 얼굴을 본 순간, 그의 가슴에서 뜨거운 것이 왈칵 치밀어 올랐다.

"아저씨, 뭐예요? 이건 택시가 아니라구요!"

"준이치……."

그는 자기도 모르게 이름을 부르고는 황급히 입을 다물었다.

"어라? 이거 기분 나쁜데. 어떻게 내 이름을 알았지?"

소년은 차에서 내려 삐딱하게 서서 그를 노려보았다.

"난 아저씨를 처음 보는데요. 혹시 우리 영감탱이 앞잡이예요? 그렇다면 이제 상관없어요. 벌써 인연을 끊었으니까요."

"아, 아니야. 그렇지 않아. 난 네 아버지의 친구도 아니고 경찰도 아니야."

"그러면 뭐예요? 이거 갑자기 열받네. 한밤중에 긴자에서 생판 처음 보는 사람이 내 이름을 막 부르다니."

"왜 눈썹을 깎았지? 보기 흉하구나."

새빨갛게 물들인 머리칼과 완전히 밀어버린 눈썹의 부조화를 보고 그는 한마디하지 않을 수 없었다.

"이거요? 여기엔 깊은 사정이 있어요. 당신과는 상관 없지만요. 지난주에 여기서 무슨 일이 일어났는지 알아요⋯⋯?"

거기까지 말하고 그의 얼굴을 본 소년의 표정이 갑자기 무너졌다.

"왜 그래?"

"죄송해요. 흑흑⋯⋯ 남자가 우는 건 꼴불견이라고 생각하겠지만 아직 마음이 정리되지 않아서 그래요. 그래서 매일 날이 밝을 때까지 여기에 있는 거예요."

한번 무너지기 시작하자 소년의 거친 말투가 자연스럽게 부드러워졌다.

"난 야쿠자예요. 그런데 우리 오야붕이 저기서 살해당했거든요. ⋯⋯난 우리 부모는 끔찍하게 싫어했지만 오야붕은 아주 좋아했어요."

그렇게 말하고 나서 소년은 봇물이 터진 듯 소리 내어 울었다.

그는 소년의 떨리는 어깨를 안아주었다.

"저런 꽃은 여자한테도 줘본 적이 없어요. 하지만 생각해보니 내가 오야붕한테 해줄 수 있는 게 아무것도 없더라구요. 매일 이렇게 꽃을 바치는 것 말고는……."

고독한 소년은 마음속에 쌓인 한탄을 누구에겐가 털어놓고 싶었으리라. 소년은 그의 양복자락을 부여잡고 몸을 떨면서 말을 이었다.

"우리 오야붕은 누구에게 원한을 살 만한 사람이 아니에요. 그건 오랫동안 같이 산 내가 가장 잘 알아요. 그러니까 우리 오야붕은 무슨 실수나 오해로 살해당한 게 틀림없어요. 난 아직 형제의 술잔도 받지 못한 똘마니에 불과하지만 너무 억울해서 눈썹을 민 거예요."

"무슨 뜻이야? 오야붕이 죽은 것과 눈썹을 민 것이 무슨 상관이 있지?"

"하긴 아저씨처럼 평범한 사람이 뭘 알겠어요? 난 오야붕을 죽인 녀석은 반드시 내 손으로 처리하겠다고 맹세했거든요. 그래서 오야붕의 원수를 갚을 때까지는 눈썹을 기르지 않을 거예요."

그는 느닷없이 소년의 멱살을 잡고 힘껏 뺨을 때렸다.

"시건방진 녀석! 죽은 사람 따위는 잊어버려. 지난 일은 깨끗이 잊어버리고 앞으로의 네 일이나 생각해!"

자기 마음대로 말할 수 없다는 게 이토록 답답할 줄이야. 그는 자신에게 덤비는 소년의 주먹을 뿌리치고, 계속 소년의 뺨을 때렸다.

"준이치……."

아스팔트 위에 웅크린 채 울음을 터뜨린 소년의 옆에 주저앉아 그는 다시 소년의 이름을 불렀다.

"아저씨는 누구예요?! 어떻게 내 이름을 아는 거죠? 야쿠자를 때리고도 무섭지 않아요?"

"야쿠자 따위가 뭐가 무서워? 그보다 네 형님들은 어디에 있지? 요시오는? 히로시는? 이치로는? 유키오는? 다쿠는?"

"히익. 어떻게 형들 이름을 전부 알고 있죠? 알았다! 아저씨, 변호사군요?"

"뭐?! ……그, 그래. 너희 오야붕과는 옛날부터 친구였어."

"요시오 형과 이치로 형은 미나토야의 데쓰 오야붕 밑으로 들어갔구요, 히로시 형과 유키오 형은 시게타 오야붕한테 갔어요. 그리고 나랑 다쿠는 이치카와 오야붕이 받아주었어요."

그것이 좋은 일인지 나쁜 일인지 그는 잠시 생각하지 않으면 안 되었다.

데쓰 형님이 이끄는 미나토야 일가는 데키야의 정도를 걷고 있다. 젊은 사람들도 예의범절이 바르기 때문에, 그쪽으로 간 두 고붕은 행복할 것이다. 만약에 유언을 남길 시간이 있었다면 여섯 명 모두 데쓰 형님에게 맡기고 싶었다.

시게타는 금융업과 부동산업까지 폭넓게 경영하고 있는 현대식 야쿠자다. 그곳으로 간 두 명은 처음에는 몹시 당황하겠지만 오히려 장래를 위해서는 좋지 않을까?

문제는 신주쿠의 이치카와가 맡은 두 명이다. 준이치와 다쿠는 예전의 폭주족 출신으로 나이도 어리다. 아직 술잔의 맹세도 나누지 않았고 교육도 충분하지 않아서 그가 직접 데리고 살았다. 본인들은 야쿠자라고 하지만 정확하게 말하면 야쿠자 견습생이다.

　이치카와의 주무대는 신주쿠 가부키초다. 그렇다고 그곳이 이치카와의 영역이라고 할 수는 없다. 일일이 헤아릴 수 없을 정도로 많은 조직의 사무소가 있는 신주쿠 가부키초는 자신만의 영역을 가질 수 없는 무법지대나 마찬가지다. 그런 곳에서 이치카와는 매일 작은 분쟁을 거듭하면서 비밀 카지노와 유흥업소를 운영하고 있고, 일반 가게나 노점에서 자릿세를 뜯어가며 살아가고 있다. 그와 데쓰, 시게타는 나이가 어린 이치카와가 일을 벌일 때마다 설교를 하지만, 생각하기에 따라서는 이치카와의 삶이 가장 야쿠자답기도 하기 때문에 생업의 확장에까지 참견할 수는 없었다.

　어떤 고생에도 나름대로 가치는 있다고 생각한다. 그러나 아직 제대로 가르치지 못한 준이치와 다쿠를 이치카와에게 보내는 것은 총을 잡을 줄도 모르는 신병을 무턱대고 최전선으로 보내는 것과 같다. 그가 같이 사는 동안에 가르쳐준 것은 하나도 도움이 되지 않으리라.

　"넌 이치카와 씨에게 가서 무엇을 하고 있지?"

　그는 도저히 친숙해질 수 없는 학자의 언어로 물었다.

　"아직 오야붕이 죽은 지 얼마 안 돼서…… 조직의 사무실도 오야붕의 집도 그대로 있거든요."

"혹시 무슨 지시를 받지 않았니?"

"데쓰 오야붕이 그랬어요. 사람이 죽어도 7일간은 영혼이 남아 있으니까 사무실과 아파트는 그대로 남겨두고 향도 꺼뜨리지 말라구요……. 하지만 형들은 오늘부터 그쪽 사무실로 출근했어요. 데쓰 오야붕과 시게타 오야붕 조직에서는 할 일이 많은 것 같다고 하면서요."

날카로운 송곳니가 그의 가슴을 후벼파는 것 같았다. 준이치와 다쿠는 아버지 같은 자기가 없는 아파트에 기거하면서 자신의 납골항아리 앞에 향을 피우고, 형들이 떠난 사무실에 나가 멍청하게 하루하루를 보내고 있었던 것이다.

"형들이 너희를 내동댕이쳤단 말이냐? 으윽, 용서할 수 없어! 난 그렇게 가르친 적이 없다!"

"예?! 가르쳤다니요? 그게 무슨 말씀이세요?"

"아, 아무것도 아니다. 그나저나 지금 많이 불안하지?"

소년의 얼굴은 돌연 아버지를 잃고 어찌할 바를 모르고 있는 얼굴로 변했다. 이 녀석에게 나는 오야붕이 아니라 아버지였던 것이라고, 그는 새삼스레 절실히 깨달았다.

"실은…… 어젯밤 형들이 충고해줬어요."

"충고?"

"형들끼리 의논한 끝에 내린 결론이라며 나와 다쿠에게 손을 씻으라고 하더군요. 이치카와 조직에 들어가 봤자 좋은 일은 하나도 없으니까 그쪽으로 가지 말라구요."

그의 눈꺼풀 안쪽에 어둠이 내려앉은 사무실에서 머리를 맞대고 의논하고 있는 고붕들의 처절한 모습이 떠올랐다. 자신의 고붕들은 옳은 결론을 내렸다.

"그렇게 해라. 너와 다쿠는 아직 정식으로 오야붕이랑 술잔의 맹세를 나눈 적이 없어. 그러니까 문제는 전혀 없는 거지. 이대로 원래 생활로 돌아간다고 해도 불평할 사람은 아무도 없을 거야."

"그건 알고 있지만…… 아, 고양이다!"

건물 사이에서 고양이가 나오더니 야옹야옹 울어대며 소년의 발에 머리를 들이밀었다. 소년은 몸을 숙이고 고양이를 껴안았다.

"나와 다쿠는 돌아갈 집이 없거든요."

길 잃은 고양이 두 마리를 편의점 주차장에서 데려온 것은 1년 전의 일이다. 준이치와 다쿠. 하나는 부모에게 버림받은 고양이였고, 또 하나는 부모가 죽어 고아가 된 고양이였다.

"혹시 나와 다쿠에 대해 오야붕한테 들었어요?"

그는 한순간 당황하며 "아니"라고 대답하고 고개를 숙였다. 준이치의 부모는 이혼해서 제각기 평화로운 가정을 만들었다. 다쿠는 부모가 일찍 세상을 떠나 나이 차이가 많이 나는 누나 집에서 더부살이를 하고 있었다.

아무리 세상이 풍요로워졌다고 해도 불행한 아이가 줄어든 것은 아니다. 오히려 다른 사람들이 행복한 만큼 그들은 차별을 받으며 콤플렉스를 껴안고 비뚤어지게 성장할 수밖에 없다. 다케다는 자신과 비슷한 환경에 놓인 두 소년을 다른 어른들처럼 백안시할 수 없었다.

"오야붕과 처음 만난 날, 집에 가고 싶어도 돌아갈 집이 없다고 소리치다가 한 대 맞았어요. 그리고 오야붕의 아파트로 끌려갔지요. 돌아갈 집이 없으면 거기에 있으라고 하면서 오야붕은 밥을 지어주었어요. 깜짝 놀랄 정도로 맛있는 된장국도 끓여주었지요."

인적이 끊긴 가로수 거리를 순찰차가 지나갔다. 수상쩍은 눈길로 노려보는 경찰관의 시선을 피하면서 두 사람은 스포츠카에 올라탔다.

"옛날 친구들이 있는 곳으로 돌아가면 안 돼."

그는 차 안에 난잡하게 붙어 있는 인테리어를 만지작거리며 말했다.

"거기로 돌아가진 않아요. 하지만 어떻게 해야 좋을지 모르겠어요."

소년은 가슴에 안고 있는 고양이에게 한숨을 토해냈다.

자동차 앞유리에 빗방울이 떨어지기 시작했다. 다케다와 준이치는 불켜진 네온사인이 빗방울에 촉촉이 젖어들 때까지 아무런 말도 하지 않은 채 침묵을 지켰다.

소년은 살아갈 길을 잃어버린 것이다. 본디 눈썹을 밀고 복수를 맹세할 정도로 강인한 성격이 아니다. 혹시 그렇게 당치도 않은 짓을 저질러서 소년원에 들어가면 일단 잠자리도 해결되고 밥도 먹을 수 있다고 생각한 게 아닐까?

"그런데 이 사건에 대해서 다쿠는 어떻게 생각하지?"

그는 계속 마음에 걸려 있던 의문을 마침내 꺼내놓았다. 복수를 결심할 사람은 준이치가 아니라 다쿠이리라. 다쿠는 성격도 거칠고 완력도 강하다. 편의점에서 주먹을 휘둘렀을 때도 준이치는 머리를 끌어안고 울음을 터뜨렸지만 다쿠는 끝까지 대항했다.

"다쿠 녀석은 오야붕이 세상을 떠난 뒤로 벙어리가 된 것처럼 입을 열지 않아요. 하루 종일 사무실과 아파트만 청소하고 무슨 말을 해도 대답하지 않아요. 혹시 우울증에라도 걸린 게 아닐까요? 그런데 한밤중에 꼼지락꼼지락 일어나더니 오야붕의 납골 항아리를 껴안고 대성통곡하는 거예요. 어라? ……아저씨, 왜 그래요? 왜 아저씨가 울고 그래요? 으이구, 한심해라!"

"아…… 갑자기 세상을 떠난 네 오야붕이 떠올라서 그래. 우리는 둘도 없는 친구였거든."

"아아, 그러셨군요."

"그래. 무엇과도 바꿀 수 없는, 도저히 남이라고 생각할 수 없는 사이였지. 그런데 다쿠에게 뭔가 달라진 점은 없니?"

소년은 시동을 걸고 와이퍼를 작동시키고 나서 조심스럽게 말을 꺼냈다.

"실은 오늘 아침 일인데요. 다쿠 자식, 오야붕의 납골항아리를 열었어요."

"납골항아리를?"

"으휴, 생각만 해도 끔찍해요. 그 자식, 오야붕의 유골을 마구 집어삼켰어요. 으으으, 온몸에 소름이 끼치네!"

그 순간, 다케다는 소년의 무릎에서 고양이를 빼앗으며 명령했다.

"빨리 자동차를 몰아! 잠시라도 시간을 허비해선 안 돼. 다쿠를 말려야 해!"

아버지의 비밀

가느다란 빗방울에 젖은 전동차의 창문을 통해 쓰바키야마는 지나가는 풍경을 멍하니 바라보았다.

살아생전의 기억이 또렷하게 되살아난다. 천천히 맞이하는 죽음이었다면, 병상에서라도 삶을 반추해보았을 것임에 틀림없다. 하지만 쓰바키야마의 죽음은 그것조차 누려보지 못할 정도로 갑작스럽게 다가왔다.

고등학교를 졸업하고 백화점에 취직했을 무렵, 게이오 선京王線의 역마다 멈추는 전동차는 마치 싸구려 장난감처럼 초록색으로 칠해져 있었다. 그는 메이지대앞明大前 역에서 이노가시라 선井の頭線으로 갈아타고 시부야 점澁谷の店으로 출퇴근했다.

30년 가까운 세월 동안 아침에 출근할 때마다 그리고 밤에 퇴근할 때마다 보아온 낯익은 풍경들이 스쳐지나갔다.

신혼생활을 보낸 사택이나 작년에 겨우 구입한 낡은 주택도 같은 게이오 선에 닿아 있었다. 마치 개미새끼처럼 이 선로 위를 매일 왔다갔다했다.

집 문제만 보면 자신은 대단한 행운아라는 생각이 들었다. 같은 세대의 다른 이들은 불행하게도 경기가 좋은 시절에 비싼 값으로 집을 샀지만, 자신은 만혼晚婚인 탓에 재난을 피할 수 있었다. 집값의 폭락으로 인해 10년 전에 집을 산 친구들보다 대출금을 적게 갚아도 되는 기묘한 수학적 혜택을 받은 것이다.

그 시절에는 누구 하나 집값이 폭락하리라고는 예측하지 못했기 때문에, 정말이지 행운이었다. 전 주인의 말에 따르면 자신은 두 배 이상의 값을 주고 사서 지금 집을 팔아도 엄청난 빚이 남는다고 했다. 그야말로 삶의 아이러니를 느끼는 순간이었다.

그러나 아무리 큰 행운을 잡았다고 해도 집을 구입한 이듬해에 어이없이 죽어버린다면 무슨 소용이 있단 말인가.

그와 함께 첫차를 타고 있는 사람들은 어디선가 밤을 새고 아침에 집으로 돌아가는 태평한 젊은이들이었다.

각 역마다 정차하는 이 전철은 작은 역의 플랫폼에서도 하품을 하듯이 일일이 문을 열었다. 차내방송을 하는 차장의 목소리에도 졸음이 가득 묻어 있는 것 같았다. 한 걸음씩 초조한 발길을 내딛듯이 전철은 아내와 자식이 기다리고 있는 집으로 다가가고 있었다.

순환 8호선의 노선을 벗어나면 주위는 풍요로운 초록으로 둘러싸인 교외의 풍경으로 일변한다.

지토세가라스야마. 아내와 달콤했던 신혼생활을 보낸 곳이다. 그는 몸을 비틀어 빗물로 흐려진 역을 바라보았다. 몇몇 젊은이

들이 내리자 차량 안에선 사람의 그림자를 찾아볼 수 없었다.

센가와는 주택지인 골짜기에 오도카니 자리잡고 있는 작은 역이다. 선로를 둘러싸고 있는 낮은 흙제방에는 붉은 여름 꽃이 피어 있었다. 이 역에서 그리 멀지 않은 노인병원에 아버지가 입원해 있다. 홀아비의 손으로 키워낸 자식의 죽음도 모르고, 아버지는 치매에 걸린 채 멍한 나날을 보내고 있을까?

전철은 망설이듯 천천히, 비를 맞고 서 있는 작은 역으로 미끄러져 들어갔다. 플랫폼에 오도카니 서 있는 몇몇 그림자가 창문을 스쳤다.

"아!"

창문을 바라보며 엉거주춤하게 일어선 그의 입에서 작은 신음소리가 새어나왔다.

'아버지다…….'

어쩌면 환영일지도 모른다. 창문 너머로 큰 키에 등을 구부리고 서 있는 노인의 모습이 비쳤다. 노인은 분명히 아버지와 비슷하게 생겼다.

따분한 하품이라도 하듯이 문이 열리자 노인은 옆 차량에 올라탔다. 심장이 세차게 쿵쾅거린다.

고개를 내밀어 노인이 올라탄 쪽을 들여다보다가 그만 눈이 마주치고 말았다. 쓰바키야마는 자기도 모르게 얼굴을 돌렸다. 아버지가 틀림없었다. 이렇게 이른 아침부터 병원을 빠져나와 길을 잃고 배회하는 것이리라.

그는 정신을 가다듬고 자리에서 일어났다. 생각해보니 자신은 생전의 모습과는 조금도 닮지 않은 여자로 변신해 있지 않은가.

그는 문을 열고 옆 차량으로 이동했다. 아버지에게 가까이 다가갈수록 정신이 아득해져서 그는 대각선으로 맞은편에 앉아 두 손으로 얼굴을 가렸다. 마음을 가라앉히지 않으면 아버지에게 말을 걸 수도, 똑바로 쳐다볼 수도 없으리라.

'이렇게 울고 있을 때가 아니야.'

그는 고개를 숙인 채 스스로를 격려했다. 그나저나 새삼스레 느끼는 거지만 여자만큼 편리한 동물이 어디 있을까? 감정이 복받치기만 하면 이렇게 주르르 눈물을 흘릴 수 있지 않은가.

'어쨌든 다시 병원으로 모셔가야 해.'

환생가방을 뒤지자 손수건이 손에 잡혔다. 필요한 것은 즉시 나오는 편리한 가방이다. 그는 눈물을 닦고 숨을 가다듬었다. 그래도 아직 고개를 들 용기는 나지 않았다.

어머니가 세상을 떠난 뒤로 아버지에게는 나름대로 신경을 썼다고 생각한다. 그러나 특별히 신세를 지지 않은 대신에 이렇다 할 만한 효도를 한 기억도 없다. 그런 생활이 아버지가 가장 바라는 것이라는 사실도 알고 있다. 그리고 드디어 인생에서 가장 큰 불효를 저지르고 말았다. 부모를 세상에 남기고 먼저 떠나는 불효…… 이보다 더 큰 불효가 어디 있으랴.

"무슨 일이 있소?"

가슴이 저미도록 그리운 목소리가 귀에 닿았다. 낡고 찌부러진 아버지의 가죽구두가 그의 샌들 끝을 쳐다보고 있었다.

"아무 일도 아니에요. 전 괜찮아요……."

도저히 고개를 들 수 없었다. 아버지는 왜 시청에 다니시던 시절에 신었던 신발을 지금까지도 저리 애지중지하며 신고 다니는 것일까?

아버지는 뜻밖에도 말짱한 정신으로 말을 걸어왔다.

"괜찮긴 뭐가 괜찮아요? 젊은 여자가 꼭두새벽에 전철에서 흐느껴 우는 건 누가 보아도 보통 일이 아닌데. 옆에 앉아도 되겠소?"

지팡이 대신 우산을 짚으며 아버지는 그의 옆자리에 앉았다.

"그렇게 젊지 않아요. 서른아홉 살이나 됐는걸요."

"허어, 서른아홉이라. 난 이제 스물이나 됐을까 말까한 나이라고 생각했는데."

별것 아닌 대화였지만, 아버지가 붙임성 있는 말씀을 건넬 수 있는 분이라는 건 하나의 큰 발견이었다.

아니다. 이렇게 감탄하고 있을 때가 아니다. 면회 간 사람을 분별하지 못할 정도로 정신이 혼미했던 아버지가 정상적으로 말하고 있지 않은가? 도대체 어떻게 된 일일까?

"서른아홉이라고 해도 내 아들 녀석보다 훨씬 젊어요. 그리고 요즘엔 보기 드문 미인이구려."

그는 용기를 짜내어 고개를 들었다. 눈앞에 있는 아버지는 표정까지 완벽하게 정상이었다.

"무슨 일이 있었는진 모르지만 사람들 앞에서 눈물을 보이는 건 좋지 않아요. 때로는 여자의 약점을 파고드는 나쁜 녀석들도 있으니까 말이오. 그래서 나처럼 참견을 좋아하는 노인은 그냥 지나칠 수가 없는 거요."

"죄송해요."

그는 순순히 사과했다. 아버지의 따뜻한 목소리가 마음속에 기분 좋게 스며들었다.

그는 아버지의 마디가 굵은 투박한 손을 바라보았다. 마치 옛날 무사들처럼 허벅지 위에서 주먹을 쥐는 것은 아버지의 오랜 습관이었다.

"저기, 할아버지……."

"뭐요? 고민이라도 털어놓으려는 거요?"

"그게 아니라 제 손을 잡아주실 수 있어요?"

"대체 무슨 일이기에……."

아버지는 당황하면서도 그의 손등에 따뜻한 손을 겹쳐주었다.

"이제 조금은 진정이 됐어요? 이런! 왜 또 눈물을 흘리는 거요?"

그의 머릿속에 먼 옛날의 기억이 되살아났다. 어머니의 장례식을 치르면서 아버지는 어린 아들의 손을 한시도 놓지 않았다. 가끔 손이 아플 정도로 힘을 준 것은 '울면 안 돼. 너는 남자잖아?' 라는 암묵의 질타였다. 그날부터 아버지는 계속 아들의 손을 부여잡곤 했다. 그러다 아들이 울지 않는 어엿한 남자가 된 것에 안도하셨는지 손길을 거둬들이셨다. 그리고 두 번 다시 손을 내밀지 않으셨다.

만약에 아들이 아니라 딸로 태어났다면 아버지는 어떻게 키웠을까? 슬픔이 밀려올 때마다 이렇게 따뜻하게 손을 잡아주며 마음껏 울 수 있게 해준다면 다시 이 사람의 딸로 태어나고 싶다.

"예전에 한 번 뵌 적이 있어요."

그는 신중하게 단어를 골라가며 말했다. 한순간 아버지의 얼굴에 짙은 그늘이 드리웠다.

"센가와에 있는 애수병원愛壽病院에서요……."

"혹시 간호사요?"

갑자기 힘이 빠지는 아버지의 손을 그는 꼭 잡았다.

"그렇지는 않아요. 친척 병문안을 갔을 때 뵈었어요. 그런데 퇴원하셨나요?"

그는 눈물을 닦고 아버지를 바라보았다. 이 사람은 절대로 거짓말을 못한다. 거짓말과 불평을 하지 않는 아버지의 천성은 누구보다 그가 잘 알고 있다.

아버지는 야윈 턱을 흔들며 곤란한 표정을 지었다.

"아니라오. 퇴원은 하지 않았소. 그런데 이걸 어쩐담? 괜히 말을 걸어서 낭패를 보는군."

그의 손을 잡은 채, 아버지는 태도를 바꾸며 등줄기에서 힘을 뺐다.

"할아버지, 지금은 반듯하게 앉아 계시네요. 분명히 병원에서 뵈었을 때는 휠체어에 멍하니 앉아 계셨는데요. 어떻게 된 거죠?"

쓰바키야마는 '설마!' 하고 생각했다. 생각만 해도 등줄기가 오싹해지는 '설마'였다.

"정말로 간호사가 아니오?"

"아니라니까요. 친척 분은 예전에 퇴원해서 이제 그 병원과는 아무 관계도 없어요."

"정말이오?"

"네. 주제넘긴 하지만 만약에 할아버지한테 무슨 비밀이 있다면 말씀해주시지 않겠어요?"

"젊은 여자가 왜 이렇게 끈질겨요? 그런 이야기는 들어서 뭐 하려고?"

"저를 걱정해주신 것에 대한 보답이에요. 하늘에 맹세코 누구에게도 말하지 않을게요."

아버지는 그를 뚫어지게 쳐다보더니 무뚝뚝한 어조로 말했다.

"역시 당신은 서른아홉 살이군. 가끔 이렇게 꼭두새벽에 비상계단을 통해 탈출한다오. 아직 다리는 튼튼하니까 센가와 역까지 걸어서 한두 역 정도 전철을 타고, 다른 사람들이 일어나기 전에 아무렇지도 않은 얼굴로 병원으로 돌아가는 거요."

"에에?! 왜 그렇게 하시는 거예요?"

그가 큰 소리로 말하자 아버지는 황급히 쓰바키야마의 목을 끌어당겼다.

"이건 비밀이요, 비밀! 정말로 치매에 걸리고 싶지 않아서 그런다오."

"그러면 지금 치매에 걸린 척하고 계신 거예요? 어머나, 재주도 좋으시네."

놀라움을 뛰어넘어 경악의 사실에 그는 화낼 기분도 들지 않았다. 그런 그를 다정하게 쳐다보며 아버지는 쿡쿡거리며 웃었다.

"웃을 일이 아니에요."

"흐음, 분명히 웃을 일은 아니지."

"아직까지 아무도 모르나요?"

"물론이오. 난 말이요, 오랫동안 시청에서 복지에 관한 일을 하고, 정년퇴직을 한 이후에도 자원봉사로 노인들을 돌봐왔지요. 다시 말해 치매 노인에 관해선 프로 중의 프로라오."

그것은 잘 알고 있는 사실이다. 즉, 치매 노인의 프로가 프로 치매 노인이 됐다는 말인가?

"어, 어째서 그렇게 말도 안 되는 일을 하시는 거예요?"

아버지는 주위에 신경을 쓰면서 그의 흥분을 달랬다.

"왜 당신이 흥분하며 사람을 닦달하는 거요? 이제 다시는 보지 않을 남이니까 솔직히 말하는데, 사실 여기에는 두 가지 이유가 있다오."

"두 가지 이유라뇨?"

"아무 상관도 없는 당신이 왜 그렇게 무서운 눈으로 노려보는 거요? 어쨌든 일단 첫 번째 이유는……."

"일단 첫 번째 이유는……?"

그는 아버지의 손가락에 자기 손가락을 나란히 세웠다. 목이 바싹바싹 타들어갔다.

"난 말이지, 근엄한 선생을 그림에 그려놓은 듯한 말단 공무원이었소. 내 입으로 이렇게 말하긴 뭐하지만 이 나이가 될 때까지 거짓말을 한 적이 한 번도 없었다오."

"네, 그건 알고 있어요."

"응? 당신이 그걸 어떻게 안단 거요?"

"그건…… 첫인상을 보면 알 수 있잖아요. 할아버지는 인품이 훌륭하신 것 같아요."

"사람을 보는 눈이 있군요. 아무튼 이렇게 처음 보는 사람도 인품을 알 정도로 근엄하고 정직한 사람이었지요. 하지만 사회생활을 하는 데는 이런 성격이 얼마나 손해를 보는지 모른다오. 거짓말을 잘하는 경박한 녀석들이 출세하는 세상이니까요. 그래서 어느 날 문득 생각했소. 평생에 딱 한 번, 건곤일척의 큰 거짓말을 하겠다고 말이오."

"최악이에요!"

"최악이라고 해도 좋아요. 그런데 당신은 건곤일척이란 말을 알고 있소?"

"제가 그런 말을 어떻게 알겠어요?"

"운명을 걸고 단판에 승부를 낸다는 뜻이지요."

"저, 정말 최악 중의 최악이에요!"

진정하라고 말하고 싶은 듯 아버지는 그의 손을 잡은 손가락 끝에 힘을 주었다.

"그래요. 나는 가족도 친구도 의사도 간호사도 진짜 치매에 걸린 노인들도 다 속였소."

"굉장해요. 할아버지는 프로예요. 프로 사기꾼이에요!"

그러나 곰곰이 생각해보니 그건 거짓말이라기보다 아버지가 노인이 될 때까지 싸워온 사회 문제에 스스로 몸을 맡긴 것은 아닐까 하는 생각도 든다.

"두 번째 이유는……."

그는 아버지가 내민 두 개의 손가락에 자신의 손가락을 나란히 겹쳤다.

　"생전 처음 보는 사람한테 이런 말을 하는 건 부끄럽기 짝이 없소만⋯⋯."

　아버지는 개구쟁이처럼 천진난만한 미소를 지으며 굵은 한숨을 내쉬었다.

　약간의 망설임이 이어지는 동안 그는 아버지의 마음속을 읽었다. 이것은 말수가 적은 아버지와 오랜 세월을 함께 살아온 쓰바키야마만이 할 수 있는 일이리라.

　"말씀해보세요. 어차피 다시는 만나지 못할 사람이니까요."

　그는 '알고 있어요, 아버지'라는 뒷말은 입 속으로 삼켜야 했다. 아버지는 길게 숨을 토해내며 고개를 숙였다.

　"고맙소. 실은 괴로워서 견딜 수 없었다오. 나는 거짓말을 한 적도 없지만 남들한테 신세타령을 한 적도 없다오. 그런데 생전 처음 보는 당신한테 평생에 딱 한 번 신세타령을 해도 되겠소? 어차피 당신도 한 귀로 듣고 한 귀로 흘릴 테니까."

　그는 낙엽처럼 시든 아버지의 등에 손을 올려놓았다. 나일론 점퍼 위에서 딱딱한 등뼈가 만져졌다. 자신은 이 사람에게 피와 살을 나누어받았다.

　"가족들에게 신세지고 싶지 않았다오."

　아버지가 자신이 생각하고 있던 말을 입에 담자 그는 아버지의 등을 꽉 잡았다.

　"무엇 때문이죠?"

애절함과 통한이 담긴 목소리를 아버지는 수상하게 생각하지 않았을까?

"요즘 들어 눈에 띄게 몸이 약해졌다오. 그리고 생각도 한층 완고해지고 편협해졌지요. 사소한 일에도 화를 내고 며느리한 테도 잔소리를 늘어놓게 되었어요. 그런 추태를 보이는 건 손자의 교육에도 별로 좋지 않겠지요. 그래서 가능하면 집을 떠나 아무도 모르는 깊은 산 속으로 사라지고 싶었다오. 옛날처럼 우바스테 산(姥捨山. 나가노 현에 있는 산. 늙은 숙모를 친어머니처럼 봉양하던 사람이 결혼 후 아내의 성화에 못 이겨 이 산에 숙모를 버렸으나, 금방 후회하고 다시 모셔왔다는 전설이 있음) 같은 곳이 있으면 얼마나 좋을까 생각했지요."

말을 목소리로 나타낼 수 없어서 그는 마음속으로 '아버지, 아버지……' 하고 계속 중얼거렸다.

절대로 신세타령하지 않는 사람이라는 건 누구보다 잘 알고 있다. 그래서 아버지가 말하지 않는 불만이나 고뇌에 대해서는 최대한 신경 쓰고 있다고 자부해왔다. 자신도, 그리고 아내도 아버지에게 소홀하게 대한 기억은 없다. 신혼집으로 이사 오고 나서 조금은 몸이 쇠약해진 듯했지만 특별히 완고해지거나 편협해졌다고는 생각하지 않았다. 터무니없는 일로 아내에게 화를 냈다면 자신의 귀에 들어오지 않을 리가 없었다.

아버지는 미리 조바심을 낸 게 아닐까? 가족들에게 신세를 진게 아니라 언젠가 신세를 질까봐 미리 두려워한 건 아닐까?

"그래서 치매에 걸린 흉내를 내셨군요……"

아버지는 등을 구부린 채 고개를 끄덕였다.

"차라리 내가 만들어놓은 사회복지에 의지하는 편이 낫다고 생각한 거요."

완만하게 덜컹거리는 전철 창문에 빗방울이 비스듬하게 줄무늬를 그렸다. 선로 옆에 있는 화단에는 보라색 수국이 꽃망울을 터뜨리고 있었다.

"오랜만에 오는 고마운 단비구려. 올해는 장마철에도 비가 오지 않아서 저수지도 바닥을 드러낼 정도라고 하던데, 이번 비로 한숨 돌릴 수 있겠구려."

지팡이 대신 우산에 힘을 실으며 고개를 들더니 아버지는 유리창 밖을 스치는 풍경을 바라보며 눈을 가늘게 떴다.

그가 어렸을 때, 도쿄에 사는 사람들은 해마다 여름이면 물 부족 사태를 겪어야 했다. 그것도 급수 제한과 같은 미온적인 방법이 아니라 한동안 물 공급을 아예 끊어버리는 것이었다. 그런 때에도 아버지는 주전자 하나에만 물을 받아두었다. 목욕은 언제나 대중목욕탕에서 하고, 집에 올 때는 우물에서 주전자에 물을 담아왔다. 모든 사람들이 물을 많이 받아두면 더 심각한 물 부족 상태에 빠진다는 것이 아버지의 주장이었다. 그 정도로 아버지는 매사에 사심私心이 없던 분이었다.

"아들은 백화점에서 근무하지요."

그의 온몸에서 경련이 일었다. 제정신인 아버지는 아직 자식에게 일어난 비극을 모르고 있으리라. 이것은 참으로 무서운 일이 아닌가.

"실은 대학을 졸업하고 나처럼 말단 공무원이 아니라 훌륭한 관리가 되기를 바랐는데……. 그 애는 어머니를 빨리 잃었지요. 그래서 자기 나름대로 아버지에게 신세져서는 안 된다고 생각했을 거예요. 학교 성적도 좋았는데, 정말 안타깝더군요."

"제가 주제넘는 질문을 해도 되나요?"

"얼마든지."

"그런 아들이기 때문에 할아버지께서도 신세를 지고 싶지 않으셨던 건가요?"

"아마 이런 마음을 여자는 모를 거요."

아버지는 퉁명스럽게 대답했다.

"저기…… 하지만…… 아마 이해할 수 있을 거예요."

"여자는 남자한테 응석부려도 되지만 남자가 남자한테 응석부리는 일은 결코 있어서는 안 돼요. 아들은 평생 나한테 응석부리지 않았다오. 그래서 결국 자신의 인생을 헛되게 만들었지요. 그래서 나는 아들에게 응석부릴 수 없었어요."

명예롭게 생각하던 백화점맨의 인생이 헛된 것이라는 말에는 충격이었지만 아버지의 생각은 이해할 수 있었다. 그나저나…… 이 얼마나 이해하기 쉬운 인생인가. 아버지의 인생은 흑과 백이 정확히 나뉘어져 있고, 회색 부분은 티끌만큼도 없다. 이런 사람이 직장에서 겪어야 하는 복잡한 인간관계에는 어떻게 대처했을까? 그는 새삼스레 감탄하지 않을 수 없었다.

"하지만……."

아버지는 스쳐지나가는 풍경을 똑바로 쳐다보며 마른 입술을 떨었다.

"아들은 얼마 전에 죽었답니다. 평생을 그렇게 효도하더니 마지막에 당치도 않은 불효를 저지르고……."

그는 눈을 꼭 감았다. 그리고 타인을 가장하며 우산에 매달린 아버지의 손을 잡았다.

"고맙구려."

아버지는 다부진 목소리로 말했다.

"지금부터 나흘 전의 일이었지요. 그때까지는 내가 저지른 큰 거짓말에 대해 후회한 적이 없었답니다. 아들과 며느리에게 신세지지 않겠다는 목적도 달성했고, 그동안 내가 해왔던 복지 관계의 일을 온몸으로 확인할 수 있어서 오히려 은근히 기쁨조차 느꼈지요. 하지만 이번만은 후회하지 않을 수 없었어요. 아무도 알려주지 않았으니까 장례식에 갈 수도 없었고, 며느리와 손자를 위로해줄 수도 없었지요. 난 아들을 떠나보내면서 아무런 힘도 될 수 없었어요. 지금 내 마음이 어떤지 알겠소? 아무리 자업자득이라고 하지만 나에게는 사람들 앞에서 한탄하는 것조차 허락되지 않았답니다."

그는 잠시 생각에 잠겼다. 아버지는 어디에서 눈물을 뿌렸을까? 같은 병실에 있는 노인들이 모두 잠든 한밤중에 이불을 뒤집어쓰고 울었을까? 치매에 걸린 노인들만 사는 병원에서는 소리 내어 울 수 있는 프라이버시도 없으리라.

"혹시 매일 아침 이 첫 전철에서……."

'우셨나요?' 라는 말은 목소리가 되어 밖으로 나오지 않았다.

"그래요. 할 수만 있다면 이걸 타고 집으로 곧장 가고 싶었지만 그럴 수는 없었지요. 그래서 말 그대로 울며불며 다음 역에서 내리고, 그래도 남아 있는 눈물은 화장실에서 쭈그려 앉아 쏟아냈지요. 참으로 부끄러운 얘기지요."

안내방송이 나른하게 역 이름을 알림과 동시에 전철은 속도를 늦추었다. 아버지는 나지막하게 신음소리를 내더니 조용히 일어섰다.

"실은 당신의 고민을 들으려고 했던 게 아니라 누군가에게 내 가슴에 쌓여 있는 한탄을 털어놓고 싶었을 뿐이라오. 비겁한 사람이라고 생각하지 말구려."

만약에 낯선 여자에게 말을 건 목적이 그것이었다고 해도, 그렇게 불행한 삶을 알게 된다면 누구라도 자신의 인생이 안이했다는 사실을 깨달을 것이다.

"할아버지, 전 이제 울지 않을게요. 할아버지도 기분이 좀 풀리셨나요?"

"덕분에 속이 후련해졌어요. 정말 고마워요. 오늘은 쓰쓰지가 오카 화장실에 들어가지 않아도 되겠구려."

헤어지기 전에 꼭 물어봐야 할 게 있다. 아버지는 과연 누구를 통해 아들의 죽음을 알게 된 것일까?

그런데 전철의 흔들림에 넘어지지 않으려고 두 발을 버티고 서 있는 아버지의 입에서 흘러나온 말은 너무도 예상 밖이었다.

"아아, 그거 말이오? 손자 녀석이 알려주러 왔더군요. 이제 겨우 초등학교 2학년인데 어떻게 혼자 여기까지 찾아왔는지, 정말 신통한 녀석이라오. 어떻게든 나한테 알려주기 위해 혼잡한 장례식장을 빠져나왔다고 하더군요."

전철은 쓰쓰지가오카 역의 플랫폼으로 미끄러지듯 들어갔다. 남겨진 한순간에 묻고 싶은 말이 너무나 많았다.

"이제 울지 말고 정신 바짝 차리고 살아요. 세상을 한탄하는 건 나처럼 노인이 되고 난 다음에도 늦지 않으니까. 그럼……."

그는 문으로 향하는 아버지에게 매달렸다.

"손자가 어떻게……?"

아버지는 자신에게 매달리는 그의 손을 다정하게 뿌리치며 말했다.

"그게 그렇게 궁금해요? 손자 녀석은 내 공범자라오."

"공범자요?"

"나는 아들과 며느리, 의사와 간호사도 속였지만 단 한 명만은 속일 수 없었다오. 바로 손자 녀석이지요. 녀석과는 사나이 대 사나이로 약속했어요."

"잠깐만요. 그러면 손자 분은 할아버지께서 제정신이란 걸 알고 있었나요? 너무해요! 정말 너무해요!"

전철이 빗속에 서 있는 플랫폼에 멈추었다. 함께 내리려고 하는 그를 조용히 만류하면서 아버지는 희미한 미소를 지었다.

"생판 처음 보는 당신이 이렇게까지 흥분할 이유는 없겠지요. 나는 주위를 속여야 하는 이유를 손자한테 제대로 설명했고, 손자도 충분히 납득해주었어요. 이렇게 말하면 팔불출이라고 생각하겠지만 우리 손자는 여느 아이들과는 됨됨이가 달라요."

"그건 알고 있어요. 다른 꼬마들과는 전혀 다르지요."

"그래요. 그래서 난 사나이 대 사나이로 약속했지요."

아버지는 쏟아지는 빗줄기를 원망하듯이 하늘을 올려다보았다. 문이 닫히고 비에 젖은 유리문이 두 사람을 갈라놓았다.

"죄송해요, 아버지."

두 손으로 문을 짚으면서 그는 입술의 움직임이 읽히지 않을 정도로 조그맣게 중얼거렸다. 아버지에게 전해지기를 원했지만 결코 전해져서는 안 되는 말이었다.

전철이 움직이기 시작하자 아버지는 굵게 마디진 투박한 손을 들었다. 큰 키에 야윈 모습은 비에 젖어 고개를 떨구고 있는 늙은 버드나무처럼 처량하고 위태로워 보였다.

플랫폼이 시야에서 사라져도 그는 전철 문에서 떠날 수 없었다.

이 얼마나 어리석은 인생인가. 자신은 숨을 거두는 그 순간까지 몸이 가루가 되도록 열심히 일하는 것만이 정의라고 믿어왔다. 그리고 말 그대로 몸이 가루가 되고 나서 겨우 깨달았다. 일을 핑계로 무엇과도 바꿀 수 없는 소중한 가족들을 소홀히 했다는 사실을. 피와 살을 물려받은 아버지의 사랑을 모르고, 피와 살을 물려준 자식의 고통도 눈치채지 못했다. 즉, 자신은 돈을 버는 기계 이외에는 아무것도 아니었던 것이다.

그를 책망하듯이 빗줄기는 점점 더 굵어졌다.

도쿄의 서쪽 외곽지역에 있는 다마 시는 녹지가 풍부한 언덕배기에 현대적인 아파트와 단독주택들이 적당한 거리를 유지하며 여유롭게 자리잡고 있는 한가로운 마을이다.

그런 풍경을 보면 여기에 세계 최대의 베드타운을 만들려는 계획이 순조롭게 진행되고 있다고는 도저히 생각할 수 없다. 두 개의 민영 철도 이외에 근린도시를 연결하는 모노레일까지 들어와 있음에도 불구하고 역 앞은 번잡함을 찾아볼 수 없었다. 때로는 지역 주민들보다 도심에서 유치한 대학 캠퍼스에 다니는 학생들이 더 많은 듯한 생각이 들 정도다. 그 학생들조차 다마 시에서는 살려고 하지 않고 신주쿠와 조금이라도 가까운 원룸 아파트를 빌려서 러시아워와 역행하는 우아한 통학을 원한다고 한다.

그러나 예상을 벗어난 도시계획은 오히려 주민들에게 반가운 일이었다. 가로수와 그린벨트를 자유롭게 활용한 도로는 정체하는 일이 없고, 공원은 지나치게 많을 정도라서 휴일에 집 주위를 산책하고 있으면 그동안 낸 세금을 되찾고 있다는 실감을 할 수 있었다.

출근하는 사람들이 늘어나기 시작한 아침의 역 앞에서 그는 잃어버린 나흘에 대해 생각하고 있었다.

"수첩, 수첩……."

그는 혼잣말로 중얼거리며 검은 환생가방을 열었다. 그리고 그곳에서 생전에 오랫동안 사용하던 낡은 수첩을 꺼냈다.

SAC 심사관의 설명에 따르면 자신은 지금으로부터 나흘 전, 즉 6월 21일 오후 11시 48분에 죽었다고 한다.

그는 살아 있는 동안에 부지런히 메모하는 습관이 몸에 배어 있었다. 그러나 자신의 임종 시각까지 꼼꼼히 적어놓은 수첩을 보니 새삼스레 화가 치밀었다.

6월 21일 오후 8시, 산코 상회와 회식. 가령 9시 정도에 쓰러졌다고 하면 구급차로 병원으로 운반되고 나서 거의 손쓸 틈도 없이 죽은 것이리라.

어쩌면 의사들은 갑작스레 소식을 받은 가족들이 병원에 도착할 때까지 어떻게든 심장을 멈추지 않게 하려고 했을지도 모른다.

다음 날인 6월 22일. 아들은 그날 낮에 적당히 빠져나가 할아버지에게 아버지의 부고를 전한 것일까?

6월 23일 토요일, 장례식. 그날 그는 저승으로 여행을 떠났다. 그리고 24일에 SAC에서 극락왕생 수속을 하고, 그날 밤에 현세로 돌아왔다. 그렇다면 오늘은 6월 25일 월요일이리라.

그는 25, 26, 27 세 개의 날짜에 별표를 했다. 뭐라고 형용할 수 없을 만큼 허무한 표시…….

다행히 비가 그치고 개찰구에선 서늘한 바람이 빠져나가고 있었다.

찬바람이 뺨을 스치자 모든 것이 꿈만 같아서 견딜 수 없었다. 거래처를 접대하느라 마지막 전철을 놓치고, 비즈니스 호텔에서 잠깐 눈을 붙인 다음에 이렇게 아침에 집에 가는 것이 한두 번이 아니었다.

그러나 아직 문을 열지 않은 여행사의 창문을 쳐다보니 그곳엔 검은 가방을 어깨에 멘 낯선 여자가 서 있었다.

그는 머리카락을 쓸어올리고 다시 한 번 자신의 모습을 확인했다. 역시 꿈은 아니다. 쓰바키야마 가즈아키는 6월 21일에 숨을 거두고, 가즈야마 쓰바키라는 가짜 육체를 빌려 사흘 동안 현세로 돌아온 것이다.

그는 비가 그친 가로수 길로 나섰다. 언덕 위에 있는 집까지는 남자의 걸음으로도 15분은 걸리지만, 그래도 도중에 있는 공원에서 잠시 시간을 보내지 않으면 안 된다.

고인에게 업무상 신세를 졌던 스타일리스트가 뒤늦게나마 부고를 접하고 달려왔다……. 대강의 줄거리는 정해놓았지만 그래도 지금 시간에 찾아가는 것은 비상식적이다. 오로지 집에 가고 싶다는 일념으로 다른 걸 생각할 여유도 없이 첫 전철을 탔는데, 뜻밖에도 아버지의 비밀을 알게 되었다. 처자식 앞에서는 타인을 가장해야 하기 때문에 평정을 되찾기 위한 시간도 필요했다.

"시간 엄수, 복수 금지, 정체의 비밀 유지."

그는 언덕길을 올라가면서 천천히 손가락을 꼽았다. 이 세 가지 항목 중에 하나라도 지키지 못하면 무서운 일을 당한다고 했다.

시간 엄수와 복수 금지는 자신만 잘하면 되니까 어기지 않을 자신이 있다. 그러나 정체의 비밀 유지는 상대와 관련된 것이라서 주의에 주의를 거듭하지 않으면 안 된다.

이렇게 아침 일찍 찾아가서 향을 피우게 해달라는 것은 아무리 생각해도 정상적인 행동은 아니다. 그렇다고 정체를 털어놓을 수 없는 이상, 적어도 처자식을 당황하게 만들지 않을 만큼 완벽한 이유를 생각해내야 한다.

거짓말과 골프에 재능이 없는 것은 스스로도 알고 있다. 그러나 아이디어는 누구 못지 않게 풍부하다고 자부하고 있다. 지금과 같은 불경기 속에서도 그가 제안한 '밑지고 팝니다, 아무도 몰래 바겐세일', '유명 탤런트 되기, 코디네이트 페어', '비수기 특별 이벤트, 코트&모피 세일' 등은 전부 대성공을 거두었다.

생각에 생각을 거듭한 끝에 좋은 아이디어가 떠올랐다.

아침 일찍 찾아가 향을 피우게 해달라는 여자는 다음 역에 살고 있다. 매장 작업 때문에 밤늦게 같이 택시를 타고 귀가한 적이 있어서 집이 어딘지는 알고 있었다. 그리고 오늘은 출근하러 나가는 길에 예의에 어긋난다는 것을 알면서도 이 집에 찾아온 것이다.

그래, 이 정도면 충분하다.

눈앞에 낯익은 가로수 길이 이어졌다. 바람이 플라타너스 나뭇잎을 흔들면서 티셔츠 차림의 어깨에 물방울을 떨구었다.

이렇게 여자 몸으로 바뀌고 나니 이 언덕길은 보통 힘든 길이 아니었다. 그는 도중에 있는 공원에 들러 벤치에 손수건을 깔고 숨을 돌려야 했다. 역 앞에 있는 슈퍼마켓에서 저녁 찬거리를 사 집으로 돌아오는 길에 아내도 여기에서 잠시 쉬었다 갔을까?

전격적으로 결혼을 발표했을 때, 백화점 사람들이 '미녀와 야수'라고 쑤군거릴 정도로 아내의 미모는 빼어났다. 키는 그와 비슷했지만 체중은 절반밖에 되지 않는, 한마디로 말해서 그림 같은 몸매의 소유자였다. 백화점을 그만두고 한 남편의 아내,

아이의 엄마가 된 뒤 서른넷이나 먹었어도 항상 웃는 얼굴이었다. 아들을 야단치는 목소리도 새소리처럼 맑았고, 자신이 술에 취해 들어가도 얼굴에서 분노를 느낄 수 없을 정도로 눈 모양은 항상 초승달이었다.

그 얼굴에서도 지금은 미소가 사라졌으리라. 그러나 아내의 얼굴에서 절망한 표정이나 어둡고 그늘진 목소리는 도저히 상상할 수 없었다.

그때 앞쪽 덤불 사이에서 무슨 소리가 나더니 밧줄을 매단 채 작은 개가 달려왔다.

위험하다. 매우 위험하다. 틀림없이 자기 집의 애견이다. 체구가 작은 놈이 성질만 고약해서 신문배달원을 물어뜯은 적도 있다.

그 개의 뒤에서 뛰어오는 아이는…… 자신의 아들이었다.

"죄송해요! 물지도 모르니까 조심하세요!"

아들은 뛰면서 크게 소리쳤다. 산책할 때는 밧줄을 놓지 말라고 그렇게 타일렀는데.

"이 녀석! 루이…… 나야, 나!"

그렇게 말할 필요도 없이 루이는 이미 꼬리를 흔들고 있었다. 그러나 덤비는 것도 위험하지만 이렇게 따르는 것은 더 위험하다. 교육이 잘못됐는지, 이 녀석은 가족 외에는 모든 사람을 적으로 생각하기 때문이다.

루이는 짖기를 멈추더니 코를 킁킁거리며 그의 발에 매달렸다. 그리고 주인을 껴안듯이 뒷발을 들고 온몸으로 환희를 표현했다.

"이 녀석, 루이…… 그러면 안 돼. 나를 똑바로 쳐다봐."

사람의 눈은 속일 수 있어도 동물의 감각은 속일 수 없는 것일까? 루이는 그가 내민 손을 사랑스러운 듯이 핥았다.

"어라…… 어떻게 된 거지?"

개줄을 잡자마자 아들은 이상하다는 듯 그를 쳐다보았다.

그는 서둘러 눈부신 요스케의 시선을 피하면서 대답했다.

"아마 네 엄마랑 착각했나 봐."

그 다음에 목까지 나오던 '요스케' 라는 말을 그는 황급히 삼켜야 했다.

"죄송해요. 개똥을 치우는 사이에 갑자기 뛰어갔어요."

요스케는 삽과 비닐봉투를 든 채 정중하게 고개를 숙였다.

이 예의바른 행동은 할아버지가 철저하게 교육시킨 결과였다. 요즘 세상에 '멸종동물' 이라고 할 정도로 학원에도 다니지 않지만 학교 성적은 누구에게도 뒤지지 않았고 성격도 흠잡을데가 없었다.

"오늘은 학교에 안 가니?"

"네."

순순히 대답하는 요스케의 표정이 어두워졌다.

"오늘이랑 내일, 모레는 안 가도 돼요. 상중이거든요."

'상중' 이라는 날카로운 가시가 돋친 단어를 듣고 그는 얼굴을 찡그렸다.

"그래…… 내가 괜한 질문을 했나 보구나."

"그동안엔 매일 아침 아빠랑 같이 개를 산책시켰거든요."

"미안해, 요스케."

그는 자신도 모르게 아들의 이름을 입 밖에 내고 말았다.

"어? 아줌마, 이 근처에 살아요?"

"아니…… 실은 네 아버지를 잘 알고 있어. 그동안 일 때문에 장례식에 참석하지 못해서, 오늘 향이라도 피우려고 온 거야."

"그러셨어요? 바쁘신데 와주셔서 고맙습니다."

아마 엄마의 말투를 흉내낸 것이리라. 요스케는 고개를 깊숙이 숙이며 정중하게 인사했다.

"아버지께선 언제나 너를 자랑스럽게 말씀하셨어. 학교에서 반장인데다 성적도 일등이고 컴퓨터도 자기보다 훨씬 잘한다고 말이야."

"그런 사람을 보고 팔불출이라고 하지요?"

역시 이 아이는 천재다. 믿기 힘든 IQ 테스트 결과에 교사는 고개를 절레절레 흔들며 "뭔가 잘못된 겁니다" 하고 말했지만 그렇지 않다. 누구를 닮았는지는 제쳐두고, 이 애는 아인슈타인이나 에디슨과 같은 천재 중의 천재다.

최근에는 아침마다 산책할 때 어려운 질문을 하곤 했다.

"어떻게 하면 이슬람 국가와 기독교 국가 간의 문명 충돌을 피할 수 있죠?"

"경기의 흐름과 주가株價와의 관계를 알기 쉽게 설명해주세요."

고등학교를 졸업한 아버지로서는 도저히 대답할 수 없는 종류의 질문들이었다.

아침은 늘 부자가 마주 앉아 신문을 보면서 먹는데, 아버지가 보는 것은 간밤에 시부야 역에서 산 「도쿄 스포츠」이고 아들이 보는 것은 「아사히 신문」이었다.

7일간의 상중휴가……. 가장 가까운 가족의 불행을 위해 정해진 그 휴가는 기이하게도 SAC의 규정에 의한 '사후 7일간'의 역송기간과 똑같았다. 아니다. 그것은 결코 우연이 아니다. 모두 불교에 나오는 '초칠일'의 영향을 받은 것이다.

구태여 기이한 인연이라고 하면 자신도 아들처럼 어린 시절에 '7일간의 상중휴가'를 체험한 것 정도이리라.

어머니의 장례식이 끝나고 아버지와 둘이서 겪은 며칠간의 불안은 지금도 생생하게 기억하고 있다. 슬픔과 불안은 장례식에 참석한 사람들이 사라진 다음에 습격해왔다.

그러나 그때 자신이 느낀 불안과 지금 아들이 안고 있는 불안은 다른 것이리라. 자신은 취사와 빨래, 청소에 대한 불안을 느꼈지만 아들은 경제적인 불안에 휩싸여 있을 게 틀림없다. 그리고 그것은 앞으로의 모든 인생을 무겁게 짓누르는 처절한 공포이리라.

그는 벤치에서 일어나 요스케의 어깨를 껴안았다. 집에 들어가기 전에 확인해야 할 것이 있었다.

"할아버지는?"

요스케는 잠시 대답을 찾았다. 아들은 생전 처음 보는 사람에게 거짓말을 할까? 그는 가능하면 진실을 듣고 조금이라도 아들의 마음을 편하게 해주고 싶었다.

비가 그치기 전에 집에서 나왔는지 요스케의 셔츠는 약간 젖어 있었다.

"할아버지는 병원에 계세요."

"어머나, 어디 아프셔?"

아들을 책망해서는 안 된다. 그러나 대화의 순서는 필요했다.

"아니에요."

요스케는 시선을 피하지 않고 대답했다.

"아프지 않은 분이 왜 병원에 계신 거지?"

명석한 요스케의 표정이 일시에 무너졌다. 요스케는 어금니에서 소리가 날 정도로 입을 꽉 다물고, 그를 똑바로 쳐다본 채 대답했다.

"아줌마에 대해선 잘 모르지만 저는 할아버지랑 약속했어요. 사나이 대 사나이의 약속이라서 말씀드릴 수 없어요."

너는 천재다. 이렇게 거짓말도 안 하고 신의도 배반하지 않는 멋진 대답은 아무나 할 수 없다. 요스케, 역시 너는 천재다.

"미안해, 요스케. 이제 아무것도 묻지 않을게."

그는 요스케를 가슴 깊이 껴안았다. 피와 살을 나누어준 아들. 아무 의미도 없었던 인생에서 자신이 남긴 단 하나의 소중한 핏줄.

그의 가슴속에서 요스케의 어깨가 가볍게 떨렸다.

낯선 조문객

"다녀왔어요."

집에 들어가자마자 자연스럽게 그 말이 흘러나왔다. 그러나 요스케와 동시에 말했기 때문인지 아내가 수상하게 생각하는 것 같지는 않았다. 현관 앞에 화분을 늘어놓으면서 아내는 생각지도 못한 방문자에게 가볍게 고개를 숙였다.

"이렇게 이른 아침에 불쑥 찾아와서 죄송해요. 저는 남편분에게 신세를 진 스타일리스트 가즈야마 쓰바키예요. 이번에 얼마나 상심이 크셨어요……."

역시 이상하다고 생각하면서도 그는 머릿속으로 외운 내용을 연이어 입에 담았다.

"실은 그동안 간사이 지방에 출장가 있었기 때문에 이런 일이 있었는지 몰랐어요. 어젯밤에 처음 듣고 깜짝 놀라서 실례인 줄 알면서도 출근하기 전에 찾아온 거예요."

"고맙습니다. 바쁘신데 일부러 찾아주셔서요."

별로 실의에 빠진 것처럼 보이지는 않았다. 아니, 아내의 표정은 예전에 보았던 안내양의 표정이었다. 언제나 환하게 웃는 얼굴과 앵무새처럼 밝은 목소리는 이런 때 상당히 불편하리라.

"들어오세요. 이렇게 많은 분들이 걱정해주셔서 남편도 틀림없이 좋아할 거예요."

이것은 이미 어떤 경지에 들어간 반응이다. 생글생글 미소만 짓지 않으면 더 완벽하겠지만.

"그럼 잠시 실례할게요. 오래 있지 않을 테니까 신경 쓰지 마세요."

왜 자기 집에 들어가는데 실례한다는 말을 해야 하는 것일까? 생각이 그곳에 미쳤을 때, 그는 커다란 실수를 깨달았다. 티셔츠에 스판 바지라는 가벼운 복장은 출근하는 도중이니까 어쩔 수 없다고 해도 조의금을 깜빡한 것이다. 최소한 꽃이라도 가지고 왔어야 했는데 말이다.

깜빡했다고 하기보다 자기가 자기에게 조의금을 내는 '지극히 당연한 비상식'에 생각이 미치지 않은 것이다. 이 무례함을 어떻게 변명할 것인가.

잠깐! ……그는 현관 앞에 멈추어 서서 환생가방을 열어보았다.

오오! 이렇게 멋진 일이! 필요한 것은 무엇이든 나오는 신비한 가방. 그곳에는 끈 달린 비단 보자기에 싸여 있는 조의금 봉투와 생전에 고인이 좋아했던 유하임의 바움쿠헨(나이테 모양으로 생긴 과자)이 들어 있었다.

"너무 갑작스러워서요. 집 안이 좀 지저분해도 이해해주세요."

그는 아내를 따라 오른쪽으로 꺾어져서 남향의 거실로 들어갔다. 그곳에는 작은 제단에 납골항아리가 놓여 있었다. 위패의 법명은 이제는 귀에 익은 '소광도성거사'. 그 옆에는 조금 뚱뚱하긴 하지만 나이에 걸맞게 너그러운 미소를 짓고 있는 사진이 놓여 있었다.

이미 의심할 여지가 없는 현실이라곤 하지만, 자신의 납골항아리와 영정 사진을 직접 확인한 순간 가짜 육체에서는 힘이 빠져나갔다.

'아아, 정말로 죽었구나!'

무릎을 꿇고 앉자 저절로 뒤꿈치가 벌어지고 엉덩이가 방석에 닿았다. 허리에 힘이 없는 할머니 자세가 되어버린 것이다.

"차를 가져올 테니까 그동안 향을 피우세요."

그는 자신도 모르게 일어서려고 하는 아내의 손을 꼭 잡았다. 그리고 '유키……'라고 하마터면 입술을 뚫고 나오려던 아내의 이름을 어금니로 눌렀다.

그는 가까스로 혼잣말처럼 중얼거렸다.

"미안해요."

한순간 아내의 얼굴에 달라붙어 있던 미소가 사라졌다.

"그게 무슨 뜻이죠?"

자신의 복잡한 심경을 한마디로 표현한 말이었지만 실언임은 틀림없다. 그는 대답에 궁색한 나머지 시선을 돌렸다.

"가즈야마 씨……라고 하셨죠? 미안하다니, 그게 무슨 뜻이죠?"

"저기…… 어쨌든 미안해요."

"내가 왜 생전 처음 보는 당신한테 그런 말을 들어야 하죠?"

"그러니까…… 아무리 예측할 수 없는 사태라곤 하지만 갑자기 이런 일을 당해서 안됐다는 뜻이에요."

아내의 얼굴에는 점차 거무칙칙한 의심의 표정이 나타나기 시작했다.

"대체 무슨 말씀이시죠? 당신 혹시, 우리 남편과 특별한 관계였나요?"

마침내 아내가 폭발했다. 평소에는 얌전한 성격이지만 얕잡아보고 함부로 대하면 순간적으로 악마처럼 돌변한다. 그리고 일단 돌변하면 적어도 사흘은 원래대로 돌아오지 않는다.

아내는 더러운 것을 떼어내려는 듯 그의 손을 뿌리쳤다. 그리고 분노에 가득 찬 표정으로 거실에서 나가면서 내뱉듯이 말했다.

"차를 가지고 올게요."

그는 크게 심호흡을 했다. 침착해라, 침착해라. 한마디 실언으로 인해 당치도 않은 오해를 받았을 뿐이 아닌가.

그는 스스로를 격려하면서 천천히 제단으로 다가갔다. 그리고 조의금과 바움쿠헨을 제단에 바치고 두 손을 마주 잡았다. 살아 있을 때의 미소 띤 자신의 얼굴을 쳐다보니 통한의 눈물이 뺨을 타고 흘러내렸다.

"아줌마……."

뒤를 돌아보자 요스케가 자신을 쳐다보고 있었다.

"요스케구나."

"아줌마, 혹시 우리 아빠 애인이었어요?"

'아, 니, 야!' 라고 그는 마음속으로 소리쳤다.

"어머나! 왜 요스케까지 그렇게 생각하지?"

그는 평정을 가장하면서 미소를 지었다.

"아까 공원 벤치에서 많이 슬퍼하셨잖아요. 그리고 나랑 우리 엄마의 얼굴을 뚫어지게 쳐다보지 않나, 아빠의 사진을 보면서 눈물을 흘리지 않나……. 아무리 생각해도 보통 관계는 아닌 것 같아요."

그래, 요스케. 우린 보통 관계가 아니야. 하지만 단지 애인 사이였다면 이렇게까지 슬퍼하지는 않겠지.

"애들은 그런 말을 하는 게 아니야."

"아줌마, 솔직히 말씀해주세요. 우리 엄마한테는 비밀로 할 테니까요."

요스케는 제단 옆으로 돌아가더니 무릎을 끌어안고 앉았다. 어른을 놀리려고 하는 것인지, 표정은 오히려 즐거워 보였다.

"이런 말도 안 되는 얘기가 뭐가 그렇게 재미있지?"

"말도 안 되는 얘기가 아니에요. 이건 아빠의 자아에 관련된 심각한 문제예요."

자식은 천재가 아닌 편이 좋다! 그는 자식의 천재성에 혀를 내둘렀다.

요스케는 복도를 힐끔 쳐다보고 나서 목소리를 낮추었다.

"아까 공원에서 저를 껴안았을 때, 온몸으로 느낄 수 있었어요. 이 사람은 아빠의 애인이었다구요. 엄마한테는 내가 적당히 둘러댈 테니까 안심하세요."

"요스케, 그게 아니야."

부모 앞에서만 감쪽같이 어린아이로 위장하고 있었던 것일까? 물론 머리도 좋고 감感도 뛰어나다는 건 알고 있었지만 이렇게까지 어른스러운 대화를 나눈 적은 없었다.

"만약에 네 말이 맞다고 해도, 왜 그렇게 좋아하는 거지?"

요스케는 무릎을 껴안은 채 부끄러운 듯이 어깨를 들썩였다.

"그건 말이죠, 아빠가 그런 사람이었다는 게 왠지 기뻐서 그래요."

"기쁘다고? ……아빠의 불륜이?"

"저에게는 둘도 없는 좋은 아빠였지만 아빠의 인생은 시시했거든요."

"시시, 시시했다구?!"

"네. 죽어라 일만 하고 여유는 조금도 없었어요. 태어나서 평생 일만 하다가 죽으면 너무 불쌍하잖아요."

요스케의 눈동자는 더할 수 없이 맑게 보였다.

"그래……. 하지만 요스케, 어린아이는 보통 아빠의 애인을 싫어하는 법이야."

"그건 그렇겠죠. 하지만 지금은 보통 상황이 아니잖아요. 아빠는 이미 죽어버렸으니까요. 의사 선생님이 아빠가 죽었다고 했을 때부터 나는 계속 생각했어요. 과연 아빠의 인생은 무엇이었을까 하고……."

"요스케, 그만해."

그 다음 이야기는 듣고 싶지 않았다. 더할 수 없이 총명한 아들은 남몰래 고민했음이 틀림없다. 누구에게도 말하지 못하고 겨우 낯선 조문객에게 토로하려고 하는 아들의 고민을 그는 들을 용기가 없었다.

"아빠가 얼마나 고생했는지는 할아버지께 들었어요. 할머니께서 일찍 돌아가신 다음에 아빠랑 할아버지랑 둘이만 살았다는 걸 아세요?"

"내가 어떻게 알겠니?"

"그럴 줄 알았어요. 아빠는 신세타령을 하지 않는 사람이었으니까요. 그래서 자기가 좋아하는 사람한테도 말하지 않은 거예요. 우리 아빠는 아주 공부를 잘했대요. 그런데 할아버지를 고생시키지 않기 위해서 대학에 가지 않고 백화점에 취직했어요. 우리 아빠, 너무너무 훌륭하지 않아요?"

어떻게 대답해야 좋을지 몰라서 그는 '훌륭한 아빠'의 영정 사진을 바라보았다.

"하지만 죽은 사람은 하나도 훌륭하지 않아. 아내와 자식을 남기고 죽어버리다니, 아주 나쁜 사람이야."

"그렇게 말씀하지 마세요. 저한테는 최고의 아빠였으니까요."

"최고의 아빠라구? ……그게 정말이니?"

"네. 아빠로도 최고였고, 인간으로도 최고였다고 생각해요.

하지만…… 너무 불쌍해요."

요스케는 그 말을 끝으로 고개를 숙였다. 이제야 아들의 생각을 알 수 있었다. 아들은 아버지의 짧은 인생이 나름대로 행복했다고 생각하고 싶은 것이다.

"하지만 요스케. 만약에 내가 아빠의 애인이었다면, 그것은 결코 좋은 일이 아니야."

요스케는 고개를 숙인 채 가로저었다.

"저와 엄마한테는 좋은 일이 아니라고 해도 아빠한테 좋은 일이라면 그것으로 충분해요. 왜냐하면……."

요스케는 고개를 들고 깨물고 있던 입술을 파르르 떨었다.

"아무리 생각해도 우리 아빠한테는 행복한 일이 하나도 없었거든요."

'그렇지 않아, 요스케. 아빠는 아주 행복했단다.'

그때 아내가 상복으로 갈아입고 거실로 돌아왔다.

얇은 비단으로 만든 상복은 지난달 백화점 특별 이벤트에서 구입한 것이다.

"이 상복, 남편이 골라준 거예요. 지금 생각하면 참으로 기이한 선물이지요."

그렇지 않다. 내 죽음을 미리 예측하고 사준 것이 아니다. 여성복 매장의 매출목표가 높게 책정되는 바람에 주머닛돈을 털었던 것뿐이다.

아내는 조금 마음을 가라앉힌 것 같다. 눈매가 다시 초승달 모양으로 변했고, 입가에도 미소가 돌아와 있었다. 그는 상복을 입은 아내의 단아한 아름다움을 황홀한 눈길로 쳐다보았다.

"백화점에 근무하는 것에도 이점이 있더군요. 가구도 전자제품도 옷도, 전부 사원 할인가격으로 살 수 있으니까요."

그러나 고작해야 10퍼센트밖에 할인해주지 않고, 오히려 매출목표를 달성하기 위해 필요 없는 물건까지 사야 하는 경우도 있다. 아내는 평소에 자기 마음대로 쇼핑을 즐긴 적이 없지 않을까?

"묘한 비유이긴 하지만 요람에서 무덤까지라는 말이 있잖아요? 정말 백화점은 아기 기저귀에서 배내옷이며 책가방……."

"엉뚱한 질문인지 모르지만 혹시 장례식도 백화점을 통해서 하셨나요?"

"네. 시부야 지점에 '의식儀式 서비스센터'가 있거든요. 남쪽 에스컬레이터를 타고 본관 3층에서 내려서 왼쪽으로 가시면 ……. 어머나, 나도 참! 옛날 습관이 나왔네요."

의식 서비스센터의 장례과 계장은 한 기 후배로, 출세하고는 거리가 먼 평범한 남자였다. 요즘은 일반 장례회사의 대공세에 밀려 고전을 면치 못하고 있다고 한탄하는 것이 그의 입버릇이었다. 백화점의 의식 서비스는 하청업자인 장례회사의 창구에 불과하지만 매달 매출목표는 정해져 있다. 어쩌면 자신의 죽음을 맞아 생각지도 못한 '사원판매'를 할 수 있어서 희희낙락했던 건 아닐까?

"장례식 비용도 10퍼센트 할인해주었어요. 그리고 담당자가 남편 후배라서, 업자한테 특별히 부탁해 한 단계 좋은 서비스로

업그레이드해주었지요."

"그러세요? 말 그대로 요람에서 무덤까지군요."

"네. 묘지만 해도 이런저런 팸플릿을 가져와서 직접 설명해주셨는데, 우리는 시어머니께서 돌아가셨을 때 미리 준비해두었거든요."

정말 좋은 여자다. 그는 새로운 시선으로 아내를 바라보았다. 상복은 여성을 가장 아름답게 만든다고 하더니, 그 말은 사실이었다.

정원의 한쪽 끝에서 들어오는 초여름의 햇살이 주름진 상복의 어깨를 비추었다. 백화점 정면의 안내 데스크에 앉아 있었을 때와 똑같은 자세로, 아름다운 아내는 등을 쭉 펴고 가지런히 손을 모으고 있었다.

그는 자신의 영정 사진을 향해 향을 피웠다. 일반적으로 이런 때는 고인의 영혼을 향해 무슨 말인가 하는 법이다. 그러나 지금 새삼스레 자신의 뼛가루를 향해 불평을 늘어놓아본들 무슨 소용이겠는가.

"조금 전에는 제정신이 아니었나 봐요. 그런데 남편과는 어떤 관계시죠? ……아! 이건 결코 이상한 뜻으로 묻는 게 아니에요."

오해가 풀린 것은 아니다. 상복으로 갈아입고 냉정을 되찾은 아내가 다른 각도에서 접근하는 것이다.

"전 프리랜서 스타일리스트예요. 쓰바키야마 과장님은 제게 매장의 디스플레이나 광고사진의 코디네이트를 맡겼지요."

그러나 말을 꺼낸 순간, 그는 전혀 앞뒤가 맞지 않는 거짓말이라는 사실을 깨달았다. 백화점 안에서 스타일리스트라는 직업은 한 번도 들어본 적이 없었다.

"그러세요?"

아내는 기묘할 정도로 아내다운 말투로 말했다. 비아냥거림으로 들리지 않는 것도 아니었다.

"그런데 아까 미안하다고 하셨는데, 그건 무슨 뜻이지요?"

사람이 궁지에 몰리면 상상을 초월하는 힘이 나오는 법이다. 그때 그의 머리에서도 생각지도 못한 명안名案이 번뜩였다.

"우리는 모두 과장님께서 무리하게 일하시는 걸 알고 있었어요. 알고 있으면서도 하나에서 열까지 과장님만 의지했지요."

"거짓말하지 마세요!"

초승달 눈에 미소를 담은 채, 아내는 앵무새 목소리로 말했다.

"네?"

"당신은 거짓말을 하고 있어요. 그렇다면 내 생각이 맞단 거군요."

"아니에요. 그렇지 않아요!"

"거짓말!"

이 사람은 어떻게 그토록 무서운 대사를 그와는 전혀 어울리지 않는 표정과 목소리로 말할 수 있는 것일까?

"요스케, 네가 뭐라고 말 좀 해줘."

쓰바키야마는 뒤를 돌아보며 요스케에게 도움을 청했다.

"안 돼요. 지금은 엄마가 너무 무섭거든요."

"얘기가 다르잖아. 네가 잘 말해줄 테니까 안심하라고 했잖아?"

"하지만 지금은 엄마가 너무 무서워요. 얼굴은 웃고 있지만 속으로는 무지무지 화내고 있어요."

"요스케!" 하고 아내가 날카롭게 소리쳤다.

"처음 보는 사람과 친하게 말하면 안 돼! 가즈야마 씨, 당신도 우리 애를 자기 자식처럼 그렇게 함부로 부르지 마세요."

본의는 아니지만 그는 주눅이 들 수밖에 없었다.

그때 계단에서 삐걱거리는 소리와 함께 남자의 하품소리가 들려왔다.

그는 재빨리 고개를 들고 아내를 추궁했다.

"이렇게 이른 아침에 누구죠? 누가 이 집에서 잔 거죠?"

"남의 집안일에 신경 쓰지 마세요!"

아내는 당황한 표정으로 차갑게 말했다.

불온한 발소리가 천천히 다가오더니 세면장에서 물을 사용하는 소리가 들렸다.

그는 재빨리 자신의 집에서 숙박할 가능성이 있는 친지들을 생각해보았다. 장인이나 처남일까? 아니면 지방에서 올라온 친척일까? 그러나 문을 열고 들이민 얼굴을 본 순간, 그는 기절하지 않은 자신이 신기할 정도였다.

"잘 잤어? 아, 손님이 계셨군. 미안."

왜 시마다가 여기에 있는 거지? 더구나 죽은 내 잠옷을 입고 아침 인사를 하다니! 대체 어떻게 된 거지?

"시마다 씨, 마침 잘 왔어요. 물어볼 게 있으니까 잠깐만 있어주세요."

그는 계속되는 최악의 상황에 정신을 가누지 못할 지경이었다. 아내는 시마다 계장에게 그의 목을 치게 할 생각이었다.

"아줌마, 죄송해요. 분위기가 험악해져서 더 이상 여기에 있을 수 없겠네요."

요스케는 말릴 틈도 없이 재빨리 거실에서 도망쳤다. 거실에서 빠져나가려는 요스케의 머리를 시마다가 다정한 손길로 어루만졌다.

"생전에 남편한테 신세를 졌던 스타일리스트라고 하는데, 시마다 씨도 아는 분인가요?"

시마다는 부스스한 머리를 쓸어올리며 아내와 나란히 앉았다. 그런 다음 잠시 예리한 시선으로 그를 쳐다보았다.

"아니, 우리 매장에는 스타일리스트가 필요 없어. 유키 짱도 몰라?"

유키 짱?! 감히 상사의 아내를 그렇게 부른단 말인가? 그러나 먼저 밀어닥친 것은 분노가 아니라 무서운 현실이었다.

잠시 동안 그와 아내는 불꽃이 튀길 정도로 서로 노려보았다.

"그러니까, 그렇게 됐군요!"

두 사람은 합창이라도 하듯이 동시에 입을 열었다.

"용서할 수 없어요! 아침부터 뻔뻔스럽게 찾아와서는 향을 피우게 해달라니!"

"나야말로 용서할 수 없어요. 당신들, 언제부터 그런 사이였죠?"

"이러지들 말아요. 죽은 사람 앞에서 싸우는 건 좋지 않아요."

"닥쳐요!"

그는 바움쿠헨 상자를 시마다에게 집어던졌다.

꿈에도 상상해본 적이 없지만 마음에 짚이는 데가 없는 것은 아니었다.

시마다와 아내는 입사 동기생이다. 두 사람을 나란히 놓고 보면 '미녀와 야수'가 아니라 '로미오와 줄리엣' 또는 '시저와 클레오파트라'였다.

언제였는지 정확히 기억나지는 않지만 아내가 안내양으로 있었을 때 웨딩페어 광고모델로 두 사람이 기용된 적이 있었다. 그때는 도저히 아마추어 모델처럼 보이지 않는 신랑신부의 아름다운 모습에 직원들이 전부 탄성을 지를 정도였다.

그 두 사람이 사실은 연인 사이였다는 소문도 들은 적이 있었다. 여자들이 대부분인 직장에서는 그런 근거 없는 소문이 여성잡지의 제목처럼 태연히 떠다니곤 한다.

그러나 이렇게 두 사람을 앞에 놓고 보니 지나간 옛날 소문이 방금 들은 것처럼 생생하게 되살아난다.

시마다는 1910년대부터 정면 계단의 층계참에 서 있는 로마 조각을 닮았다. 게이오 대학 경제학과를 나온, 백화점의 간부후보생이기도 하다. 물론 일 처리에도 빈틈이 없었다. 그런 그에게 별다른 뜬소문이 하나도 없는 것은 '시부야 지점의 7대 불가사의' 중의 하나였다. 그리고 그 7대 불가사의 중에는 쓰바키야마 과장의 부인이 전 미스 시부야 지점이었다는 사실도 포함되어 있었다.

"그만 실례하지요."

그는 천천히 자리에서 일어섰다. 그 자리에는 일분일초도 더 있고 싶지 않았다.

"아직 얘기가 끝나지 않았어요!"

초승달 눈으로 노려보는 아내를 시마다가 달랬다.

"유키 짱, 괜찮아. 본인이 하고 싶지 않다는 얘기를 뭐하러 굳이 들으려고 그래?"

쓰바키야마는 문을 난폭하게 열고 등을 돌린 채 말했다. 마음에 폭풍우는 남아 있었지만 남편의 도리로 이것만은 확인해두지 않으면 안 된다.

"부인, 한 가지 물어볼 게 있는데요……."

"뭐죠?"

"이 집의 대출금은 어떻게 할 거죠?"

아내는 불쾌한 듯이 코끝으로 웃으며 대답했다.

"당신에게 그런 걸 대답할 의무는 없지만 어쨌든 그거라면 걱정하지 마세요. 대출금을 신청할 때 보험을 들어두었으니까요."

'아아, 그렇다!'

그는 안도의 한숨을 내쉬며 가슴을 쓸어내렸다. 집 문제에 대해서는 모든 걸 아내에게 맡겨두었는데, 그때 분명히 그런 이야기를 들은 기억이 있다.

지은 지 10년이나 된 낡은 집이었지만 그는 그 집을 좋아했다. 가능하면 그 집에서 늙고, 그 집에서 죽고 싶었다.

그는 벽과 기둥을 사랑스런 눈길로 쳐다보며 복도를 걸어갔다. 그리고 현관 바닥을 손끝으로 어루만지며 샌들을 신었다. 순간적으로 분노가 사라지며 무거운 피로가 몸을 내리눌렀다. 아내는 배웅하려고 하지도 않았다.

현관 앞의 사라수에는 꽃이 활짝 피어 있었다. 저 세상으로 가던 날 아침, 출근하는 길에 아내와 함께 이 꽃을 바라보았는데……

"아줌마, 고맙습니다."

현관 앞에 있던 요스케가 꽃의 요정처럼 맑은 목소리로 말했다. 이 아이는 어머니의 비밀을 알고 있었던 것이다. 그러나 요스케에게 진실을 캐물을 수는 없었다.

"아빠도 틀림없이 기뻐할 거예요. 용기를 내서 와주신 것, 정말 고맙습니다."

아빠는 조금도 기뻐하지 않아. 안도의 한숨을 내쉰 것은 은행 대출금뿐이지.

"그럼 엄마를 잘 부탁한다."

이미 오해를 풀 기력도 사라졌다. 그는 잠시 타박타박 걷고 나서 자기 집을 돌아보았다. 새하얀 타일로 뒤덮인 현관 앞에서 요스케가 손을 흔들고 있었다.

작은 집과 작은 아이. 마흔여섯 해의 인생에서 자신이 남긴 두 가지.

완만한 언덕에 도착하자 그는 도망치듯이 빠른 걸음으로 걸어갔다. 그립고도 꺼림칙한 집에서 한시라도 빨리 떠나고 싶었다.

'어떻게 이런 일이 있을 수 있지?'

그는 생각이 정리되지 않은 머릿속으로 계속 반문했다.

'대체 어떻게 된 거지? 하나에서 열까지, 내가 알고 있던 것과는 영 딴판이잖아?'

아버지도 아들도 아내도, 그리고 가장 믿었던 부하직원까지 자신에게 커다란 비밀을 숨기고 있었다.

'잠깐만…… 설마……!'

그의 머릿속에서 복잡하게 뒤얽혀 있던 퍼즐이 하나의 형태를 이루었다.

'설마…… 말도 안 돼!'

가짜 육체의 뇌는 아무래도 쓰바키야마 과장의 뇌보다 좋은 것 같다. 아니, 이런 문제를 푸는 데는 근본적으로 여성의 사고력이 더 적합한지도 모른다.

거짓을 가지고 살아가는 것은 누구에게나 괴로운 일이다. 비밀은 처절한 고통이기 때문이다. 그런데 왜 그들은 모두 비밀을 가지고 있는 것일까? 혹시 각각의 비밀이 긴밀하게 이어져 있다고 하면…….

그의 명석한 두뇌는 사건의 전말을 이렇게 추리했다.

예전에 백화점 안에서 잠시 스쳐지나간 소문처럼 아내인 유키와 시마다는 연인 사이였다. 그러나 모든 연애가 결혼이라는 형태로 이어지는 것은 아니다. 더구나 같은 직장 안에서의 은밀한 교제에는 많은 제약이 따르게 마련이다. 그리고 그런 관계가 오래 지속되면 오히려 결혼은 멀어지게 된다.

본디 결혼이라는 것은 연애의 정열과는 별로 관계가 없고, 연애의 기간과는 오히려 반비례하는 법이다. 오랫동안 질질 끌던 연애를 청산한 순간, 만난 지 얼마 되지 않은 상대와 전격적으로 결혼하는 일이 드물지 않다.

남의 일처럼 말하지만 자신이 가장 좋은 예가 아닌가. 오랫동안 만났던 사에키 도모코와 결혼할 의사가 없는 상태에서 이제 슬슬 헤어질 때라고 생각했을 때 지금의 아내가 나타났다. 만약 그 무렵에 아내도 시마다와의 관계에 대해 고민하고 있었다면, 예상치 못한 프로포즈를 받아들이기는 오히려 쉽지 않았을까?

자신과 도모코는 나이가 있는 만큼 어른스럽게 판단해서 깨끗이 헤어졌다. 그러나 아직 나이가 어린 유키와 시마다는 서로에게 많은 미련이 남아 있었다. 그리고 결국 어떤 계기인지는 모르지만 불륜의 관계로 부활한 것이다.

같은 매장의 과장과 계장이 동시에 휴가를 쓰는 일은 있을 수 없다. 불경기가 길게 꼬리를 끌면서 정기휴일도 없어져서, 두 사람은 교대로 휴가를 갔다. 그렇다면 적어도 일주일에 이틀, 아내와 시마다는 누구에게 거리낄 것 없이 밀회를 즐길 수 있었다는 말이다.

만약 아내의 불륜을 눈치챈 사람이 있다면…… 하루 종일 함께 시간을 보내야 했던 아버지이리라. 아버지의 정의감이 다른 사람의 몇 배라는 것은 익히 알고 있는 사실이다. 아버지는 도덕심으로 똘똘 뭉쳐 있으며 도덕의 화신 같은 사람이다. 그와 동시에 당신 스스로를 아들 부부의 애물단지라고 생각하고 있었다. 며느리를 용서할 수는 없어도 아들 가정에 풍파를 일으키고 싶지는 않았을 것이다.

아버지는 번민에 번민을 거듭한 끝에 한 가지 길을 선택했다. 치매에 걸린 척하는 것이다. 엄청난 고통이 뒤따르겠지만 결벽증과 나약함을 동시에 해결할 수 있는 방법은 그것밖에 없었을 것이다. 그야말로 말단 공무원의 뛰어난 예지叡智가 아닌가.

요스케는 그런 아버지에게 영재교육을 받은 걸작 중의 걸작이다. 할아버지와 손자의 신뢰관계는 오히려 부모와 자식보다 강하지 않았을까? 부모 앞에서는 어린아이처럼 위장했지만 할아버지에게는 정체를 드러냈을지도 모른다. 두 사람 사이에 흐르는 존경과 신뢰가 강한 밀약을 만들어낸 것이다.

생각이 그곳에 미치자 모든 것을 이해할 수 있었다. 낯선 조문객을 보고 강박적이다 싶게 느껴질 정도로 오해를 하던 아내도. 아빠의 불륜을 오히려 통쾌해하며 좋아하던 요스케의 오해도.

비가 갠 언덕길을 내려가면서 그의 명석한 두뇌는 또 다른 추리로 비약했다.

혹시 요스케의 아버지는 시마다가 아닐까?

"말도 안 돼!"

무서운 가설이 머릿속에 떠오른 순간, 그는 소리를 내어 강하게 부정했다. 그러나 인정人情 외에는 이를 부정할 만한 명확한 근거가 하나도 없었다. 그 대신 가설에는 몇 가지 이유가 있었다.

요스케의 얼굴은 아내를 빼다박았다. 시마다와 닮았다고 할 수는 없지만 자신과 닮지 않은 것만은 분명했다. 아버지의 용모와도 공통점을 발견할 수 없었다.

그것은 그렇다고 치자. 문제는 도저히 일곱 살짜리 소년이라고 생각할 수 없는 뛰어난 머리였다. 아내는 지극히 평범하고, 자기는 성적은 나쁘지 않았지만 노력하는 타입이었다. 아버지는 물론이고 친척들을 둘러보아도 명민하다는 느낌을 주는 사람은 찾을 수 없었다.

돌연변이라기보다 다른 사람의 유전자를 받았다고 생각하는 편이 유전학적으로는 설득력이 있지 않을까?

"말도 안 돼! 말도 안 돼, 말도 안 돼, 말도 안 돼!"

또각거리는 샌들소리에 맞추어 그는 계속 중얼거렸다. 이 가설은 눈앞에 있는 어떤 사실보다 더 심한 공포로 다가왔다.

시마다를 한마디로 표현하면 '빈틈없고 약삭빠른 남자' 다. 똑같은 말을 두 번 하게 한 적이 없고, 지시한 것 이상의 일을 해내며 결과도 정확했다. 말수는 많은 편이 아니지만 표현은 정확했다. 즉, 학력을 운운하기 이전에 원래 머리가 좋은 사람이다.

드디어 모든 것은 완벽한 결론에 도달했다. 가설이 사실이라고 하면 등장인물들은 모두 엄청난 고뇌와 업業을 갖는 것이 되지만, 자기만 죽어버리면 사람들은 본래의 모습으로 돌아가고 완전히 업에서 구제되지 않는가.

즉, 만약에 신이 존재한다면 자신은 죽음을 하사받은 것이다.

"……너무해. 너무해!"

그는 손수건으로 눈가를 눌렀다. 분해서 흘리는 눈물이 아니었다. 사랑하는 사람들이 평안하기 위해서는 자신이 죽어야 한다. 이 얼마나 아이러니한 일인가.

자신은 아내를 사랑한다. 아내가 부정을 저질렀다고 해도 사랑하는 마음에는 변함이 없다.

또 자신은 요스케를 사랑한다. 부정으로 태어난 아이라고 해도 자신의 피를 이어받은 아이와 똑같이 사랑한다.

가령 생전에 이런 사실을 알았다면 자신은 두 사람의 평안을 위해 스스로 목숨을 끊었을지도 모른다. 자신의 죽음으로 인해 그들이 정상적인 사랑을 얻을 수 있다면 기꺼이 그렇게 했으리라.

전철역 앞에 있는 벤치에서 그는 잠시 멍한 표정으로 출근하는 사람들의 물결을 바라보았다.

그때 전화가 걸려왔다. 호출음은 「운명」.

"안녕하세요, 소광도성거사 님. 저는 SAC 중유청의 리라이프 서비스센터, 현세에 있는 당신을 안내하는 네비게이터 마야예요."

"그렇게 자기소개를 하지 않아도 알고 있어요. 목소리가 아주 밝군요."

"오 예Oh Yeah! 지금은 아침 모드예요. 아침의 직장에서는 누구나 이런 식으로 밝게 말하지 않나요? 더구나 이렇게 하지 않으면 하루를 견딜 수 없어요. 우리가 하는 일은 근본적으로 어두운 일이니까요."

"용건은요?"

"주제넘은 참견인지는 모르지만 그곳에 계속 앉아 있으면 만나고 싶지 않은 사람을 만나게 돼요."

"만나고 싶지 않은 사람이라니, 그게 누구죠?"

"그야 불을 보듯 뻔하잖아요? 시마다 계장이에요."

미처 그 생각까지는 하지 못했다. 지금이 일곱 시 사십오 분. 시마다는 여덟 시 정각의 쾌속열차를 타고 출근하리라.

"마침 잘됐네요. 이번 기회에 확실하게 얘기해둘 거예요."

"소광도성거사 님, 그러면 안 되는 거 아시죠? 진정해요, 진정해. 마음을 가라앉히고 현세역송의 엄수사항을 복창해보세요."

그는 바보 같다고 생각하면서 마음속으로 복창해보았다. 제한시간 엄수, 복수 금지, 정체의 비밀 유지. 그렇다. 여기에서 시마다를 만나면 멱살이라도 잡고 주먹을 휘두를지도 모른다. 주먹을 휘두르거나 욕설을 퍼부으면 복수 금지 항목에 어긋날 것이다.

"얘기하는 것도 좋지만 마음을 가라앉힌 다음에 하세요. 시간은 아직 충분하니까요."

"알았어요. 그럼 난 하나 앞의 전철을 탈게요."

그는 벤치에서 일어나 개찰구를 향해 걸음을 내디뎠다.

"그런데 지금부터 어디로 가실 거죠?"

"사에키 도모코를 만날 거예요. 그 사람에겐 묻고 싶은 게 산더미처럼 쌓여 있으니까요."

"아무쪼록 조심하세요. 도모코 씨는 보통 예리하지 않으니까요. 만에 하나라도 정체가 드러나면 무서운 일을 당한다는 거, 잊지 않았죠? 그럼, 해브 어 나이스 데이Have a nice day!"

전화는 왔을 때와 마찬가지로 멋대로 끊어졌다. 그는 시부야까지 가는 티켓을 샀다.

혼잡한 전철 안에서 그는 아무런 이유 없이 남자들에게 겁을 먹었다. 체구가 작고 무력하다는 건 이렇게도 불안한 것이었던가? 왜 세상의 남자들은 연약한 여자들에게 더 친절하게 대해주지 않는 것일까?

다시 살아난 성자

료고쿠 다리를 건너자 희뿌옇게 밝아오기 시작한 번화가의 하늘이 펼쳐졌다. 핸들을 잡고 있는 준이치의 슬픔을 알기라도 하듯 자동차는 힘없이 천천히 나아갔다.

"상당히 안전운전을 하는구나."

조바심은 나지만 빨리 달리라고 할 수 없어서 다케다는 소년의 옆얼굴을 쳐다보며 말을 걸었다.

"오야붕께서 제한속도를 꼭 지키라고 했거든요. 특히 급할 때나 초조할 때는 절대로 속도를 내지 말라고 했어요. 나는 지금 정상적인 상태가 아니니까 운전만이라도 신경 쓰고 있는 거예요."

그는 쓴웃음을 짓지 않을 수 없었다. 준이치는 그만큼 순수한 소년이다.

"그것 말고 오야붕한테 배운 건 없니?"

"여러 가지가 있지만 가장 마음속 깊이 새겨져 있는 건 화를 내지 말라는 거예요."

"오호, 그건 무슨 뜻이지?"

그는 모른 척하며 물었다. 자신의 가르침을 준이치가 얼마나 정확히 이해하고 있는지 알고 싶었다.

"우리는 세상 사람들에게 귀찮은 존재나 마찬가지예요. 성실하게 일하는 사람들 덕분에 먹고 살아가고 있다는 거예요. 그러니까 항상 고개를 숙이고 화를 내서는 안 된다고 했어요."

"데키야는 결코 천박한 일이 아니야. 그런 일을 한다고 콤플렉스를 가져서는 안 돼!"

"어럽쇼? 우리 오야붕도 똑같은 말을 했어요. 인간은 사장이든 국회의원이든 야쿠자든 경찰이든 다 똑같다구요. 모두 다른 사람에게 신세를 지면서 밥을 먹고 있으니까, 나중에 직업을 바꾸든 출세하든 그 마음을 잊어서는 안 된다구요. 우리가 밥을 먹고 살아갈 수 있도록 해주는 사람들은 모두 은인이니까 고개를 숙이고 화를 내서는 안 된다고 말이죠."

그는 잠자코 고개를 끄덕였다. 콤플렉스로 똘똘 뭉쳐 있는 소년들이 가장 마음 깊이 새겨두기를 바라면서 한 말이었다. 그것은 자신의 오야붕이 한 말이지만 자신도 그 생각에 따라 살아왔다. 아니, 그 생각에 따라 살고 있었다. 다카마치에서 장사하면서 손님에게 고개를 숙이는 것을 배우고, 인내심만 가지고 있으면 나중에 손을 씻고 어떤 일을 하든 반드시 통한다는 믿음을 배웠다.

준이치는 눈물을 참고 핸들을 꼭 잡으면서 말을 이었다.

"하지만…… 이런 때에도 화를 내서는 안 될까요? 오야붕이 살아 있었다면 참으라고 할까요?"

차창 밖으로 그리운 번화가의 모습이 스쳐지나간다. 새벽 안개 속에서 불을 켜고 우두커니 서 있는 것은 준이치와 다쿠를 만난 편의점이었다. 편의점 앞에는 갈 곳을 잃고 방황하는 소년들이 삼삼오오 모여 있었다.

"당연하지. 참아야 돼!"

그는 주먹을 불끈 쥐고 말했다.

"다쿠! 나야, 나! 손님이랑 같이 왔어. 오야붕이랑 친했던 변호사님이래!"

아파트 문을 열자 어둠 속에서 향의 연기가 퍼져나왔다. 그러나 다쿠의 대답은 들리지 않았다.

집 안은 그가 살아 있을 때보다 한층 깨끗하게 정돈되어 있었고, 거실에는 멋진 제단이 놓여 있었다.

"이상하네. 향을 피워둔 채 어디 갔지? 이런 꼭두새벽부터."

그의 가슴이 세차게 쿵쾅거리기 시작했다.

"혹시 짐작되는 곳은 없니?"

"아까도 말씀드렸듯이 그 녀석 오야붕이 죽고 나서 이상해졌어요. 벙어리가 된 것처럼 한마디도 하지 않고, 계속 한군데만 쳐다보구요. 도대체 무슨 생각을 하고 있는지 도통 모르겠어요."

그는 일단 예의를 갖추며 위패를 향해 향을 피웠다.

"의정원용무협도거사라……. 좋은 이름이야. 마음에 들어."

"아저씨 마음에 들면 뭐해요? 우리 오야붕 마음에 들어야지.

어쨌든 좋은 이름이죠? 우리 오야붕한테 딱 어울리는 법명이에요. 미나토야의 오야붕이 붙여줬어요. 아저씨도 데쓰 오야붕 알아요?"

"알다마다! 그래, 데쓰 형님이 붙여줬구나……."

그는 그동안 살았던 낯익은 아파트를 둘러보았다. 초칠일이 지나면 이 소년들은 여기를 떠나 어디론가 갈 것이다. 고붕들의 거처를 정해주지 못한 것이 가장 큰 한으로 남아 있었다.

"너희들, 돈은 있어?"

그 말에 준이치는 그의 옆에 무릎을 꿇고 영정 사진을 보며 손을 마주 잡았다.

"그것 때문에 난 울고 말았어요."

"무슨 뜻이지?"

"오야붕이 우리들 명의로 재형저축인지 뭔지, 거기에 정기적으로 돈을 넣어뒀다지 뭐예요?"

그는 가슴을 쓸어내리며 안도의 한숨을 내쉬었다. 그동안 고생고생해서 넣어둔 돈이 다행히 고붕들의 손으로 넘어간 것이다.

"돈을 함부로 쓰면 안 돼. 돈을 없애는 건 식은 죽 먹기처럼 순식간이지만 모으기는 하늘의 별 따기처럼 어려우니까."

"우아, 우리 오야붕의 말투랑 똑같아요. 그거라면 걱정하지 마세요. 긴자의 오야붕이 맡아주었으니까요. 아저씨도 아세요, 시게타 오야붕?"

그의 눈꺼풀에 은행원처럼 생긴 형제의 얼굴이 떠올랐다. 금전 문제라면 사업가인 시게타가 제격이었다.

"긴자의 오야붕은요, 우리 오야붕 대신에 계속해서 재형저축을 넣어준다고 했어요."

믿을 수 있는 사람은 역시 형제밖에 없다. 사설 금융업을 하는 시게타는 악착같은 성격 때문에 동료들 사이에서는 평판이 좋지 못하지만, 그 성격만큼 금전 면에서는 믿을 수 있는 사람이다.

데쓰 형님은 법명을 붙여주고 장례식도 처리해주고, 시게타 형제는 고붕들의 돈을 맡아주고, 신주쿠의 이치카와는 두 명의 고붕을 데리고 갔다. 평소에 친했던 세 명의 형제들이 자신의 사후 처리를 분담해준 것이다.

"그런데 아저씨."

"그 아저씨란 말 좀 하지 않을 수 없어? 난 그렇게 늙지 않았다구!"

"그래요? 하지만 아저씨 이름을 모르잖아요."

"난 다케…… 다케…… 다케노우치. 그래, 다케노우치 변호사야. 앞으로는 선생님이라고 불러."

"네, 선생님. 그런데 선생님은 우리 오야붕을 죽인 녀석이 누군지 아세요?"

알고 싶다. 반드시 알고 싶다. 규정을 깨뜨리면서까지 복수할 생각은 없지만 진실만은 무슨 일이 있어도 알고 싶다.

"범인은 모르지만 뭔가 잘못된 거라고 생각해."

"역시나!"

준이치는 그냥 흘려들을 수 없는 말을 했다.

"역시나, 라니?"

"어쩌면 딴사람이랑 착각한 게 아닐까 하고 생각했어요. 우리 오야붕이 다른 사람 대신에 죽은 게 아닐까 하고요."

흐음. 이 녀석은 머리가 나쁘다고 생각했는데 의외로 그렇지 않은 것 같다.

"다른 사람 대신이라니? 누구 대신이란 말이지?"

"그날 밤, 우리 오야붕은 세 명의 오야붕들과 술을 마셨어요. 데쓰 오야붕, 시게타 오야붕, 이치카와 오야붕……. 저기요, 이건 비밀인데 다른 오야붕들은 언제 살해당해도 이상하지 않은 사람들이거든요."

그는 준이치가 엄청난 추리소설 팬이라는 사실을 떠올렸다. 다카마치에서는 손님 부르는 일도 잊은 채 추리소설에 푹 빠져 있곤 했다. 소설 따위는 남자의 인생에 조금도 도움이 되지 않는다고 귀에 딱지가 앉을 정도로 야단쳤지만, 어쩌면 이번 숙제를 푸는 데는 그의 취미가 도움이 될지도 모른다.

"그래? 다른 오야붕들한테 무슨 문제가 있어?"

"그건 약간만 생각해보면 쉽게 알 수 있어요."

그러나 그는 전혀 알 수 없었다. 역시 소설을 보는 것도 남자의 인생에 도움이 된다고 생각하니 갑자기 마음이 어두워졌다.

"일단 미나토야의 데쓰 오야붕인데요……."

생각 때문인지 준이치의 표정은 예리한 탐정으로 보였다.

"데쓰 오야붕은 굉장한 투쟁파鬪爭派로, 1년 전에 일어난 항쟁의 주역이었어요. 킬러들도 모두 데쓰 오야붕 밑에 있는 젊은 녀석들이었어요."

"그 사건이라면 이미 예전에 얘기가 끝났어."

"나도 이런 일이 있기 전까지는 그렇게 생각했어요. 하지만 위쪽에서 자기들 멋대로 타협해도 오야붕을 잃은 고붕들은 납득할 수 없는 법이에요. 파문과 절연絶緣을 각오하면서 몸을 내던지곤 하지요."

그래, 일리가 있는 말이다. 더구나 항쟁의 상대는 간사이 지방의 조직이었다. '히익! 우야면 좋노? 잘못 봤데이. 이거 딴 녀석 아이가?!' 라는 킬러의 목소리가 지금도 귓가에 생생하게 살아 있다.

"그렇다면 데쓰 형님으로 착각해서……."

"섣불리 판단하지 마세요, 선생님."

준이치는 자리에서 벌떡 일어서는 그를 진정시켰다.

"다음엔 긴자의 시게타 오야붕인데, 이 사람은 말 안 해도 알겠죠?"

"응? ……뭘 알겠다는 말이지?"

"하긴 이 세계를 모르는 선생님이 어떻게 알겠어요? 시게타 오야붕은 부동산과 금융 등, 겉으로 보기엔 그럴듯한 직업을 가지고 있어요. 그런데 요즘 같은 불경기에는 문제나 말썽이 많을 수밖에 없지요."

"그래?"

"부동산의 저당권은 다른 사채업자와 부딪힐 수밖에 없어요. 회사가 망하면 채권을 회수하기 위해 사채업자끼리 분쟁이 있는 건 흔한 일이잖아요. 더구나 긴자에 있는 시게타 상사 하면 울던 아이도 눈물을 뚝 그친다는 대표적인 폭력금융업체예요. 목숨이 몇 개가 있어도 부족하다구요."

그는 다시 자리에서 벌떡 일어섰다.

"알았어. 그렇다면 시게타 형제로 착각해서……."

"섣불리 판단하지 말라니까요, 선생님."

준이치는 그의 어깨를 잡고 말을 이었다.

"이치카와 오야붕은 더 위험해요. 가부키초는 무법지대나 마찬가지니까요. 그곳은 의리도 없고 영역도 없고, 먼저 점찍은 자나 강한 자가 이기는 서바이벌 게임 지역이에요. 간사이 지방 사람들도 많이 와 있구요."

"뭣이? 간사이 지방 사람들이 많이 와 있다고?! 알았어, 알았다구! 나를 이치카와로 착각해서……."

"아저씨랑 무슨 상관이 있다고 이렇게 난리예요?"

"그게 아니라 너희 오야붕을 이치카와로 착각해서 살해한 거야!"

준이치는 경멸이 가득 담긴 눈길로 그를 노려보았다.

"지금 내가 하고 싶은 말은요, 우리 오야붕은 누구에게도 원한을 살 리가 없지만, 그날 함께 있었던 세 명의 오야붕은 각각 언제 살해당해도 이상하지 않을 만큼의 이유가 있었다는 거예요. 그 가운데 누구를 대신해서 죽었는지는 모르지만요."

자신은 과연 누구를 대신해서 살해당한 것일까? 무슨 일이 있어도 그것만은 알고 싶었다.

"그건 그렇다 치고…… 다쿠는 괜찮을까?"

그는 커튼을 열고 옅은 남색으로 물든 하늘을 올려다보았다.

"걱정하지 마세요. 그 녀석은 힘은 있지만 머리가 텅 비었으니까요. 아무리 발버둥쳐봤자 오야붕을 죽인 녀석을 찾아낼 수 없어요. 그렇게 머리 나쁜 녀석이 무엇을 하겠어요?"

그렇다. 어쩌면 쓸데없는 걱정일지도 모른다. 분명히 다쿠는 명령만 내리면 무슨 일이든지 해냈지만 자기 머리로는 생각하지 못하는 소년이었다.

"난 어릴 때부터 불알친구라서 그 녀석에 대해선 모르는 게 없어요. 우리 부모가 뭘 생각하는지는 몰라도 다쿠 녀석의 머릿속은 훤히 들여다보고 있지요. 장례식 때 데쓰 오야붕이 그랬어요. 죽은 다음에도 7일 동안은 아직 저 세상으로 가지 않은 기간이니까 하루도 빠뜨리지 말고 향을 피우라구요. 그러자 다쿠 녀석, 눈물을 뚝뚝 떨구면서 고개를 끄덕였어요."

"그래? 그때 무슨 생각을 했을까?"

"아마 오야붕의 영혼이 저 세상으로 가기 전에 원수를 갚아야겠다고 생각했을 거예요."

그는 흠칫 놀라며 뒤를 돌아보았다. 기이하다고 할까, 당연하다고 할까? 사후 7일간, 즉 초칠일이라는 시간은 '현세역송'의 제한 시간이기도 하다.

"걱정할 것 없어요. 다쿠는 윗사람의 말을 액면 그대로 받아들이는 녀석이니까 앞으로 사흘이 지나면 포기할 거예요."

"하, 하지만 사흘 안에 무슨 짓을 저지르면 어떡하지?"

"그 녀석은 아무 일도 저지를 수 없어요. 어차피 시키는 일밖에 못하는 녀석이니까요. 다코야키를 구울 때도 어떻게 하면 더 잘 구울까 하는 요령 같은 건 꿈에도 생각하지 못해요. 그 녀석은 요즘 계속 납골항아리 앞에서 잠을 잤어요. 데쓰 오야붕이 시키는 대로 향냄새가 끊어지지 않게 향을 피우려구요. 그러다 결국 싫증이 났을 거예요."

위패를 향해 앉아 있는 다쿠의 모습을 상상하자 그의 가슴이 아려왔다. 다쿠는 어리석을 정도로 고지식한 소년이었다.

"지금쯤 어디서 무엇을 하고 있을까?"

"글쎄요. 오다이바 주변에 차를 세우고 멍하니 앉아 있지 않을까요? 그렇지 않으면 미나토야의 부하들이나 형님들을 찾아다니며 오야붕을 죽인 녀석을 아느냐고 묻고 다닐 거예요. 한심한 녀석 같으니!"

그렇게 하면 아무도 상대하지 않으리라. 오히려 가는 곳마다 쓸데없는 생각하지 말라고 핀잔을 당할 게 뻔하다. 술잔의 맹세도 하지 못한 어린 녀석을 어엿한 고붕으로 인정해주는 사람이 있을 리가 없다.

"오야붕은 아직 저 세상에 가지 않았을까요?"

준이치는 무릎을 껴안고 영정 사진을 바라보았다.

나는 여기에 있다. 어디에도 가지 않았다. 그는 입 밖으로 튀어나오려는 말을 목구멍 안으로 삼켜야 했다.

정체의 비밀 유지. 그것이 현세역송의 규칙이다.

"준이치……."

그는 준이치의 어깨를 깊숙이 껴안았다.

"우아, 소름 끼쳐! 선생님, 호모예요?"

그러면서도 준이치는 낯선 남자의 힘에 저항하려고 하지는 않았다. 빨갛게 물들인 준이치의 머리칼이 창문 너머로 들어오는 아침햇살에 반짝거렸다.

언젠가 머리를 빨갛고 노랗게 물들이는 건 그만두라고 야단친 적이 있었다. 다쿠는 시키는 대로 했지만 준이치는 강하게 반발했다. 그 대신 머리를 빡빡 깎을 테니까 술잔의 맹세나 하게 해달라고 말했다.

"미안하다, 준이치······."

자신은 이 새빨간 머리카락을 태어났을 때의 색깔로 되돌려주지 못했다. 어느 것 하나 준이치를 바꿔주지 못했다.

"왜 선생님이 사과하는 거예요? 그런 말은 하지 마세요. 공연히 슬퍼지잖아요."

준이치가 술잔의 맹세를 나누게 해달라고 했을 때, 그는 소년의 뺨을 세차게 후려쳤다. 건방진 말은 하지 말라고 하면서. 준이치는 고붕이 되고 싶었던 게 아니다. 그저 어리광을 부리는 어린아이가 되고 싶었던 것이다.

"데쓰 오야붕이 그랬어요. 죽은 사람은 이 세상도 저 세상도 아닌 어정쩡한 허공에서 7일 동안 있다구요. 거기서 극락왕생할지, 지옥으로 떨어질지 재판을 받는다구요. 그러니까 그동안 향을 피우면서 천국으로 가도록 기도해주라구요. 그렇게 하지 않아도 우리 오야붕은 틀림없이 극락왕생할 거예요. 그렇죠, 선생님?"

아니다. 지금까지 성실하게 살아왔어도 자신은 마지막에 이 아이들을 버렸다. 그것은 지옥으로 떨어져도 어찌할 수 없는 죄이다. 아무리 뜻하지 않은 죽음이라고 해도 갈 곳이 없는 아이들을 버리는 것은, 이 아이들을 버린 친부모의 죄보다 더 무겁지 않을까?

"그렇게 어정쩡한 곳에 있지 말고 한 번이라도 돌아오면 얼마나 좋을까? 귀신이라도 상관없어요. 그러면 난 맛있는 밥상을 차려드리고, 목욕물을 데워서 등을 씻겨드릴 거예요."

그는 준이치의 머리를 와락 끌어안았다.

"더 이상 아무 말도 하지 말거라. 남자는 훌쩍거리면 안 돼!"

"또 오야붕처럼 말하시네요. 하지만 오야붕은 아무리 남자라도 부모가 죽었을 때는 울어도 된다고 하셨어요. 그렇다면 지금은 눈물을 흘려도 상관없잖아요?"

다쿠에 대해서는 걱정할 필요가 없다는 사실을 그는 깨달았다. 준이치의 말에 비춰보면 다쿠가 어디를 돌아다니는지 행동반경을 알고 있는 것이리라.

미나토야의 데쓰 형님에게는 이제 독립해도 될 요시오와 나이는 어리지만 믿을 수 있는 이치로가 있다. 시게타 형제에게 간 히로시는 머리가 좋고 유키오도 상식을 안다. 다쿠가 오야붕의 원수에 대한 정보를 얻으려고 하면 그들에게 의지하는 수밖에 없을 테니까, 어차피 그곳에서 다음 단계로 나아갈 수 없다.

생각이 그곳에 미치자 그는 다쿠보다도 오히려 다른 고붕들이 어떻게 하고 있는지 불안해지기 시작했다. 일단 두 곳의 사무실을 찾아가서 상황을 살펴보기로 하자.

"그럼 난 이만 실례하지."

그가 품 안에 있던 준이치를 떼어내자 소년은 방석 위에 누워 버렸다. 울다 지쳐 깜박 잠이 든 것이리라.

"아…… 죄송해요. 향을 피워야 하는데……."

"괜찮아. 잠시 눈을 붙이렴."

"……스님께서 향은 죽은 사람의 밥이라고 했어요. 오야붕께서 배가 고플 거예요."

"배는 하나도 고프지 않아."

"누가 선생님이 배가 고프댔어요? 오야붕 말이에요."

"그건 걱정하지 말고 좀 쉬거라."

"그래요……. 그러면 안녕히 가세요."

그는 고양이처럼 웅크리고 조용히 숨소리를 내기 시작한 준이치에게 담요를 덮어주었다. 그리고 비에 젖은 머리칼을 어루만지고 나서 자리에서 일어섰다.

"……오야붕."

잠꼬대다.

"……싫어요, 오야붕. 죽으면 안 돼요."

정체 모를 답답함에 입술을 깨물면서 그는 아파트를 나섰다.

밖에는 비가 그친 상큼한 아침이 펼쳐져 있었다. 낡은 임대 아파트의 복도에서 검은 기와지붕이 이어져 있는 시내가 내려다보였다. 경기가 좋은 시절에 비싼 땅값으로 인해 매수할 사람이 나타나지 않아 벌레가 파먹은 것처럼 공터나 주차장이 되어 있는 곳 이외에는 옛날과 별로 변하지 않은 허허로운 거리였다.

태어난 고향은 잊어버렸다. 슬픈 출생의 기억도 잊어버렸다. 자신의 오야붕에게 정을 느꼈을 때부터 이곳을 고향이라고 생각하기로 했다. 과거는 누구에게도 말하지 않았기 때문에 자신에게 피를 나누어준 사람에게는 자신의 죽음이 전해지지 않았을 것이다.

그래도 좋다. 자신의 뼈는 결국 형제들의 손을 떠나 일문의 절에 안치될 것이다. 아득히 먼 옛날부터 그곳에는 수많은 동료들이 잠들어 있었다. 해마다 제사 때면 그에게도 이젠 모두가 꽃과 향을 바쳐주리라.

그렇다면 의외로 행복한 인생이 아니었던가.

그는 그렇게 생각하며 힘차게 발걸음을 내디뎠다.

시게타 사장의 아침은 매우 빠르다.

현재 일본의 모든 사장들이 궁지에 몰려 아침 일찍 출근할 이유도 기력도 없어져버린 시절이지만, 시게타는 애마 메르세데스 벤츠를 이용해 오전 여덟 시에 집을 나섰다. 그리고 긴자 6번가의 3개 층을 점유하고 있는 사무실에 도착하자마자 광고를 내보내고 있는 FM 라디오를 틀었다.

"오늘의 주식전망대입니다. ……중소기업 최고의 파트너, 당신의 머니 컨설턴트, 시게타 상사에서 보내드리겠습니다."

라디오에 광고를 내보내자마자 매스컴은 곧 정의라고 착각하는 수많은 사람들로부터 전화가 빗발쳤다.

이건 거저먹기다. 손대지 않고 코푸는 셈이다. 고객들은 대부분 마른하늘의 날벼락처럼 갑자기 은행에서 버림받은 세상물정을 모르는 경영자들이다. 은행에는 위험한 고객일지 모르지만, 날고뛰는 사금융私金融에서 보면 여력이 충분한 건전한 거래처라고 할 수 있다. 그런 고객들이 '라디오에서 선전하는 걸 보면 제대로 된 금융회사임이 틀림없다'고 독선적이고 희망적으로 판단해서 융자를 신청하는 것이다.

경기가 좋은 시절에 떵떵거리고 살았던 경영자만큼 안이한 생각을 가진 사람들도 없다. 그들은 한결같이 실적의 악화는 경기 탓이고, 사장인 자기 책임은 손톱만큼도 없다고 생각한다. 따라서 월리 7퍼센트의 돈을 황공하게 생각하며 빌려간다. 한마디로 말해 덧셈은 할 수 있어도 곱셈은 할 수 없는 사람들이다. 지극히 단순한 그들은 100만 엔을 빌리면 한 달 뒤에 107만 엔을 갚으면 된다고 생각하지만, 1년 뒤에는 두 배의 빚을 껴안게 된다는 당연한 결과에는 생각이 미치지 못한다.

그런 고객을 살리지도 죽이지도 않고, 이른바 절반쯤 죽인 상태로 몇 년을 놔두면, 마침내는 충격조차 느끼지 못하며 부도를 맞이하고 만다.

더구나 사금융의 대표주자격인 대형 소비자금융이 TV 광고를 하면서, "돈을 빌려쓰는 건 나쁜 일이 아니다"라고 선전해주고 있다. 은행이나 전당포를 대신해서 소비자금융이 당당하게 시민권을 획득한 것이다.

게다가 하늘의 도움인지, 은행금리가 이상할 정도로 낮아졌다. 대부업의 상품은 돈이기 때문에 경기가 좋던 시절에 비해 '원가', 즉 은행금리는 4분의 1로 내려갔지만 '정가', 즉 고리대출의 금리는 변하지 않았다.

거저먹기다. 이것만큼 거저먹는 장사가 어디 있으랴! 물론 입으로는 돈을 빌리러 온 손님과 마찬가지로 불경기를 한탄한다. 실수로라도 자기네만 경기가 좋다고는 하지 않는다. 그러나 아무튼 거저먹기다. 앞으로 불경기가 몇 년만 더 지속된다면 틀림없이 긴자에 회사 빌딩을 세울 수 있으리라.

주식회사 시게타 상사의 사원 60명 가운데 약 20명은 시게타의 고붕이다. 야쿠자이기는 하지만 전문적인 지식을 충분히 갖추고 있는 그들은 주로 불량채권의 회수에 전념하고 있다.

창구에서 고객을 상대하는 여사원과 사무직은 약 20명. 그들은 전부 대학을 졸업한 우수한 인재들이다. 어느 정도로 우수하냐 하면,「아사히 신문」의 입사시험에서 떨어지자마자 이 회사에 들어온 사람이 몇 명 있을 정도이다.

나머지 20명은 금융 전문가이다. 나이는 40세 이상 60세 미만. 전부 재무 경험자들이다. 은행, 신용금고, 신용조합 퇴직자 우대……라는 모집공고를 내면 신용과 신뢰의 대변인 같은 인재들이 한꺼번에 밀려들어온다.

그런 성실한 사람들은 입사하자마자 회사의 실체를 알아차리지만 아무도 그만두려고 하지 않는다. 여사원들도, 다른 회사에서 명예퇴직한 사람들도 여기를 그만두면 더 이상 갈 데가 없다는 사실을 알고 있기 때문이다.

회색 바람이 빠져나가는 긴자 거리를 내려다보며 시게타는 쿡쿡 웃었다.

그는 주먹에는 자신이 없었다. 그래서 젊은 시절에는 동료들 사이에서 무시당해야 했다. 그러나 시대가 바뀌면서 그에게 행운의 여신이 찾아왔다.

그는 누가 보더라도 신뢰할 수 있는 지적이며 문화적인 얼굴을 하고 있다. 긴자 4번가를 지나가는 사람들에게 무작위로 시게타의 사진을 보여주고 직업을 맞추라고 하면 80퍼센트 이상은 '은행 지점장'이라고 대답하지 않을까?

그러나 그의 정체는 모 광역조직의 대간부, 시게타 조직의 오야붕이다!

"안녕하십니까, 오야붕? 아니, 사장님?"

그보다 나이가 많은 고붕이 뒤에서 아침 인사를 했다.

"말을 조심하거라, 히데. 아니, 바바 전무."

"넵! 아니, 네. 아침 댓바람부터 수상한 녀석이, 아니 아침부터 손님이 오셨습니다."

"그래? 어떤 녀석이지? 아니, 어디서 오신 손님이지?"

"다케노우치 변호사라고 하던데요."

"변호사라고? 귀찮은 녀석, 아니 귀찮은 손님이군. 네 녀석, 아니 자네가 만나도 충분하지 않나?"

"그런데 직접 오야붕, 아니 사장님을 만나 죽은 다케다 형님 사건, 아니 며칠 전에 세상을 떠나신 다케다 사장님에 대해 묻고 싶은 게 있다고 해서요."

그 말을 들은 순간 시게타의 마음이 어두워졌다. 하루라도 빨리 잊고 싶은 저주스러운 사건의 감촉이 되살아났다.

"안심할 수 있는 인물인가? 설마 변호사를 가장한 킬러는 아니겠지?"

"넵! 아니, 네. 마치 정의의 편이라는 느낌을 주는, 클라크 케이블처럼 생긴 품위 있는 사람입니다."

"정의의 편이라……. 그런 사람을 어떻게 안심하겠나? 그리고 클라크 케이블이라는 비유는 너무도 고리타분해서 이미지가 떠오르지 않아. 정의의 편이라고 하면 역시 톰 행크스지."

"톰 행크스처럼 생기진 않았습니다. ……이해하기 쉽게 말하면 해리슨 포드에서 단백질을 떼어내서 약간 말린 것처럼 생겼다고 할까요?"

"흐음, 뭐가 이해하기 쉽단 건가? 어쨌든 킬러가 아니라면 들여보내게."

"넵! 아니, 네. 아아, 대답할 때마다 귀찮아 죽겠네."

"바바 전무. 지금 그 말은 뭔가? 그게 회사의 전무가 입에 담을 수 있는 말인가?"

"하지만 오야붕, 아니 사장님. 사장님께서도 이런 말투는 귀찮지 않나요?"

"흠……. 나도 귀찮긴 하지. 아무리 오래 지나도 익숙해지지 않아. 어쨌든 들여보내게. 그리고 히데, 아니 바바 전무, 무슨 일이 있으면 내 방탄防彈이 돼줘야 하네. 자네를 대신할 사람은 얼마든지 있지만 나를 대신할 사람은 없으니까 말이야."

이윽고 바바와 어깨가 떡 벌어진 젊은 남자들의 포위 속에서 사장실로 들어온 사람은 말 그대로 정의의 편으로 보이는 키가 큰 남자였다.

　양복의 가슴에 있는 변호사 배지를 확인하고 나서 시게타는 만면에 미소를 지으며 남자에게 자리를 권했다. 남자가 내민 명함에는 '변호사 다케노우치 유이치'라고 되어 있었다.

　솔직히 말해서 정의의 편은 만나고 싶지 않다.

　"무슨 일로 나를 만나자고 했죠?"

　"실은 나는 지난번에 불행하게 세상을 떠난 다케다 이사무와 절친한 사이였지요. 개인적으로 그의 죽음에 대해 몇 가지 물어보고 싶은 게 있어서요."

　시게타는 소파에 깊숙이 몸을 묻고 변호사를 노려보았다. 다케다와 절친한 사이였다면 구태여 성실한 사람으로 위장할 필요는 없으리라.

　"내가 알고 있는 일이라면 대답하지요."

　강한 눈길로 위협할 생각이었지만 다케노우치는 조금도 주눅 들지 않고 시선도 피하려고 하지 않았다. 이것은 마치 동업자 같은 태도가 아닌가.

　"아무래도 킬러는 다른 사람으로 착각해서 다케다를 살해한 것 같습니다. 혹시 짐작되는 부분이 없습니까?"

　갑자기 시게타의 등골이 서늘해졌다. 이 녀석은 보통 사람이 아니다. 어떻게 그것을 알고 있지?

　"다른 사람으로 착각해서? …… 세상이 시끄럽다 보니 별일이다 있군요."

시게타는 아무렇지도 않게 얼버무리고 이마를 찡그렸다.

생각지도 못한 다케다의 죽음은 형제인 시게타에게는 견딜 수 없는 통한의 일이었다.

뿌리가 같다고는 하지만 조직상의 혈통은 다르다. 보통 그런 관계에 있는 남자끼리 형제의 술잔을 나눌 때에는 어떤 정치적 배경이 있게 마련이다. 그러나 다케다와 시게타가 나눈 술잔에는 아무런 욕망과 이해관계가 없었다. 젊은 시절부터 기묘할 정도로 성격이 잘 맞았고, 진심으로 서로를 신뢰했다. 특히 의심이 많아서 아무도 믿지 않고 누구로부터도 신뢰를 받지 못하는 시게타가 이 세계에서 유일하게 믿고 의지하는 사람이 다케다 이사무였다.

변호사는 소파에서 몸을 내밀고 시게타를 뚫어지게 쳐다보았다.

"시게타 사장님. 당신은 직업상 여러모로 원한을 사는 일이 많을 텐데, 혹시 상대가 당신으로 착각해서 다케다를 살해한 게 아닐까요?"

주먹을 불끈 쥐는 바바를 한 손으로 제지하고 시게타도 몸을 앞으로 내밀었다.

"상당히 위험한 말을 거침없이 하는군요, 선생. 그런 걸 시중잡배의 억측이라고 하지 않나요?"

"난 시중잡배가 아닙니다. 적어도 당신보다는 다케다와 가까운 사이였으니까요."

시게타는 억누르기 힘든 질투를 느꼈다. 그 정도로 죽은 다케다를 좋아했던 것이다.

"용건은 그것뿐인가요, 선생?"

"그렇습니다. 다케다는 누군가를 증오하는 사람이 아니었지요. 다른 사람으로 착각해서 살해당했다고 해서 범인을 증오하지는 않을 겁니다. 그러나 누구 대신에 죽었는지는 알고 싶습니다. 아니, 나는 친구로서 꼭 알아야겠습니다."

"그걸 알아낸다고 해서 뭐가 어떻게 달라지죠? 그건 무의미한 탐색이 아닐까요?"

다케노우치는 분함을 참지 못하겠다는 듯이 눈을 꼭 감았다. 범인을 잡는다면 또 몰라도 다케다가 죽어야 했던 사정을 밝히는 것은 분명히 아무 의미가 없는 일이다. 그런데 구태여 그것을 알려고 하다니, 이자는 다케다의 죽음을 몹시 억울하게 생각하는 것이라고 시게타는 생각했다.

"알겠습니다. 대답해드리지요."

시게타는 변호사의 눈을 똑바로 쳐다보며 말했다.

"짐작되는 부분은 전혀 없습니다. 선생을 죽은 다케다의 형제라고 생각해서 말하는 겁니다. 난 다케다에게만은 거짓말을 하지 않았습니다."

다케노우치는 온몸에서 힘을 빼더니 처음으로 시게타에게서 눈길을 피했다.

"실례했습니다. 사장님과 다케다 사이에 거짓이 없었다는 건 알고 있습니다."

다케노우치 변호사는 그 말을 마지막으로 커피에는 손도 대지 않고 사장실에서 나갔다.

"히데……."

소파에 몸을 맡기고 시게타는 힘없이 고붕의 이름을 불렀다. 피로가 온몸을 무겁게 짓눌렀다. 인간이 아닌 무엇인가에 추궁을 당한 듯한 기분이었다.

"넵! 아니, 네."

"……이제 됐어. 귀찮은 말투는 이제 그만두지. 자네도 지쳤을 텐데."

"넵! 판사 앞에서도 이렇게 긴장한 적은 없어요. 저 녀석은 대체 뭐죠?"

"내가 어떻게 알아? 어쨌든 이상할 정도로 피로가 몰려오는군."

바바는 허리에서 권총을 빼들고는 풀어놓았던 안전장치를 걸었다. 유리창 너머로 들어오는 초여름 햇살에 얼굴을 맡기고 두 사람은 잠시 멍하니 앉아 있었다.

"오야붕의 말씀에 거짓은 없었습니다. 그러니까 신경 쓰지 마십시오."

시게타는 안경을 벗고 가느다란 손가락 끝으로 정수리를 눌렀다. 분명히 자기 말에 거짓은 없었다. 다케다는 자신을 대신해서 살해당한 게 아니니까.

"하지만 히데. 차라리 그랬다면 얼마나 마음이 편할까? 다케다 형제가 나 대신에 죽었다면 내가 원수를 갚으면 되잖아. 그러면 이렇게 후회하지는 않을 거야."

"그렇지요…… 아아, 어떻게 이런 일이! 대체 어디에서 어떻게 꼬인 걸까요?"

"그 킬러, 오사카 전쟁에서 살아남은 녀석이라고 했지? 실력은 틀림없었을 텐데."

"넵! 젊었을 때 히로시마 전쟁에서 세 명, 제1차와 제2차 오사카 전쟁에서 다섯 명이나 해치웠다고 하더군요. 만에 하나라도 실수는 없을 거라고, 본인 입으로 분명히 말했습니다."

"그런데 왜 하필이면 이번에 표적을 착각한 거야? 미나토야의 데쓰 형님과 다케다 형제가 어디가 비슷하단 말이야?"

시게타는 분노를 참지 못하고 벽을 향해 크리스털 재떨이를 내던졌다. 미나토야의 데쓰를 없애기 위해 거금을 내고 청부살인업자를 고용했다. 법요식에서 돌아가는 길에 긴자로 유인하고, 손님이 빠져나가는 밤 열두 시의 혼잡 속에서 처치하기로 되어 있었던 것이다.

데쓰만 없으면 모 광역조직의 차기 총장 자리는 시게타의 것이나 마찬가지였다. 물론 조직의 고참 간부들에게도 적당히 손을 써놓았다. 더구나 작년에 항쟁이 끝났다고는 하지만 항쟁의 주역이었던 데쓰는 어디에서 개죽음을 당해도 이상하게 생각할 사람은 없을 것이다.

"다케다 형제에게 뭐라고 사죄해야 좋을지 모르겠군."

새하얀 얼굴을 숙이고 시게타는 신음하듯이 중얼거렸다.

엘리베이터 안에서 다케다는 깊은 숨을 뿜어냈다.

자신이 죽어야 했던 이유…… 그것은 시게타의 말을 들을 것까지도 없이 새삼스레 알았다고 해도 아무런 의미가 없는 일이다.

원한을 갚는 것은 적성에 맞지 않는다. 따라서 자신의 목숨을 빼앗은 남자는 아무래도 상관없다. 다만 죽어야 했던 이유도 모른 채 극락왕생하고 싶지는 않다.

사람들은 자신에게 야쿠자라고 손가락질하지만 그는 나름대로 정도를 걸으며 살아왔다. 강한 사람을 견제하고 약한 사람을 도와주며, 선대에서 배운 협객의 도리를 다했다. 그런 인생이 시시한 착각으로 끝났다고는 생각하고 싶지 않았다.

시게타의 말에 거짓은 없으리라. 어쨌든 이제 시게타 대신에 죽은 게 아니라는 사실은 명확해졌다. 그건 나름대로 의미가 있는 일이었다.

도중에 엘리베이터의 문이 열리고 두 명의 젊은이가 올라탔다. 히로시와 유키오다.

"오오! 건강하게 잘 지내고 있나?"

그는 고붕들의 어깨를 잡으며 말했다. 양복차림이 제법 잘 어울렸다.

"누구시죠?"

히로시는 올해 스물일곱으로, 오랫동안 동거했던 여자에게 아이가 생겼다고 했다.

"부인은 잘 있나?"

"네, 잘 있긴 하지만……."

"너무 고생시키지 말게. 부인은 호적에 넣어주었나?"

어찌할 바를 모르고 당황하면서도 히로시는 성실하게 대답했다.

"사정이 좀 있어서 날짜를 늦췄습니다."

"그 사정이란 건 다케다 사건 말이겠지?"

"……그래요. 그런데 누구시죠?"

"내가 누구든 무슨 상관인가? 어쨌든 초칠일이 지나면 즉시 호적에 넣어주게. 불행과 행복을 뒤섞으면 안 되네. 불행은 불행이고, 행복은 행복이 아닌가?"

히로시의 아내는 폭주족 시절의 친구였지만 지금은 손을 씻고 택배회사 운전기사로 일하고 있다. 아이가 생겼다는 이야기를 들었을 때, 그는 히로시와 함께 택배회사로 찾아가서 한동안 사무직 일을 하게 해달라고 머리를 조아렸다.

"누구신진 모르지만 걱정해주셔서 감사합니다. 호적은 가능한 한 빨리 정리하겠습니다."

히로시의 예의바른 모습을 본 그의 입가에는 저절로 미소가 흘렀다. 이 녀석은 괜찮다. 대학을 나온 얼간이보다 훨씬 똑똑하고 야무지다.

엘리베이터는 1층에 도착했다. 두 명의 젊은이는 수수께끼의 방문자를 피하듯이 서둘러 엘리베이터에서 내렸다.

"유키오 군."

자신의 이름을 부르자 유키오는 흠칫 놀라며 멈추어 섰다.

"아버님의 건강이 좋지 않지? 병문안은 다니고 있나?"

"요즘 경황이 좀 없어서요."

도립고등학교를 졸업한 유키오는 계모와의 불화로 인해 집을 나왔다. 그리고 그가 쓰키지의 암센터에 입원해 있는 아버지에게 아들을 잘 부탁한다는 전화를 받은 것은 바로 며칠 전의 일이었다.

올해 스물세 살. 그의 눈으로 보면 지극히 상식적인 사람이지만, 그 상식이 오히려 도락에 빠진 아버지를 용서하지 못하고 젊은 계모와도 친해질 수 없는 원인으로 작용했다.

"저기, 유키오 군."

말을 하려다 그의 목이 메었다. 살아 있기만 했다면 부자를 화해시키는 것은 그렇게 어려운 일이 아니었다.

"다케다 씨는 아버님의 병문안을 갔었다네."

"네?"

유키오는 의외라는 듯이 눈을 크게 떴다.

"자네가 아버님의 얼굴을 보고 싶지 않다고 하는 바람에 혼자 갔었지. 아버님도 어머님도 자네 걱정을 많이 하셨다고 하더군. 쓸데없는 고집 부리지 말고 자네도 다녀오게. 얼굴만 보여드려도 충분하니까 말일세. 부모와 자식의 인연은 자네가 생각하는 것만큼 약하지 않다네. 내가 이렇게 부탁할 테니까 가서 얼굴만이라도 보여드리게."

그는 고붕에게 한동안 고개를 숙였다. 많은 말을 할 수 없는 지금은 그렇게 하는 수밖에 없었다. 유키오는 상식이 있는 사람이다. 이런 자신의 마음이 통하면 아마 고개를 숙이고 싶지 않은 부모 앞에서도 유키오는 자신과 마찬가지로 고개를 숙이리라. 그것으로 충분하다. 숙이고 싶지 않은 고개를 숙여야만 진짜 남자가 아닌가!

"왜 이러시는진 잘 모르겠지만…… 알겠습니다. 그렇게 하지요."

두 명의 고붕은 그에게 정중히 인사하고 나서 길거리로 나갔다.

고리대금업은 성실한 일이 아니다. 그러나 넥타이를 매고 양복을 입고 상대와 교섭하는 것은 결코 나쁜 경험이 아니다. 자신이 가르쳐주지 못한 세상살이를 여기에서라도 배우면 얼마나 좋을까?

그는 햇살이 따갑게 내리쬐는 거리로 나와 건물을 올려다보았다. 그리고 작은 목소리로 시게타에게 사죄했다.

"형제여, 신세를 져서 미안하군."

이제 미나토야에 가자. 데쓰 형님에게 물어보아야 한다.

스테인드글라스 집

하늘이 돌고 있다.

무성한 플라타너스 나뭇잎 사이로 햇살이 내 눈을 비추고 있다.

그네의 쇠사슬을 꼭 잡고 흔들리는 하늘을 바라보고 있으려니 죽었다는 것이 거짓말 같다.

그러나 이렇게 있을 수 있는 기간은 사흘뿐. 모레 밤에는 여기로 돌아와서 그네를 타야 한다. 그렇게 해야만 저쪽으로 돌아갈 수 있다고 한다.

지각을 하면 무서운 일을 당할 거라고, 아저씨들은 나한테 몇 번이고 못을 박았다. 하지만 학교에서도 지각한 적이 없으니까 별다른 문제는 없을 것이다.

그나저나 여기는 어딜까?

나중에 돌아오지 못해서 무서운 일을 당하면 큰일이다.

뭐야? 여긴 우리 집 근처에 있는 공원이잖아? 우리 집은 세타가야 구 세이조이지만 이 공원의 건너편은 조후 시이다. 그래서 벚나무 가로수도 여기에서 끝이고 가로등의 모양도 전혀 다르다.

아, 전화가 왔다.

이 가방, 아주 이상하게 생겼다. 크고 새카맣게 생긴 게 꼭 아저씨들이 들고 다니는 서류가방 같다.

"여보세요?"

"하우 아 유How are you!"

"아임 파인I'm fine. 저기…… 누구시죠?"

"난 리라이프 서비스센터의 마야야. 현세에 있는 동안의 렌 짱을 담당하게 됐지. 렌 짱은 세 가지 약속을 기억하고 있니?"

"네. 지각하지 말 것, 누구에게도 정체를 말하지 말 것, 복수를 하지 말 것."

"아주 좋아. 렌 짱은 다른 아저씨들보다 훨씬 안심할 수 있어."

다른 아저씨들이라는 건 함께 재심사를 받은 두 명을 가리키는 것이리라. 한 사람은 대머리에다 개구리처럼 배가 불룩 튀어나온 아저씨고, 또 한 사람은 야쿠자 오야붕처럼 생긴 무서운 아저씨였다. 그러고 보니 두 사람 다 약속 따위는 지킬 것 같지 않았다.

"렌 짱, 기분은 어때?"

"몸이 좀 무거워요. 왠지 부자연스럽구요."

"그건 어쩔 수 없어. 얼굴이 조금 바뀌었는데, 걱정할 필요는 없단다."

어라? 어딘가 이상한 것 같더니 체크 치마를 입고 있다. 프릴이 달린 블라우스도.

"이런 건 입고 싶지 않아요."

"지금은 좀 참아. 네가 원래 모습으로 집 근처를 돌아다니면 사람들이 깜짝 놀라잖아. 그래서 렌 짱은 여자아이가 됐어. 렌코 짱이라고."

"렌코……라구요? 렌콘(蓮根. 연근) 같아요."

"나이는 같지만 모습이 바뀌었으니까 아무도 알아보지 못할 거야. 엄마랑 아빠를 만날 거니?"

"일단은 그럴 거예요. 엄마, 아빠 말고도 만나고 싶은 사람이 있지만요."

"누구를 만나든 상관없지만 약속만은 지켜야 돼. 그리고 모르는 일이나 곤란한 일이 있으면 이 전화기의 ☆ 버튼을 눌러."

"이거 말인가요? 알겠어요."

"그럼 렌코 짱. 해브 어 나이스 데이!"

"땡큐!"

여자아이라……. 조금 창피하긴 하지만 어쩔 수 없다.

그런데 지금부터 어떡하지? 일단 천천히 돌아다니다 집으로 가봐야겠다. 별로 내키는 건 아니지만…….

살아 있을 때의 이름은 네기시 유타였다. 그런데 숨이 멈춘 순간에 '연공웅심동자'라는 귀찮은 이름으로 바뀌어버렸다. '유 짱'이 '렌 짱'으로 바뀐 것만으로도 적응이 안 되는데, 이제는 '렌코 짱'이라니.

벚나무 가로수 길에 간판을 내놓은 곳은 엄마가 자주 가는 의상실이다. 나는 두근거리는 가슴을 안고 쇼윈도에 몸을 비춰보왔다.

우아~ 귀엽다~! 완전히 아이돌 스타야. 학교에 가면 남학생들한테 인기 짱이겠는걸!

프릴이 달린 반소매 블라우스에 체크 스커트. 새빨간 운동화. 꽃장식이 가득한 앙증맞은 모자. 두 갈래로 딴 머리의 끝에 묶여 있는 귀여운 리본. 마치 동화책에 나오는 귀여운 여자아이 같다. 과연 이렇게 생긴 여자아이가 실제로 있을까? 그런 생각이 들긴 하지만 뭐 상관없다.

나는 나비처럼 팔랑거리며 가볍게 걸어갔다. 슬픈 표정으로 걷고 있으면 참견을 좋아하는 아줌마가 불러 세우기 때문이다.

이런, 자동차는 조심해야지! 또다시 차에 치여 죽을 수는 없다.

난 분명히 횡단보도로 건넜는데. 신호등도 파란색으로 바뀌어 있었는데.

급브레이크를 밟는 소리와 함께 몸이 하늘로 날았다. 마치 그네를 타고 한 바퀴 도는 것처럼.

그런 다음 벗나무의 나뭇가지를 빠져나가서 머리부터 땅에 떨어졌다. 그 이후의 일은 전혀 기억나지 않는다. 정신이 들었을 때는 수많은 할머니, 할아버지랑 같이 새하얀 꽃이 피어 있는 가로수 길을 걷고 있었다.

나는 한 할머니를 붙잡고 여기가 어디냐고 물었다. 그러자 생전 처음 보는 할머니는 "명도冥途로 가는 길이란다"라고 말해주었다.

안도의 한숨을 내쉰 것은 이 길 끝에 가정부 하쓰코 누나가

기다리고 있다고 생각했기 때문이다.

그러나 그것은 내 크나큰 착각이었다. 명도는 가정부인 메이드(일본어 발음으로 명도와 메이드는 같이 메이도임)를 가리키는 게 아니라 죽은 사람이 모이는 저승이란 뜻이었다.

하쓰코 누나는 엄마에게 눈물이 나오도록 심하게 야단맞았을 것이다. 그날은 하쓰코 누나가 데리러 오지 않았다. 잠시 교정에서 기다렸지만 친구들이 다 집으로 돌아가서 나도 혼자 집에 가기로 했다. 그리고 결국 차에 치여버렸다.

그것은 하쓰코 누나 탓이 아니다. 누가 데리러 오지 않는 친구도 많고, 집이 멀리 떨어져서 버스나 전철을 타고 다니는 친구도 있으니까.

신호를 무시한 운전사도 나쁘지만 제대로 주의하지 않은 나도 나쁘다. 세이조 거리에서는 교통사고가 있을 리가 없다고 멋대로 생각했다. 차를 조심하라는 선생님의 말씀은 세타가야 거리나 순환 8호선과 같이, 세이조를 벗어난 곳에서 일어나는 거라고 생각했다.

세상에서는 나 같은 사람을 '도련님'이라고 부른다. 집이 부자라는 뜻이 아니라 세상 물정을 모른다는 뜻이다. 결국 그 '도련님'의 안이한 생각 때문에 목숨을 잃었다.

두근두근. 콩닥콩닥. 앞쪽에 집이 보였다. 갑자기 그리움이 솟구쳤다. 울타리를 휘감고 있는 부겐빌레아(덩굴성 관목으로 남아메리카가 원산이다)도 옛날 그대로다. 돌이켜보면 그렇게 옛날도 아니다. 내가 죽은 것은 고작해야 며칠 전이 아닌가.

울타리 사이로 살짝 들여다보았다.

아, 엄마다! 장미정원에서 장미를 가꾸고 있다. 별로 슬프게 보이지는 않지만 마음속으로는 얼마나 슬퍼할까? 장미를 손질하며 슬픔을 달래고 있는 건지도 모른다.

엄마! 그렇게 부르고 싶지만 부를 수 없다. 그렇게 하면 무서운 일을 당하게 된다.

어떻게 할까? 집에 들어가고 싶은데.

내 장례식이 끝난 집은 아무 일도 없었다는 듯이 정적에 휩싸여 있다.

우리 집에서 가장 눈에 띄는 것은 정면에 있는 스테인드글라스다. 그것을 감싸듯이 앞쪽은 벽돌로 지어진 서양식이고, 뒤쪽은 넓은 잔디로 둘러싸인 일본식 집이 자리하고 있다.

집은 증조할아버지가 지었을 때 그대로지만 일본식 정원은 아버지가 잔디 정원으로 바꾸었다. 그때 공사하던 모습은 나도 어렴풋이 기억하고 있다.

엄마는 정원에서 가장 햇살이 잘 드는 곳에 1년 내내 꽃이 지지 않는 장미정원을 만들었다.

그때 택배차가 왔다. 남자가 플라스틱 케이스에 들어 있는 커다란 꽃을 내렸다. 아마 나에게 바치는 꽃이리라. 장례식에 참석하지 못한 사람이 새하얀 국화를 보낸 모양이다.

하쓰코 누나가 대문 앞까지 나왔다. 며칠 사이에 많이 야윈 것 같다. 역시 엄마랑 아빠한테 심하게 야단맞았나 보다.

이런! 하쓰코 누나한테 들켰다. 하쓰코 누나가 나를 물끄러미 쳐다본다. 이럴 때 도망치면 더 이상하겠지? 어떻게 하는 게 좋을까?

"꼬마 아가씬 누구세요? 혹시 우리 도련님 친구신가요?"

도망치면 안 된다. 지금은 확실하게 대답해야 한다.

"네, 유 짱의 친구예요. 그동안 몸이 아파서 친구들과 함께 장례식에 올 수 없었어요."

어린 소녀의 목소리다. 으아, 소름 끼쳐!

"그래요? 이름이 뭐죠?"

"저기, 네기시…… 아니, 네, 네, 네모토 렌코예요."

"네모토 렌코……?"

"학년은 같지만 반이 달랐어요. 하지만 학교에서는 친하게 지냈어요."

너무 자세하게 말할 필요는 없다. 공연히 의심만 살지 모른다.

"그래요? 향을 피우러 왔군요. 자, 어서 들어오세요."

하쓰코 누나는 앞치마를 풀면서 눈시울을 훔쳤다. 울지 말아요, 하쓰코 누나.

"친구들이 매일 찾아와요. 우리 도련님은 학교에서 인기가 많았나 봐요."

나는 대문을 지나 정원으로 들어갔다. 우리 집이다. 그러나 우리 집이라고 말할 순 없다.

우리 집. 똑똑히 기억해두자. 저승으로 돌아가면 에스컬레이터를 타고 극락이란 곳으로 간다. 그곳에서는 좋아했던 할머니와 할아버지를 만날 수 있을지도 모르지만, 집으로는 두 번 다시 돌아올 수 없다.

나와 하쓰코 누나는 대문 안쪽에 있는 철쭉으로 둘러싸인 오솔길을 걸어갔다.

"사모님, 도련님 친구 분이 오셨어요."

하쓰코 누나가 정원을 향해 소리쳤다. 아, 엄마가 다가온다. 얼굴에 미소를 가득 담고. 역시 그렇게 슬픈 것처럼 보이지는 않았다.

"어머나, 오랜만이야! 이렇게 와줘서 고맙구나."

엄마는 빈말을 아주 잘한다. 아무리 그래도 한 번도 만난 적이 없는데 오랜만이라고 하다니. 하지만 이런 빈말을 하지 못하면 이 동네에선 살 수 없다. 부자 동네에서의 어린아이는 모두 공주님과 왕자님이라서 어리다고 무시해서는 안 된다. 사소한 일이 어린아이의 입을 통해 부모에게 들어가면 나쁜 소문이 퍼지기도 하기 때문이다.

"향을 피우게 해주세요."

"고맙구나. 자, 들어가렴."

엄마는 흙투성이인 장갑을 벗고 나서 현관문을 열었다. 그리고 소용돌이 모양의 계단 밑에서 2층을 올려다보고 아빠를 불렀다.

"으응……."

아빠가 잠에 취한 목소리로 대답하고 2층에서 내려왔다. 잠옷 위에 가운을 걸치고. 아빠, 그런 모습은 꼴불견이라고 했잖아요!

흰머리가 조금 늘어난 것 같다. 나와 별로 놀아준 적은 없지만 역시 충격이 컸나 보다.

"미안하구나, 아저씨가 이런 모습이라서. 요즘 일이 바빠서 어쩔 수 없단다."

우리 아빠는 소설가다. 매일 마감에 쫓기는 바람에, 계속 집에 있는데도 별로 마주치는 일이 없다. 서재에는 샤워실과 화장실도 딸려 있기 때문에 바쁠 때는 며칠씩 만나지 못하는 일도 있다. 밥은 하쓰코 누나가 쟁반에 담아 서재로 갖다 준다.

아빠는 올해 몇 살일까? 쉰다섯? 쉰여섯? 어쨌든 내 친구의 아빠들 중에서는 가장 할아버지다. 엄마는 올해 쉰 살. 역시 친구의 엄마들 중에서 가장 나이가 많다.

내 친구 히로미의 할머니랑 할아버지는 우리 엄마랑 아빠보다 나이가 적다. 그것을 알았을 때는 화도 나고 짜증도 났지만 우리 집에는 복잡한 사정이 있으니까 어쩔 수 없다.

"그래, 반갑다. 아주 예쁜 공주님이구나."

아빠는 내 머리를 다정하게 쓰다듬어주었다.

나는 그때야 깨달았다.

우리 집에서 엄마가 서재를 향해 아빠를 부르는 일은 절대 금지다. 아빠가 일을 할 때는 집 안에서 뛰어다녀도 안 되고, 큰 소리를 내서도 안 된다.

소설가는 신경이 예민해서 발소리가 천둥소리처럼 들리고, 정원의 나무 사이로 새어들어오는 햇살이 번개처럼 보인다고 했다.

그렇다면 아빠는 일을 하고 있는 게 아니다. 원고에는 손도 대지 못하고 다만 서재에 틀어박혀 책이라도 읽고 있는 것이리라.

우리 집. 하나에서 열까지 전부 기억해두자.

넓은 거실에는 스테인드글라스로부터 일곱 가지 빛깔이 들어오고 있다. 복도의 창문도 모두 오래된 스테인드글라스이다. 빨강과 파랑, 초록의 빛이 감싸고 있는 꿈처럼 아름다운 집이 바로 우리 집이다.

복도를 똑바로 걸어가면 몇 개의 계단이 있고, 그 다음은 일본식 집으로 이어진다. 증조할아버지께서 이 집을 지을 때 일부러 이런 이중구조로 했다고 한다.

귀족이었던 증조할아버지 집에는 손님들의 발길이 끊이지 않았고……. 그러니까 어떻게 설명하는 게 좋을까? 제대로 표현할 수는 없지만 바깥쪽에 있는 서양식 집은 공적인 공간이고 뒤쪽에 있는 일본식 집은 사적인 공간이라고 할 수 있다.

그러나 나는 아빠가 사적인 공간인 일본식 집에 있는 것을 한 번도 본 적이 없다.

"그럼 다음에 또 보자. 아저씨는 일이 좀 있어서……."

일본식 집으로 이어지는 계단에서 아빠는 다시 걸음을 돌려 돌아갔다.

역시 이상하다. 아빠는 평소에도 일본식 집에는 발걸음을 하려고 하지 않았다.

스테인드글라스의 빛 속에서 서재로 돌아가는 아빠의 뒷모습이 외로워 보였다.

"아저씨가 많이 바빠서 그래. 어쨌든 미안하구나."

뒤를 돌아보고 있는 내 등을 엄마가 살짝 밀었다.

어렴풋이 눈치채고는 있었지만 역시 우리 집은 이상하다. 집이 크기 때문이 아니다. 엄마랑 아빠가 따로따로 살고 있다. 이제 나마저 없으면 엄마랑 아빠는 어떻게 될까?

"우리 유 짱을 잊지 마렴."

옛날에 할아버지가 사용하던 8평 남짓한 일본식 방에 나의 뼈 항아리가 놓여 있었다. 그것을 보자 왠지 슬픔이 밀려왔다. 이제는 정말로 죽었다는 느낌이 든 것이다.

"아줌마. 유 짱은 틀림없이 잘 있을 거예요. 천국에서 즐겁게 놀고 있을 거예요."

그래요, 엄마. 죽음은 사람들이 생각하는 것만큼 무서운 일이 아니에요. 그러니까 울지 말아요.

나는 향을 올린 다음, 하쓰코 누나가 내온 과자와 홍차를 마주했다. 그리고 엄마의 입을 통해 나 자신의 추억을 듣게 되었다.

"유 짱은 아기였을 때 어땠어요?"

일곱 살짜리 소년의 과거는 아기 시절밖에 없다.

"우리 유 짱은 별로 엄마를 귀찮게 하지 않았단다. 밤에 울지도 않고, 기저귀도 금방 떼고."

거짓말. 엄마는 거짓말을 하고 있다.

"어느 병원에서 태어났어요?"

또 거짓말을 하려고 하다가 엄마는 나를 뚫어지게 쳐다보았다.

"왜 그런 것을 묻지? 정말 이상한 애구나."

엄마의 기분을 상하게 만든 것 같다. 질문이 너무 심술궂었나?

"혹시 저랑 같은 병원에서 태어났나 해서요. 기분을 상하게 해드렸다면 죄송해요."

엄마에게 꼭 물어보고 싶은 게 있다. 그런데 이런 상태에서는 물어볼 수 없다. 어떡할까? 그것을 묻기 위해 고집을 부리며 다시 돌아왔는데. 그 이야기를 하자 심사관 아저씨들도 "그렇다면 상응하는 사정이군" 하고 말해주었는데.

"그러면 이만 돌아갈게요."

나는 더 이상 앉아 있을 수 없어서 작별 인사를 했다. 그리고 빠른 걸음으로 현관으로 돌아갔다.

엄마는 조금 전의 질문에 충격을 받았는지, 미소를 지우고 한층 어두운 표정을 짓고 있었다.

죄송해요, 엄마. 하지만 난 겨우 7년간이긴 하지만 내 인생에 대해 정확하게 알고 싶어요. 그것이 엄마한테 상처를 주었다면 정말 죄송해요.

"다음에 또 와도 될까요?"

"물론이야. 언제든지 오렴."

계단 위에서 아빠가 살며시 손을 흔들어주었다. 아빠, 엄마랑 사이좋게 지내세요.

하쓰코 누나가 현관 앞의 주차하는 곳을 쓸고 있었다. 그렇다! 좋은 생각이 떠올랐다. 엄마한테 묻지 못한 것은 하쓰코 누나한테 물으면 된다.

나는 하쓰코 누나의 손을 끌고 철쭉으로 둘러싸인 오솔길을 뛰어갔다.

"한 가지 물어볼 게 있어요. 유 짱의 진짜 엄마랑 아빠는 누구죠?"

"뭐?"

하쓰코 누나는 기절이라도 할 듯이 기겁하더니 허둥지둥 현관을 돌아보았다. 엄마는 가벼운 미소를 지으며 계속 손을 흔들고 있다.

"아가씨, 잠시 이쪽으로 오세요."

하쓰코 누나는 내 손을 끌고 문 밖으로 나왔다. 그리고 두리번두리번 주위를 둘러보고 나서 벚나무 그늘에 쭈그려 앉았다.

"지, 지금 무슨 말을 하는 거예요?"

이렇게 당황하는 것을 보면 하쓰코 누나는 진실을 알고 있다는 뜻이다.

"유 짱이 그랬어요. 자기는 입양한 아이라고요."

"그, 그, 그래서 날더러 어떻게 하라는 거예요?"

"진실을 말해주세요."

"아……!"

하쓰코 누나는 절망적인 소리를 내더니 두 손으로 얼굴을 가렸다.

"아가씨와는 아무 상관없는 일이잖아요? 그런 걸 다른 사람한테 말할 수는 없어요."

나도 대실망이다. 난 그게 거짓이라는 말을 듣고 싶었다.

"유 짱의 진짜 엄마랑 아빠를 모르세요?"

"난 그런 거 몰라요. 어서 집에나 가세요. 차 조심하고요."

작전은 실패로 끝나고 말았다. 그러나 내 기억이 틀림없다는 것은 확인할 수 있었다.

"그럼 갈게요. 안녕히 계세요."

나는 벚나무 가로수 길을 정처 없이 걷기 시작했다.

어떻게든 다시 현세로 돌아오고 싶었던 이유. 그것은 진짜 엄마와 아빠를 만나고 싶었기 때문이다.

낳아주어서 고맙다고 말하고 싶었다. 이제 다시는 만날 수 없지만 미안하다고도 말하고 싶었다.

그날의 일은 어렴풋이 기억하고 있다. 벚꽃이 지는 보육원으로 키워준 엄마와 아빠가 데리러 왔다. 아마 세 살쯤이었을 것이다.

잘됐어, 유 짱. 새로운 엄마랑 아빠야. 선생님이 그렇게 말했다. 나는 새하얀 벤츠의 창문에서 선생님과 친구들에게 작별의 손을 흔들었다.

아빠는 운전을 하면서 엄마에게 물었다.

"얘가 나중에 기억할까?"

"이렇게 어린애가 뭘 알겠어요?"

엄마가 대답했다. 그러나 나는 기억하고 있었다. 아무것도 모르는 척하면서 살아왔지만 실은 그날의 일을 기억하고 있었다.

엄마와 아빠는 나를 행복하게 해주었으니까 그날의 일에 대해서는 모르는 척해야 했다. 그것은 내가 앞으로 평생을 지켜야 할 엄마, 아빠에 대한 작은 예의였다.

그래도 나는 마음속으로 굳게 맹세했다.

나는 부잣집으로 입양되었다. 아마 진짜 엄마와 아빠가 나를 보육원에 맡긴 것은 가난했기 때문이리라. 그러니까 나중에 커서 부자가 되면 진짜 엄마와 아빠를 찾아서 돈을 주어야 한다.

그런데 내 부주의로 인해 차에 치여버려서 그렇게 할 수 없게 되었다. 그래서 미안하다고 말해야 한다. 그리고 지난 7년간은 아주 행복했으니까 낳아주어서 고맙다고도 말해야 한다.

그렇게 말했더니 심사관 아저씨들도 "그렇다면 상응하는 사정이군" 하고 말해주었다.

이제 어떻게 하지? 어떻게 해야 좋을지 모르겠다.

아무튼 아까 하쓰코 누나의 당황하는 모습을 보면 내 기억이 꿈도 환상도 아니라는 것만은 분명하다.

나는 너무 쉽게 생각했다. 일곱 살짜리 어린아이가 할 수 있는 일이라고 해봤자 뻔하지 않은가. 정체를 드러내지도 못하고 여자아이가 되어버린 지금, 진짜 엄마와 아빠를 만나는 건 도저히 불가능하다.

뺨을 타고 눈물이 흘러내렸다. 어떻게 해야 좋을지 막연했기 때문이다. 마야 님에게 전화를 걸어 도와달라고 해볼까? 아니야. 그러면 빨리 돌아오라고 말할 게 틀림없어. 어쩌면 억지로 데려갈지도 모르고.

"왜 그래? 왜 우는 거야?"

이 소년은 누구지? 고개를 들자 한 소년이 내 얼굴을 쳐다보고 있었다.

"길을 잃어버렸어?"

"그거랑 비슷해."

"그러면 큰일이잖아? 내가 파출소에 데려다줄게."

"싫어. 난 경찰 아저씨가 제일 싫어."

어머나! 이 남자애, 귀엽게 생겼다! 요즘 말로 킹카라고나 할까? 하지만 남자아이한테 관심을 갖는 자신이 소름끼친다. 마음까지 완전히 여자아이가 되어버린 것 같다.

"할아버지!"

소년이 손을 흔들자 가로수 길 끝에서 키가 크고 친절해 보이는 할아버지가 걸어왔다.

"이런, 무슨 일이니?"

"길을 잃어버렸대요. 그런데 계속 울기만 하면서 파출소에는 가고 싶지 않대요."

할아버지는 내 눈높이로 몸을 낮추었다.

"귀여운 꼬마 공주님, 무서워할 거 하나도 없어요. 난 조금 치매 기가 있어서 이 근처에 있는 병원에 입원해 있단다. 이 애는 내 손자인데, 우리는 네 편이란다."

할아버지는 자기소개를 독특하게 하고 나서 내 머리를 쓰다듬어주었다. 그리고 소년은 눈물에 젖어 있는 내 손을 꼭 잡아주었다.

"이름이 뭐야?"

"숙녀한테 이름을 묻기 전에 자기 이름을 먼저 말하는 게 매너가 아닐까?"

"익스큐즈 미. 마이 네임 이즈 요스케 쓰바키야마. 왓츠 유어 네임Excuse me. My name is Yoske Tsubakiyama. What your name?"

Good! 이 녀석의 지능은 나와 거의 비슷하다. 살아 있을 때 만났다면 좋은 친구가 될 수 있었을 텐데. 그나저나 '쓰바키야마 요스케'라…… 이름 한번 정말 이상하다.

"난 네모토 렌코. 연꽃 연蓮 자에 아들 자子 자를 써."

"흐음."

소년은 나를 한 번 쳐다보더니 가로수 뿌리 부분에 연꽃 연 자를 한자로 썼다. 이런, 이 녀석은 보통내기가 아니다. 그렇게 어려운 한자는 나도 쓰지 못하는데.

그런 다음에 옆에 자기의 이름을 한자로 썼다. '椿山陽介'. 이 녀석, 이름까지 멋있는데!

"자기소개가 끝났으면 공주님의 집을 가르쳐주지 않겠니? 파출소에는 데려가지 않을 테니까 걱정하지 말고. 이 할아버지가 반드시 엄마랑 아빠가 있는 곳에 데려다줄게."

이 할아버지, 정말로 좋은 사람 같다. 아까 치매로 입원하고 있다고 했는데, 전혀 그렇게는 보이지 않았다.

남의 선의를 이용하자니 양심의 가책이 들었지만 이런 때에는 어쩔 수 없으리라.

"할아버지. 사실…… 저는 미아가 아니에요."

"으응?! 그게 무슨 뜻이지?"

"지금 진짜 엄마, 아빠를 찾고 있어요. 세 살쯤에 보육원에서 입양됐는데, 진짜 엄마랑 아빠를 만나고 싶어서 가출했어요. 더 이상 자세한 건 묻지 마세요. 어쨌든 사흘 안에 진짜 엄마랑 아빠를 만나야 해요. 만나서 고맙다는 말과 미안하다는 말을 하고 싶어요."

할아버지는 정말로 좋은 사람이다. 말을 하기도 전에 입을 움찔움찔 움직이더니 주르르 눈물을 흘렸다. 그와 동시에 입에서 침도 떨어뜨렸다. 지저분하지만 아주 좋은 사람이다.

"알았다, 렌 짱. 더 이상 묻지 않을게. 보육원이라고 했지? 할아버지는 계속 그쪽에 관계된 일을 해왔으니까 틀림없이 네 엄마랑 아빠를 찾을 수 있을 거야. 이 할아버지만 믿으렴."

지옥에서 부처님을 만난 것 같다는 말은 이럴 때 하는 걸까? 나는 기쁨을 이기지 못하고 요스케를 껴안고 볼에 입을 맞추었다. 아아, 정말 최악이다!

나는 할아버지와 요스케에게 한 손씩 잡혀서 잠시 가로수 길을 걸었다.

"할아버지 댁이 이 근처세요?"

난 계속 마음에 걸려 있던 의문을 꺼내놓았다. 세 가지 약속을 지키기 위해서는 거짓말을 하지 않으면 안 된다. 그러나 엄마랑 아빠, 살아 있을 때의 나를 알고 있는 이웃사람들에게 거짓말을 하기는 싫었다.

"집은 여기서 멀리 떨어져 있어. 하지만 지금은 세이조 언덕 밑에 있는 조후 시의 노인병원에 있단다."

다행이다. 그렇다면 조금 전에 만난 곳인 세이조 가로수 길은 아마 산책 코스일 것이다.

"치매에 걸린 것 같지는 않은데요?"

할아버지는 나를 내려다보며 너털웃음을 지었다.

"거짓말을 했어."

쿠궁. 설마 나에게 하는 말은 아니겠지?

"……그게 무슨 뜻이에요?"

"렌 짱은 선의의 거짓말이라는 말을 알고 있니?"

"선의의 거짓말?! 어떻게 선의로 거짓말을 할 수 있죠?"

"목적이 나쁘지 않다면, 목적을 달성하기 위해서 때로는 거짓말도 할 수 있다는 뜻이야."

할아버지에게 어떤 사정이 있는진 잘 모르지만 점점 더 나에게 하는 말 같았다.

"좋은 목적을 달성하기 위해서는 거짓말을 해도 된다는 거예요?"

"그래. 자신을 위해서가 아니라 다른 사람을 위해서라면 부처님께서도 거짓말을 용서해주실 거야."

그 말을 하는 순간, 할아버지의 얼굴에선 웃음이 사라지고 진지한 표정이 되었다. 할아버지의 말에 나는 많은 용기를 얻었다.

"아무에게도 말하면 안 돼. 이건 나랑 할아버지만의 비밀이니까."

요스케가 내 귓가에 대고 속삭였다. 조금 괴롭다. 요스케와 할아버지는 두 사람만의 비밀을 나에게 털어놓았는데 나는 내 비밀을 털어놓을 수 없다. 그것을 털어놓으면 무서운 일을 당하게 된다.

아무튼 한 가지 좋은 공부를 했다. 비밀을 갖는 건 나쁜 일이 아니지만 비밀을 지키기 위해 거짓말을 하는 건 괴롭다는 것이다. 아마 어른들은 다 이렇게 괴로워하면서 살아가고 있으리라. 그렇다면 사람의 인생에는 괴로운 일만 있는 게 아닐까?

우리는 전철역 옆에 있는 야외 카페로 들어갔다. 이런 곳엔 꼭 한 번 와보고 싶었는데.

나무 테라스에 놓여 있는 새하얀 파라솔 밑에서 할아버지는 커피를 마시고, 나와 요스케는 오렌지 주스를 마셨다.

"이제 본론으로 들어갈까? 할아버지는 말이지, 어떻게든 렌짱의 고민을 해결해주고 싶단다. 친부모님을 만나고 싶어서 가출한 네 마음을 충분히 이해할 수 있단 뜻이야. 다른 어른들 같으면 네 사정을 들으려고 하지 않고 집이나 파출소로 데려가겠지만, 할아버지는 너도 보다시피 세상과 동떨어진 늙은이라서 그렇게 생각 없는 짓은 하지 않는단다."

이런 생각을 가진 어른은 좀처럼 만나기 힘들다. 그래서 나는 이렇게 질문하지 않을 수 없었다.

"어째서요?"

"그건 너를 한 사람의 인간으로 존중하기 때문이야. 이건 누구보다 오랫동안 사회복지에 종사해온 이 할아버지가 내린 결론이지. 몸이 불편한 사람도, 나이가 많은 노인도, 또는 나이가 적은 어린아이도, 그들은 모두 사회적인 약자이긴 하지만 결코 인간적으로 뒤떨어져 있는 사람들이 아니야. 인간들 사이에 강약은 있어도 우열은 없단다. 그래서 가장 중요한 건 돌봐주는 사람의 의사가 아니라 본인의 의사야. 내 말을 이해하겠니?"

할아버지는 이해하기 쉽게 설명해주었다. 갑자기 눈앞이 환해지는 느낌이었다.

"그렇다고 해서 무턱대고 고집을 부리면 안 돼."

"제가 고집을 부린다고 생각하세요?"

"아니야. 넌 아까 진짜 엄마랑 아빠를 만나고 싶다고 하면서 눈물을 흘렸어. 더 이상 자세한 건 묻지 말라고도 했지. 그게 진심이 아니라면 생판 모르는 사람에게 그렇게 말할 수 있을까? 무턱대고 고집을 부리는 게 아니라면 어떻게 해서라도 고민을 해결해주어야 돼. 이건 할아버지뿐만 아니라 인간이면 당연히 해야 할 의무란다."

"저 같은 어린아이가 하는 말이라도 존중해주시는 거예요?"

"물론이지. 어린아이를 소중히 하라는 건 개나 고양이처럼 귀여워하라는 게 아니야. 그 아이의 미래를 소중히 하라는 거지. 따라서 무턱대고 어린아이 취급을 하면 안 돼. 요즘 부모들은 어린아이와 강아지를 구별하지 못하는 것 같더구나. 그 때문에 소담스런 꿈을 지닌 아이나 야무지게 행동하는 아이들이 없어졌어. 다 큰 젊은이들까지 하나같이 어린애처럼 철부지가 되고 말았지."

대단하다! 정말 대단하다! 어쩌면 이렇게 멋진 사고방식을 가지고 있는 사람이 있을까? 아마 할아버지의 영향을 받아 요스케의 머리도 좋아진 것이리라. 조금 건방지다는 느낌도 들지만 요스케는 매우 총명해 보인다.

"그런데…… 세 살 때 기억이라면 상당히 애매모호할 텐데, 네가 기억하고 있는 걸 전부 말해주겠니?"

할아버지는 커피 잔에 입을 댄 채 테이블 위로 몸을 내밀었다.

"진짜 엄마랑 아빠에 대해선 잘 몰라요. 제가 기억하고 있는 건 보육원에 대한 것뿐이에요."

"어떤 곳이었지? 여기에서 멀리 떨어져 있니?"

"그렇게 멀지는 않을 거예요. 오줌을 참을 수 있는 정도였으니까요."

처음에는 불안해서 견딜 수 없었다. 보육원에서 멀리 떨어진 곳에는 가고 싶지 않았다. 그러나 소변을 참을 수 있었을 정도니까 그렇게 멀리 떨어진 곳은 아닐 것이다.

"보육원의 이름을 기억하니?"

"그건 잊어버렸어요."

자연스럽게 잊어버린 게 아니라 잊어버리려고 애써 노력했다. 보육원에 대한 기억을 잊는 게 새로운 엄마와 아빠에 대한 예의라고 생각한 것이다. 그래서 함께 놀았던 친구들의 이름도, 선생님의 이름도 전부 잊어버렸다.

"그러면 보육원 주위에 무엇이 있었는지 생각해보겠니?"

"정문 옆에는 커다란 벚꽃나무가 있었어요. 선생님이랑 친구들과 헤어질 때, 벚꽃이 눈처럼 떨어져서 너무나 슬펐어요."

"그것 말고는?"

그것 말고는…… 생각해내야 한다. 내 첫 번째 기억, 가장 오래된 추억을.

"벚꽃나무 아래에 새하얀 마리아님의 동상이 서 있었어요. 마리아님은 아기 예수님을 안고 있었는데, 그것을 보고 예수님한테는 엄마가 있는데 나에게는 왜 엄마가 없을까 생각했거든요."

할아버지는 커피 잔을 들고 있는 손의 움직임을 멈추었다.

"그 보육원 앞에 강물이 흐르고 있지는 않았니?"

그렇다. 그곳은 분명히 강가였다. 보육원 바로 앞쪽에 물새가 찾아오는 강물이 흐르고 있었다.

나는 아무 말없이 고개를 끄덕였다. 잊고 있었던 기억을 조금씩 떠올리는 것이 왠지 두려워졌다.

"보육원의 지붕은 빨간색이고 벽은 하얀색이었지?"

고개를 끄덕일 때마다 눈물이 뚝뚝 떨어졌다. 나는 소리를 내어 대답할 수 없었다. 그동안 잊어버리고 있었으니까. 젖도 떼지 못한 갓난아기 때부터 키워준 보육원에 대해서는 잊어버리고 있었으니까. 기저귀를 갈아준 선생님도, 같이 놀아준 형이랑 누나도 완전히 잊어버리고 있었다. 그리고 나 혼자만 행복하게 살았다.

"현관에 조금은 오래된 커다란 시계가 있었지?"

그렇다. 현관에 커다란 시계가 있었다. 나는 시계에도 작별 인사를 했다. "널 잊어버릴 거야. 미안해" 하고 말했다.

"정신 차려, 렌 짱. 그렇게 울기만 하면 진짜 엄마랑 아빠를 만날 수 없어!"

요스케는 스트로를 입에 문 채 내 등을 안아주었다.

"자, 주스 마셔."

나는 눈물을 흘리면서 주스를 마셨다. 내 것이 아닌 가짜 육체에 달콤한 오렌지 방울이 촉촉이 스며들었다.

"전 벌을 받았어요."

"그게 무슨 뜻이지?"

자세한 말은 할 수 없다. 하지만 벌을 받아서 차에 치인 것이다.

혼자만 행복해졌으니까. 가난한 엄마와 아빠를 잊어버리고 선생님과 친구들도 잊어버리고, 혼자만 부자 엄마와 아빠를 만났으니까.

잊어버리는 게 새로운 엄마, 아빠에 대한 예의라고? ……천만의 말씀이다. 난 그렇게 예의 바른 착한 아이가 아니다. 난 자신이 버림받은 아이였다는 걸 알고 있었다. 부모가 없는 아이라는 걸 알고 있었다. 다만 그런 불행을 잊어버리려고 노력했다., 나쁜 일은 모조리 잊어버리고 혼자만 행복해지려고 했다.

"요스케. 너, 아쿠타가와 류노스케芥川龍之介의 『거미줄』이란 책, 읽어봤니?"

"읽어봤어. 근데 그게 어떻다는 거야?"

난 그곳에 나오는 간다타이다. 피의 연못에서 떠다니고 있는데 극락에서 부처님께서 거미줄을 내려주셨다.

"난 혼자 거미줄을 올라갔어. 나 혼자만 극락에 갈 수 있으면 된다고 생각한 거야."

그동안 돌봐준 선생님과 같이 놀아준 형이랑 누나들을 잊어버리는 건 피의 연못을 향해 침을 뱉는 것과 똑같은 일이다. 그래서 거미줄은 내 손안에서 소리를 내며 끊어져버렸다.

나중에 어른이 되면 진짜 엄마와 아빠에게도, 보육원 선생님들에게도 은혜를 갚아야 한다고 생각했다. 그러나 그것은 어디까지나 내 사정이다. 어쨌든 그들을 잊어버린 것은 크나큰 죄이다. 나는 내 불행과 함께 이 세상에 태어나서, 이 세상에서 키워준 모든 사람들에 대한 은혜를 잊어버리려고 했다.

"그만 울거라. 이제 렌 짱의 엄마랑 아빠를 찾을 수 있을 것 같구나. 아니 꼭 찾을 수 있을 거야!"

할아버지는 의자에서 내려와 엉망으로 일그러진 내 얼굴을 안아주었다.

부탁해요, 할아버지. 전 벌을 받았지만 어떻게든 속죄를 하고 싶어요.

음행의 죄

직원 출입구와 나란히 있는 커피숍은 아침이면 직원들의 대기실이나 마찬가지다.

기나긴 하루를 백화점이라는 상자 안에서 지내야 하는 직원들은 약속이라도 한 듯이 그곳에서 모닝커피를 마시고 출근시간 직전에 직원 출입구를 통과한다.

카운터에 기대어 멍한 얼굴로 아는 사람들의 얼굴을 바라보면서, 과연 지금까지 이곳의 커피를 몇 잔이나 마셨을까 생각해보았다. 1년에 이백 잔만 해도 28년이면 대강 오천육백 잔.

커피숍 주인은 옛날의 무명 필터를 이용해 완고한 맛의 드립커피를 만들어냈다. 이미 은퇴할 나이가 지났지만 포트의 물을 따르는 진지한 눈길은 바뀌지 않았다. 살아 있을 때는 매일 그와 카운터 너머로 스스럼없이 세상 돌아가는 이야기를 나누곤했다.

"사장님……."

그는 자기도 모르게 커피숍 주인을 불렀다. 뜨거운 김으로 인해 희뿌옇게 변한 안경을 밑으로 내리며 주인은 그를 바라보았다.

"네, 무슨 일이시죠?"

미소를 짓는 성실한 얼굴이 가슴을 파고들었다. 마흔이 지난 나이에 은행 업무에 염증을 느끼고 이 찻집을 시작했다는 이야기를 들은 적이 있다.

"여성복과의 쓰바키야마 과장님 사건은 알고 계시죠?"

한순간 주인의 안색이 어두워졌다.

"예에. 매일 아침 그 자리에서 커피 한 잔, 담배 한 대를 피웠지요. 정말이지 사람의 목숨은 알 수 없더군요. 거래처 분이신가요?"

"네."

그는 간단하게 대답했다. 쓸데없는 거짓말은 하고 싶지 않았다.

"쓰바키야마 과장님과는 신입사원 시절부터 알고 있어서 장례식에 가려고 했지요. 하지만 백화점 사람들과 함께 향을 올리는 것도 왠지 주제넘는 짓 같아서 그만두었어요. 당신은 가셨나요?"

"그동안 출장 중이라서, 오늘 아침에야 댁에 들러 향을 피우고 왔어요."

"그러세요? 부인은 어떻던가요?"

그는 백화점 내부의 소문은 모르는 것이 없다. 아내도 안내양이었던 시절에는 이 커피숍의 단골손님이었다.

"생각 외로 잘 견디고 계시더군요."

"그래요? 그거 다행이군요. 아실지도 모르지만 부인은 이 백화점의 안내양이었답니다. 쓰바키야마 과장님과 결혼한다고 했을 때는 깜짝 놀랐지요."

"이번에 두 번째로 놀라셨겠네요?"

주인은 한숨을 내쉬면서 가볍게 턱을 흔들었다.

"처음엔 나쁜 농담인 줄만 알았지요."

아마 갑작스런 부고를 접했을 때는 누구나 나쁜 농담이라고 생각했으리라. 에너지가 넘치는 여성복과 제1과장은 죽음이나 병의 이미지와는 완전히 동떨어져 있었을 테니까 말이다.

주인은 묻지도 않은 말을 주저리주저리 늘어놓았다.

"아침 여덟 시에 가게문을 열었는데 그때까지 병원 응급실에서 대기하고 있던 직원이 들러서 가르쳐주더군요. 쓰바키야마 과장님이 어제 쓰러져서 세상을 떠났다고요. 처음에는 농담하지 말라고 하면서 웃었지요. 그 전날 아침에도 여느 때와 마찬가지로 그 자리에서 커피를 마셨는데……."

부고를 알려준 직원은 누구였을까? 시마다? 아니면 미카미 부장?

"누가 가르쳐주던가요……?"

"아마 잘 모르실 거예요. 시계보석과에 있는 도모코 계장님이었어요. 그분은 쓰바키야마 과장님과는 입사 동기라서 친하게 지냈답니다. 젊은 시절부터 죽 봐왔는데, 나는 두 사람이 딱 어울리는 연인 사이라고 믿었다니까요."

사에키 도모코는 다음 날 아침까지 자신의 시체 옆에서 떨어지지 않았다. 아니, 어쩌면 죽음을 지켜보고 있었는지도 모른다. 마지막 순간에 아내와 도모코가 나란히 서 있는 장면을 상상하자 그의 마음은 무겁게 가라앉았다.

"쓰바키야마 과장님이 쓰러졌다고 총무과에 연락이 들어온 것을, 잔업을 마치고 퇴근하던 도모코 계장님이 직원 출입구에서 언뜻 들었다고 하더군요. 그래서 깜짝 놀라 병원으로 달려갔지만 이미 의식이 없는 상태에서 그대로……."

주인의 목소리는 힘없는 한숨으로 변했다.

시계보석과는 늦은 시간까지 잔업을 하는 일이 별로 없다. 자신이 사망한 시각이 밤 열한 시 이후라고 하니까 도모코는 자신의 임종을 지켜본 것이다.

"아직 한창 일할 나이인데……."

그는 남의 말을 하듯이 중얼거렸다.

"그래요. 그렇게 젊고 건강한 사람이 어이없이 죽어버리고 나 같은 늙은이가 팔팔하게 살아 있다니, 이건 뭔가 잘못된 것 같아요. ……아, 호랑이도 제말 하면 온다더니."

"안녕하세요?"

등 뒤에서 또랑또랑한 목소리가 들리더니 옆자리에 여자가 앉았다. 사에키 도모코다.

"지금 쓰바키야마 과장님 얘기를 하고 있던 참이랍니다."

주인은 별다른 말을 하지 않고 커피 잔을 내밀었다.

도모코는 그에게 눈길을 돌렸다. 그는 가볍게 인사하고 나서 고개를 숙인 채 말했다.

"전 생전에 쓰바키야마 과장님과 같이 일했던 스타일리스트예요."

"그래요?"

도모코는 그렇게만 말하고 냉정하게 시선을 돌렸다. 그리고 더 이상 이야기하고 싶지 않다는 표정으로 커피를 마셨다.

이렇게 여자 눈으로 보니 도모코는 몹시 매력적이었다. 스무 살의 그녀보다 서른 살의 그녀보다, 마흔여섯 살의 그녀는 더 세련된 미모를 가지고 있었다.

그때 무릎 위에 있던 검은 환생가방 안에서 휴대폰이 울렸다.

"아, 실례할게요."

그는 허둥지둥 가방 안을 뒤져서 휴대폰을 꺼냈다.

"여보세요, 소광도성거사 님?"

"예, 그래요."

굳이 그 이름으로 불러야 할까? 그 이름이 귀에 들어오자 갑자기 우울해졌다.

"당신의 네비게이터, 리라이프 서비스센터의 마야예요."

"전화할 때마다 일일이 자신을 밝힐 필요는 없잖아요? 무슨 일이죠?"

"이건 아주 좋은 기회예요! 기, 회!"

그렇다. 이것은 두 번 다시 잡을 수 없는 좋은 기회다. 음행이라는 억울한 누명을 풀 수 있는 천재일우의 기회.

"그, 그렇군요. 아아, 어떡하지?"

"진정하고 잘 들어요, 소광도성거사 님. 노파심에서 하는 말인데, 좋은 방법을 가르쳐드릴게요. 이럴 때는 녹음기를 사용하세요."

"녹음기요?"

그는 도모코에게 등을 돌리고 휴대폰을 손으로 가리면서 물었다.

"그래요. SAC 중유청의 재심사에는 증거물이 필요해요. 당신의 죄를 벗기 위해서는 도모코 씨의 고백을 녹음하는 게 제일 좋은 방법이잖아요?"

"나한텐 녹음기가 없어요."

"당신 아이큐가 몇이에요? 필요한 물건은 무엇이든지 들어 있는 환생가방이 있잖아요. 소광도성거사 님, 내 입으로 이런 방법을 가르쳐주는 건 엄밀히 말하면 규칙 위반이에요. 하지만 당신을 보고 있으면 답답해서 견딜 수가 없어요. 알았지요? 좋은 기회를 놓치지 마세요!"

전화는 또다시 멋대로 끊겼다. 가방 안을 뒤지자 분명히 소형 녹음기 같은 것이 들어 있었다. 그는 녹음 스위치를 켜고 나서 다시 카운터로 향했다.

"혹시 시계보석과의 사에키 도모코 계장님이세요?"

불쑥 이름을 말하자 도모코는 수상쩍은 눈길로 그를 쳐다보았다.

"그런데요, 무슨 일이시죠?"

두 번 다시 없는 좋은 기회다. 이번 기회를 확실히 살려야만

한다.

"전 쓰바키야마 과장님이 살아 계실 때 과장님께 여러모로 신세를 진 사람이에요. 잠시 시간을 내주실 수 있나요?"

도모코의 눈길에는 더욱 의심의 빛이 짙어졌다. 여러모로 신세를 졌다는 표현이 좋지 않았나 보다.

"거래처세요?"

"아니에요, 프리랜서 스타일리스트예요. 상품의 디스플레이나 광고에 게재할 상품 선정을 담당하곤 했어요."

여성복과에 그런 일은 없지만 도모코는 여성복과에 대해서 잘 모를 것이다.

의심이 한꺼풀 벗겨졌는지, 도모코의 표정이 조금 풀리더니 손목시계를 본다.

"시간이 별로 없는데요."

"그러면 업무시간 이후에라도 상관없어요. 식사라도 함께 하는 게 어떨까요?"

그의 끈기와 집념은 백화점에서도 유명하다. 거래업체에도 이 끈기와 집념을 유감없이 발휘해서 매출목표를 유지해왔다.

"부탁이에요. 꼭 물어보고 싶은 게 있어서 그래요. 그걸 확인하지 않으면 쓰바키야마 과장님은 성불할 수 없을 거예요. 제발 부탁이에요, 도모코 씨. 이렇게 부탁할게요."

과연 쓰바키야마다! 그는 스스로에게 감탄하면서 마음속으로 박수를 보냈다. 역시 고졸 출신 엘리트는 근성부터 다르다. 지금처럼 불황의 소용돌이 속에 있을 때 자신의 죽음은 백화점의 입장에선 얼마나 큰 손해일까?

"하지만…… 난 별로 생각하고 싶지 않은 일이에요."

"그건 누구보다 잘 알고 있어요. 하지만 다른 사람은 안 돼요. 이건 꼭 당신이어야 해요!"

이것은 구매담당자의 정석 플레이다. '다른 업자는 도움이 되지 않는다. 꼭 귀사여야 한다!'는 말로 거래처들을 설득하면 마치 꿈처럼 원하던 상품을 모두 갖출 수 있다.

"혹시 쓰바키야마 과장님의 친척이세요?"

"아, 아니에요……."

"왠지 쓰바키야마 과장님이랑 말하는 것 같군요."

위험하다. 너무 본색을 드러내버렸다. 조금 자제하지 않으면 무서운 일을 당하게 된다.

"도저히 납득할 수 없는 일이 있어서 그래요. 잠시라도 좋으니까 시간을 내주세요."

지갑에서 동전을 꺼내 커피값을 카운터에 놓고, 도모코는 떠밀리듯 말했다.

"무슨 일인진 잘 모르겠지만 왠지 거절하면 기분이 꺼림칙할 것 같군요. 그럼 폐점 후에 여기에서 기다리세요."

그는 카운터 밑에서 주먹을 불끈 쥐었다.

커피숍에서 스포츠 신문을 보면서 그는 개점 시간인 오전 10시가 되기를 기다렸다.

일단은 매출실적이 마음에 걸려서 견딜 수 없었다. '초여름

대 바겐세일'에는 최선을 다했다. 결코 비유가 아니라 말 그대로 '목숨을 걸고' 전력을 기울였다. 그런데 바겐세일 첫날에 지휘관이 전사한 매장은 어떻게 되었을까?

"쓰바키야마 과장님은 정말로 열심히 일했지요. 휴가는 추석과 설날 외에는 쓴 적이 없었던 것 같아요."

직원들이 모두 출근한 커피숍에는 그를 빼놓고 손님은 아무도 없었다.

"그래요. 설날 휴가도 거의 사용하지 못했어요. 복주머니를 만드는 사이에 새해가 밝곤 했으니까요."

주인은 겨우 일하던 손을 멈추고 담배를 하나 물었다.

"그래요? 당신도 도와주었나 보죠?"

"예에. 우연히 그 자리에 있었거든요."

업자에게 새해맞이 복주머니를 주문했는데 섣달그믐 아침에 들어온 내용물을 점검해보니 고객이 불만을 제기할 정도로 빈약하기 짝이 없었다. 그래서 급히 다른 업자에게 연락해 재고품을 끌어모아서 적당한 행복을 느낄 수 있도록 복주머니를 채워 넣었다. 한정 500개의 복주머니를 모두 만들었을 때는 이미 새해가 되어 있었다.

"여사원이나 파견사원한테는 그런 일을 시킬 수 없으니까요. 쓰바키야마 과장님과 시마다 계장님, 거래업체의 담당자, 이렇게 셋이서 해야 했지요."

"당신을 포함해서 네 명이 했겠죠?"

"……그래요. 더구나 섣달그믐엔 전철이 밤새도록 운행해서 택시도 타지 않고 아침 일찍 참배하는 사람들에 섞여서 귀가했답니다."

그 말을 들으면서 그는 지겨울 정도로 성실했던 자신이 어리석게 느껴졌다. 마지막 전철이 끊긴 이후의 잔업에는 택시비가 나오지만, 섣달그믐엔 전철이 밤새도록 운행하기 때문에 굳이 택시를 탈 필요가 없다고 생각한 것이다.

각 역마다 정차하는 전철을 타고 집에 도착한 것은 새벽 세 시였다. 간단하게 샤워를 하고 여느 때와 다름없이 반주를 홀짝거리는 사이에 동쪽 하늘이 하얗게 밝아왔다. 그는 아내가 끓여준 조니(일본식 떡국)를 먹고 나서 잠들었다. 정월 초하루와 초이틀을 진흙탕에 빠진 것처럼 정신없이 자고 술기운이 빠지지 않은 채 1월 3일 첫 판매에 나섰다.

"생각해보면 죽지 않는 게 이상했겠네요."

그는 절실한 심정으로 말했다. 그렇다고 태어날 때부터 성실한 사람은 아니었다. 위에서 부과한 목표를 철저하게 해내지 않으면 마흔여섯 살의 고졸 과장이 있을 자리는 없어져버리기 때문이었다.

스포츠 신문의 기사는 허무함 그 자체였다. 미국 메이저리그에서 일본인 선수가 아무리 뛰어난 활약을 보인다 한들 그것이 죽은 사람과 무슨 관계가 있으랴. 연예계의 스캔들도, 낚시터에 관한 정보도, 경마의 예상 우승마도. 모든 오락거리는 살아 있는 사람의 일상이다.

신문기사와는 일절 인연이 없어져버린 자신이 어째서 직장에 미련을 갖고 있는 것일까? 어째서 죽은 후에도 목표 달성을 바라는 것일까?

"잘 마셨어요."

필요한 돈은 얼마든지 나오는 편리한 지갑에서 동전을 꺼내 카운터 위에 올려놓고 그는 커피숍을 나섰다. 오전 열 시. 개점 시각이다.

백화점 정문으로 손님들이 빨려들어갔다. 안으로 들어가자 상쾌한 냉기와 느긋한 안내방송이 흘러나왔다.

"오늘도 아침부터 저희 백화점을 찾아주신 손님 여러분께 진심으로 감사의 말씀을 드립니다. 저희 백화점에서는 지금 전관에 걸쳐 '초여름 대 바겐세일'을 개최하고 있습니다. 부디 오늘 하루도 느긋한 쇼핑과 맛있는 식사를 즐기시기 바랍니다."

개점을 할 때, 점장이 정면 현관에서 손님을 맞이하는 것은 일본 백화점의 아름다운 전통이다. 일설에 따르면 에도 시대(江戶時代. 1603~1867) 때 포목점에서 하던 습관이 지금까지 이어져 내려온 것이라고 한다. 모든 백화점에서는 양복을 단정히 차려입은 점장과 중역은 정면 현관에서, 다른 직원들은 매장의 통로에서 직립 부동의 자세로 5분에서 10분간 손님을 맞이한다.

그는 쿵쾅거리는 가슴을 안고 현관으로 걸어갔다.

"어서 오십시오."

쓰바키야마는 고개를 숙이는 점장을 향해 "안녕하세요?" 하고 활기찬 목소리로 말했다.

메인 통로를 걸어갔다. 그러자 그가 가는 곳곳마다 직원들이

잇달아 고개를 숙였다. 갑자기 자신이 백화점의 주인이라도 된 듯한 기분이 들었다.

그는 일찌감치 백화점에 나온 중년의 고객과 나란히 에스컬레이터를 탔다. 2층에서는 여성복과의 미카미 부장이 손님을 맞이하고 있었다.

'미카미 부장님…….'

90도로 허리를 숙인 모습을 본 순간, 그의 가슴에서 뜨거운 것이 치밀어올랐다.

입사 연도로 보면 자신이 선배지만, 대학을 졸업한 미카미에게 나란히 설 틈도 없이 추월당해버렸다. 물론 그것이 실력의 결과라고 생각하지는 않는다. 백화점맨으로 볼 때 미카미는 오히려 평범하기 그지없었다.

그러나 미카미는 부장으로 승진하자마자 후임 과장으로 자신을 추천했다. 여성복과 제1과장은 고졸 출신으로는 전례가 없는 스타 자리였다.

많은 우여곡절이 있었지만 어떤 면에서 보면 이 사람은 진정한 친구다.

"잠시 물어볼 말이 있는데요."

"네, 뭐든지 말씀하십시오."

말을 걸자 미카미는 백화점맨의 거울 같은 미소를 지으며 대답했다.

미카미는 젊은 시절부터 요령이 좋았다. 자신이 일하지 않고 다른 사람을 일하게 만드는 장기가 있고, 옷차림은 늘 청결해서 높은 사람처럼 보였다. 이른바 전형적인 출세지향형이다.

"예전에는 여기 계시던 쓰바키야마 과장님께서 옷을 골라주셨는데요. ……안 좋은 일이 있다고 해서요."

순간적으로 손님으로 위장한 것은 절묘한 아이디어다. 백화점 직원은 전통적으로 외유내강형으로, 아랫사람이나 업자에게는 거만하게 행동하지만 상사나 고객에게는 고개를 조아린다. 물론 아무리 어려운 일에도 '노'라고 대답해서는 안 된다.

"예? ……쓰바키야마 과장이 손님에게 옷을 골라줬다구요?"

미카미는 믿을 수 없다는 표정으로 되물었다. 손님을 직접 대하는 것은 여직원이나 업체에서 나온 파견사원의 일이다.

"최근 몇 년 동안 계속 쓰바키야마 과장님께서 옷을 골라주셨어요. 그분, 보기와는 달리 옷 고르는 감각이 뛰어났거든요."

지금에 와서 자신을 띄운들 무슨 소용이 있으랴. 다만 바쁘지 않을 때 자진해서 손님을 맞이한 것은 사실이다. 아마 미카미는 그런 노력을 모를 것이다.

"어디에서 들으셨어요?"

미카미는 허리를 숙인 채 손을 내밀어 그를 기둥 뒤쪽으로 안내했다. 백화점은 꿈을 파는 곳이다. 내부의 불행이 고객의 귀에까지 들어가는 것은 중대한 사건이다.

"그냥 소문으로 들었어요. 내 친구 중에도 쓰바키야마 과장님의 팬이 몇 명 있거든요."

이렇게까지 말하면 너무 지나친가? 그러나 입만 살았지 몸을 움직이지 않는 미카미에게 그 정도는 말해두어도 좋으리라. 아마 이 사람은 자신의 힘으로는 스웨터 하나도 판 적이 없을 것이다.

"실은 며칠 전에 갑작스럽게 그만……."

"그렇군요. 그럼 어떡하죠? 앞으로는 무슨 옷을 입어야 하나……?"

"안심하십시오, 손님. 저희 매장에는 옷에 대한 센스가 뛰어난 베테랑 판매사원들이 많으니까요."

"싫어요. 전 쓰바키야마 과장님이 아니면 안 돼요. 그런데……."

다음 말을 하려다 그는 말이 막혔다. 가장 묻고 싶은 것은 '초여름 대 바겐세일'의 목표달성 상황이지만, 그것은 고객이 질문할 만한 사항이 아니다.

그때 두 사람 사이에 시마다가 끼어들었다. 위험하다!

시마다는 그를 날카롭게 쏘아보면서 말했다.

"부장님. 이분은 저에게 맡기시죠."

"그럼 부탁하네. 아무쪼록 손님에게 실수가 없도록 하게."

미카미는 재빨리 몸을 돌려 성큼성큼 걸어갔다. 귀찮고 어려운 일은 모두 아랫사람에게 맡기고, 쉽고 돋보이는 일은 자진해서 떠맡는다. 자신의 실수는 아랫사람의 탓이고, 아랫사람의 공功은 자신의 것이라는 철학이 빤히 보이는 사람이다.

시마다는 로마의 조각상처럼 단정한 얼굴을 쓰바키야마에게 가까이 대더니 속삭이듯 물었다.

"……대체 당신 누구야?"

시마다. 나야, 나. 쓰바키야마야.

그렇게 말하고 싶었지만 생각은 소리가 되지 않았다. 만약 장난으로 입을 벙긋하면 무서운 일을 당하게 된다.

"솔직히 말해봐. 아침엔 쓰바키야마 과장님의 집에 쳐들어와서 부인에게 심한 말을 하더니, 이번엔 백화점까지 찾아와서 부장님께 수작을 부리다니! 이것 봐, 당신 정체가 뭐지?"

시마다가 서슬이 퍼런 표정으로 추궁하는 것도 무리는 아니다. 객관적으로 보면 상당히 수상한 여자이리라.

나쁜 자식! 이렇게 소리치며 주먹을 휘두르고 싶은 마음은 굴뚝같지만 그렇게 하면 복수가 되어버린다.

"잠시 이쪽으로 오실래요?"

그는 시마다의 팔을 끌었다. 구석구석까지 꿰뚫고 있는 매장을 가로질러 종업원 전용문을 빠져나가 상자와 재고품이 빼곡이 쌓여 있는 통로로 나갔다.

바겐세일 중이라고는 하지만 통로는 한심할 정도로 지저분했다.

"정리 좀 하는 게 어때요? 사전 예고 없이 소방검사라도 나오면 어떡하려고 그래요?"

시마다는 눈을 동그랗게 뜨더니 손을 흔들어 쓰바키야마의 손을 떨쳐버렸다.

"도대체 당신 누구야?"

이렇게 되면 머리에 떠오르는 거짓말은 하나밖에 없다.

"난 쓰바키야마 과장님의 여자예요."

"헉!"

시마다는 경악한 나머지 다음 말을 잇지 못했다. 그리고 도저히 믿을 수 없다는 표정으로 그를 머리끝에서 발끝까지 쳐다보았다.

쓰바키야마는 어처구니가 없었다. 이렇게까지 과민 반응을 보일 필요가 있을까?

"저기, 쓰바키야마 과장님의 애인이라면 왜 이러는 거죠?"

"당신한테 묻고 싶은 게 있어요. 매출목표는 어떻게 됐죠? 목표달성 상황을 말해주세요."

이 질문은 쓰바키야마 과장의 애인이라는 말보다 더 엄청난 비약이리라.

"예?"

"말해주지 않으면 오늘 아침에 내가 본 것을 동네방네 소문내고 다닐 거예요!"

순식간에 시마다의 얼굴에서 핏기가 가셨다.

"그렇게 겁을 먹는 건 당연해요. 상사의 미망인과 관계를 가지다니, 그게 말이 된다고 생각하세요? 이건 최악의 추문이자 최고의 불륜이에요! 이런 얘기가 백화점에 퍼지면 당신은 끝장이라구요!"

시마다는 당황한 표정으로 통로의 인기척을 살피고 나서, 높게 쌓여 있는 재고품 뒤로 그를 데려갔다.

"당신이 누군지는 모르지만 잠시만요!"

"이제 와서 무슨 변명을 하겠단 거죠?"

"변명은 하지 않겠습니다. 그러나 협박에 따른 요구는 보통 자신의 이익으로 이어지는 법이잖아요? 그런데 당신이 우리의 매출목표 달성 상황을 알아서 뭐하겠단 거죠?"

역시 시마다는 엘리트다. 황당한 상황에서도 그의 요구를 냉정하게 판단하고 있다.

"그건 당신이 알 필요가 없구요, 어쨌든 어제까지 사흘간의 매출과 목표달성율을 말해주세요."

"이봐요! 난 그 요구를 전혀 이해할 수 없어요. 매출을 말해주지 않으면 왜 내 미래가 끝장나야 하는 거죠? 오늘날 전 세계에 출몰하는 괴상망측한 테러리스트의 요구도 당신의 요구보다는 이해하기 쉬울 거예요."

시마다가 지적한 모순을 논리적으로 설명하는 건 불가능하다. 그는 마지막 수단으로 때마침 문이 열린 업무용 엘리베이터를 향해 소리쳤다.

"여러부운~! 시마다 계장님이 말이죠!"

"그만둬!"

시마다가 재빨리 그의 입을 틀어막자 엘리베이터 안에 있던 직원들은 관계되기 싫다는 듯이 앞다투어 '클로즈Close' 버튼을 눌렀다.

잠시 옥신각신하다 시마다는 생각지도 못한 무서운 추리를 입에 담았다.

"이제 알았어. 당신은 우리와 경쟁 관계에 있는 백화점의 스파이야. 이치탄이나 요쓰코시, 그렇지 않으면 요코시마야의 스파이! 빌어먹을! 그래, 쓰바키야마 과장님은 여자에게 빠져서 우리 백화점의 매출정보를 경쟁 백화점에 알려주고 있었군. 이제야 겨우 앞뒤가 맞아. 어떻게 이치탄 백화점이 우리 백화점의 주력상품보다 항상 2백 엔이 더 저렴했는지, 우리가 품의해 올린 특별 이벤트의 기획을 한발 앞서서 실시했는지. 쓰바키야마 과장님은 양심의 가책에 시달리고 있었어. 그 스트레스가 결국 목숨을 앗아갔고……."

머리 회전이 빠르면 역시 편리하군. 그는 목소리를 낮춰서 말했다.

"이제야 알았군요, 시마다 씨. 따라서 이 백화점의 매출을 아는 건 내 이익으로 이어져요. 이건 전혀 엉뚱한 요구가 아니라구요."

"으윽……."

시마다는 울먹이며 골판지 상자에 머리를 박았다. 단정했던 표정은 진퇴양난에 빠진 고민으로 심하게 일그러졌다.

"그렇군. 당신이 쓰바키야마 과장님의 집에까지 찾아온 이유도 이제야 알았어."

시마다의 유일한 결점은 자신의 능력을 과신한 나머지 지나치게 앞서 나간다는 것이다. 그러면 아이디어가 끝없이 팽창해서 나중에 정리할 수 없게 되고 만다.

"쓰바키야마 과장님의 죽음을 우리 백화점의 위장 공작이라고 생각한 거야. 스파이 행위가 탄로나서 지방의 지점으로 날려보내고 죽었다는 가짜 정보를 흘렸다고 생각했지? 그래서 쓰바키야마 과장님의 집에까지 찾아와서 사실을 확인한 거야. 아닌가?"

이야기가 너무나 그럴듯해서 그는 잠자코 고개를 끄덕였다.

"역시 그렇군. 그런데 죽었다는 사실을 알고 실망한 것도 극히 찰나, 생각지도 못한 협박거리를 잡고 말았어. 아아, 어떻게 이런 일이! 난 이제 쓰바키야마 과장님의 후임자가 되고 말았어. 오 마이 갓Oh my God!"

시마다는 자신의 망상에 휘둘리며 다시 골판지 상자에 머리를 박았다.

어휴, 도무지 미워할 수 없는 사람이다. 어떤 비밀을 가지고 있었든지 자신의 오른팔이 되어 성실하게 일했던 것만은 틀림없는 사실이다.

시마다는 골판지 상자에 머리를 박은 채, 주문이라도 외우듯이 중얼거렸다.

"……세일 나흘째까지의 매출은 칠천오백삼십. 목표는 이미 110퍼센트 이상 달성했지. 요즘 같은 불황에서는 엄청난 승리야."

그 말을 들은 순간, 그의 온몸이 가볍게 떨렸다. 전년도 매출 목표를 따라가기도 벅찬 불황 속에서 그것은 윗사람들이 멋대로 정해놓은 터무니없는 목표였다.

"고마워요, 시마다 씨."

그는 진심으로 감사의 말을 전했다.

"거짓말이 아니야. 나도 믿을 수 없을 정도니까. 당신이 물으러 오지 않아도 이치탄의 매장에 가서 소리치고 싶을 정도로 쾌

거야. 어떻게 이런 매출을 올릴 수 있었는지 알아? 쓰바키야마 과장님의 영혼을 위로해주고 싶었기 때문이야."

"영혼을 위로해준다구요?"

"그래. 우린 모두 쓰바키야마 과장님을 존경했었지. 그분은 매장 과장의 거울 같은 사람이었어. 나는 물론이고 미카미 부장님과 여사원들, 파견직원들, 거래처의 담당자들까지 모두 쓰바키야마 과장님을 좋아했지. 그래서 과장님이 목숨을 걸고 지키려고 했던 매출목표를 무슨 일이 있어도 달성하고 싶었어. 우리가 과장님을 위해 해줄 수 있는 일은 그것뿐이니까. 백화점맨의 공양은 그것밖에 없지 않을까?"

"정말 고마워요."

그는 소리 내어 중얼거리고 나서 얼굴을 가린 채 뒷걸음질쳤다. 종업원 전용문을 밀고 다른 세상으로 나오자 매장은 화려한 분위기에 휩싸여 있었다.

초여름의 하루를 그는 스스로도 이상하다고 생각할 정도로 느긋하고 한가롭게 보냈다.

그는 지하의 식품 매장에서 옥상의 원예용품 매장까지 백화점 안을 구석구석 돌아다녔다. 그리고 아는 얼굴과 마주치면 손님을 가장하고 짧은 대화를 나누었다.

상품에 대해 설명을 요구하면 직원들은 한결같이 친절하게 대해주었다.

"알았어요, 고마워요."

"다음에 또 오십시오!"

"안녕히 계세요."

"감사합니다!"

쓰바키야마는 인사말을 언제나 슬픔을 담고 있는 말로 마무리지었다. 그는 '안녕'이란 말을 사용했지만 직원들에게 그 말은 철저한 금기어였다. 아무것도 사지 않고 가는 손님에게도 그들은 언제나 "감사합니다!" 하고 고개를 숙여야 한다.

"안녕히 계세요."

"감사합니다."

그는 그런 식으로 많은 동료들에게 작별인사를 했다. 처음 몇 사람에게 인사할 때는 안타까움이 뼈에 사무쳤지만, 인사를 거듭하는 동안 오히려 마음이 평온해졌다. 마치 지방으로 전근 발령을 받고 인사하러 돌아다니는 듯한 착각에 빠질 정도였다.

백화점맨으로서 자신은 축복받은 인생이었다. 전국 최고의 매출을 자랑하는 이 지점에서 28년간 꾸준히 자리를 지킨 사원도 드물 것이다. 인사이동은 항상 같은 지점 내에서 이루어졌고, 더구나 매장 업무에서 떠난 일도 없었다.

같은 세대의 많은 사람들이 경기가 좋은 시절에 지점을 많이 만드는 바람에 이곳을 떠나야 했다. 경영권을 인수한 지방 백화점으로 떠난 뒤 소식이 두절된 사람도 있다. 딸린 식구가 없는 독신시절이 길었던 자신이 한 번도 이 기함旗艦에서 떠나지 않은 것은 기적이라고 할 수 있으리라.

매장을 모두 돌아본 다음, 그가 옥상의 벤치에 앉은 시간은 여름의 햇살이 기운을 잃기 시작하는 황혼 무렵이었다.

시부야澁谷의 거리가 이름 그대로 골짜기라는 것을 그는 처음으로 알았다.

동쪽에서는 미야마스자카가, 서쪽에서는 도겐자카가 기나긴 언덕길로 이어져 있다. 그 골짜기 바닥에 야마노테 선線과 메이지 거리가 달리고 있다. 지금은 지하수가 되어버린 시부야 강도 자신이 백화점에 입사할 무렵에는 썩은 악취를 풍기는 진흙탕이었다.

백화점은 골짜기에 놓인 꿈의 상자다. 특별 이벤트를 알리는 현수막과 밤을 물들이는 네온사인으로 둘러싸인 상자 안에서 자신은 28년 동안 끊임없이 꿈을 팔아왔다.

검은 환생가방 안에서 휴대폰이 울렸다.

"뭔가 깨달음을 얻은 것 같군요, 소광도성거사 님."

휴대폰을 귀에 댄 채, 그는 꼭두서니빛 하늘을 바라보았다.

"괴로워요……."

눈물은 슬픔을 부드럽게 해주는 법이다. 만약에 남자에게도 눈물이 허용되었다면 자신의 인생은 얼마나 편안했을까?

"어머나! 왜 이렇게 센티멘털해졌지요?"

"당연히 센티멘털해지지요! 내가 세상을 떠나도 세상은 하나도 변하지 않았어요. 죽는다는 건 이 세상에서 소리도 없이 사라져버리는 거예요."

"그걸 이제 알았어요? 당연한 일이잖아요?"

마야는 기가 막히다는 듯 되물었다. 아는 사람들과의 작별이나 마지막으로 바라보는 이 세상의 풍경이 괴로운 건 아니다. 문제는 지난 마흔여섯 해 동안 열심히 살아온 자신의 흔적이 어디에도 없다는 것이다.

"돌아오지 말 걸 그랬어요."

"이제 와서 무슨 말씀이세요? 현세에서 지은 죄는 버튼 하나로 전부 속죄할 수 있었는데 자기가 거부해놓고……."

"하지만 억울한 누명은 벗어야 하잖아요."

"괜히 사서 고생한다니까. 있잖아요, 소광도성거사 님. 한 가지 알아둘 게 있는데요, 이쪽 세상에 있는 사자들 중에 현세에서 풀어야 할 게 있는 사람은 거의 없답니다. 그런 사람은 자신의 인생을 너무 높이 평가하고 있는 거라구요. 현세로 간 게 후회된다면 당장이라도 돌아올 수 있어요. 그렇게 하겠어요?"

그는 잠시 생각에 잠겼다. 다시 현세로 돌아옴으로써 몰라도 되는 것을 알게 되었다. 이런 상황에서 음행의 누명을 벗고 사자의 명예를 회복하는 것이 무슨 의미가 있을까?

"어떻게 하시겠어요, 소광도성거사 님?"

"일단 돌아온 이상, 끝까지 있겠어요. 중간에서 어정쩡하게 끝내는 건 싫어요."

마야는 그의 말이 끝나기도 전에 땅이 꺼져라 한숨을 내쉬었다.

"귀찮아요?"

"귀찮고말고요. 이제 와서 이런 말을 할 필요는 없지만 나는 당신들 세 사람 때문에 여름휴가를 취소했어요. '수미산(須彌山. 고대 인도의 우주관에서 세계의 중심에 있다는 상상의 산) 극락리조트 여행 15일'. 옵션도 많이 예약해뒀는데……."

"어떤 옵션인데요?"

"알고 싶어요? '선녀의 날개옷 대여, 하늘정원 바라보기'와 '보살님이 안내해주는 곤돌라 타기', '정토 해변의 안마&마사지, 최고의 스트레스 해소' 등등이요. 아, 생각만 해도 화가 치미네!"

퇴근 무렵의 직장에서 조바심이 나는 건 이 세상이나 저 세상이나 마찬가지이리라.

"죄송해요, 마야 님. 그래도 난 역시 버튼 하나로 죄를 피하기는 싫어요. 지금까지도 계속 그런 식으로 살아왔구요."

"그거 굉장하시군요."

마야는 비아냥거림을 담뿍 담아 심술궂게 웃었다. 의자가 삐걱거리는 소리와 함께 초조하게 볼펜을 만지작거리는 소리가 들렸다.

"그런 완벽주의자일수록 자신의 발밑을 보지 못하더군요. 주위에서 일어나는 사건의 진실을 조금도 알아차리지 못해요. 과연 음행이 억울한 죄인지 아닌지 잘 확인해보고 오세요. 그럼!"

수화기를 내던지는 듯한 소리와 함께 마야에게서 온 전화는 끊겼다.

옥상의 스피커에서 처량한 「고추잠자리」의 멜로디가 흘러나왔다. 이제 곧 폐점 시간이다. 초등학교 입학 전에 그는 어머니를 따라 이 백화점에 몇 번 온 적이 있었다. 그 시절의 옥상은 유

원지처럼 화려함의 극치를 보여주었다. 무대에서는 만담이나 마술 공연이 벌어졌고, 악단은 재즈 음악을 연주했다. 점심시간이 되면 벤치에 앉아 도시락을 먹는 가족도 많았다.

취직할 때 이 백화점을 선택한 것도 무의식중에 그런 평화로운 날들에 대한 추억을 그리워하고 있었기 때문인지도 모른다.

문득 어린 시절에 느꼈던 어머니에 대한 감촉이 되살아나서 그는 손을 꼭 쥐었다.

왜 지금까지 어머니에 대해서 잊고 있었을까? 현세에 남긴 미련에 집착한 나머지 돌아가신 어머니와 재회하는 기쁨을 잊어버리고 있었다. SAC에서 빛을 향해 올라가는 에스컬레이터를 타고 극락왕생하면 틀림없이 어머니를 만날 수 있을 것이다. 할머니도, 할아버지도, 다정하게 대해주었던 은사님들도, 불의의 사고로 먼저 세상을 떠난 친구들도 모두 자신을 따뜻하게 맞이해줄 것이다.

외톨이가 된 자신을 남겨두고 에스컬레이터를 타고 간 사자들의 행복한 표정이 떠올랐다.

그때는 마음속으로 그들을 저주했다.

'당신들은 정말로 현세에 미련이 없는가? 그렇게 간단한 인생이었나? 자기만 그렇게 극락에 가 버리면 끝이란 말인가……!'

생각해보면 현세에 집착하는 자신이 훨씬 어리석을지도 모른다. 죽음은 현세의 종말이기는 하지만 그와 동시에 내세의 출발점이기도 하다. 그런 사실만 마음에 새기고 있으면 현세를 되돌아볼 필요는 하나도 없을 것이다.

마야의 마지막 말은 큰 충격으로 다가왔다. 회사 일을 지상 최대의 정의라고 믿어 의심치 않았던 자신은 인간으로서 가장 가까운 사람들을, 가장 배려해야 할 사람들을 무시해왔다. 아버지의 삶을 여생餘生이라고 몰아붙이고, 아내와 자식은 자신의 부속물이라고 생각했다.

"많이 기다렸지요?"

커피숍 문으로 고개만 삐죽 내밀고 사에키 도모코가 말했다.

"미안해요, 사장님. 오늘은 이 사람과 둘이서 쓰바키야마 씨를 추억해야겠어요."

결혼하기 전에는 자주 이런 식으로 도모코가 퇴근하기를 기다렸다. 시계보석과는 폐점 이후에 상품의 검품과 수납이 있어서, 커피숍에서 기다리는 쪽은 언제나 자신이었다.

"속이 후련해질 때까지 추억을 얘기하세요. 감사합니다!"

다정한 주인의 목소리를 들으며 커피숍에서 나오자 도모코는 식품매장의 비닐봉투를 들고 기다리고 있었다.

"우리 집에 가지 않을래요? 그래야 느긋하게 얘기할 수 있을 거예요."

"예? ……예에. 난 상관없지만, 번거롭지 않겠어요?"

"걱정하지 마세요. 아직 혼자 살고 있으니까요."

하루 종일 서 있어야 하는 백화점 직원은 폐점 후에 다른 곳을 가고 싶어하지 않는다. 오직 신발을 벗고 싶다는 일념에 곧장 집으로 향하는 사람들이 많다. 그나저나 생전 처음 보는 여자를 집으로 초대하다니, 도모코는 무슨 생각을 하고 있는 것일까?

"이렇게 따뜻한 계절과는 맞지 않지만 냄비 요리라도 할까 하는데, 괜찮겠죠?"

택시 승강장을 향해 걸음을 내딛는 그의 가슴이 아려왔다. 예전에는 도모코의 집에서 자주 냄비 요리를 먹었다. 귀가시간이 늦은 백화점 직원들에게 잔손이 많이 가지 않고 마음 편히 먹을 수 있는 냄비 요리는 가장 인기 있는 음식이었다.

"쓰바키야마 과장님에 대한 공양供養이군요."

힐끔 그를 곁눈질하고 나서 도모코는 택시에 올라탔다.

"가까운 곳이라서 미안한데요, 나미키바시에서 좌회전해주실래요?"

쓰바키야마는 조용히 눈을 감았다. 도모코는 아직도 자신이 결혼하기 전에 문턱이 닳도록 뻔질나게 드나들었던 아파트에 살고 있다. 그곳에서 잔 다음날에는 함께 걸어서 출근한 적도 있었다.

"오래되셨어요?"

그는 뻔히 알고 있는 질문을 했다.

"……직장 말인가요, 아니면 사는 곳 말인가요?"

"사는 곳이요."

여름밤의 네온사인이 도모코의 뺨을 형형색색으로 물들였다. 그녀는 당돌한 질문을 수상하게 생각하지 않고 순순히 대답해주었다.

"그럭저럭 사반세기에 이르렀으니까 오래됐다고 할 수 있죠. 아파트 가격이 많이 떨어져서 이제 슬슬 사버릴까 생각하던 참에 쓰바키야마가 그렇게 됐어요."

그녀는 수수께끼 같은 말을 중얼거리며 가벼운 미소를 지었다.

그게 무슨 뜻인지 그는 이해할 수 없었다. 자신의 죽음과 아파트를 구입하는 것이 무슨 관계가 있는 것일까?

"그러고 보니 아직 이름을 모르네요."

"아, 죄송해요. 가즈야마 쓰바키라고 해요."

"가즈야마 쓰바키? ……설마 농담은 아니겠죠?"

"농담은요? 거짓말 같은 정말이에요. 쓰바키야마 과장님도 남 같지 않다고 하며 웃었어요."

도모코는 택시 시트에서 몸을 일으키며 그의 안색을 살폈다.

"그런데 남이었나요?"

정말 가혹한 질문이다. 물론 남이 아니다. 정확하게 말하면 동일인물이다. 그러나 그렇게 대답하면 저승의 규칙에 따라 무서운 일을 당해야 하고, 도모코는 자신 앞에서 솔직해질 수 없으리라.

"어서 대답하세요!"

이런 질문이 가장 무섭다. 대답하면 어색할 수밖에 없고, 대답하지 않으면 긍정한 것으로 간주한다.

"무, 물론 남이에요."

"거짓말이 서툴군요. 점점 더 쓰바키야마와 비슷한 것 같아요. 인격이 비슷하다는 건 당신과 쓰바키야마가 오랫동안 친밀한 관계였다는 걸 말하는데, 그렇게 생각해도 될까요?"

"마음대로 하세요. 이제 어떻게 생각해도 상관없어요."

"그 바보 같은 녀석!"

도모코는 저주스런 목소리로 욕설을 내뱉었다.

"그런데 도모코 씨, 아파트를 사는 것과 쓰바키야마 과장님의 죽음에 무슨 관계가 있나요?"

"있고말고요. 이제 곧 알게 될 거예요."

이윽고 택시는 주택가의 좁은 골목을 곡예하듯 빠져나가서 눈에 익은 아파트 앞에서 멈추었다. 단독주택들 사이에 틀어박히듯이 자리잡고 있는 3층짜리 단출한 아파트였다.

"지은 지 25년이나 된 임대 아파트예요. 하지만 주인이 좋은 사람이라서 집세는 그렇게 오르지 않았어요."

아파트 계단에 구둣소리가 울려퍼졌다.

"당신과 쓰바키야마는 어땠을지 모르지만 나와 그 사람은 남이 아니었어요."

"네에……."

"이 아파트는 말이죠, 젊은 시절에 쓰바키야마와 둘이 찾아낸 거예요. 난 그때 스위트 홈을 만들 생각이었지만요."

그는 그제야 생각이 나서 가방 안에 몰래 손을 집어넣고 녹음기의 스위치를 켰다.

도모코의 입에서 나온 '스위트 홈'이란 단어에 대해 그는 잠시 생각하지 않으면 안 되었다. 적어도 자신에게는 그런 느낌이 없었다.

도모코는 다시 그에게 시선을 돌리며 경멸하듯이 말했다.

"미안하지만 난 당신과는 입장이 달라요. 똑같이 상처를 받은 여자라고 생각하지 말아요."

"무슨 뜻이죠?"

"난 쓰바키야마와 불륜을 저지르지는 않았어요. 그가 결혼을 선언한 날에 깨끗하게 헤어졌지요."

"정말 깨끗하군요."

"남자 입장에서 보면 그렇게 좋은 여자도 없었을 거예요. 어쨌든 이별의 말도 필요 없었으니까요. 우리가 마지막으로 사랑을 나누고 한 말이 뭐였는지 아세요?"

그는 듣고 싶지 않았다. 미안하다는 말도 안녕이라는 말도 아닌 이별의 말은 지금도 선명하게 기억하고 있었다.

희미한 어둠 속에서 열쇠구멍을 찾으면서 도모코는 토해내듯이 말했다.

"'축하해'. '고마워'. 이 세상에 그런 이별의 말이 또 있을까요?"

조용히 문이 열렸다. 불이 켜진 현관에서 처음으로 그의 눈에 들어온 것은 빨강과 파랑의 슬리퍼 한 쌍이었다.

"남자가 있는 건 아니에요. 그가 사용했던 건 하나도 버리지 않았어요. 이 슬리퍼도 지난 8년간 계속 이렇게 놓여 있었죠. 신어도 좋아요."

그녀는 신발을 아무렇게나 벗더니 안으로 들어가기를 주저하는 그를 쳐다보았다.

"왜 그래요? 죽은 사람의 슬리퍼라서 싫어요?"

"아니에요……."

도모코가 자신이 돌아오기를 기다리고 있었다고는 생각하고 싶지 않았다. 자신이 남기고 간 것을 구태여 버릴 것까지도 없을 정도로 담백한 관계였다고 믿고 싶었다.

안쪽에는 개방형 부엌이 달려 있는 거실이 있고, 문 건너편에는 세미 더블 침대가 대부분을 점령하고 있는 작은 일본식 방이 있었다. 좁은 공간이긴 했지만 그 시절에는 세련된 도시생활을 그림에 그려놓은 듯한 산뜻한 집이었다.

도모코가 거실의 불을 켠 순간, 그는 그 자리에 우뚝 섰다. 8년 전과 하나도 달라지지 않은 거실의 벽에는 두 사람의 큼지막한 사진이 몇 장이나 걸려 있었다.

"이게 아까 한 질문의 대답이에요. 이제 그가 여기로 돌아올 일은 없을 것 같아서, 나도 이런 생활을 그만두고 아파트를 새로 사려던 참이었어요."

그녀는 식품매장의 비닐봉투를 내던지고 공기가 줄어드는 것처럼 털썩 주저앉았다.

"오해하지 말아요. 그 사람을 기다리고 있었던 건 아니에요. 난 그 사람이 행복하기를 진심으로 바랐어요. 그 사람이 아무리 처참한 지경에 빠져도 내가 행복을 되찾아줄 생각이었어요."

음행의 죄……. 망연히 서 있는 그의 어깨를 그 말이 젖은 가죽옷처럼 무겁게 짓눌렀다.

그는 자기변호를 하지 않으면 안 되었다. 쓰바키야마 가즈아키로서가 아니라 가즈야마 쓰바키로서.

"도모코 씨. 난 쓰바키야마 과장님과 그런 관계가 아니었어요."

"괜찮아요. 지금에 와서 그게 무슨 상관이에요?"

"정말이에요. 우린 그냥 친구처럼 친한 사이였어요. 그분은 제 고민을 들어주고, 저는 그분 이야기를 들어주고······. 하지만 그것뿐이었어요. 믿어주세요."

도모코는 바닥에 앉은 채 물끄러미 그를 올려다보았다. 그리고 그의 말을 믿는다는 듯이 깊은 한숨을 내쉬었다.

"그렇다면······ 정말 그 사람답군요."

이것으로 도모코는 약간이라도 마음이 편해졌을까? 그는 그렇게 생각하며 물었다.

"그 사람답다니요?"

"역시 쓰바키야마다워요. 그 사람, 좋은 사람이었죠?"

어떻게 대답해야 좋을지 몰라서 그는 조용히 고개를 끄덕였다.

"그는 정말로 좋은 사람이었어요. 연인과 친구의 경계선을 알 수 없을 정도로요. 당신과 그 사람의 관계도 틀림없이 그랬을 거예요. 그럼 밥을 먹을까요? 배고프죠?"

그녀는 가볍게 미소를 짓더니 부엌으로 갔다.

'좋은 사람'이라는 그녀의 말에 그는 눈물이 나올 뻔했다. 그 말을 그대로 그녀에게 해줄 수 있으면 얼마나 좋을까?

"사랑했나요?"

그는 과감하게 물어보았다. 그러자 즉시 부엌에서 막연한 대답이 돌아왔다.

"그건 잘 모르겠어요. 우린 지나칠 정도로 사이가 좋았으니까요."

"전 애정의 척도는 질투라고 생각하는데요."

"질투…… 질투라……. 전혀 없었다고 하면 거짓말이겠죠."

"도모코 씨의 속마음을 전부 알고 싶어요."

"좋아요. 나도 그러기 위해 당신을 집으로 데려왔으니까요. 하나도 빼놓지 않고 전부 얘기해줄게요."

그녀는 야채를 썰면서 콧노래를 부르기 시작했다.

헌배獻杯

일단 건배!

아, 안 되지. 건배는 축하할 때 하는 거예요. 이럴 땐 뭐라고 하더라? ……그래그래, 헌배獻杯예요, 헌배.

그러면 다시 헌배!

아아, 시원하다. 이 세상에 술처럼 좋은 건 없을 거예요. 아무리 슬픈 일이 있어도 술맛에는 변함이 없잖아요? 그런데도 몸 컨디션이 안 좋을 땐 별로 맛이 없으니, 참 신기하죠?

맥주면 되겠어요? 싫으면 정종이나 위스키도 있는데.

그 사람과는 자주 이렇게 건배했어요. 물론 8년 전까지의 얘기지만요. 마지막으로 냄비 요리를 먹은 건 그 사람이 결혼을 선언한 날이었어요.

내 마음을 전부 알고 싶다구요?

당신, 이상한 사람이군요. 죽은 사람과의 지난 얘기를 들어서 뭐하려고요? 더구나 당신은 그 사람과 아무 관계도 아니었다면서. 아무리 생각해도 이해가 되지 않아요.

그렇다고 싫다는 건 아니에요. 오히려 고마울 따름이에요. 당신을 집으로 초대한 것도 신세타령을 하고 싶었기 때문이니까요. 지금까지 아무에게도 말하지 못한 내 속마음을 당신에겐 털어놓고 싶었어요.

사실 당신에게 털어놓아봤자 아무런 의미가 없다는 건 알고 있어요. 그 사람을 앞에다 앉혀놓고 속속들이 털어놓아야 했는데……. 언젠가는 말하려다가 결국 타이밍을 놓치고 말았지요.

앞으로 14년. 그래요, 우리 둘이 사이좋게 정년퇴직을 하면, 꽃다발을 한아름 안고 백화점을 나오는 그날 밤에 몽땅 털어놓으려고 했어요. 상당히 원대한 계획이었지만 나에게 남은 고백의 타이밍은 그때밖에 없다고 생각했지요.

물론 내가 먼저 죽는 경우도 생각해봤어요. 그러면 얼마나 원통할까 하고 말이에요. 하지만 그 사람이 이렇게 되리라곤 꿈에도 생각하지 못했어요. 항상 에너지가 넘치고 파워풀한 데다 정신적으로도 강한 사람이었으니까요. 바겐세일의 첫날에 거래처와 술을 마시다 머리의 혈관이 터져 급사하다니, 그건 1등짜리 복권에 당첨돼서 억만장자가 되는 것보다 더 믿을 수 없는 일이잖아요?

지금도 아침에 눈을 뜰 때마다 꿈인 것만 같아요. 오늘 아침에도 그렇게 생각했어요. 그렇게 생각하면서 화장을 하고, 그렇게 생각하면서 출근해요. 하지만 커피숍에 들어가면 그 사람의 모습을 찾을 수 없어요. 직원 출입구로 들어가서 타임카드를 찍

을 때도, 여성복 제1과를 보면서 그 사람의 이름을 찾아봐요. 그
제야 겨우 꿈이 아니라는 걸 아는 거예요.

　당신이 어디에 사는 누군지, 그 사람과 어떤 관계였는지……
그런 건 아무 상관이 없어요.
　이것도 무슨 인연일 테니까 당신을 쓰바키야마 가즈아키라고
생각하고 얘기할게요. 이건 누구를 위해서가 아니라 나 자신을
위해서예요.
　나와 그 사람은 동기로 입사했을 때부터 죽이 잘 맞았어요.
　우린 닮은꼴이었지요. 나이도 같고, 태어나고 자란 환경도 비
슷했어요. 그 사람은 어린 나이에 어머니를 잃었고 나는 이혼한
어머니 밑에서 자랐어요. 그리고 두 사람 다 좋은 대학에 갈 수
있었는데도 부모님께서 고생하시는 게 싫어서 고등학교만 졸업
하고 일찌감치 취직했지요.
　즉, 우린 가치관이나 세계관이 정확히 일치했어요.
　우린 고도성장기의 부산물이지요. 평균적으로 말하면 아마
역사적으로나 세계적으로 가장 행복한 인류가 아닐까요? 윗세
대처럼 가난하지도 않고, 아랫세대처럼 치열한 경쟁 속에서 살
지도 않았으니까요. 다만 거기에는 꼭 '평균적으로 말하면'이라
는 단서가 붙어야 해요. 집안사정으로 진학하지 못하고 취직한
우리는 적어도 우리 세대의 평균은 아니었으니까요.
　나에게 백화점은 결혼할 때까지만 근무하는 일시적인 취직자
리가 아니었어요. 몸이 약한 어머니 대신 동생을 대학에 보내야

했으니까요.

신파극은 그만둘게요. 나에게는 어울리지 않아요.

백화점은 연줄이 중요한 세계라서 누구누구라고 말할 순 없지만 연고채용자가 많아요. 대부분은 주주의 자식이나 VIP 고객의 소개지요. 어차피 연줄이나 돈을 사용하려면 대학에 가면 될 텐데, 그렇게도 할 수 없는 걸 보면 그들의 실력은 뻔할 뻔자겠지요.

또 한 가지, 백화점은 학력의 세계예요. 따라서 대졸과 고졸은 공무원으로 말하면 상급 공무원과 하급 공무원 정도의 차이가 있어요. 중요한 지점에 근무하는 고졸자는 아무리 열심히 일해도 과장이 되는 게 고작이고, 나머지는 지방에 있는 지점으로 가든지 조그만 자회사로 가야 해요.

입사한 순간부터 그런 운명을 알게 되니까, 입사동기에게서 의욕이라곤 눈곱만큼도 찾아볼 수 없어요. 여자들은 모두 대졸 사원이나 거래처 사람들 중에서 좋은 결혼상대를 찾기 시작하지요.

정말 지긋지긋했어요. 그런 사람들과는 얘기하고 싶지도 않았지요. 하지만 그 사람은 달랐어요.

당신도 대강 짐작할 수 있지요? 젊은 시절의 쓰바키야마를. 그 사람은 마치 포목점 견습공 같았어요.

특별한 능력이 있었던 건 아니에요. 외모도 성격도, 평범함을 그림에 그린 듯한 사람이었지요.

하지만 이상할 정도로 곧은 사람이었어요. 요령은 없지만 그가 하는 일에는 실수가 없었어요. 당신도 같이 일한 적이 있었다니까 내가 설명하지 않아도 알겠지요?

백화점은 과거에 포목점이었던 시절의 습관이 지금도 남아 있어요. 그리고 나는 그렇게 낡고 구태의연한 전통이 싫지만은 않아요.

우리가 입사했을 때는 백화점이 포목점에서 리모델링하기 전이라서, 주름문으로 된 엘리베이터나 대리석과 진주로 만든 계단이 남아 있었지요. 고참 직원들은 완전히 상점의 우두머리 같은 느낌을 주었어요.

젊은 시절의 그는 낡은 것이 새롭게 바뀌는 백화점 안에서 혼자 견습공 역할을 해냈어요. 작은 체구를 더 작게 웅크리고 하루 종일 매장을 뛰어다녔지요.

특별히 백화점만 그런 건 아니겠지만, 열심히 일한다고 해서 반드시 출세하는 건 아닌가 봐요. 일단 학력과 같은 포장이 그럴듯해야 하고, 상사의 추천을 받아야 하고, 숫자로 드러나는 업적을 올리지 않으면 높은 평가는 받지 못하죠.

그 점에 있어서 그 사람은 정말로 불쌍하기 짝이 없었어요. 열심히 일만 할 줄 알았지 요령은 몰랐으니까요. 당신도 여성복 코너의 미카미 부장을 알죠? ……그 미카미 부장은 그의 수훈을 자기 훈장으로 만들어 출세한 거나 마찬가지예요.

이제 와서 그런 불평을 해봤자 어쩔 수 없겠지만 말이죠.

난 그런 쓰바키야마를 좋아했어요.

한마디로 말해서 그 사람은 바보예요. 바보가 아니라면 그렇게 죽지는 않았을 거예요. 그렇게 생각하면 그 사람이 불쌍해서 견딜 수가 없어요.

사랑했냐고요?

……상당히 주제넘은 질문을 하는군요. 지금 그 질문에 대답하란 거예요?

하긴 이제 와서 허세를 부릴 필요는 없으니까 진실을 말해주지요.

그래요, 사랑했어요. 그것도 지독하게. 신입사원 시절부터 계속. 계~에~속.

……왜 그래요? 속이 안 좋아요? 안색이 백지장처럼 창백해요.

어떡하죠? 마시지 못하는 술을 너무 많이 마신 거 아니에요?

이봐요, 거기서 토하면 안 돼요. 속이 울렁거리면 화장실로 가세요.

쓰바키 씨, 괜찮아요?

자요, 물이에요. 잠시 누우세요. 얘기는 계속해줄 테니까요.

그 사람은 자주 그렇게 소파에 눕곤 했지요. 잔업이 끝나고 집에 가는 길에 불쑥 찾아와서는 재워달라고 했어요. 물론 결혼하기 전이니까 아주 옛날 얘기지만요.

사랑했다는 건 거짓말이 아니에요. 물론 그런 거짓말을 할 이유도 없겠지만요.

난 그 사람에게 거짓말을 많이 했어요. 왜냐고요…… 글쎄요,

왜 그랬을까요? 그건 나도 잘 모르겠어요. 어쨌든 사랑한다는 말은 한 번도 하지 않았어요.

그 사람과 처음으로 남자와 여자의 관계가 된 건 분명히 우연이었어요. 난 그때 고등학교 때부터 사귀던 남자에게 차이고 우울증에 빠져 있었지요. 그런데 그 사람이 마치 가족이라도 된 양 따뜻하게 위로해줬어요.

생각해보면 그런 고민을 털어놓은 것 자체가 나도 그 사람에게 조금은 마음이 있었기 때문인 것 같아요.

아니, 그게 아니에요. 대학에 간 남자친구에게 새 애인이 생겼다는 말을 듣고 나도 다른 사람이 필요했던 거예요. 일방적으로 버림받은 게 아니라 이것으로 피장파장이라고 말하고 싶었던 거죠.

애초에 시작이 좋지 않았어요. 애인에게 차인 분풀이로 좋아하지도 않는 남자와 밤을 보낸 여자. 그런 여자의 약점을 교묘하게 파고들어 달콤한 즙을 빨아먹는 남자. 나와 쓰바키야마 사이에는 처음부터 그런 암묵의 정의가 있었지요.

더구나 입사동기에다 친구 사이라는 신뢰관계를 깨뜨리고 갑자기 그렇게 되니까, 새삼스레 좋아한다, 사랑한다고 말하기는 왠지 좀 어색했어요.

정말로 솔직하게 말할까요?

난 말이죠, 실은 그 사람과 애인이기보다 친구이고 싶었어요. 그 사람, 정말로 좋은 사람이었거든요. 아마 그 사람도 똑같이 생각했을 거예요. 그래서 우리 사이에 사랑이라는 말은 금기어였지요.

그 사람은 입버릇처럼 이렇게 말했어요. "당신이 남자였다면 얼마나 좋았을까?"라고요. 나도 몇 번이나 그렇게 생각했는지 몰라요. '쓰바키야마가 여자였다면 얼마나 좋았을까?' 라고요.

난 섹스 파트너란 말을 끔찍하게 싫어해요. 하지만 섹스는 먹는 거나 잠자는 것과 똑같은 본능이니까 그런 관계도 결코 부자연스럽지는 않다고 생각해요.

우리는 애정 표현을 못한 채 사실事實만을 쌓아갔어요. 그러는 사이에 '섹스 파트너' 라는 말을 전면에 내세우는 수밖에 없게 되었지요.

자, 헌배!

무리하지 말고 천천히 마셔요. 내 페이스에 맞추면 안 돼요. 매일 혼자 술을 즐기는 사이에 많이 세졌거든요.

나를 이해할 수 없다고요? 그래요? 하지만 당신도 같은 여자니까 이해할 수 있지 않을까요?

여자는 남자에게 한 번 차이고 나면 그 다음부터는 기이할 정도로 몸을 도사리는 법이에요. 비참한 꼴을 두 번 다시 당하고 싶지 않으니까, 두 번 다시 상처 입고 싶지 않으니까 말이에요.

물론 그렇게 겁쟁이라면 애시당초 연애할 자격이 없겠지만요.

어쨌든 내가 먼저 사랑한다고 말하는 건 두려웠어요. 왠지 그 순간에 사랑의 노예가 될 것 같다는 생각이 들었지요. 그리고 또 한 가지, 그와 만나게 된 계기가 내 실연이었는데 위로해준 그를 사랑한다고 하면 너무 경박한 여자 같잖아요?

그래서 어떻게든 그 사람의 입에서 사랑한다는 말을 하게 만들고 싶었어요.

그러나 그는 나를 사랑하지 않았어요. 섹스를 할 수 있는 친구로만 생각한 거죠. 그건 나도 잘 알고 있었지만 그렇다고 내 태도를 바꿀 수는 없었어요. 연애뿐만 아니라 모든 면에서 남자의 비위나 맞추며 살아가고 싶진 않았거든요.

바보 같지요? 그 사람도 바보지만 난 그 사람보다 더 지독한 바보예요.

그 사람에게 몇 번이나 거짓말을 했어요. 사랑하는 사람이 생겼다고요. 만약에 그 사람이 날 사랑한다면 날 껴안으며 잡아줄 거라고 생각한 거예요.

그건 전부 거짓말이었어요. 그 사람 외에, 나에게 남자는 한 사람도 없었어요.

내가 거짓으로 사랑하는 사람이 생겼다고 하면 당황할 거라고 생각했는데, 그 사람은 아주 쉽게 "아, 그래? 잘해봐, 도모코"라고 하고는 발길을 끊었어요. 그리고 잠시 지나서 가짜 실연을 말하면 또 위로해주는 거예요.

그것을 몇 번 반복하는 사이에 어느 날은 화가 치밀어서 이렇게 물었지요. "이봐, 쓰바키야마. 내가 다른 남자한테 안겨도 아무렇지 않아?"라고요.

그랬더니 그 사람이 뭐라고 대답했는지 아세요? 딱 한마디 하더군요. "별로"라고요. 정말 지긋지긋할 정도로 둔감한 사람이었어요.

때로는 그가 똑같은 고백을 한 적도 있었어요. 사랑하는 사람이 생겼다고요. 그때는 얼마나 초조했는지 몰라요. 하지만 그렇다고 해서 매달릴 수는 없었기 때문에 나도 똑같이 말했지요. "아, 그래? 잘해봐, 쓰바키야마"라고요.

그 사람은 나처럼 거짓으로 말하진 않았을 테지만요.

우리 사이에는 사랑의 말이 없었어요. 다른 연인들처럼 데이트를 한 적도 없었지요. 함께 여행을 한 적도, 선물을 주고받은 적도 없었어요. 팔짱을 끼고 걸은 적도, 다정하게 손을 잡은 적도 없었지요.

그래도 난 진심으로 그 사람을 사랑했어요. 적어도 스무 살부터 마흔여섯 살까지 26년간, 쭈~욱이요.

믿을 수 없다구요?

믿든 안 믿든 그건 당신의 자유예요. 그리고 나랑 상관없으니까 안 믿어도 괜찮아요.

처음의 5년 정도는 제로에서 다시 시작하는 방법을 생각했어요. 하지만 잘못 끼운 단추를 다시 끼우기는 쉽지 않았어요. 어떻게 해야 좋을지 몰라 당황해하는 동안 세월은 계속 단추를 잘못 끼우게 만들었지요. 그리고 그러는 사이에 보기엔 흉하지만 그럭저럭 입기 편한 모양이 되었어요.

나이와 함께 서로의 일도 바빠졌지요. 서른이 가까워지자 매장 주임으로 승진하고, 출입업자들과도 만나게 되었어요. 솔직히 말해서 우리는 업무면에서 다른 사람에게 뒤떨어지지 않았거든요. 대졸사원들도 우리를 믿고 의지할 정도였지요. 밑바닥부터 올라온 고졸사원은 일을 몸으로 배우는 법이거든요. 매장은 전쟁터나 마찬가지예요. 이치를 따져서 생각할 여유가 없어요. 그래서 엘리트 장교는 경험이 많은 역전의 하사관을 의지할 수밖에 없는 거지요.

상품의 구매나 반품. 상품의 레이아웃과 디스플레이. 신입사원이나 거래처에서 나온 파견사원의 지도. 클레임의 처리. 매출목표에 쫓기고 인간관계에 고민하면서 우리는 스트레스 덩어리로 변해갔어요.

그렇게 되자 우리의 기묘한 관계도 더할 수 없이 좋은 관계처럼 생각되었어요.

음음이라니, 뭐예요? 마치 우리 관계를 이해한다는 것처럼 맞장구치지 말아요.

아무튼 우리 사이에는 다른 연인 사이처럼 골치 아픈 일이 없었어요. 이해하기 쉽게 말하면 크리스마스 시즌을 생각해보세요. '섹스를 할 수 있는 친구'라는 딱지가 붙어 있는 우리에게는 선물이나 저녁식사와 같은 의식은 필요 없었어요. 그때는 고양이 손이라도 빌리고 싶을 정도로 정신없이 바쁜 시기예요. 덕분에 몸도 마음도 녹초가 되어버려서 귀찮은 일은 아무것도 하고 싶지 않지요. 솔직히 말해서 때로는 아주 편리한 관계라고 생각했어요.

그런데 그 사람…… 여자 다루는 솜씨는 빵점이었어요.

사랑하는 사람이 생겼다고 나에게서 떠나가도, 6개월만 기다리면 언제나 돌아와주었지요.

얼굴도 몸매도 별볼일 없고, 유머 감각이라곤 찾아볼 수 없고, 돈 씀씀이까지 인색한 사람을 어느 여자가 6개월 이상 만나주겠어요?

그런 주제에 젊었을 때부터 여자를 좋아했지요. 의외로 끈기와 고집은 보통이 아니에요. 그래서 일단 분에 넘치는 여자를 손에 넣을 수는 있었지요.

여자들은 일반적으로 그런 사람에게 반하지 않는 법이에요. 다만 심성이 착한 사람이니까 '괜찮겠지?' 하는 마음은 들게 만들지요. 그는 그런 여자를 자기 멋대로 애인이라고 생각하는 거예요. 그리고 6개월이 지나기 전에 본성이 드러나서 안녕!

그는 자기에게 주는 점수가 너무 후해요. 업무에서의 자신감을 그대로 연애에 적용시킬 수 있다고 생각하는 거죠. 직장에서의 신뢰도가 곧 남성적인 매력이라고 생각하는 건 심한 착각이 아닐까요? 아무리 생각해봐도 일반적으로는 그 반대잖아요?

난 시간적인 문제만 남았을 뿐 결국은 그 사람과 결혼할 거라고 안이하게 생각했어요. 최후의 순간에 결혼하는 것도 나쁘지 않잖아요?

준비는 모두 되어 있었어요. 아버님도 나를 마음에 들어하시는 것 같아서 직장을 그만두고 시아버님을 모시고 사는 전업주부도 나쁘지 않다고 생각했지요. 내 쪽에는 남동생이 먼저 결혼해서 어머니를 모시고 살았으니까 아무 문제도 없었어요.

그 사람 아버님이 얼마나 좋은 분인지 아세요? 그분은 정말로 다정하고 성실하며 다른 사람의 행복만을 기도하는 분이시죠.

그런 분이 남자 혼자의 힘으로 내가 사랑하는 그 사람을 키웠다고 생각하니, 고마워서 눈물이 앞을 가리더군요. 앞으로의 여생 동안 내가 그분에게 보답하리라고 결심했어요.

난 참으로 어리석었지요. 열여덟 살 때부터 백화점이란 상자 안에서 뛰어다니며 "감사합니다! 또 오십시오!"라고 소리치는 것만이 인생인 줄 알았어요. 그리고 결국 내 자신의 행복은 잡을 수 없었지요.

하지만 그때까지 좋은 일은 한 번도 없었으니까 신은 틀림없이 나에게 가장 어울리는 행복을 준비해두었을 거라고 믿었어요.

그 배 밭으로 둘러싸인 작은 집에서 아버님과 그 사람과 함께 살아가는 것! 그것만은 틀림없이 나의 행복한 미래라고 믿어 의심치 않은 거죠.

그래서…… 8년 전에 그 사람이 마지막 사랑을 했을 때, 난 깊은 안도의 한숨을 내쉬었어요. 이제 6개월 뒤에는 나의 행복한 결혼이 있을 거라구요.

유키 씨는 고객들에게도 러브레터를 받을 정도로 굉장한 미인이었어요. 옛날 식으로 말하면 백화점의 간판 여직원이라고 할 수 있겠지요. 나중에 어떻게 꼬였는지는 모르지만, 그땐 정말 6개월은커녕 3개월 정도면 멋지게 차일 거라고 생각했어요.

쓰바키야마, 이제 슬슬 결론을 내릴 때야. 나와 결혼하자……. 그런 프로포즈의 말도 준비해두었지요.

지금으로부터 8년 전의 일이에요. 왠지 엊그제 있었던 일 같지만요.

나는 서른여덟, 유키 씨는 하나 밑의 띠동갑. 도저히 이길 수 없는 상대였지요. 하지만 누가 보아도 '이길 수 없는 상대'였기 때문에 난 오히려 안심하고 있었어요. 즉, 그 사람에게는 내가 더 어울린다고 생각했던 거예요.

여자 입사동기들은 모두 사라졌어요. 결혼해서 그만뒀든지 다른 곳으로 전직했든지, 어쨌든 백화점에서 여직원은 소모품이니까요.

하지만 난 조금도 조바심내지 않았어요. 유혹하는 남자도 없진 않았지만 마음이 움직인 적은 한 번도 없었지요. 그 사람과 결혼하는 게 내 운명이라고 믿었으니까요. 우리는 나중에 나이를 먹고 나서 지난 일을 회상하며 웃을 수 있는 러브게임의 에피소드를 쌓아가고 있다고……. 그 정도로 가볍게 생각했어요.

그럭저럭 20년 정도 근무했으니까 돈도 웬만큼 모았지요. 그래서 지참금 대신에 스위트 홈의 보증금 정도는 턱하니 내놓을 생각이었어요. 그렇다고 반대할 사람도 없었고 아직 아이도 낳을 수 있는 나이였지요. 어쨌든 나로서는 만반의 준비를 갖춰놓고 그 사람이 실연하기만을 기다린 거예요.

그런데…… 아아, 끔찍해! 생각하고 싶지 않아요. 미안해요, 쓰바키 씨. 난 그날을 생각할 때마다 심한 우울증에 빠지거든요.

하지만 용기를 내야겠지요? 힘을 내, 도모코! 이미 끝난 일이 잖아?!

그 사람이 세상을 떠났을 때, 딱 한 가지 다행이라고 생각한 게 있었어요. 이제 다 끝났다구요. 이제 그날을 생각하지 않아도 된다구요. 잊지는 못하겠지만 이미 끝나버린 일이라고 나 자신을 납득시킬 수 있잖아요?

그건 평소와 조금도 다르지 않은 날이었어요. 유리 진열장을 사이에 두고 손님을 대하고 있을 때 그 사람과 유키 씨가 나란히 에스컬레이터를 타고 올라왔어요. 두 사람 모두 간편한 복장이었지요. 마치 함께 휴가를 내서 데이트하는 분위기였어요.

아마 내 얼굴은 백지장처럼 새하얗게 변했을 거예요. 불길한 예감은 확신에 가까웠으니까요.

그 두 사람이 사귄다는 건 나를 제외하면 아무도 모르는 비밀이었어요. 그런 두 사람이 나란히 백화점 안을 돌아다니다니, 그런 일은 있을 수 없잖아요?

그 사람은 층에 내려서더니 나에게 미소를 보냈어요. 유키 씨도 미소를 지으면서 가볍게 고개를 숙이더군요.

그 순간, 난 마음속으로 눈을 감고 기도했어요.

'이쪽으로 오지 마. 그대로 8층으로 가줘. 당신들은 이 매장에 볼일이 없어. 제발 8층에 있는 레스토랑에 가서 식사라도 하라구!'

난 더 이상 손님을 상대할 정신이 아니었어요. 그래서 도망이라도 치듯이 유리 케이스 밑으로 몸을 숙였어요.

내 눈높이에 다이아몬드 결혼반지가 있었지요. 그 빛나는 결혼반지 건너편에서 두 사람의 발길이 보이더군요.

'오지 말아! 제발 다른 곳으로 가!'

당신은 백화점 직원의 슬픔을 모르지요?

백화점 직원은 아무리 힘들고 괴로운 일이 있어도 매장에서는 환하게 웃지 않으면 안 돼요. 우리는 손님들에게 꿈을 파는 직업이니까요. 1년 내내 산타클로스처럼 행동하지 않으면 안 되는 거죠.

가령 마음속으로 사랑하는 사람이 결혼반지를 사러 와도 "어서 오세요!" 하며 빙그레 미소를 짓지 않으면 안 돼요.

나는 몸을 숙인 채 눈을 꼭 감고 어금니를 깨물었어요. 그리고 최고의 미소를 만들었지요.

"어서 와!"

나는 일어섰어요. 무릎이 덜덜 떨렸지만 미소만은 최고였다고 생각해요.

"여어! 조금 쑥스럽지만 매출에 협조해주러 왔어."

"고마워. 결혼반지야?"

그 사람은 바보처럼 웃으면서 유리 케이스 위에서 손가락으로 V 사인을 만들어 보였어요. 그리고 유키 씨에게 나를 소개해주었지요.

"도모코 계장은 내 입사동기야. 제품을 보는 눈도 정확하고, 사원 할인도 해줄 거야."

바보 같은 쓰바키야마. 매출에 협조해주는 건 고맙지만 무신경에도 정도가 있어야지.

난 어린애처럼 순진한 당신을 사랑했어. 하지만 이건 순진한 게 아니라 멍청한 거잖아?

난 지난 20년 동안 헤아릴 수 없을 정도로 많은 다이아몬드 반지를 팔았지요. 평생 사랑하겠다는 마음을 포장지에 싸서.

"축하해. 아주 좋은 다이아몬드 반지가 있어."

내 추천은 틀림이 없었어요. 유리 케이스 구석에 살며시 놓여 있는 다이아몬드 반지는 우리를 위해 따로 놓아둔 소중한 물건이었으니까요.

"우와, 그건 예산 오버인데!"

"걱정하지 마, 쓰바키야마. 나한테 맡겨줘. 이건 계산대를 통하지 않고 업자한테 직접 갖다 주라고 할게. 그러면 반값에 살 수 있을 거야."

나는 그의 귓가에 대고 조용히 속삭였어요. 그게 무슨 뜻이냐 하면 그 상품은 일단 반품전표를 끊어서 업자한테 보내요. 매장 계장인 내가 특별히 부탁하면 업자는 백화점을 통하지 않고 원가에 가까운 가격으로 직접 그 사람에게 파는 거예요.

"그래주면 나야 고맙지만…… 그러면 당신의 실적이 안 되잖아? 특별판매기간이라서 목표가 장난이 아닐 텐데."

"실적? ……나도 얼마 뒤에 결혼해서 여기와는 이별이야. 실적은 고양이한테나 갖다 주라고 해! 여기에서 절약한 돈은 내 부조금이라고 생각하고 신혼여행 때 써."

오해하지 말아요, 쓰바키 씨. 난 그 사람을 비아냥거린 게 아니에요. 내 처지가 한심하긴 했지만 분하지는 않았어요. 난 그 사람을 진심으로 사랑했으니까요.

진심으로 사랑한 사람에게 내가 해줄 수 있는 게 그것밖에는 없었어요. 그때 순간적으로 그렇게 해준 것이 얼마나 다행인지…….

우리 둘을 위해 내가 특별히 골라놓은 다이아몬드 반지. 지난 20년 동안에 얼마나 많은 다이아몬드 반지를 팔았는지는 모르지만, 그 1캐럿짜리 다이아몬드 반지는 최고의 상품이었어요. 그래서 유리 케이스의 한쪽 구석에 '판매 완료'라는 태그를 붙여서 진열해놓았지요.

최고의 다이아몬드를 파는 것을 내 마지막 일로 하려고 한 거예요. 내가 직접 고른 다이아몬드 반지를 내 손에 끼우고, 그것을 백화점 매출로 이어지게 하고는 "감사합니다!" 하고 나 자신에게 말하려고 한 거죠.

왜 그렇게 했냐구요? 지금까지 내 말을 어떻게 들은 거예요? 당신, 내 이야기를 하나도 이해하지 못했군요. 하긴 생판 모르는 남이 어떻게 이해하겠어요?

난 그 사람을 사랑했어요. 이유는 그것뿐이에요.

그 사람이 행복해지는 것, 내가 진심으로 바라는 건 그것뿐이었어요.

어쩌면 패배에 대한 오기가 작용했는지도 모르지요. 아니 정확히 말하면 그렇게 생각하기로 한 거였죠.

잘 들어요, 쓰바키 씨. 이 세상에 100가지 사랑이 있다고 했을 때, 그중 아흔아홉 가지는 가짜예요. 그것들은 모두 자신을 위한 사랑이니까요. 난 그 100가지 중에 하나밖에 없는 진짜 사랑을 했어요. 그것은 사랑하는 사람에게 모든 것을 바칠 수 있는 사랑이에요. 그 사람을 위해서라면 목숨도 필요 없어요. 돈도, 자존심도, 내가 그를 사랑하는 마음조차도 필요 없어요.

"왠지 미안한데. 그래도 되겠어?"

"신경 쓰지 마. 대신 행복해야 돼. 이용해주셔서 감사합니다!"

나는 두 사람의 뒷모습을 보며 진심으로 고개를 숙였어요.

그 사람의 아버님께서 매장에 불쑥 나타나신 건 그로부터 며칠이 지난 어느 날이었어요.

이봐요, 생판 남인 당신이 왜 그리 놀라는 거죠? 그 사람의 아버님과 당신은 아무 관계도 없잖아요? 이야기의 장단을 맞추려면 제대로 하세요.

그 무렵엔 아버님이 아직 건강하셨지요. 유키 씨는 알리지 않았다고 하더군요, 이번 사태를요. 그래서 아버님은 노인병원에 입원한 채, 장례식에도 모습을 보이지 않았지요.

그건 유키 씨가 잘했다고 생각해요. 이런 불행을 이해할 수 있을지 없을지는 둘째 치고, 일부러 알려드릴 필요는 없을 거예요.

어쨌든 그 결혼반지를 추천해준 며칠 뒤에 아버님께서 불쑥 매장에 나타나셨어요. 에스컬레이터에서 내리자 정면 매장에 있던 나를 발견하고는 정중한 자세로 깊숙이 고개를 숙이시더군요. 사람들이 이상하게 생각할 정도로 아버님은 오랫동안 그렇게 하고 계셨어요.

나는 황급히 뛰어가서 단골손님을 안내하는 척하면서 그대로 에스컬레이터를 탔어요.

그 사람과 유키 씨의 소문은 눈 깜짝할 새에 백화점 안에 쫙 퍼졌지요. 나와 그 사람의 관계를 아무도 모르는 상태에서, 아버님께서 그렇게 하셨다는 소문이 퍼지면 그 사람이 곤란해질 수밖에 없잖아요?

"미안해요, 도모코 씨. 내가 대신 이렇게 사과하지요."

에스컬레이터를 타고 나서도 아버님은 그렇게 말씀하시며 계속 고개를 숙이셨어요.

"괜찮아요. 우린 인연이 아니었던 것뿐이에요."

나는 그 말밖에 할 수 없었지요. 우린 옥상에 있는 벤치에서 잠시 얘기를 나눴는데, 나는 계속 똑같은 말을 반복했을 거예요. "괜찮아요. 이제 괜찮으니까 걱정하지 마세요." 다른 말을 입에 담으면 눈물이 쏟아질 것 같았거든요.

아버님은 연방 사과를 하셨어요. 그 사람을 형편없는 녀석이라고 매도하면서 용서해달라고 하셨지요.

나는 몹시 기뻤어요. 아버님께서 내 마음을 이해해주셨다고 생각하니 명치를 막고 있던 응어리가 시원하게 내려가는 느낌이었어요.

부모란 참 고마운 존재예요. 아버님은 성실하게 외길을 걸어오신 분으로, 여자의 마음을 알 리가 없는데도 내 마음만은 백

퍼센트 알고 계신 것 같았어요.

가끔 집에 찾아가서 청소와 빨래를 해드렸지만 스스럼없이 대화를 나눈 적은 없어요. 그런데도 아버님은 내 마음을 알고 계셨던 거예요.

왜 그런지 아세요? 그건 말이죠, 아버님께서 그 사람을 사랑하고 계셨기 때문이에요.

모르는 척해도 아버님은 그 사람에 대해서라면 무엇이든지 알고 계셨어요. 그 사람이 알아차리지 못한 것까지도 전부 말이에요.

난 결국 아무 말도 할 수 없었어요. 내가 그 사람을 사랑하는 것 이상으로 아버님께서 그 사람을 사랑하고 계신다는 사실을 똑똑히 알았으니까요.

그래서 그냥 받아들였지요. 아니, 받아들이지 않으면 안 된다고 생각했어요.

결과가 그렇게 된 건 나에게도 책임이 있으니까요. 난 내 마음을 표현하지 못한 채 두 사람의 소중한 시간을 낭비해버렸어요. 유키 씨에게 졌다고는 생각하지 않지만 그 사람을 내 것으로 만들지 못한 것은 분명해요. 일이 바쁘다는 핑계로 타성적으로 살았기 때문이에요.

아버님의 사과를 더 이상 지켜보고만 있을 수 없어서 난 거짓말을 했어요.

"실은 저도 좋아하는 사람이 생겼어요. 얼마 후에 결혼할 거니까 이제 이 애기는 없었던 걸로 해주세요"라고요.

흠칫 놀라며 나를 쳐다보는 아버님의 눈동자가 너무 눈부셔서 견딜 수 없었어요. 하지만 눈물을 흘리면 거짓말은 끝이에요. 젖 먹던 힘까지 다해 만든 미소를 아버님은 수상하게 생각하지 않았어요. 아무리 힘들고 어려운 일이 있어도 미소로 위장하는 것은 내 주특기거든요.

"꼭 행복해야 돼요."

"예, 피차 마찬가지니까 사과는 이제 그만하세요."

"도모코 씨를 놓치다니, 정말 유감이구려."

"저도 유감이에요. 그 사람과는 인연이 없었지만 아버님을 진심으로 좋아했으니까요."

내 푸념은 그게 한계였어요. 거기에다 한마디라도 덧붙이면 아버님을 슬프게 만든다는 걸 알고 있었으니까요.

"홀아비들만 사는 집을 돌봐줘서 고맙게 생각해요. 오늘은 그것에 대해 인사하러 온 걸로 칠까요?"

나는 잠자코 고개를 끄덕였어요. 네, 라는 말조차 목구멍에서 나오지 않았지요.

하지만 엘리베이터 앞에서 아버님을 배웅할 때, 나는 용기를 내어 딱 한마디를 했어요. 무슨 일이 있어도 그 말만은 해야 한다고 생각했거든요.

"저기…… 앞으로 아버님의 마음속에서 저와 유키 씨를 저울질하지는 말아주세요."

물론 주제넘은 말이라는 건 알고 있었지요. 그때 아버님께서 어떤 표정을 지었는지는 몰라요. 난 눈물이 흘러나오기 전에

"감사합니다"라고 말하며 고개를 숙였으니까요.

그리고 엘리베이터의 문이 닫힌 다음에도 잠시 동안 그렇게 있었어요.

어머나. 냄비 요리의 국물이 다 졸았어요. 내 얘기는 음식을 드시면서 들어도 돼요.

당신, 보기보다 말이 없군요. 내 얘기에 깜짝 놀라거나 웃기만 할 뿐, 당신에 대해서는 한마디도 않는군요. 하긴 별로 듣고 싶지도 않지만요.

여자는 자기표현을 하지 않으면 손해예요. 어른이라고 해서 반드시 자기주장을 펼 필요는 없겠지요. 그러나 자기표현은 하지 않으면 안 돼요. 자기주장은 권리이지만 자기표현은 의무예요. 그것을 착각하면 윗사람에게 오해받거나 아랫사람에게 무시당하거나 동료들에게 따돌림당하지요. 실력도 노력도 정당하게 평가받지 못해요.

뭐 그건 아무래도 상관없어요. 오늘은 그 사람을 공양하기로 했으니까요.

옛 어른들은 추억을 얘기하는 게 죽은 사람에 대한 가장 큰 공양이라고 하시잖아요? 그런데 그게 정말일까요? 난 사람은 죽어버리면 끝이라고 생각하는데…….

그러니까 이건 그 사람을 공양하는 게 아니라 내 영혼을 공양하는 거예요. 사랑 공양…… 아아, 이러니까 뽕짝 제목 같네요.

당신한테 말하고 나니 마음이 한결 가벼워졌어요. 그동안 누구에게 털어놓고 싶어도 털어놓지 못했거든요.

있잖아요, 쓰바키 씨. 지금부터 내가 하는 말은 절대 비밀이에요. 죽을 때까지 당신의 가슴속에만 간직해두어야 해요. 약속할 수 있어요?

고마워요. 그러면 당신을 믿고 얘기할게요. 실은 말이죠, 지금까지 한 얘기는 나에게 그렇게 무겁지 않았어요. 문제는 앞으로 할 얘기예요. 내가 주체하지 못할 정도로 무거워하는 건 지금부터 할 얘기란 뜻이에요.

혹시 '백화점 괴담'이란 말을 들어본 적이 있어요? 어느 백화점에나 무서운 얘기가 있는 법이지요.

백화점은 역사가 깊은 곳이라서 1940년대에 개업한 곳은 오래된 축에도 끼지 못해요. 가장 오래된 곳은 에도 시대부터 같은 장소에서 같은 간판을 내걸고 있으니까요. 그 기나긴 역사만큼 여러 가지 사건이 있다 보니, 어느 백화점에나 진짜 같은 무서운 얘기가 전해지고 있어요.

그중에서도 에도 성城에 살던 몸종이 밤마다 어느 백화점 직물매장에 나타난다는 건 유명한 얘기예요.

2차대전 이전에 화재가 난 어느 백화점의 속옷 매장에는 대낮부터 귀신이 팬티를 사러 온다는 얘기가 있지요. 옛날 여자는 기모노 밑에 속옷을 입지 않아서, 불이 났을 때 사다리차도 타지 못하고 창문에서도 뛰어내릴 수 없어서 많이 죽었다고 하더군요. 그 사람들이 지금도 팬티를 사러 온다는 거예요.

2차대전 때 완전히 불타버린 어느 백화점에서는 매장의 조명을 끄는 순간 비명이 들려온다고 하더군요.

피를 질질 흘리는 마네킹 괴담은 어느 백화점에나 있구요.

왜 그렇게 히죽히죽 웃는 거예요?

아, 그렇지? 이런 얘기엔 관심이 없나 보군요. 당신도 참 재미없는 사람이네요.

하지만 백화점 괴담에 귀신 얘기만 있는 건 아니에요. 귀신보다 더 무서운 살아 있는 사람의 괴담도 있지요.

어느 백화점이든지 매장에서 사적인 이야기를 하는 건 금기사항이에요. 손님에게 실례이기도 하고 아무리 한가해도 해야할 일은 얼마든지 있으니까요. 그래서 백화점에서는 신입사원을 교육할 때, 맨 먼저 이렇게 말하지요.

일단 매장에 들어가면 직원끼리는 일에 필요한 대화 외에는절대로 하지 마라!

여자들이 많은 직장에서 사적인 얘기를 하지 말라는 건 숨을쉬지 말라는 거나 마찬가지예요. 그래서 점심시간의 사원식당이나 휴게실은 마치 전쟁터를 방불케 하지요. 여기저기에서 마구 기관총을 쏘아대는 거예요.

어쨌든 우리는 하루 종일 창문도 없는 커다란 상자 안에서 한발짝도 나갈 수 없잖아요? 즉, 모든 사람들이 감금노이로제에걸려 있다고 할 수 있어요. 그런 특수한 환경에서 백화점 괴담이 생겨난 거예요.

"있잖아, 알고 있어?"

"설마! 믿을 수 없어!"

말은 그렇게 과장되게 하면서도 대부분은 하찮은 소문들이지요.

그러나 1년에 한두 가지 정도는 머리끝이 쭈뼛해지는 무서운 이야기도 들려와요. 말 그대로 진짜 백화점 괴담이죠.

어머나, 왜 그러세요? 안색이 좋지 않아요.

뭐라고요? 죽은 사람의 얘기는 하나도 무섭지 않지만 살아 있는 사람의 얘기는 무섭다구요? 당신도 보기보단 마음고생을 많이 했군요.

그래요. 나도 이런 얘기가 훨씬 더 무서워요.

그 사람이 결혼하고 얼마 지나지 않았을 때, 휴게실에서 이런 얘기를 들었어요. 물론 듣고 싶지 않은 나쁜 소문이지만 등 뒤에서 멋대로 들려온 거라 어쩔 수 없었어요.

"있잖아, 알고 있어? 쓰바키야마 과장님 얘기."

"결혼했잖아. 안내 데스크에 있던 굉장한 미인이랑. 그건 이미 한물간 얘기야."

"그게 아니라 결혼의 과정 말이야."

"무슨 말이야?"

"그 여자, 시마다 계장과 사귀었던 모양이야."

"설마, 말도 안 돼! 그거, 쓰바키야마 과장님은 알고 있어?"

"설마 알면서 결혼했겠어? 상사가 아랫사람의 여자를 물려받다니, 아무리 쓰바키야마 과장님이 좋은 사람이라고 해도 남자의 자존심이란 게 있을 텐데."

"정말 무서운 얘기다!"

"놀라기는 아직 일러. 더 무서운 일은 그 다음이니까."

"서론이 너무 길어. 약 좀 그만 올리고 본론부터 얘기해."

"시마다 계장이랑 그 여자, 아직까지 계속 만나는 모양이야. 마루야마의 호텔 거리에서 본 사람이 있다니까 틀림없어. 그것도 평일의 대낮에. 즉, 쓰바키야마 과장님이랑 시마다 계장은 교대로 휴가를 쓰니까 데이트하기에는 딱인 거지."

"……잠깐만. 이 얘기, 완전히 원자폭탄감이야. 다른 사람한텐 절대로 말하지 마라."

"내가 어린앤 줄 아니? 아아, 어쨌든 털어놓고 나니까 속이 후련하다."

쓰바키 씨! 이봐요, 쓰바키 씨! 잠들었어요? 그만 일어나요. 아무리 술에 취했다고 해도 다른 사람이 얘기할 땐 눈을 뜨고 듣는 법이에요.

이 괴담은 한동안 휴게실을 돌아다녔지요. 물론 소문은 실제보다 과장되는 법이니까 어디까지 진짜이고 어디부터 허구인지 알 수 없지만, 오랜 시간에 걸쳐 완성된 괴담은 거의 그런 식이었어요.

시마다 씨와 유키 씨는 서로 사랑하는 사이였어요. 백화점에서는 사내연애를 금하고 있기 때문에 직원끼리의 로맨스는 결혼을 발표함으로써 사람들을 깜짝 놀라게 하는 게 보통이지요. 따라서 두 사람이 사랑한다는 건 아무도 몰랐던 거예요.

시마다 씨는 이미 장래를 보장받은 엘리트이지요. 미카미 부장이라는 든든한 후원자도 있고, 특별한 실수를 저지르지 않는 한 점장이나 임원 자리는 떼어 놓은 당상이지요.

그렇다고 안내양과 결혼하는 게 마이너스는 아니지만 엘리트는 신중하게 처신하는 법이에요. 백화점은 연줄로 움직이는 세계니까요. 가령 대형 거래처라든지 상사의 소개라든지 대학시절의 클래스메이트라든지, 자신을 돋보이게 하는 상대와 결혼하면 호랑이에게 날개를 단 격이 되잖아요.

그런 이유로 두 사람 사이에는 사랑의 깊이와는 상관없이 처음부터 가치관의 차이가 있었던 거예요. 뭐 백화점에선 흔히 있는 얘기지요.

그래서 남자의 뜨뜻미지근한 태도에 여자가 더 이상 참지 못하고 다른 남자와 전격적으로 결혼하는 것도 흔히 있는 일이에요. 그래서 그런 것 정도는 괴담도 되지 않아요.

그 사람은 정말 보기 드물게 좋은 사람이었어요. 모든 것을 털어놓을 수 있는 오빠 같은 사람이라고나 할까요? 그 사람이 곁에 있어 주기만 해도 왠지 마음이 편안해졌어요. 남자로는 몰라도 인간적으로는 누구나 그 사람을 좋아했지요.

아마 유키 씨도 그런 감정을 가지고 있는 사이에 '이 사람이라면 나를 행복하게 해줄지도 모른다'라고 생각했을 거예요. 그건 정답이었어요. 분명히 말해서 유키 씨는 남자를 보는 눈이 있었지요.

그들이 결혼에 이르기까지의 자세한 과정은 나도 몰라요. 특별히 알고 싶지도 않구요.

시마다 씨와 유키 씨가 완전히 헤어지지 않았는지, 아니면 어떤 계기로 타다 남은 불씨에 불이 붙었는지, 어쨌든 결혼한 다음에도 두 사람의 관계는 지속되었어요.

그들의 행동은 나의 상상을 초월해요. 어쨌든 나와 그들은 고도성장기를 사이에 둔 구세대와 신세대니까요.

이봐요, 쓰바키 씨. 왜 당신이 미친 듯이 화를 내는 거죠? 그만 진정하고 내 얘기를 끝까지 들으세요.

처음엔 나도 머리끝까지 화가 치밀었어요. 한때는 그 사람에게 전부 털어놓을까도 생각했고, 나쁜 시마다 녀석을 한 대 때려줄까도 생각했어요.

하지만 곰곰이 생각해보세요. 결혼한 다음에도 애인을 잊지 못하는 것, 애처롭지 않나요? 그건 그 나름대로 멋있잖아요. 첫 번째 단추를 잘못 끼운 사람은 나와 쓰바키야마도, 그 사람들도 마찬가지예요. 남녀관계는 원래 순순히 예정대로 진행되는 게 이상한 법이잖아요?

그리고 잠시 후에 유키 씨는 아이를 낳았어요. 그것을 계기로 백화점의 괴담은 아무도 입에 담지 않게 되었지요. 괴담에도 터부는 있어요. 그 다음으로 나아가는 건 너무 두려운 일이니까요.

백화점은 도시 한가운데에 있는 꿈의 상자예요. 행복한 사람도 불행한 사람도 백화점으로 꿈을 사러 오지요. 손님에게 꿈을 파는 게 직업인 우리들은 유머가 되지 않는 괴담은 금방 잊어버려요. 아마 에도 시대부터 그렇게 해왔을 거예요.

난 그 사람을 사랑했어요. 모든 것이 물거품으로 끝났지만 그 사람을 너무너무 사랑했어요. 그렇게 사랑한 기억만으로도 평생 행복할 거예요.

앞으로도 계속 손님에게 결혼반지를 추천할 때마다 생각하고, 혼자 냄비 요리를 먹을 때마다 생각할 거예요.

그만둬요. 생전 처음 보는 사람한테 위로받고 싶지 않아요. 정말 이상한 사람이군요. 왜 당신이 울죠?

미안하다니요? 왜 당신이 나한테 미안하다고 하는 거죠? 당신에게 그런 말을 들을 이유는 없는데요.

난 울지 않아요. 그 사람을 진심으로 사랑했기 때문이에요. 눈물이 나올 것 같으면 등을 쭉 펴고 환하게 웃으면서 말할 거예요.

"감사합니다, 또 오세요"라고요.

울지 말아요, 쓰바키 씨. 당신이 어디에 사는 누군지는 모르지만 사람은 고맙다는 말을 잊어버리면 살아갈 자격이 없어요.

오늘은 정말 고마웠어요. 내 신세타령을 들어줘서.

마지막 협객

7대째 내려오는 미나토야 일가의 오야붕 하치스카 데쓰조의 아침은 늦게 시작된다.

보통 50대 중반이 지나면 누구나 아침 일찍 눈을 뜨게 되지만 저혈압인 데다 저혈당, 저인격低人格으로 고민하는 데쓰조는 매일 정오가 되지 않으면 잠자리에서 기어나오는 일이 없다.

그러나 그런 데쓰조를 세상은 이렇게 평가한다.

마지막 협객. 노점업계의 모범. 큰 인물. 청빈한 사람.

그러나 이 세상에 데쓰조만큼 평가와 실제가 다른 인물은 없으리라.

그는 시바 다이몬 상점가 근처에 있는 지은 지 50년이 넘는 임대주택에 살고 있는 것으로 되어 있다. 그러나 그것은 새빨간 거짓말이고, 실은 시바 시로카네다이에 있는 거품경제가 붕괴되기 전에 구입한 최고급 빌라가 그의 거주지였다. 더구나 낡은 임대주택에는 나이를 알 수 없는 노모가 잊혀진 듯이 홀로 살고 있다. 그 노모에게 데쓰조는 '수치스런 자식'이었다. 데쓰조가 태어났을 때 지금의 노모는 이미 할머니라서, 당시에는 고령출산을 뛰어넘어 폐경기 이후의 기적적인 출산이라고 해서 산부인과 학회에 보고될 정도였다. 노모의 나이를 알 수 없는 것은 본인과 아들이 계산하기 싫다고 외면해버린 결과이다.

데쓰조는 자기 연출의 천재이다. 그러므로 사람들의 평가를 정반대로 뒤집으면 그의 정체로 이어진다. 이 사실을 알고 있는 사람은 어릴 때부터 키워온 세 명의 고붕들뿐이다. 물론 본가의 사람들도, 형제들도, 다른 고붕들도 그의 정체를 모른다. 누구나 미나토야의 데쓰조 오야붕은 시바 다이몬의 임대주택에서 병든 노모를 간병하며 가난에 찌든 생활을 감수하고 있다고 철석같이 믿고 있다.

데쓰조에게는 한밤중과 같은 오전 여덟 시. 침대의 머리맡에 있는 로코코 풍의 전화기가 코로코로 로코코 하고 울었다. 물론 설명할 필요도 없겠지만 이 의성어는 오자가 아니다. 설명하기는 괴롭지만 나 나름대로의 개그다.

"……여보세요?"

'멍청한 녀석!' 하고 호통치고 싶은 마음이 굴뚝같았지만 괜히 긴자의 아는 여자이기라도 하면 곤란할 것 같아 일단 온화하게 대응했다.

"안녕하세요? 시게타입니다."

같은 긴자이기는 하지만 시게타라는 말에 데쓰조는 결국 폭발했다.

"멍청한 녀석! 지금 몇 신 줄 알아?!"

"……헉. 아침 여덟 시군요. 죄송합니다, 형님. 혹시 어머님 죽을 끓이고 계셨나요? 아니면 주오 구區와 미나토 구 사이에 시차라도 있는 건가요?"

기분 나쁜 녀석이다. 아무래도 내 정체를 눈치챈 것 같다. 나를 뛰어넘어 차기 총장 자리를 노리고 있다는 소문이 사실일지도 모른다. 이런 때일수록 마음을 진정시키고 신중하게 대답해야 한다.

"시게타, 아침부터 전화해서 나랑 농담 따먹기 하자는 거냐? 난 어젯밤에 밤새도록 어머님을 간병하고 조금 전에 잠이 들었단 말이다."

언뜻 협객처럼 보이는 까까머리를 만지면서 데쓰조는 루이 왕조 풍의 지붕이 달린 침대에서 몸을 일으켰다. 베갯맡에 있는 버튼을 누르자 즉시 가정부가 왜건을 밀고 들어왔다.

"정말 수고 많으셨군요. 그런데 데쓰 형님, 급히 알려드려야 할 게 있어서 이렇게 아침 일찍 전화했습니다."

"복잡한 건 딱 질색이다. 간사이 지방과도 이미 화해했고."

싸구려 차를 마시는 척하면서 데쓰조는 카페오레로 아침의 목을 적셨다. 그리고 파리 브로뉴의 숲을 연상시키는 시로카네다이의 숲을 바라보며 눈을 가늘게 떴다. 어머니를 하코네에 있는 온천에 모셔간다고 하고는 1년에 세 번이나 파리로 놀러 다니는 데쓰조였다.

"실은 다케다 형제의……."

그 말을 듣는 순간, 데쓰조의 입가에서 카페오레가 주르륵 흘러내렸다.

"……다케다가 어떻게 됐나?"

"다케다는 이미 죽었으니까 어떻게 되진 못합니다. 그게 아니라 실은 다케다 형제의……."

"인마, 내 목을 조이는 듯한 말투는 집어쳐. 본론을 얘기하라구, 본론을!"

"그럼 본론부터 말씀드리겠습니다. 혹시 다케다 사건을 조사하고 있는 변호사가 그쪽으로 가지 않았습니까?"

본론을 들은 순간, 데쓰조의 큰 입에서는 카페오레가 전부 튀어나왔다.

"아, 안 왔는데. 그게 무슨 말이냐?"

"저도 처음 보는 사람인데 다케다와는 오래전부터 알던 사이라고 하더군요. 어제 아침에 저희 사무실에 와서는 꼬치꼬치 캐묻고 돌아갔습니다. 혹시 형님께도 갈지 몰라 이렇게 연락드린 겁니다. 용건은 그것뿐이니까 이만 실례하겠습니다."

전화는 멋대로 끊겼다.

침착해라! 데쓰조는 스스로를 격려하면서 담배를 한 대 피웠다.

당황할 것 없다. 내 집은 시바 다이몬의 임대주택으로 되어 있으니까 그 수상한 변호사가 여기에 나타날 일은 없다.

그나저나 정말 얼빠진 킬러가 아닌가? 만에 하나라도 실수는 없다고 큰소리를 쳐놓고, 하필이면 다케다를 신주쿠의 이치카와와 착각해서 죽여버리다니……. 세상에 이렇게 한심한 이야기가 어디 있을까?

"오야붕, 무슨 일이 있습니까?"

침실 문 너머에서 가장 믿을 수 있는 고붕이 묻는다.

"걱정하지 마라. 아무것도 아니니까."

침대에서 몸을 일으킨 데쓰조는 문신이 빼곡이 휘감고 있는 몸을 실크 가운으로 감싸며 상쾌한 바람이 불어오는 발코니로 나갔다. 그리고 새하얀 흔들의자에 몸을 묻었다.

"……이사무, 용서해다오."

지금은 세상에 없는 다케다 이사무의 이름을 안타깝게 부르고 나서 데쓰조는 고개를 숙였다.

마지막 협객. 노점업계의 모범. 큰 인물. 청빈한 사람……. 그런 평판에 어울리는 사람은 다케다 이사무 말고는 있을 리가 없다. 그는 다케다를 보면 눈이 부셔서 견딜 수가 없었다.

"만약에 신이 다음 총장을 정한다고 하면, 이사무 자네밖에 없네."

"저는 사양하겠습니다, 형님."

다케다의 웃음이 눈꺼풀 안쪽에 떠올랐다. 그는 믿을 수 없을 정도로 욕심이 없는 사내였다.

담배 연기에 눈을 꼭 감고 데쓰조는 고개를 숙인 채 혼잣말처럼 중얼거렸다.

"이사무……. 난 이치카와 녀석이 가부키초에 버티고 있는 이상 분쟁은 끊이지 않을 거라고 생각했어. 본가에서는 진작부터 나를 후계자로 점찍어놓았지. 그래서 내가 이치카와 녀석을 처리하지 않으면 안 되었어. 그런데 그 녀석은 그런 내 입장을 알면서도 분쟁을 일으키는 거야. 목숨이 몇 개 있어도 모자라는 건 이치카와가 아니라 나였지. 그래서 난 녀석을 해치우는 수밖에 없었어. 그런데 하필이면 킬러 자식이 자네와 이치카와를 착각하다니……."

데쓰조는 불평을 마치고 눈물에 젖은 얼굴을 들었다. 충격에 약하긴 하지만 회복에도 빠른 타입이었다.

그나저나 다케다 사건을 조사하고 있는 변호사라니, 대체 어떤 녀석일까? 일단 어머니에게 전화해서 낯선 사람이 찾아오면 죽은 척하라고 말해두자. 별로 어려운 일은 아니다. 꼼짝하지 않고 가만히 있으면 어머니는 누가 보아도 시체이니까. 20년 전에 그런 방법을 써서 쫓아보낸 뒤로는 공영방송인 NHK의 수금원도 두 번 다시 온 적이 없다.

침실로 돌아와 로코코 풍의 전화기에 손을 뻗으려는 순간, 문밖에서 고붕의 목소리가 들려왔다.

"오야붕, 손님이 왔는데요."

"뭐?"

데쓰조는 기겁을 하며 수화기를 떨어뜨렸다.

"어떤 변호사가 다케다 오야붕의 사건으로……."

데쓰조는 한순간 정신을 잃었지만 지금은 기절할 때가 아니라고 마음을 고쳐먹고 즉시 정신을 차렸다. 마음이 강한지 약한지 알 수 없는 타입이다. 그러나 야쿠자 중에는 이런 타입이 많은 것도 사실이다.

"그래? 실수하지 말고 들여보내라. 설마 그런 일은 없겠지만 새로운 버전의 킬러이면 안 되니까 신체수검身體搜檢을 잊지 밀고!"

귀에 익숙하지 않은 '신체수검'이란 단어는 경찰용어이다. 야쿠자와 경찰의 관계는 너무도 길고 끈끈하여 최근에는 문화적인 유사점까지 찾아볼 수 있었다. 말투는 물론이고 행동이나 생활습관까지 유사하다. 때로는 얼굴까지 비슷하게 생겨서 일반 시민들을 헷갈리게 만들곤 한다.

기나긴 세월을 함께하는 동안 존재 자체가 매우 유사해지는 현상은 일일이 손꼽을 수 없을 정도로 많다. 부부가 그러하고 미군과 자위대가 그러하고 작가와 편집자가 그러하다.

그런데 어떤 차림으로 만나는 게 좋을까? 데쓰조는 정신없이 옷장을 뒤진 끝에 남색으로 물들인 사무에(作務衣. 선종禪宗에서 일할 때 입는 작업복)로 갈아입었다.

이 얼마나 편안한 복장인가. 국적불명, 직업불명, 정체 또한 불명. 스님에게도 도예가에게도 야쿠자에게도 어울리는 복장은 이 사무에밖에 없으리라.

"됐어!"

데쓰조는 자신에게 기합을 넣고 명경지수의 마음으로 침실을 나왔다.

사자숙어에 대한 지식을 총동원하면 '명경지수明鏡止水'란 말은 원래 『장자莊子』「덕충부德充符」에 나오는 '사람은 흘러가는 물에는 비춰볼 수가 없고 고인 물에 비춰보아야 한다'는 말에서 연유한다. 즉, 흐르는 물에는 모습이 보이지 않지만 정지해 있는 물에는 본래의 모습이 뚜렷이 보인다는 말이다. 그러니 마음을 정리하고 냉정하게 판단하라는 뜻이다. 그 유명한 모로하시 데쓰지(諸橋轍次. 1883~1982. 한학자. 중국철학자) 박사가 이 말에 의거하여 '지헌止軒'이라고 호를 지었을 정도니까 인생의 지언至言이라고 할 수 있으리라.

물론 모로하시 박사의 명예를 위해 덧붙이자면 데쓰조가 이것을 좌우명으로 삼고 있는 것은 단순한 우연에 지나지 않는다.

변호사는 20평 정도 되는 큰 거실에서 예의바른 자세로 데쓰조를 기다리고 있었다.

변호사를 본 순간 데쓰조는 고개를 갸웃거렸다. 어디선가 만난 적이 있는 것 같았기 때문이다. 그는 자신의 직업상 어디선가 만난 적이 있는 변호사는 딱 질색이었다.

"많이 기다리셨소? 내가 하치스카 데쓰조요."

"안녕하십니까? 갑자기 찾아와서 실례가 되지는 않았는지요?"

변호사의 표정에서도 어딘지 모르게 그리움이 묻어났다. 그러나 당황해서는 안 된다. 명경지수의 마음, 명경지수의 마음!

"혹시…… 예전에 어디선가 만난 적이 있지 않소?"

변호사가 내민 명함을 보고 고개를 갸우뚱거리며 데쓰조가 물었다.

"아, 아닙니다. 높은 이름은 오래전부터 들어서 알고 있었습니다."

수상하다. 변호사답지 않게 동요하고 있다. 더구나 마치 뜻밖이라는 식으로 거실을 둘러보고 있다.

"여기는 어떻게 아셨소?"

"세상의 일은 무엇이든 알고 있는 어느 곳에서 알았습니다."

"……어느 곳이라뇨?"

"그건 제 입장상 말씀드릴 수 없습니다."

데쓰조는 심각한 고민에 빠졌다. 자신이 이 빌라에 산다는 것은 본가는 물론이고 경찰서나 세무서에서도 모르고 있다. 더구나 입장상이라는 표현에서는 공공기관의 냄새가 풀풀 풍긴다. 경찰이나 세무서보다 뛰어난 정보수집력을 갖추고 있는 공공기관이라면 자위대나 CIA 정도일 것이다. 그러나 자신이 그렇게 유명해진 기억이 없는 것을 보면 역시 매스컴이 아닐까? 일간신문에서는 무리라고 해도, 잡지사 정도라면 파악하고 있을 가능성이 있다.

"힌트라도……."

"구태여 힌트를 드리자면 속세를 떠난 곳이지요. 더 이상은 묻지 마십시오. 무서운 일을 당할 수도 있으니까요."

알았다. 간결하지만 좋은 힌트. 속세를 떠난 사람이라면 어머니가 틀림없다. 꼼짝하지 말고 죽은 척하라는 전화가 늦은 것은 아무리 생각해도 통탄할 만한 일이다.

"그런데 형님……. 아아, 실례했습니다. 하치스카 데쓰조 씨."

'형님'이라는 말이 아무렇지도 않게 나오다니. 이 녀석은 대체 어떤 녀석일까?

"실은 얼마 전에 세상을 떠난 다케다와 저는 형제나 다름없었지요. 그가 당신을 언제나 '형님'이라고 부르기에 저도 그만 그렇게 불렀습니다. 용서해주십시오."

갑자기 죽은 다케다에 대한 그리움이 가슴에 치밀어 올라와서 데쓰조는 사무에의 소매 끝으로 눈시울을 닦았다.

"이사무 녀석이 나를 그렇게……."

"네. 데쓰조 오야붕 같은 남자가 되고 싶다는 게 그의 입버릇이었지요."

"으으윽…… 이사무 녀석이…… 나를……."

난 너 같은 남자가 되고 싶었다. 데쓰조는 마음속으로 그렇게 말하며 다케다의 영혼을 향해 손을 모았다. 변호사가 무슨 일로 왔는지는 모르지만 다케다와 형제나 마찬가지라면 그의 영혼이 깃들어 있을지도 모른다.

"용서해줘, 이사무. 내가 잘못했어!"

데쓰조는 소파에서 미끄러지듯 내려와 바닥에 손을 짚었다.

"뭐라고요?!"

변호사가 벌떡 일어섰다. 위험하다. 그만 흥분해서 하지 말아야 될 말을 해버렸다. 명경지수, 명경지수! 데쓰조는 마음속으로 복창하고 나서 고개를 치켜들었다.

"오해하지 말아요, 선생. 내가 이사무 녀석을 그렇게 만들었다는 게 아니니까. 다만 형님이라는 내가 두 눈을 뻔히 뜨고 그 녀석을 죽게 내버려뒀다는 말이오."

변호사는 숨을 크게 내쉬더니 자리에 앉았다. 아무래도 변호사 녀석도 명경지수의 마음을 가지고 있는 것 같았다.

가정부가 홍차를 가져왔다. 여기까지 온 이상, 차도 대접하지 않고 돌려보낼 수는 없다. 어차피 어머니는 그렇게 오래 살지 못하겠지만 이 녀석은 오래 살 것이다.

"그런데 무슨 일이오?"

변호사는 신기한 것이라도 보는 듯한 표정으로 웨지우드의 티컵과 데쓰조의 얼굴을 번갈아 쳐다보았다. 가정부가 바카라 잔에 따른 미네랄 워터도 이 근처의 슈퍼마켓에서 산 게 아니다. 프랑스 산産 페리에이다.

"선생, 용건을 말해야지요?"

그러자 변호사는 정신이 돌아온 듯 말하기 시작했다.

"아, 예. 다케다의 인품과 됨됨이는 친구인 제가 누구보다 잘 압니다. 그는 남에게 원한을 살 만한 사람이 아닙니다. 그래서 혹시 다른 사람으로 착각해서 살해당한 게 아닐까 하는 생각이 들더군요. 대단히 실례되는 질문이지만 데쓰조 씨께선 예전에 간사이 지역 조직과 분쟁이 있으셨지요?"

단도직입이란 말은 이런 것을 두고 하는 말이리라. 데쓰조는 한순간 아득해지는 기분이었지만 고붕의 헛기침을 듣고 즉시 정신을 차렸다.

"지금 혹시 정신을 잃으셨던 건가요?"

"아니오. 혹시 생각나는 게 없을까 해서 잠시 눈을 감아본 것 뿐이오. 그런데 아무리 눈을 감고 생각해보아도 이미 타협이 끝난 마당에 새삼스럽게 나를 죽이려는 녀석이 있을 것 같진 않소."

진실을 확인하려는 듯 변호사는 잠시 데쓰조를 똑바로 쳐다보았다. 어린 시절부터 주먹 싸움에는 자신이 없었지만 눈싸움에는 자신이 있었다.

"난 거짓말은 하지 않소. 그건 저승에 있는 이사무가 누구보다 잘 알 것이오."

거짓말은 아니다. 적어도 변호사의 질문에 대한 대답에는 털끝만큼의 거짓도 없었다.

다케다 이사무가 다른 사람으로 착각해서 살해당한 것은 틀림없지만.

"그러세요……?"

변호사는 어깨의 힘을 빼고 잠시 공허한 시선으로 탁자를 쳐다보다가 이윽고 유령처럼 천천히 일어섰다. 데쓰조의 대답에 낙담한 것인지, 건장한 체격에서는 전혀 생기를 느낄 수 없었다.

"선생. 이사무를 친형제처럼 아껴주는 건 고맙소만 이미 지난 일이오."

데쓰조는 홍차를 한 모금 마시고 나서 말했다.

"알고 있습니다. 이제는 아무 의미 없는 탐색이라는 걸."

"그렇다면 왜 이렇게 위험한 일을 하시는 거요?"

"제가 할 수 있는 일은 그것 말고는 아무것도 없으니까요."

의리 있는 사내다. 데쓰조는 그렇게 생각했다. 다케다의 친구라고 했는데, 욕심이 느껴지지 않는 점은 분명히 닮은꼴이다. 의리에 살고 의리에 죽는 것이 얼마나 손해인지, 이 녀석은 아직 모르는 것이리라.

"번거롭게 해드려서 죄송합니다. 이만 물러가겠습니다, 형님. 아, 아니 데쓰조 씨."

소파에 앉아 있는 데쓰조를 정면으로 보더니 변호사는 손가락 끝까지 쭉 펴고 나서 깊숙이 고개를 숙였다. 참으로 기묘한 녀석이다. 오랜 교도소 생활에 길들여진 야쿠자도 요즘에는 이렇게 진지한 자세로 인사하지 않는다. 이것은 마치 이승에서의 이별과 같은 인사가 아닌가.

"그리고 쓸데없는 말인지는 모르지만, 당신의 프라이버시에 대해서는 결코 말하지 않을 테니까 안심하십시오."

이런! 이 녀석은 가장 마음에 걸리는 말을 지껄이고 있다. 그렇다면 뭔가? 이 프라이버시가 내 자아自我와 관련된다는 것을 알고 있다는 뜻인가?

살려둘 수 없다. 데쓰조는 마음속으로 결심했다.

"신경 써주셔서 고맙소. 그러면 난 여기에서 인사를 하겠소."

한 번 더 고개를 숙이고 나서 변호사는 문득 생각났다는 듯 말했다.

"아참, 다케다의 젊은 고붕들은 잘 지내고 있습니까?"

"요시오와 이치로 말이군요. 좋은 녀석들이지요. 오늘은 다카하타에 있는 절에 갔을 텐데."

다케다 밑에 있던 고붕들은 요즘 보기 드물 정도로 예의범절을 갖추고 있었다.

"다카하타에 있는 니와바(절의 마당) 말이군요."

니와바?! 이 녀석 뭐지? 은근슬쩍 우리 노점업계의 용어를 사용했다. 그렇다면 이 업계에 대해 잘 알고 있다는 말이다. 혹시 다른 조직의 고문변호사를 맡고 있는 건 아닐까? 이제는 더더욱 살려둘 수 없다.

"그러면 형님. 죄송했습니다."

"……."

"이런 또 실례했군요, 데쓰조 씨."

"……흠, 실례는 무슨."

변호사가 거실에서 나가자 데쓰조는 뒤에 서 있던 고붕을 손으로 불렀다.

"야스. 저 녀석을 보내버려."

야스는 가장 신뢰할 수 있는 고붕이다. 오야붕의 말이라면 새까만 까마귀도 새하얗다고 말하는 전형적인 야쿠자이다. 데쓰조를 위해 교도소에 다녀온 것이 일곱 번. 그는 열네 살 때부터 거의 반세기를 교도소의 담벼락 안에서 보냈다. 그렇다면 가장 신뢰한다고 해도, 사실은 잘 모르는 사이라고 해야 옳지 않을까?

"넵, 알겠습니다."

야스는 안주머니에서 소형 권총을 꺼내 안전장치를 풀었다.

"미안하구나. 이번엔 세상에 나온 지 겨우 일주일밖에 되지 않았는데."

"걱정하지 마십쇼. 요즘은 어디가 밖이고 어디가 안인지, 저도 잘 분간이 안가니까요."

"그래? 그거 참 다행이군."

"그러면 오야붕, 다녀오겠습니다!"

"그래 다녀와."

말이 끝나기도 전에 야스는 질풍처럼 뛰어나갔다. 과연 야스다. 출소하고 나서 일주일 동안은 한낮의 가로등처럼 멍하니 서있기가 일쑤였는데, 명령을 내린 순간 총알같이 뛰어나가다니…… 그런 야스라면 만에 하나라도 실수는 없으리라.

그러나 그로부터 5분 뒤, 야스는 새파랗게 질린 얼굴로 뛰어들어왔다.

"오, 오야붕. 큰일났습니다!"

"무슨 일이냐? 당한 거냐? 그렇다면 뻔뻔스럽게 돌아오지 말고 거기서 뒈져야지!"

야스는 차갑게 식은 홍차를 한꺼번에 들이키고 나서 도저히 믿을 수 없는 말을 했다.

"그 녀석, 엘리베이터 안에서 연기처럼 사라졌어요. 마치 귀신처럼요!"

"뭐?"

데쓰조는 또다시 정신을 잃었다가 바로 정신을 차렸다.

"……야스. 내가 너한테 너무 고생을 많이 시켰구나. 너처럼 뛰어난 녀석이 표적을 놓치다니."

"그게 아니에요! 엘리베이터 안에서 등에 총을 댄 순간, 연기처럼 사라졌다니까요!"

"흐음……."

데쓰조는 고붕의 극악무도하면서도 창백한 얼굴을 노려보았다. 좀 더 그럴듯한 변명을 하면 얼마나 좋을까? 하지만 이 녀석의 실패를 책망해서는 안 된다. 하찮은 짐승인 말도 전투에 계속해서 참가하는 것은 쉽지 않다. 연육장소제(年六場所制. 일본 씨름인 스모에서 1년에 여섯 곳에서 시합하는 일, 한 장소에서의 시합은 15일. 1958년부터 시행)로 바뀌고 나서는 스모 선수들도 이만저만한 고생이 아니다. 기계도 계속 사용하면 잔고장이 많지 않은가. 이 나이에 출소한 지 겨우 일주일 만에 일을 시킨 것은 역시 무리였다.

"괜찮다. 그 변호사가 어떤 소문을 퍼뜨리든 내 평판은 철판이니까. 가령 사람들 귀에 들어갔다고 해도 차기 총장에 대해 험담을 할 녀석은 없을 거다."

데쓰조는 겁이 많은 대신에 희망적 관측에 강했다. 세심한 주의와 대담한 돌변이 그의 주특기였다.

"그나저나 야스. 네 녀석의 교도소 동긴지 뭔지 하는 간사이 지방의 킬러 말인데……."

"그 녀석이라면 걱정하지 마십쇼. 그 녀석의 손에 걸린 이상, 신주쿠의 이치카와는 오래가지 못할 겁니다. 그 녀석은 젊은 시절에 히로시마 전쟁에서 세 명, 제1차·제2차 오사카 전쟁에서 다섯 명이나 표적을 없앤 실력자 중의 실력자니까요."

"그거 혹시 자진신고自進申告가 아닌가?"

"무슨 말씀이시죠?"

"이것 봐. 이 세상에 자진신고만큼 믿을 수 없는 건 없어. 한번 생각해보게. 전 국민이 성실하게 세금을 신고하면 세무서 따위는 필요가 없어."

"오야붕. 빙빙 돌려서 말씀하시지 말고 딱 잘라서 말씀해주십
시오. 오야붕께서 빙빙 돌리면 돌릴수록 제 머리는 돌아가지 않
으니까요."

야스는 요즘 보기 드문 실력 있는 킬러라고 하면서 교도소 동
기를 소개해주었다. 솔직히 말하면 입장이 곤란할 것이다. 그러
나 중대한 의혹을 이대로 덮어둘 수 없어서 데쓰조는 심장이 멎
지 않을 정도로 부드럽게 말했다.

"그 녀석한테 거금을 지불하고 나서 시간이 많이 지났지?"

"예에, 그건 그렇죠."

"그동안 이치카와가 죽지 않고 다케다가 죽었어. 이상하다고
생각하지 않나?"

한낮의 가로등처럼 멍하니 서 있는 야스의 얼굴에 순식간에
무거운 먹구름이 드리워졌다.

돌연 눈앞이 새하얘지더니, 어느새 눈이 팽팽 도는 빛의 소용
돌이 속에서 헤엄치고 있었다. 그러다 정신을 차린 순간 다케다
는 눈에 익은 절의 문 앞에 서 있었다.

검은 환생가방 안에서 휴대폰 소리가 들렸다.

"왜 그렇게 위험한 짓을 하는 거예요? 사람 간 떨어지겠어요.
제발 그만 좀 하세요."

날카로운 여자의 목소리는 리라이프 서비스센터의 마야였다.

"죄송합니다……."

배웅하러 나온 데쓰조의 고붕이 엘리베이터 안에서 권총을 들이댄 것까지는 기억하고 있다. 두 번 죽은 것일까? 하지만 주위를 둘러보니 그런 것은 아닌 듯했다.

"자동공간이동시스템이 작동했기에 망정이지, 예전의 수동시스템이었다면 당신은 한 번 더 죽었을 거예요."

"한 번 더 죽는다구요? 그러면 왠지 귀찮은 일이 벌어질 것 같군요."

"그래요. 책임을 추궁당하는 건 당신이 아니라 나예요. 상사에게 귀가 따갑도록 잔소리를 들어야 하고 시말서도 써야 하고, 자칫 잘못하면 해고를 당할지도 몰라요. 그러니까 앞으로는 제발 좀 자중해주세요. 알았죠?"

마음껏 분노를 터뜨린 다음, 저승에서 온 전화는 뚝 끊겼다.

전후 사정은 대충 감이 잡혔다. 어쨌든 시시콜콜 참견하고 불평하면서도 자신이 가고 싶어하는 목적지에 데려다주다니, 이렇게 편리한 서비스가 또 있을까?

그는 지금 다카하타의 절 앞에 서 있었던 것이다.

오래된 인왕문을 통과해 '수국축제'로 사람들이 북적거리는 경내를 둘러보았다. 경내에 가득 고여 있는 선향 연기를 가슴 가득 들이마시자 어찌된 일인지 공복이 채워졌다.

그곳은 데쓰조의 미나토야 일가가 담당하고 있는 진언종의 고찰古刹이다. 절 주위엔 도쿄의 교외라고는 생각할 수 없을 정도로 울창한 산이 자리잡고 있다. 화려한 경내를 보니 본존인 부동명왕의 영험과 사람들이 이 절에 기울이는 두터운 신앙심이 느껴졌다.

서민들의 즐거움이었던 엔니치(緣日. 신불을 공양하고 재를 올리는 날)는 최근 들어 어디를 가도 사람들이 없어서 쓸쓸하지만 이 절에 모이는 데키야의 숫자는 예전과 변함이 없었다. 참배길을 걸어가던 그는 아는 사람을 보고 자기도 모르게 말을 걸뻔하다가 흠칫 놀랐다. 그럴 때마다 그는 사자의 슬픔을 곱씹지 않으면 안 되었다.

5층탑으로 올라가는 돌계단 아래에서 요시오와 이치로는 좌판을 벌이고 있었다. 그는 버터감자를 파는 두 사람의 모습을 멀리 떨어진 곳에서 잠시 동안 지켜보았다.

자신의 고붕들 중에서 가장 나이가 많은 요시오는 올해로 서른 살이 되었을 것이다. 이제 가르쳐줄 것은 아무것도 없을 정도로 한 사람 몫을 충분히 해내고 있었다.

경기가 좋은 시절이라면 둥지를 떠난 형님들과 같이 손을 씻게 했을 텐데, 고생을 시키고 싶지 않다는 부모의 마음으로 그 얘기는 꺼내지 않았다.

그렇게 생각하니 그의 죽음으로 가장 손해를 본 사람은 요시오인 것 같다. 손을 씻을 기회를 잃은 데다가 다른 곳에서 간 고붕은 신참자로서 미나토야의 고붕들 밑으로 들어가야 하기 때문이다.

만약에 병실에서 천천히 죽었다면 아마 요시오를 후계자로 임명해서 일가의 명맥을 이었을지도 모른다. 요시오라면 충분히 자신을 대신할 수 있을 것이다. 그는 평소에 요시오가 손을 씻고 싶지 않다고 하면 후계자로 삼을 생각을 하고 있었다.

요시오는 말이 없는 사람으로, 결코 신세타령을 하지 않았다. 그래서 그의 출생에 대해서는 그도 자세히 알 수 없었다. 그리고 자세히 알 필요가 없을 정도로 요시오는 신뢰할 수 있는 훌륭한 고붕이었다.

그가 걱정하지 않아도 요시오는 가까운 장래에 일정한 절차를 밟아 '공진회 5대째 오야붕'의 간판을 걸어줄 것이다.

나무찜통을 들여다보는 요시오 옆에서 이치로가 손님을 부르고 있었다. 이치로는 무슨 물건을 팔아도 말솜씨가 뛰어났다. 무엇보다 손님에게 보내는 미소가 보는 사람을 기분 좋게 만들어주었다.

2년 전에 소년원에서 나온 이치로의 신원보증인이 정해지지 않자 옛날부터 알고 있던 보호관찰관이 그에게 이치로를 부탁했다. 미혼모였던 어머니가 귀찮은 자식을 버리고 자신의 행복을 선택했었던 것이다.

그는 그 어머니도 몇 번 만나보았는데, 박정하다는 생각이 들기는 했지만 미워할 수는 없었다. 그러고 나서 결심했다. 이치로의 거짓 웃음을 진짜 웃음으로 바꿔주겠다고. 어른들에게서나 볼 수 있는 붙임성을 어린애다운 애교로 고쳐주겠다고.

이치로는 나이는 어리지만 영리한 소년이었다. 이치로의 웃음 뒤에 자신의 인생을 모색하려는 진지함이 숨어 있다는 것을 그는 알고 있었다. 이치로는 언제, 어떤 상황에서도 세상을 향해 밝게 나아가고 있었던 것이다.

"어서 오십쇼, 어서 오십쇼! 홋카이도의 도카치 평야에서 생산한 따끈따끈한 감자입니다. 따끈따끈한 감자에 버터를 살짝 올려 4백 엔! 자, 어서 오십쇼, 어서 오십쇼!"

요시오는 이를 악물고 눈물을 참고 있고, 이치로는 타고난 밝은 미소로 사람들에게 힘을 주고 있음에 틀림없다.

"하나 먹어도 될까?"

그는 노점으로 다가가면서 말했다.

"네, 버터감자 하나! 마요네즈도 있지만 버터가 훨씬 좋지요. 물론 버터 대신 식물성 마가린이지만 건강엔 이게 훨씬 좋답니다!"

이치로의 말솜씨는 100점 만점이다. 버터 대신에 마가린을 사용하고 있는 것을 멋진 변명으로 만회하고 있다.

"손님, 혼자 오셨어요? 가족들에게 선물할 수 있도록 싸드릴 수도 있는데요. 전자렌지에 데우면 간식으로 최고랍니다. 이건 다른 감자와는 맛이 달라요. 어서 오십쇼, 어서 오십쇼! 홋카이도의 도카치 평야에서 생산한 따끈따끈한 감자가 있습니다!"

손님은 손님이 많은 가게로 몰려드는 법이다. 그래서 이치로는 손님이 있는 사이에 재빨리 다른 손님들을 불러들이고 있다. 그는 이미 장사의 비결을 터득한 것이다.

"이봐, 아오치(바람)가 불고 있어. 뚜껑을 덮는 게 좋지 않을까?"

그는 무의식적으로 데키야의 은어를 입에 담았다. 그 순간, 나무찜기의 연기 건너편에서 요시오가 날카로운 눈길로 쳐다보왔다. 이치로도 흠칫 놀라며 마가린 통의 뚜껑을 덮었다.

"혹시 우리 오토모다치(동업자)인가요?"

요시오는 머리에 맨 수건을 풀고 역시 은어로 물었다. 그의 풍채를 보고 노점을 둘러보는 그 지역의 오야붕이라고 생각한 것 같았다.

"비슷한 거요."

그는 난처한 표정으로 머쓱하게 대답했다.

"이거 실례가 많았습니다. 이봐 이치로, 잠시만 부탁해."

이쪽으로 오라는 식으로 요시오는 손을 내밀어 그를 포장마차의 뒤쪽으로 안내했다. 그 지역의 오야붕에 대한 거친 행동을 사죄하려는 걸까? 그는 요시오가 이끄는 대로 사람들의 눈에 띄지 않는 나무 사이로 들어갔다.

요시오는 하얀 옷의 허리띠를 풀고 그를 마주 보고 서서, 작지만 또랑또랑한 목소리로 데키야의 인의(仁義. 노점상이 첫 대면 때에 행하는 특수한 형식의 인사)를 말했다.

"이제 막 시작한 신출내기로서 아직 익숙하지 않은 인의를 올리고자 합니다. 드리는 말씀에 실수가 있으면 용서바랍니다. 지금부터 삼가 말씀드리겠습니다."

요시오! 그는 마음속으로 소리쳤다. 그리고 껴안고 싶은 충동을 억누르면서 똑바로 서서 요시오를 마주 보았다.

"하게."

고붕의 인의를 듣는 것은 이번이 처음이었다.

"이렇게 찾아주셔서 진심으로 감사드립니다. 본인의 출생으로 말씀드리자면 도쿄의 ˚후카가와입니다. 그리고 저희 오야붕으로 말씀드리자면 공진회 4대였던 다케다 이사무입니다······."

눈길을 피해서는 안 된다. 그것이 인의의 예다. 그러나 고붕과 마주 선 그의 눈에선 눈물이 흘러나왔다. 요시오는 이미 세상을 떠난 그를 오야붕이라고 하면서 인의를 말하고 있다.

"그러면 이 젊은 녀석의 이름을 말씀드리고자 합니다. 제 성은 스기우라, 이름은 요시오. 어쨌든 이 지역의 오야붕 님과 동업자들을 귀찮게 하는 자입니다. 조금 전에는 몰라 뵙고 실수를 저질렀습니다. 고개를 조아려 깊이 사죄드립니다."

훌륭한 인의다. 고풍스러운 관습이기는 하지만 자신을 낮추고 상대를 높여주는 인사는 아주 중요하다.

그는 똑바로 서서 얼굴을 마주 본 채 인의에 답하려다가 자신에게는 말할 수 있는 이름이 없다는 사실을 깨달았다.

그 대신 그는 머뭇거리며 고붕의 이름을 불렀다.

"요시오······. 자네는 아직도 다케다의 고붕인가?"

요시오는 웬만한 일에는 동요하지 않는 사람이다. 갑작스런 질문에도 당황하지 않고 그를 노려본 채 목소리를 짜냈다.

"네. 저는 조금 사정이 있어서 미나토야의 데쓰조 오야붕에게 잠시 신세를 지고 있지만 저에게 오야붕은 한 사람밖에 없습니다. 제 오야붕은 평생 다케다 이사무입니다."

그는 시든 꽃처럼 고개를 숙이고 나서 허리를 쭉 폈다.

"죄송합니다. 저의 말씀과 행동에 불민한 점이 있었다면 용서해주시기 바랍니다."

"아니네."

그렇게 중얼거리고 나서 그는 요시오를 가볍게 껴안았다.

"무심결에 무례를 범하고 말았군. 난 인의를 받을 자격이 없는 사람이야. 실은 이미 오래전에 손을 씻은 사람이네. 자네 오야붕과는 오랜 친구 사이였지."

"저희 오야붕을 아시나요?"

요시오는 의외라는 듯 그의 옆얼굴을 바라보았다.

"다케다에게 불행한 일이 있었다는 소식은 들었네. 자네들도 가슴이 아프겠지만 이것도 인생의 시련이라고 생각하고 열심히 살아가게."

그는 요시오의 손을 잡고 이치로의 어깨를 껴안으며 이별을 알린 다음, 수많은 인파 속으로 들어갔다. 그 다음 말을 해줄 수 없는 것은 괴로운 일이었다. 오랜 시간을 함께 살아온 요시오는 낯선 남자의 행동에서 이상한 점을 느꼈음이 틀림없다.

경내를 빠져나와 신호등을 건넜을 때, 그의 등에 예리한 목소리가 꽂혔다.

"오야붕!"

인왕문 밑에서 요시오가 사자死者의 모습을 찾고 있었다.

낯선 남자에게 영혼의 존재를 느낄 정도로 요시오는 자신을 연모하고 있는 것이리라. 그러나 정체를 밝혀서는 안 된다.

그는 허리를 숙이고 사람들 사이로 사라졌다.

여름의 별자리

별님이 참 예쁘다.

이 별자리 가운데 어디에 저승이 있을까? 거문고자리, 독수리자리, 백조자리, 전갈자리. 이 가운데 어느 것일까?

사람이 아직 모르는 것. 과학으로는 해명할 수 없는 우주의 신비.

사람이 죽으면 영혼은 빛보다 훨씬 빠른 속도로 저승으로 간다. 그리고 새로운 생활이 시작된다.

그래서 사실 죽음은 무서운 게 아니다. 미지未知에 대한 공포, 무지無知로 인한 공포, 단지 그것뿐이다. 극복해야 하는 것은 아주 약간의 고통과 괴로움, 사랑하는 사람들과 잠시 동안 헤어지는 슬픔. 이건 이사 가는 거나 마찬가지다.

세 살 때, 나는 엄마와 아빠가 데리러 와서 보육원을 떠났다. 그동안 신세진 선생님들과 따뜻하게 대해준 형, 누나들과 헤어졌다. 그때와 똑같은 상황이다. 나는 세 살 때 죽고, 키워준 엄마

아빠의 아이로 다시 태어났다.

……그나저나 요스케는 왜 이렇게 안 오지? 캄캄한 공원에서 그네를 타고 있으면 경찰 아저씨가 데려갈지도 모르는데.

요스케는 어두워지면 데리러 오겠다고 했다. 그러니까 자기 집 근처에 있는 이 공원에서 잠시만 기다리라고 했다.

오늘 자기 방에서 재워주는 것을 요스케의 엄마에게는 말할 수 없으니까 하는 수 없다. 어쨌든 왠지 로미오와 줄리엣이 된 것 같아서 낭만적인 기분이 든다. 애인을 만날 때보다 애인을 기다릴 때가 훨씬 아름다운 시간이 아닐까?

끼익 끼익. 그네를 타고 있는데 밤하늘에 별님이 돌아간다.

머리 꼭대기에서 빛나는 것은 북쪽왕관자리와 헤라클레스. 목자자리에서 가장 밝은 별은…… 뭐였더라? 그래, 아크타우루스.

별자리는 입양된 직후, 너무너무 좋아했던 할머니가 정원에서 가르쳐주었다.

슬픔이 밀려들 때는 별을 보렴. 그러면 자신이 얼마나 작고 시시한 일로 고민하고 있는지 알 수 있으니까…….

요스케의 할아버지, 자기만 믿으라고 했는데 정말로 괜찮을까? 보육원의 선생님들을 다 아니까 우리 엄마랑 아빠에 대해서도 알 수 있을 거라고 하면서 등줄기를 쭉 펴고 가셨는데…….

시선을 고정시키니 여름의 밤하늘에 흐르는 은하수가 희미하게 보였다. 직녀성은 거문고자리인 베가, 견우성은 독수리자리인 알타일이다.

끼익 끼익. 그네를 타면서 올려다보는 밤하늘의 별님이 참 예쁘다.

나를 낳아준 엄마와 아빠에게 고맙다고 말하고 무사히 저승으로 돌아가면 할머니를 찾아봐야지.

할머니에게는 꼭 물어보고 싶은 게 있다. 내가 잘 몰랐던, 지구라는 별에 대해서이다.

아, 요스케가 왔다.

왜 이렇게 늦었냐고 투정부리는 건 그만두자. 기다리는 시간도 낭만적이었으니까.

"미안해. 밥을 먹는 바람에 늦었어. 배가 많이 고프지, 렌 짱?"

"괜찮아. 난 배가 하나도 고프지 않아."

"괜히 허세부릴 것 없어. 과자랑 컵라면 정도는 있으니까. 자, 어서 가자."

요스케의 손은 아주 따뜻했다. 세이조 거리에서 처음 만났을 때부터 요스케는 계속 내 손을 잡아주었다.

그렇게 손을 잡은 채 여기로 오는 전철 안에서 슬픈 말을 했다. 아빠가 돌아가셨다고. 나는 너무 슬퍼서 고개를 끄덕이기만 했다. 억지로 미소를 지으며 그렇게 말하는 요스케가 불쌍해서 견딜 수 없었다.

나와 요스케는 손을 잡고 길게 이어져 있는 언덕길을 올라갔다.

가로등이 늘어서 있는 언덕배기에 동화에 나오는 것처럼 귀여운 집이 있었다. 현관 화단에는 새하얀 꽃이 피어 있었다. 저승 가는 길에 피어 있던 것과 똑같은 꽃이었다.

"거실에서 현관이 보이니까 정원에서 잠시만 기다려."

나는 이렇게 작은 집이 어떤 구조로 되어 있는지 모른다. 아마 TV 드라마에 나오는 집처럼 밥을 먹으며 뒤를 돌아보면 현관이 보이는 집이리라.

요스케는 현관을 통해 집 안으로 들어가고 나는 발소리를 죽이며 마당으로 들어갔다. 작지만 아름다운 정원이다. 요스케의 엄마도 정원 손질을 좋아하나 보다.

아, 큰일났다. 개가 있다.

제발 짖지 말아줘. 난 수상한 사람이 아니야. 요스케의 친구야.

개가 알아들었는지 코를 킁킁거리며 머리를 가까이 댔다.

별빛을 받은 정원에는 장미가 가득 피어 있었다.

2층 창문이 열리고 요스케가 발코니에서 얼굴을 내밀었다.

비상용 줄사다리가 스르르 내려왔다.

"됐어, 어서 올라와"라고 요스케가 속삭이듯이 말했다.

근사하다. 정말로 로미오와 줄리엣 같다.

우리 아빠는 일을 하다가 벽에 부딪히면 큰 소리로 셰익스피어를 낭독하곤 했다. 몸짓 손짓을 섞어가며 책을 읽으면서 집 안을 어슬렁어슬렁 돌아다녔다. 슬럼프에 빠졌을 때는 그렇게 하는 게 가장 좋다고 했다. 그런데 아빠는 하루에도 몇 번씩 슬럼프에 빠지기 때문에 내가 셰익스피어를 외울 정도였다.

잠깐만! 이건 위쪽과 아래쪽이 반대잖아? 로미오가 발코니에 있고 줄리엣이 정원에 있다니! 뭐 상관없나?

어머나, 멍멍이 아저씨. 밑에서 팬티를 훔쳐보면 안 돼. 엉큼

하긴!

"거의 다 됐어. 조금만 더 힘을 내."

요스케가 난간에서 손을 내밀었다. 그리고 나를 끌어올리자마자 재빨리 줄사다리를 접었다. 그런 요스케가 너무 믿음직스럽게 보였다. 이 녀석은 틀림없이 여자아이들에게 인기 짱일 것이다.

갑자기 거실 창문이 열리고 밑에서 엄마의 목소리가 들렸다.

"요스케! 왜 그렇게 시끄럽니?"

우아, 위험하다. 위기일발!

"아, 아무것도 아니야. 루이가 짖어서 내려다봤을 뿐이야."

요스케는 상당히 침착하다. 대단한 인물이다.

"그래? 혹시 누가 있는 거니?"

"있긴 누가 있어? 아무도 없어. 그럼 난 공부할게."

"그래, 열심히 하렴."

"공부에 방해되니까 절대로 올라오지 마."

요스케는 살짝 혀를 내밀더니 창문으로 내민 고개를 집어넣었다.

"신경 쓰지 마. 웰컴Welcome. 우리 집에 온 걸 환영해."

이 녀석 정말 멋있다. 돌아가셨다는 아빠는 틀림없이 멋진 사람이었을 거다.

"그럼 실례할게."

나는 새시를 닫고 커튼을 치고 나서 침대에 앉았다. 왠지 가슴이 두근거렸다.

"요스케, 처음이 아니지?"

"응? 뭐가?"

"이렇게 네 방으로 여자를 끌어들인 거 말야."

"말도 안 돼. 이번이 처음이야!"

거, 짓, 말. 눈동자가 흔들리고 있다. 공부만 열심히 하는 범생이인 줄 알았는데, 이 녀석 제법이다!

나는 요스케의 방을 둘러보았다. 내 방처럼 잘 정리되어 있지는 않지만 그 대신 꿈이 가득 담겨 있는 게 느껴졌다.

"저건 뭐야?"

나는 책장 위에 진열되어 있는 오래된 배와 비행기의 모형을 가리켰다.

"제로센(2차대전 당시의 일본 전투기)과 전함 야마토(2차대전 당시의 일본 전함)."

"그게 뭐야?"

"우리 아빠가 어렸을 때 만든 플라스틱 모형이야. 옛날에 일본은 훌륭한 전투기랑 군함을 많이 갖고 미국이랑 전쟁했대. 비록 졌지만 말이야."

그 얘기라면 들은 적이 있다. 미국뿐만 아니라 전 세계를 상대로 전쟁을 했다고 한다. 일본처럼 조그만 나라가 정말로 그럴 수 있었을까? 마치 거짓말 같다.

"너 책 좋아하는구나?"

"그래. 하지만 TV나 게임은 별로 좋아하지 않아."

이런! 나와 취향이 비슷하다. 살아 있을 때 친구가 됐다면 좋았을 텐데.

"『해리포터』 시리즈, 전부 읽었어?"

"물론이야. 재미있긴 했지만 내 취향은 톨킨의 『반지의 제왕』
이야."

점점 더 취향이 비슷하다. 내가 살아 있었다면 아마 둘도 없
는 친구가 됐을 거다.

"컴퓨터도 할 수 있어?"

"별로 좋아하진 않지만 할아버지랑 통신할 때 사용해. 사정이
있어서 전화는 사용할 수 없거든."

"무슨 사정?"

"우리 할아버지는 치매에 걸린 척하고 있어. 그걸 알고 있는
사람은 나뿐이라서, 우리는 전화 대신 인터넷으로 소식을 주고
받아."

이상한 이야기지만 자세한 사정은 묻지 말자. 남에게 말할 수
없는 비밀을 갖고 있는 건 어느 집이나 마찬가지다.

"너네 엄마랑 아빠에 대해서 알게 되면 메일이 올 거야."

"과연 알 수 있을까? ……쉽지 않을 거야."

"걱정하지 마. 우리 할아버지는 시청에서 줄곧 사회복지에 관
계된 일을 하셨거든. 이른바 사회복지의 전문가야."

이것이 우연일까? 그렇지 않으면 저승에 있는 사람들이 우리
를 만나게 해준 것일까?

"큰일났다! 엄마가 올라오고 있어. 빨리 숨어!"

계단을 올라오는 발소리가 들렸다. 나는 황급히 침대 밑으로

들어갔다.

"요스케, 시마다 아저씨가 케이크를 사오셨어."

엄마가 홍차와 케이크를 가지고 들어왔다. 어떤 사람일까? 살짝 얼굴만 확인하자.

우와, 굉장한 미인이다! 마치 슈퍼모델 같다. 목소리도 바이올린 소리 같다.

"필요 없어."

요스케는 불쾌하다는 투로 말했다.

"왜 그래? 아직 배가 불러서 그러니?"

엄마가 쟁반을 탁자 위에 놓고 앉자 요스케는 나를 가리듯이 침대에 기댔다.

"난 시마다 아저씨, 별로 안 좋아해."

요스케는 선언이라도 하듯이 단호하게 말했다.

"그런 말을 하면 못써. 너한테 그렇게 잘해주시는데 왜 그래?"

"그러면 밤에는 집에 가라고 해. 아저씨가 매일 우리 집에서 자는 건 이상하잖아?"

"이상하긴 뭐가 이상해?"

엄마는 살며시 미소를 지으며 요스케의 분노를 달래주었다. 잘은 모르지만 복잡한 사정이 있는 것 같다. 내가 들으면 안 되는 걸까?

"그건 엄마가 아저씨한테 부탁해서 그래. 너랑 둘이만 있으면 불안하잖아?"

"거짓말! 미일안보조약美日安保條約 같은 말은 하지 마! 다른 사람들은 믿어도 난 속지 않아."

요스케의 목소리에는 분노가 담겨 있었다.

"그, 그, 그게 무슨 소리야?"

이 녀석, 무슨 말을 하려는 걸까? 총명한 녀석이란 건 알고 있었지만 이렇게까지 머리가 좋을 줄이야.

"잘 들어, 엄마."

요스케는 그렇게 말하고 등줄기를 쭉 폈다. 지금부터 훈계를 할 테니까 잘 들으라는 식으로. 아름답긴 하지만 아날로그적인 느낌이 드는 엄마는 눈에 띄게 겁을 먹고 있다. 이 녀석, 정말 대단하다!

"자기 나라를 외국인한테 지키게 하는 게 말이 된다고 생각해? 과거에 어떤 역사가 있었든, 오키나와와 요코타에 미군이 들어와 있는 건 말도 안 돼. 미군기지가 우리 나라에 있는 건 아주 부끄러운 일이야. 다른 사람은 좋다고 생각해도 나는 싫어. 기정사실이라고 해서 결코 정의는 아니니까."

우아! 이 녀석, 대단하다. 장차 뛰어난 정치가감이다. 그래, 요스케. 요스케의 말이 맞아. 기정사실이라고 해서 반드시 정의는 아니야. 역사의 결과를 정의라고 받아들이면 국민도 민족도 없어지고 말 거야. 그 말엔 전적으로 동감이야.

"……나 원! 아버님도 참. 어린애한테 왜 그런 걸 가르쳐주셨지?"

아날로그적인 엄마는 토론에 익숙하지 못한 것 같다. 위기에 빠졌을 때 어른은 갑자기 어린아이를 어린아이로 취급한다.

"할아버지 탓으로 돌리지 마."

잘했어, 요스케. 어린아이로 취급한다고 해서 물러서면 안 돼.

"엄마도 생각해봐. 아빠가 돌아가셨다고 해서 시마다 아저씨한테 신세를 지는 건 어리석은 짓이 아닐까? 그리고 우리가 걱정된다고 매일 여기서 자려고 하는 시마다 아저씨도 상식이 없는 사람이야. 이것과 미일관계가 다른 점이 뭐야? 미국과 일본은 전 세계의 웃음거리지만, 엄마와 시마다 아저씨는 동네사람들의 웃음거리야. 내 말이 틀려?"

엄마는 표정이 없는 목각 인형으로 변했다. 입술을 작게 오므리고, 눈은 커다란 점처럼 떴다. 그런 다음 엄마는 작은 얼굴을 밤하늘로 향하고 어색하게 말했다.

"어머나! 별들이 참 아름답구나. 미안하다, 공부를 방해해서. 너무 늦게까지 공부하지 말고 어느 정도 하고 나면 내려오렴."

엄마는 요스케의 의견을 무시하고 방에서 나갔다.

나는 침대 밑에서 고개를 내밀고 불쾌한 표정을 짓고 있는 요스케에게 말했다.

"요스케, 미인은 참 좋겠어. 아무리 옥신각신 말다툼하다가도 고개를 돌리고 '별들이 참 아름답구나' 하고 말하면 되니까."

시마다 아저씨라는 사람에 대해서 묻는 것은 그만두자. 요스케에게는 미일관계만큼 중대한 문제인 것 같으니까.

요스케의 어깨가 처져 보인다. 기운이 없나 보다. 어떻게든 기운을 북돋아주고 싶다.

"엄마를 너무 궁지에 몰면 안 돼. 아날로그한 어른한테 토론을 제기하는 건 약한 사람을 괴롭히는 거나 마찬가지잖아. 그건 요스케답지 않아."

"그래……"

요스케는 고개를 끄덕이면서 순순히 잘못을 시인했다. 총명하고도 순수한 아이다.

"약한 사람을 괴롭힌 거라고 생각하진 않지만 어른스럽지는 못했어."

더구나 유머 감각까지 있다. 앞으로 40년 후, 요스케가 일본의 총리대신이 되면 틀림없이 미일관계도 개선될 것이다.

기운을 내, 요스케. 내가 해줄 수 있는 건 아무것도 없지만 저세상에 가도 열심히 공부해서 언젠가 네 힘이 돼줄게. 부처님께 열심히 기도해서 반드시 너의 수호천사가 되겠어.

"케이크 먹어. 배가 많이 고플 텐데."

요스케는 엄마가 두고 간 케이크를 권했다. 그런데 배는 고팠지만 무슨 이유인지 먹고 싶은 마음이 들지 않았다. 보기만 해도 짜증이 날 정도였다.

그보다 아까부터 내 배를 위로하고 있는 것은 아련하게 떠다니는 향냄새였다.

나는 문을 조금 열고 크게 심호흡했다. 계단 밑에서 푸른 향기가 피어올랐다. 향냄새가 이렇게 맛있을 줄이야.

"왜 그래, 렌 짱?"

"아빠한테 향을 피우고 있구나."

"응. 시마다 아저씨는 우리 집에 오면 잠시 동안 아빠의 납골 항아리 앞에서 꼼짝도 하지 않아. 향을 잔뜩 피우면서 말이야. 나쁜 사람이 아니라는 건 알지만……."

"밑에서 다투시는 것 같아."

귀를 기울이자 요스케의 엄마와 시마다 아저씨라는 사람의 목소리가 들려왔다.

'……어쨌든 오늘은 이만 돌아가요. 요스케의 말이 당연하다고 생각해요.'

'하지만 유키. 사실을 알려주는 건 빠르면 빠를수록 좋지 않을까?'

'그래도 이건 너무 빨라요. 자세한 얘기는 요스케의 마음이 안정되고 나면 할게요.'

'그건 그렇지만…… 난 이렇게 어중간하게 관계를 유지하는 게 오히려 과장님께 잘못하고 있다는 생각이 들어.'

'난 지금보다 그 사람이 죽기 전의 일 때문에 훨씬 더 괴로워요. 그 사람은 아무것도 몰랐으니까요.'

난 귀를 쫑긋 세우고 있는 요스케를 방 안으로 끌어당긴 뒤 문을 닫았다. 자세한 사정은 모르지만 비밀스런 느낌이 들었다. 이런 이야기는 듣지 못하게 하는 게 좋다.

"시마다 아저씨는 아빠 밑에 있는 직원이야. 우리 엄마랑도 옛날부터 친구였어. 그래서 우리를 걱정해주고 있는 거야."

이 녀석, 대충 알고 있는 것 같다. 어렴풋이나마 눈치를 채고 있으니까 나한테 변명하는 거다.

"집에 가는 것 같아."

지잉. 징을 치는 소리. 집에 가기 전에 다시 한 번 향을 피우고 합장을 하는 시마다 아저씨라는 사람의 모습이 눈에 떠올랐다.

이윽고 계단 밑에서 다정한 목소리가 들려왔다.

"요스케. 아저씨, 오늘은 집에 갈게."

대답하지 않고 고개를 돌리는 요스케의 등을 나는 가볍게 두들겼다. 대답 정도는 해줘야지.

"케이크, 잘 먹었어요. 맛있었어요."

훌륭해, 요스케. 아주 잘했어.

나와 요스케는 여름의 별자리를 바라보면서 미지근해진 홍차를 마셨다. 발코니에 나란히 걸터앉자 연인 사이 같은 기분이 들었다.

사랑이란 상대방에게 무엇인가 해주는 거다. 그러나 나는 요스케를 위해 아무것도 해줄 수 없다.

"저게 아빠 별이야."

홍차를 마시면서 요스케는 밤하늘을 가리켰다.

"어느 거?"

"아주 밝은 주황색 별 말이야."

"아크타우루스 말이구나. 그리스어로 곰 지키기라는 뜻이야."

요스케는 눈을 동그랗게 뜨고 내 얼굴을 쳐다보았다.

"그걸 어떻게 알아?"

"할머니께서 가르쳐주셨어. 그런데 왜 아크타우루스가 아빠 별이야?"

"그냥 내가 맘대로 그렇게 정했어."

어쩌면 아크타우루스는 저승의 별이 아닐까? 나는 요스케의 말을 듣고 그렇게 생각했다.

"저건 지구에서 36광년이나 멀리 떨어진 곳에 있어."

"흐음. 그럼 우리 아빠는 아직 도착하지 못했겠구나."

"글쎄…… 과학적으로 말하면 그렇지만 인간의 영혼은 과학으론 설명할 수 없으니까."

뭐가 마음에 들지 않았을까? 요스케는 힘없이 고개를 떨구었다.

"왜 그래?"

"왠지 허무해서 그래. 그런 말을 들으면 공부할 마음이 없어져."

그렇지 않아, 요스케. 영혼의 존재는 과학으로 설명할 수 없지만 과학은 결코 허무한 게 아니야. 인간은 시시포스(아이올로스인의 시조인 아이올로스와 에나레테 사이에서 태어난 아들이다. 『그리스 신화』 속에서 인간 가운데 가장 교활한 인물로 유명하다)가 아니야. 승리나 정복에는 아무런 의미도 없어. 인간의 행복은 노력 그 자체에 있지. 난 노력할 수 없는 영혼이 되고 나서 비로소 그걸 깨달았어. 기운을 내, 요스케. 넌 노력할 수 있는 인간의 육체를 가지고 있으니까. 네 앞에 놓여 있는 기나긴 인생에서 넌 자존심 강한 시시포스가 되어줘.

난 내 마음을 제대로 전달할 수 없어서 요스케의 손에서 티컵을 받아들고 입술을 갖다 댔다.

"간접 키스야."

요스케는 그 말에 가벼운 미소로 답하더니 깜짝 놀랄 만한 말을 했다.

"우리 진짜 키스를 할까?"

이 녀석, 얼굴도 빨개지지 않고 잘도 말하네. 이 녀석의 아빠는 아마 플레이보이였을 것이다.

"노 땡큐."

나는 쌀쌀맞게 거절했다.

"왜?"

"노 땡큐란 말에 왜냐고 묻는 사람이 어딨어? 그건 매너가 좋지 않은 짓이야."

실은 마음이 아주 복잡했다. 내 마음은 남자지만 몸은 여자니까. 이 세상에 요스케가 키스하자고 하는데 싫다고 거절할 여자아이는 없으리라.

난 별을 올려다보며 이야기를 원점으로 되돌렸다.

"넌 아빠를 좋아했니?"

"응, 무지무지 좋아했어."

"어떤 사람이었는데?"

"강하고, 다정하고, 유머가 있고……."

"잘 생겼어?"

"전혀. 난 엄마를 닮았어. 우리 아빠는 대머리에다 뚱뚱보였어."

"못 믿겠어!"

"있잖아, 렌 짱."

요스케는 무슨 말을 하려다 머뭇거리며 입술을 깨물었다.

"우리 집의 비밀을 들어줄래?"

"할아버지께서 치매에 걸린 척하고 있다는 거 말고?"

"그것 말고 더 엄청난 비밀이야."

무슨 말을 꺼내려는 걸까? 어쨌든 날 진정한 친구로 생각하고 비밀을 털어놓으려는 건 기쁘다.

"그래, 얘기해. 아무한테도 말하지 않겠다고 약속할게."

"응."

강하게 고개를 끄덕이고 나서 입에 담은 요스케의 말에 나는 귀를 의심해야 했다.

"난 우리 아빠 아들이 아닐 거야, 아마도…… 엄마랑 시마다 아저씨는 계속 불륜 관계에 있었거든."

"정말이야……?"

"어린아이는 모르는 척하고 있어도 다 알고 있는 법이지. 넌 엄마랑 아빠한테 그렇게 한 적이 없니?"

있다. 그것도 한두 번이 아니라 계속 모르는 척하며 살았다. 보육원에서 입양되었다는 것을 전부 기억하고 있으면서 기억하지 못하는 척했다.

"그게 매너니까."

"그래. 그래서 나도 모르는 척하고 있어."

"아빠한테도 말 안 했어?"

요스케는 가만히 고개를 가로저었다.

"아빠를 슬프게 하고 싶지 않았거든."

정말 괴로운 고백이다. 나는 슬픔으로 아련하게 떨리는 요스케의 어깨를 감싸안았다.

"그런데?"

"어느 날, 거울을 보고 깨달았어. 나는 아빠랑 할아버지를 닮지 않고 시마다 아저씨를 닮았다는 걸."

"생각 때문이 아닐까?"

"그렇지 않아. 내 진짜 아빠는 그 사람이야."

"혈액형은?"

"아마 아빠랑 그 사람의 혈액형이 똑같을 거야. 그래서 들키지 않은 거지. 그리고 우리 아빠는 워낙 단순해서 깊이 생각하지 않는 사람이야. 하지만 할아버지는 눈치챘어."

"아!"

나는 소리를 지르다 황급히 입을 막았다. 다행히 요스케의 엄마는 잠들었는지 정원은 어두운 정적에 휩싸여 있었다.

"그래서 치매에 걸린 척하시는구나."

"할아버지는 비겁해. 병을 핑계로 죄를 피하신 거야."

"어쩔 수 없었을 거야, 틀림없이……."

내 머리에는 조금 전의 요스케의 주장이 떠올랐다. 기정사실이라고 해서 반드시 정의는 아니다. 그것은 요스케가 할 수 있는 최대한의 비아냥거림이었으리라.

"물론 아무것도 모르는 아빠의 처지와 아무것도 모른다고 생각하고 있는 내 처지를 생각하면 현재의 상태에 풍파를 일으킬수 없었겠지. 그건 알고 있어. 할아버지는 자식과 손자를 배려하는 따뜻한 마음으로 그렇게 하셨을 거야. 그게 할아버지께서 최대한 할 수 있는 배려였겠지. 하지만 치매에 걸린 척하고 도망치는 건 역시 비겁해. 넌 그렇게 생각하지 않니?"

난 왠지 할아버지의 마음을 이해할 수 있을 것 같았다. 홀로 전쟁터에 남겨진 요스케가 가엾긴 하지만 할아버지는 견딜 수 없었던 것이리라.

"아마 긴급피난이었을 거야."

"그게 무슨 뜻이야? 너무 어려운 말은 쓰지 마."

"다시 말해 그렇게라도 하지 않으면 정말로 치매에 걸릴 것 같으셨겠지. 할아버지는 스트레스를 견딜 수 없었을 뿐이지 결코 비겁한 사람은 아니야."

그 말을 한 직후, 나는 할아버지에 대한 변호가 요스케를 궁지에 몰아넣었다는 사실을 깨달았다.

요스케는 자신의 가족을 사랑하고 있다. 그런데 사랑하는 가족들은 요스케를 홀로 방치해두었다.

요스케는 소리를 죽이고 울었다.

"울지 마, 요스케. 그러면 나까지 슬퍼지잖아. 아참, 메일을 확인해보자."

요스케는 자명종 시계를 슬쩍 쳐다보고 나서 젖은 눈꺼풀을 닦았다.

"그래."

이 녀석은 남자다. 찔찔 짜는 것도 순간일 뿐이다.

요스케는 조용히 새시를 닫고는 나를 책상 앞에 앉혔다. 우리는 뺨이 닿을 정도로 얼굴을 가까이 대고 컴퓨터를 들여다보았다.

"마음의 준비는 됐어?"

두근두근. 콩당콩당. 요스케의 뺨의 감촉에 몸은 두근두근. 메일 확인에 마음은 콩당콩당.

"할아버지는 매일 이 시간이 되면 메일을 보내셔. 간호사들이 병실 순회를 끝내면 말이야."

"애태우지 말고 메일부터 확인해봐!"

"아, 미안해."

요스케는 내 어깨를 꼭 껴안고 메일을 열었다.

7년이라는 짧은 인생의 뚜껑이 열리는 순간이었다.

'안녕, 요스케?

여자친구는 무사히 도착했니? 걱정은 되지만 일단 무사히 도착했다는 걸 전제로 메일을 보낸다.'

나와 요스케는 컴퓨터를 향해 동시에 V 사인을 보냈다.

'그러면 본론으로 들어갈게.

렌코가 말하던 보육원은 세이조에서 그렇게 멀지 않은 미나미타마 애육원南多摩愛育園이란 곳이란다. 할아버지가 시청에 근무할 때 그 구역을 담당했기 때문에 렌코의 애기를 듣자 금방 머리에 떠올릴 수 있었지. 어쩐지 신이 우리를 만나게 해주신 것 같은 묘한 기분이 들더구나.

그렇게 오래되지 않아서 그런지, 원장님도 선생님들도 모두

할아버지가 아는 사람들이었어.'

"보육원을 찾았대! 정말 다행이야, 렌 짱."

요스케는 진심으로 기뻐했지만 나는 웃을 수 없었다.

난 엄청난 실수를 저질렀다. 어째서 그렇게 간단한 실수를 지금까지 깨닫지 못했을까?

내 본명은 네기시 유타. 그러나 할아버지에게 가르쳐준 이름은 네모토 렌코. 그렇다면 진짜 엄마랑 아빠를 찾을 수 없지 않았을까?

'하지만 얘기가 조금 이상하더구나. 그 보육원에는 렌코 같은 여자아이가 없었다는 거야.

렌코한테 들은 전후 사정을 얘기해도 선생님들은 모두 고개를 갸웃거릴 뿐이었단다.'

"렌 짱, 어떻게 된 거야? 네 기억이 잘못된 거 아냐?"

난 대답할 수 없었다. 이건 당치도 않은 실수다. 하지만 진짜 이름은 말할 수 없다. 네기시 유타는 이미 트럭에 치여 죽어버렸으니까.

할아버지의 메일은 계속되었다.

'렌코의 기억이 확실하다고 하면 다른 보육원은 생각할 수 없어. 렌코처럼 순수한 어린아이가 그렇게 질 나쁜 농담으로 어른을 놀릴 리도 없고. 그래서 할아버지와 선생님들은 잠시 동안

이 수수께끼에 대해 생각해봤단다.

그때 한 선생님이 이렇게 말하더구나. 지금부터 4년 전 벚꽃이 휘날리던 봄에 세이조에 있는 부잣집에 양자로 간 아이가 있었다고. 그런데 그 아이는 남자아이였고, 이름도 다르더구나.

그 아이에 대해서는 원장님이나 다른 선생님들도 모두 기억하고 있었어. 우리는 한층 더 복잡해진 수수께끼에 대해 생각에 잠겼단다. 일단 그 남자아이…… 네기시 유타 군에 대한 자료를 받아왔지만…….

렌코, 거기에 있니?'

"네" 하고 나는 반사적으로 소리 내어 대답했다.

거짓말이 이렇게 괴로운 일이라는 것은 처음 알았다. 내 거짓말 때문에 많은 사람들이 고민에 빠져 있다.

나는 고개를 갸웃거리며 고민에 빠져 있을 사람들의 얼굴을 떠올려보았다.

동그란 안경을 낀 원장선생님. 다정하게 대해준 선생님들. 야간고등학교에 다니는 형이랑 누나들. 자원봉사하러 오신 아줌마들. 모두 내 거짓말에 대해 생각하고 있으리라.

나는 할아버지의 메일을 읽는 게 괴로워서 견딜 수 없었다.

'렌코.

혹시 나에게 거짓말을 한 건 아니니? 네 기억과 네기시 유타 군의 존재는 너무도 정확하게 일치하더구나.

난 원장선생님에게 슬픈 얘기를 들었단다. 네기시 유타 군은 교통사고를 당해 세상을 떠났다고 하더구나. 너 혹시 그 유타 군의 친구가 아니니? 생전에 그가 마음 아파하던 일을 그를 대신해서 하려고 한 건 아니니? 유타 군을 대신해 진짜 엄마랑 아빠를 만나서 '미안해요. 고맙습니다'라는 말을 하려는 게 아니니? 난 왠지 그런 생각이 드는구나.

부디 할아버지랑 요스케에게만은 진실을 말해주렴. 너에게 결코 나쁘게 하지는 않을 테니까. 할아버지가 지금까지 계속해 온 일은 약한 사람들의 편에 서는 것이었단다. 80년이나 되는 세월을 살아온 할아버지가 한 일은 오직 그것뿐이었지. 이제 이것이 나에게 주어진 마지막 일이라 생각하고 반드시 네 힘이 되어줄게.

부디, 부디 이 할아버지를 믿어주렴.'

나는 요스케의 가슴에 매달려 소리 내어 울었다.

진짜 엄마랑 아빠에게 버림받은 것은 별로 슬프지 않다. 생명을 잃은 것도 별로 슬프지 않다. 그러나 나의 거짓말로 인해 사람들이 곤란해하는 것은 슬퍼서 견딜 수 없었다.

"진실을 말해줘, 렌 짱. 나도 네 힘이 되고 싶어."

요스케는 나를 껴안으며 간절한 목소리로 말했다.

그러지 마, 요스케. 난 지금 숨이 막힐 만큼 괴로워.

난 그때서야 깨달았다. 인간으로서 가장 괴로운 일은 선의를 배반하는 것이다.

나는 진실을 말하기로 결심했다. 그것은 저승의 규칙을 깨뜨리는 일이지만 지금은 어쩔 수 없다.

"어라? 렌 짱, 전화 왔어."

요스케의 말에 나는 눈물을 흘리면서 검은 가방 안을 뒤졌다.

☆ 버튼을 누르자 마야 아줌마의 다급한 목소리가 들려왔다.

"여보세요, 렌 짱? 안 돼, 안 돼, 안 돼! 정체를 밝히면 무서운 일을 당하게 될 거야. 일단 진정하고 심호흡을 크게 하렴."

"미안해요, 마야 아줌마."

난 창가로 다가가서 여름의 별자리를 올려다보며 마야 아줌마에게 사과했다. 저승에는 커다란 망원경이 있어서 틀림없이 지구에 있는 내 모습이 보일 것이다.

"알았지, 렌 짱? 더 이상 깊이 들어가면 안 돼."

"그게 아니에요. 미안해요, 마야 아줌마."

"……무, 무슨 뜻이지?"

"전 무서운 일을 당해도 괜찮아요. 그러니까 무슨 일이 있어도 진짜 엄마랑 아빠한테 고맙단 말과 미안하단 말을 하고 싶어요. 그리고 사람들의 선의를 배반할 바에야 차라리 무서운 일을 당하는 편이 나아요."

"안 돼!"

"정말 미안해요, 마야 아줌마……."

난 휴대폰의 전원을 껐다. 이제 됐다. 내 결심은 틀리지 않다고 생각한다.

그 뒤로 나는 진정한 친구가 된 요스케에게 모든 사실을 털어놓았다.

내 진짜 이름은 네기시 유타이고, 나흘 전에 트럭에 치여 죽었다는 것. 저승의 재심사를 받고 렌코라는 여자아이의 모습으로 이 세상에 돌아왔다는 것. 정체를 밝히면 무서운 일을 당한다고 했지만 요스케와 할아버지에게는 더 이상 거짓말을 할 수 없었다는 것.

요스케는 내 이야기를 믿어주었다. 얼굴이 창백해진 것은 공포를 느꼈기 때문이 아니다.

"바보!"

요스케는 버럭 화를 내며 내 뺨을 때렸다. 그리고 블라우스 옷깃을 잡고 나를 마구 흔들었다.

"왜 말을 한 거야? 그냥 포기하고 저쪽으로 가면 되잖아!"

"그렇게 할 수 없었어……."

"바보! 바보! 무서운 일을 당한다는 게 뭔지 알아? 틀림없이 지옥에 떨어질 거야. 그러면 피의 연못을 떠다녀야 하고, 맨발로 바늘산을 올라가야 한다구!"

지옥……. 그것은 알고 있다. 그러나 지옥에 떨어진다고 해도 더 이상 거짓말을 할 순 없다. 엄마랑 아빠에게 고맙단 말과 미안하단 말을 하지 않고 극락에 가는 건 지옥에 떨어지는 것보다 더 괴롭다. 선의를 배반하고 극락에 갈 바에야 난 자진해서 지옥에 떨어지겠다.

요스케는 나와 함께 울어주었다. 울면서 이렇게 말했다.

"넌 참 좋은 녀석이야. 만약에 죽지 않고 어른이 될 수 있었다면 우리 둘이 이 세상을 바꿀 수 있었을 텐데. 아마 일본을 멋진 나라로 만들었을 거야."

"그랬을까?"

"당연하지! 과학자나 정치가, 예술가…… 무엇이 됐을지는 모르지만 우린 분명히 멋진 세계를 만들었을 거야."

"그건 너무 힘든 일이야."

"힘들긴! 아주 간단한 일이야. 거짓말만 하지 않으면 돼."

별님이 참 예쁘다.

이 별자리 가운데 어느 것에 저승이 있을까? 거문고자리, 독수리자리, 백조자리, 전갈자리. 이 가운데 어느 것일까?

"할아버지는 내 말을 믿어주실까?"

요스케는 눈동자를 반짝이며 대답했다.

"믿어주실 거야. 거짓말은 하나도 없으니까."

나는 36광년이나 떨어져 있는 아크타우루스를 향해 할아버지가 내 말을 믿어주기를 기도했다.

가슴속 불꽃

어둠이 가득 내려앉은 한밤중의 아오야마 거리를 쓰바키야마는 정처 없이 걸었다.

연인들을 태운 자동차의 헤드라이트가 그의 슬픔을 비웃듯이 지나갔다.

날이 밝으면 이제 그에게 남은 시간은 이틀. 그것은 주체하지 못할 정도로 긴 것도 같고, 무엇 하나 할 수 없을 정도로 짧은 것도 같다.

해야 할 일은 산더미처럼 쌓여 있다. 그러나 할 수 있는 일은 아무것도 없다.

아파트 베란다에서 '안녕'이라고, 소리도 없이 입술만으로 말하며 손을 흔든 사에키 도모코의 미소 띤 얼굴이 눈꺼풀 안쪽에 선명하게 새겨졌다. '음행'이라는 말이 물에 젖은 가죽옷처럼 온몸을 뒤덮었다.

저승의 심판관은 틀리지 않았다. 교관의 말이 귓가에 되살아났다.

'음행이란 건 결코 불륜이나 이상한 성행위나 금전에 의한 육체의 매매가 아닙니다. 자신의 행위에 의해 상대방이 얼마나 큰 상처를 받았느냐, 자신의 욕망을 채우기 위해 상대의 진심을 이용하지는 않았느냐, 이것이 바로 음행의 정의입니다.'

이의를 제기하겠다고 펄펄 뛰던 자신의 행동이 얼마나 어리석었던가. 자신은 사에키 도모코에게 큰 상처를 주었다. 그녀의 진심을 짓밟았다. 그녀의 마음을 눈치채지 못한 것은 아니었다. 마음속으로는 그녀의 바람을 알면서도 그녀의 너그러운 가슴에 어리광을 부렸다. 그럴 리가 없다고 스스로를 세뇌하면서 그녀의 행복을 빼앗았다.

그게 죄가 아니라면 무엇이 죄란 말인가. 그게 죄가 아니라면 이 세상에 악인은 한 사람도 없지 않을까? 결국 저승의 심판은 더할 수 없이 공명정대했다.

촉촉하게 젖은 아스팔트에 길게 늘어진 자신의 그림자를 밟고 걸으면서 그는 앞으로 자신이 해야 할 일에 대해 생각해보았다. 불과 이틀 사이에 해낼 수 있는 확실한 일은 무엇일까? 그는 단지 버튼을 눌러 죄를 피하는 게 아니라 조금이라도 죄를 씻고 싶었다.

그러나 아무리 생각해도 그녀에게 자신이 해줄 수 있는 일은 아무것도 없었다. 즉, 그 정도로 사에키 도모코는 완벽하게 살아 있는 존재인 것이다.

그녀 앞에 있으면 한없이 초라해지는 자신만 발견할 뿐이다.

'잘 들어요, 쓰바키 씨. 이 세상에 100가지 사랑이 있다고 했을 때, 그중에 아흔아홉 가지는 가짜예요. 그것들은 모두 자신을 위한 사랑이니까요. 난 그 100가지 중에 하나밖에 없는 진짜 사랑을 했어요. 그것은 사랑하는 사람에게 모든 것을 바칠 수 있는 사랑이에요. 그 사람을 위해서라면 목숨도 필요 없어요. 돈도, 자존심도, 내가 그를 사랑하는 마음조차도 필요 없어요.'

그녀는 두 번째 손가락을 그의 눈앞에 힘차게 들이밀면서 그렇게 말했다. 그리고 '고마워요'라고 말하며 빙그레 미소를 지었다. 그것은 말 한마디를 바람에게 맡기고 초원을 달리는 말 위에 있는 사람밖에 지을 수 없는 청아한 미소였다.

그는 길을 잃은 어린아이처럼 우뚝 서서 검은 환생가방 안에서 휴대폰을 꺼냈다.

☆ 버튼을 눌렀다. 긴 발신음 이후에 마야의 다급한 목소리가 들려왔다.

"여보세요? 무슨 일이죠? 지금 이쪽에 큰일이 일어났으니까 급한 일이 아니면 나중에 걸어요!"

저승에 큰일이 일어났다는 건 상상을 초월하는 일이 아닐까? 그렇게 생각하고 그는 어찌할 바를 모르고 마야보다 더 다급한 목소리로 물었다.

"무, 무슨 일이죠? 혹시 종교전쟁이라도……."

"함부로 말하지 말아요! 그게 아니라 특별역송조치법 위반자가 나왔어요. 정말 최악의 상황이에요. 위에서는 나에게 관리능력이 없다고 질책할 거예요. 어쩌면 시말서 정도로는 끝나지 않을지도 몰라요. 명예퇴직을 당하면 어떡하죠? 지금 눈앞이 캄캄하다구요!"

"진정해요, 마야 님. 당신은 공무원이에요. 그런데 자신만 생각하면 어떡해요?"

"그, 그렇지요. 하긴 이건 당신과는 상관없는 일이니까요. 그런데, 전화하신 용건은요?"

역시 전문가는 다르다. 마야는 몇 초도 지나지 않아 딴사람처럼 목소리가 달라졌다.

"나는…… 잘못 생각했어요. 저승의 심판은 틀리지 않았어요."

'됐어!' 라는 식으로 마야는 가볍게 숨을 내쉬었다.

"그래요? 그거 다행이네요, 소광도성거사 님. 어쩌면 당신 덕분에 내 목이 붙어 있을지도 모르겠어요. 특별역송조치자를 뉘우치게 하면 상당히 높은 점수를 받거든요. 그럼 어서 돌아오세요."

"잠깐만요!"

그는 재빨리 휴대폰을 다른 손으로 바꿔 들고 간절하게 애원했다.

"아직 꼭 해야 할 일이 있어요."

마야의 불안이 묵직하게 전해졌다.

"뭔데요? ……위험한 일은 하지 마세요."

"가족의…… 내 가족의 미래에 대해서예요."

그러자 마야는 혀를 쯧쯧 차며 지겹다는 투로 말했다.

"이봐요, 당신의 프라이버시에 대해 이러쿵저러쿵 참견하고 싶은 마음은 없지만 그건 어쩔 수 없는 일이라구요. 애당초 당신의 가족은 엉망진창, 뒤죽박죽이었잖아요. 어차피 될 대로 되겠죠 뭐."

이렇게 심한 말을 하다니. 하지만 그냥 내버려둘 수는 없다.

도모코의 말이 그의 가슴에 똬리를 틀고 있었다.

이제 그녀에게는 아무것도 해줄 수 없다. 그러나 그녀에게서 아주 중요한 것을 배웠다. 사랑하는 사람에게는 모든 것을 주어야 한다는 것이다.

원한과 증오를 사랑에 모두 담아, 등을 쭉 펴고 빙그레 웃으면서 말해야 한다. "고마워요"라고.

내가 원하는 것은 사랑하는 사람들의 행복이다. 죽은 사람이 할 수 있는 일이 얼마나 되겠냐만, 인간 세상에 남긴 모든 마음을 담고, 연약한 가짜 육체의 힘을 전부 짜내서 내가 가진 모든 행복을 이 세상에 놓고 가자. 그는 그렇게 결심했다.

그는 여름의 밤하늘을 올려다보았다. 그리고 그 어딘가에 있을 마야를 향해 애원했다.

"나를 믿어주세요, 마야 님. 난 결코 복수 따위는 하지 않아요. 시간도 지키겠어요. 정체가 탄로날 만한 일도 하지 않겠어요. 그러니까 나를 잠시만 더 저승으로 데려가지 말아주세요!"

잠시 생각할 틈을 두고 나서 마야는 한숨을 섞어 중얼거렸다.

"아깐 심하게 말해서 미안해요. 당신이 너무 불쌍해서 그랬어요. 아무것도 모르고 가족을 위해 땀을 뻘뻘 흘리며 일하다, 결국 어이없이 죽어서 남 좋은 일만 시키다니……. 있잖아요, 소광도성거사 님. 난 지금 당신이 무엇을 하려고 하는지 잘 몰라요. 마음도 읽을 수 없어요."

자신이 무엇을 할 수 있을까? 남은 이틀 동안에 해야 할 일이 하나도 떠오르지 않는다. 그렇기 때문에 저승의 담당자도 마음을 읽을 수 없는 것이리라.

가슴에 활활 타오르는 정체를 알 수 없는 불꽃이 조금씩 형태를 갖추었다. 그것은 사에키 도모코가 사자死者의 차가운 가슴에 지펴준 용기의 불꽃이었다.

"난 지금도 아내를 사랑하고 있어요. 요스케를 사랑하고 있어요. 죽을 만큼 사랑하고 있어요. 그리고 정말로 죽어서 온몸이 재로 변해버려도 이 마음은 변하지 않아요."

"유키 씨는 당신을 사랑하지 않아요. 요스케도 당신 아들이 아니에요."

"그래도 상관없어요. 난 사랑받고 싶은 게 아니에요. 내 피가 그렇게 고귀하다고도 생각하지 않아요. 난 단지 내가 진심으로 사랑하는 사람들이 행복해졌으면 좋겠어요."

'내 피'라는 말이 입 밖으로 튀어나왔을 때, 그는 가슴속에서 활활 타오르고 있는 불꽃을 지탱해주는 또 하나의 용기가 있다는 걸 깨달았다.

아버지는 모든 사람을 사랑하고 있었던 것이다.

"지금은 당신의 마음을 읽을 수 있어요. 그러면 그렇게 할 수 있도록 나도 응원해드릴게요."

그 말을 남기고 마야의 전화는 끊어졌다.

피곤한 몸을 이끌고 신주쿠에 있는 호텔로 돌아온 것은 동쪽 하늘이 뿌옇게 밝아오기 시작할 때였다.

방 열쇠를 받을 때, 자신의 일에 정신이 팔려 잊고 있었던 다케다 이사무를 떠올리고 그는 졸음에 취해 몽롱한 표정을 짓고 있는 프런트맨에게 물어보았다.

"체크아웃하신 건 아닌데 아직 돌아오시진 않았습니다."

아무래도 바쁜 것은 피차 마찬가지인 것 같다. 반세기 가까이 누구보다 열심히 살아오다 어이없이 죽음을 맞이한 사람이 겨우 사흘 안에 현세의 일을 처리해야 하니까 바쁜 것은 당연하리라.

오히려 호텔로 돌아오는 것이 시간 낭비일지도 모른다. 그러나 살아 있는 육체는 택시를 탄 순간에 정신을 잃어버릴 정도로 피곤의 무게에 짓눌려 있었다.

설마……. 그는 엘리베이터를 타자마자 마야의 다급한 목소리를 떠올리고 전율을 느꼈다.

마야는 특별역송조치의 규칙 위반자가 나왔다고 했다. 그 사람이 혹시 다케다 이사무?

저승의 재심사는 아주 특별하다는 느낌을 주었으니까 현세로 돌려보낸 사람이 그렇게 많지는 않을 것이다. 더구나 다케다는 대학교수나 변호사 같은 외모를 하고 있어도 실제로는 야쿠자이다. 그렇다면 다른 사람으로 착각당해 죽음을 맞이한 원통함을 풀려고 하지 않았을까?

남의 일에 신경 쓸 때는 아니지만 자신의 입술은 어젯밤의 기나긴 입맞춤을 기억하고 있었다.

"나 참. 괜히 걱정하게 만드네!"

그는 복도를 걸어가면서 검은 환생가방을 뒤졌다. 같은 가방을 가지고 있었으니까 서로 연락할 수 있으리라고 생각한 것이다.

그는 방으로 들어가자마자 희미하게 밝아오는 창가에 서서 휴대폰을 들었다. 그렇다고 전화번호를 안내하는 '104'에 물어볼 수는 없으리라. 휴대폰에 등록된 전화번호를 검색하자 너무도 간단히 '의정원용무협도거사'라는 법명이 화면에 나왔다.

발신 버튼을 누르자 호출음이 길게 이어졌다.

그 사람이 이 넓은 도시의 어딘가에서 금기를 깨뜨린 것일까? 어쩌면 이미 저승으로 송환되어 무서운 일을 당했을지도 모른다.

막 포기하고 전화를 끊으려는 순간, 지나칠 정도로 침착한 다케다의 바리톤 목소리가 춤을 추듯이 귀로 스며들었다.

"여보세요? 이런 시간에 무슨 일이오?"

그는 안도의 한숨을 내쉬며 대답했다.

"마야 님이 아니라 쓰바키예요."

잠시 생각하는 기척이 들리고 나서 다케다는 반가운 목소리로 말했다.

"여어! 소광도성거사 님인가? 일은 잘되고 있나?"

다케다의 말투는 더할 수 없이 침착해서 심각한 기색은 전혀 느낄 수 없었다.

"당신 설마 규칙을 깨뜨린 건 아니겠지요?"

"내 걱정은 마시지. 그쪽이야말로 무리한 일은 하지 않았겠지?"

그는 위반자가 나온 것 같다는 얘기를 짤막하게 전했다.

"그렇다면 우리 말고 현세로 온 사람이 있다는 말이군요."

그 말이 입 밖으로 나온 순간, 가느다란 불안이 그의 마음을 가로질렀다. 그 소년······ 연공웅심동자도 현세로 온 게 아닐까?

"혹시 렌 짱?"

그의 입에서 나온 이름을 잠시 생각하고 나서 다케다는 피식 웃었다.

"그 꼬마 말인가? 분명히 현세로 돌아가고 싶다고 떼를 썼겠지. 그런데 설마 저승의 심사관들이 그런 꼬마의 소원을 들어줬겠어?"

제한 시간 엄수, 복수 금지, 정체의 비밀 유지. 그런 제약이 생각보다 훨씬 어렵다는 건 그도 온몸으로 체험했다. 만약에 그런 어린아이가 현세로 왔다면 그 세 가지 규칙을 지키기 어려울 것이다.

"아니, 잠깐······!"

다케다는 그렇게 말하고 생각에 잠긴 것처럼 침묵했다.

"왜 그래요? 무서운 말이라면 하지 말아요."

명석한 학자의 말투로 다케다는 자신의 의문점을 입에 담았다.

"어리기 때문에 안 된다는 건 현세의 논리가 아닐까? 세상이 풍요로워지면 사람들은 어린아이를 필요 이상으로 어린아이로 취급하는 법이지. 인간의 정신연령이 옛날에 비해 훨씬 낮은 것은 사회 전체가 어린아이를 과잉보호하기 때문일 거야. 우리가 어린 시절에 그런 대접을 받은 건 상당한 부잣집에서 공주님이나 왕자님처럼 자란 아이들뿐이었지. 그렇다면……."

다케다의 말에는 설득력이 있었다. 사회의 과잉보호를 받지 못한 옛날의 어린아이들은 사고방식이 건강하고 자유로웠다. 만약에 현대 사회가 어린아이를 과잉보호하고 있고, 그 결과 인간의 정신적 성장이 저해되고 있다면 어린아이를 어린아이로 취급하지 않은 옛날이 훨씬 건전했다고 생각하는 게 타당하지 않을까?

"그렇다면 심사관들은 그 꼬마의 소원을 객관적으로 판단해서 현세로 돌아가는 것을 허락했을지도 몰라. 쓰바키 씨, 내 말을 이해하겠어? 저승은 순수하고 원시적인 세계야. 아직 물질적인 풍요로움에 잠식되어 있지 않아. 그래서 어린아이라고 해서 특별히 취급하지는 않을 것 같은데……."

"알았어요. 한번 알아볼게요."

그는 재빨리 전화를 끊고 나서 휴대폰에 등록되어 있는 전화번호를 검색했다. 소년의 법명이 즉시 화면에 나타났다.

연공웅심동자, 즉 소년은 현세로 돌아왔다. 저 세상에서 본 것과 전혀 다른 모습으로 그나 다케다와 똑같은 검은 환생가방을 들고 이 대도시의 어딘가에서 방황하고 있는 것이다.

소년의 전화번호를 누르며 그는 새벽의 거리를 내려다보았다. 그러나 귀에 들려온 것은 차가운 안내 음성이었다.

"지금 거신 전화번호는 전파가 닿지 않는 곳에 있거나 전원을 꺼놓은 상태이기 때문에……."

"아아……!"

가슴속에서 터져나오는 깊은 한숨을 내쉬고 그는 휴대폰을 내던졌다. 정체를 알 수 없는 괴물과도 같은 무서운 피로를 느끼며 그는 신발도 벗지 않고 침대에 쓰러졌다.

어스름하게 안개가 낀 지평선 위로 아침해가 떠올랐다. 젖은 속눈썹 사이로 들어오는 붉은 햇살이 그의 내부에서 행복한 기억을 되살려주었다.

와이키키 해변에 있는 호텔 발코니에서 사랑스런 신부와 시간 가는 줄도 모르고 바라보던 저녁노을. 그것은 자신의 인생에서 꿈과 희망으로 가득 찬 최고의 순간이었다.

솔직히 말해 유키처럼 젊고 아름다운 여자가 자신의 프로포즈를 승낙하리라곤 꿈에도 생각하지 못했다. 흔히 말하는 '밑져야 본전'이라는 생각에서 한 고백이었다.

모든 일에 '밑져야 본전'이라고 생각하는 적극성은 자신의 주특기였지만, 그래도 그 프로포즈는 '절대로 승낙할 리가 없다. 그러나 밑져야 본전이 아닌가?'라고 스스로에게 몇 번이나 다짐한 끝에 실행해야 했다.

와이키키는 오래전에 만든 인공의 해변이라고 한다. 호텔 발코니에서 내려다보니 끝없이 이어져 있는 얕은 바다는 산호초로 둘러싸여 있었다. 가끔 그 바다 위로 커다란 바다거북이 고개를 내밀었다.

"어머나! 저기 좀 보세요. 저기요!"

유키의 새하얀 손가락이 바다거북의 뒤를 좇았다. 다이아몬드 헤드를 배경으로 저녁노을에 물든 유키의 얼굴은 바다의 여신으로 여겨질 만큼 아름다웠다. 이렇게 아름다운 여자에게 평생 '여보'라는 이름으로 불릴 영광을 생각하니 가슴이 터질 것 같았다.

그러나 아내는 그때 그렇게 행복하지 않았던 것이다.

치열한 사랑에 몸도 마음도 지쳐버린 아내는 작지만 확실한 행복과 악수했다. 인생과 타협했다.

"보세요. 저쪽에도 있어요."

유키의 목소리가 귓가에 되살아났다. 아내는 그때부터 계속 인생과 타협한 자기 자신과 치열하게 싸우고 있었던 것이다.

아내의 배신을 저주하지 않는 자신이 신기하기만 했다. 오히려 아내의 마음에서 그늘을 눈치채지 못한 자신이 못나게 여겨졌다.

손에 들어온 행복에 안도하면서 그 행복을 가져다 준 사람도 자신과 마찬가지로 행복하리라고 믿은 것이다. 그렇다면 철부지 어린아이와 무엇이 다르랴.

죽음과도 같은 깊은 잠에서 깨어난 것은 소중한 하루가 저무는 시각이었다.

부지런한 청소부 아주머니가 '깨우지 마십시오'라는 팻말을 무시하고 문을 노크하지 않았다면 아마 나머지 하루도 잠에서 깨어나지 못한 채 자칫하면 그대로 영원히 잠의 세계로 빠졌을지도 모른다.

아무래도 이 가짜 육체는 그렇게 건강하지 못한 것 같다. 혈압도 낮은지, 눈을 뜬 이후에도 자유롭게 움직이지 않는 근육이 답답하기만 했다.

"최악이야⋯⋯."

그야말로 생애 최악의 게으른 잠에 빠져 있었다.

생전의 육체는 지금과는 정반대였다. 필름이 끊길 정도로 술을 마신 다음 날에도 출근시간이라는 아내의 말 한마디면 벌떡 일어나서 불과 5분 만에 출근 채비를 할 수 있었다.

아직도 눈이 떠지지 않는다. 마치 쇳덩어리로 만든 갑옷이라도 입은 것처럼 온몸이 무거웠다.

그는 간신히 침대를 빠져나와 네 발로 기어서 욕실로 향했다. 그리고 따뜻한 물로 샤워하면서 어서 몸이 정상을 회복하길 기다렸다.

이제 남아 있는 시간은 정확히 하루였다. 잠에 빠져 있었던 시간은 분명히 아까웠지만 곰곰이 생각해보면 시간이 있다고 해서 무엇을 할 수 있는 것도 아니었다.

생전에 부하직원을 모아놓고 조례시간에 했던 자신의 잔소리가 떠올랐다.

'잘 들어. 시간이란 건 있다고 생각하면 있고, 없다고 생각하면 없는 거야. 다시 말해 자기가 일을 제대로 못하면서 시간 탓으로 돌리지 말란 뜻이야. 아침 10시가 되면 준비가 되어 있든 되어 있지 않든 백화점의 셔터는 열리게 돼 있어. 손님은 매장의 사정을 기다려주지 않아. 진짜 프로는 자신에게 허용된 시간

안에서 항상 똑같은 결과를 내는 사람이야!'

지금 생각해봐도 지당한 말이다.

그러나 여직원들 사이에서는 언제나 잠이 덜 깬 얼굴들이 눈에 띄었다. 그녀들은 화장도 잘 먹지 않아 희뿌연 얼굴로 하품을 섞어가며 건성으로 대답하곤 했다.

'왜 그래? 어제 밤새 술 마신 거야?'

이렇게 혼이라도 내려고 하면 여직원들은 일제히 비난 섞인 눈길로 자신을 노려보았다.

"하긴 그래. 여자와 남자는 근본적으로 다른 법이지."

그렇게 중얼거리며 물이 뚝뚝 떨어지는 발밑을 내려다본 그는 욕실이 떠나가라 비명을 질렀다. 어디를 다친 적이 없는데 목욕 타월이 피로 붉게 물들어 있었다.

"이럴 수가!"

그는 알몸으로 욕실을 뛰어나가 휴대폰을 들고 ☆ 버튼을 눌렀다. 그리고 마야가 '여보세요?'라고 하기도 전에 버럭 소리를 질렀다.

"이게 어떻게 된 일이죠? 내가 생리를 하다니!"

그로부터 정확히 1초가 흐른 뒤에 마야는 요란하게 웃음을 터뜨렸다.

"지금 웃음이 나와요? 어쩐지 온몸이 나른하고 피곤하더니 이런 일이 있을 줄이야……. 아아, 끔찍해. 이건 최악 중의 최악이에요!"

수화기를 타고 마야의 웃음소리가 계속 들려왔다. 아마 배라도 잡고 깔깔거리고 있는 것이리라.

"호호호…… 미안해요. 하지만 그건 나도 어쩔 수가 없어요. 어쨌든 당신의 육체는 살아 있는 여자니까요. 호호호. 아아, 배 아파 죽겠네!"

"어, 어떻게 하죠? 난 어떻게 하면 되죠?"

"이제야 조금은 여자들의 고충을 알았나요?"

"알았어요, 알았어요, 알았다구요! 그러니까 어떻게 하면 되는지 말해주세요. 제발 부탁할게요."

"지금 당신이 얼마나 불안한지 충분히 이해할 수 있어요. 나도 옛날에 그랬으니까요. 아아, 생각났어요. 분명히 초등학교 6학년 때 가을에……."

"지금 당신 얘기를 할 때예요? 빨리 어떻게 해야 하는지 말해주세요!"

"'병에 걸린 게 아니니까 안심하렴' 하고 양호실 선생님께서……."

"자꾸 그러면 진짜로 화낼 거예요!"

"실은 나도 지금 생리 중이에요."

"당신에 대해서는 듣고 싶지 않아요. 어서 내가 어떻게 해야 하는지 말해줘요! 아아, 큰일이야. 이걸 어떡하지?"

"고민할 거 없어요. 해결방법은 단 한 가지, 필요한 건 모두 가방 안에 들어 있어요. 그럼……."

"아, 잠깐만요……!"

전화는 매정하게 끊겨버렸다. 서비스센터의 책상에 엎드려

배를 잡고 웃고 있을 마야의 모습이 눈에 선했다.

그는 울고 싶은 마음을 달래면서 환생가방을 뒤져보았다. 정말로 필요한 것은 무엇이든 들어 있는 편리한 가방이다.

이건 절대로 비밀이지만 실은 생전에 아무도 몰래 생리용품을 사용한 적이 있었다. 그렇다고 변태는 아니다. 정말로 비밀이지만 지병인 치질이 악화되었을 때 아내가 권해주었었다.

"여보. 한심하다든지 남자의 체면을 구긴다든지, 그 마음은 모르지 않지만 매일 팬티를 빨아야 하는 내 입장도 좀 생각해주세요."

남자의 체면을 내팽개치고 생리대를 사용한 것은 결코 팬티 때문이 아니라 아내를 사랑했기 때문이다.

몸을 깨끗이 씻고 치질 때문이 아닌 본래의 용도에 따라 사용한 다음, 그는 손으로 얼굴을 가리고 눈물을 흘렸다.

유키를 사랑하는 마음은 지금도 변함이 없다는 것을 새삼 깨달은 것이다.

수수께끼와 진실

남편의 신음소리를 듣고 시즈코는 침대에서 벌떡 일어났다.

"여보, 정신 차려요! 눈 좀 떠봐요!"

등을 온통 뒤덮고 있는 새파란 문신에도 구슬 같은 땀방울이 촉촉이 배어나왔다. 남편은 잠을 잘 때마다 가위에 눌리는 고통에 시달리고 있었다.

"으앗!"

남편은 비명과 함께 몸을 일으켰다.

"이제 괜찮아요. 물을 가져올 테니 그대로 있어요."

시즈코는 아무것도 걸치지 않은 알몸으로 부엌으로 들어가며 평소와 똑같은 생각을 했다. 이 사람은 왜 야쿠자가 되었을까? 두 살이나 많은 자신이 옆에 있으면서 왜 이 사람을 야쿠자가 되게 내버려두었을까?

"아아…… 또 이사무 형님 꿈을 꿨어."

무릎을 껴안고 웅크리고 앉아 있는 남편의 모습은 폭주족 시절과 조금도 달라지지 않았다. 그 무렵의 친구들은 모두 손을 씻고 정상적인 길을 걷고 있는데, 가장 마음도 약하고 싸움도 못하는 사람이 야쿠자 세계로 빠져버렸다.

그사이에 손을 씻을 기회는 몇 번이나 있었다. 그러나 타고난 착한 성품이 오히려 화를 초래해, 기회가 있을 때 도망치지 못하고 이 세계에 묻혀버린 것이다.

신주쿠의 이치카와 조직 하면 수많은 조직들이 호시탐탐 영역을 노리고 있는 가부키초에서도 세 손가락 안에 들어간다고 한다. 그러나 시즈코는 그 현실이 눈을 뜰 수 없는 악몽처럼 생각되어 견딜 수 없었다.

"물 드세요."

남편은 몸에서 뚝뚝 떨어지는 땀을 닦으려고도 하지 않고 바들바들 떨고 있었다.

"여보……."

"왜요? 무슨 말이든지 해보세요."

그녀는 땀에 젖어 있는 남편의 어깨를 끌어안고 머리를 쓰다듬었다. 왜 이 사람은 자신의 그릇에 맞지 않는 인생을 가야만 할까? 왜 밤마다 악몽에 시달리고, 온몸의 마디마디에서 소리가 날 정도로 몸을 떠는 나날을 보내야 할까?

"역시 이사무 형님은 내가 죽인 거나 마찬가지야. 그래서 귀신이 되어 매일 밤 꿈에 나타나는 거야."

"아니에요, 여보."

무슨 말을 해도 위로가 되지 않는다는 건 알고 있다. 아무리 사람을 착각했다고 해도 킬러를 고용한 사람은 남편이었기 때문이다.

"긴자의 시게타가 나쁜 녀석이에요. 형제인 당신에게까지 비싼 이자로 돈을 빌려주고 옴짝달싹 못하게 만들었으니."

그녀는 은행원 같은 시게타의 평범한 얼굴을 떠올리고 입술을 깨물었다.

남편이 하는 일을 다 알고 있는 건 아니지만 걱정거리는 모두 듣고 있다. 그들 사이에는 특별한 비밀도 없고 사소한 시비도 없다. 차갑게 사는 보통 부부들보다 훨씬 서로를 믿고 있다.

그러나 남편은 시게타를 없애기 위해 킬러를 고용했다는 말은 하지 않았다. 시게타 대신에 다케다가 목숨을 잃었을 때 비로소 눈물을 펑펑 쏟으며 고백했다.

이사무 형님을 죽여버렸어…….

그래도 시즈코는 남편을 책망하지 않았다. 젊은 시절부터 자신들을 돌봐준 다케다 이사무는 평생 은혜를 갚아도 모자랄 소중한 은인이지만, 그것은 결코 남편의 잘못이 아니라고 생각했다. 시게타는 갈기갈기 찢어 죽여도 직성이 풀리지 않을 정도로 남편을 궁지에 몰아넣었다.

"당신 때문이 아니에요. 그렇게 괴로워하지 말아요."

"아니야. 어디서 굴러먹던 놈인지도 모르는 킬러를 고용한 내 잘못이야. 중국인 마피아 진 씨의 소개였고, 더구나 그토록 치열했던 히로시마 전쟁에서 살아남았다고 하기에……. 난 원래 브랜드에 약하잖아."

남편은 브랜드에 약하다고 할 정도로 사치스러운 야쿠자는 아니다. 자동차는 중고차 시장에서 산 마제스타이고 집도 10년째 살고 있는 오쿠보의 방 두 칸짜리 아파트. 시계는 디자인만 그럴듯한 스위처였다. 긴자에 에르메스 명품점이 개점했을 때는 변장을 하고 줄을 섰지만 열쇠고리 하나를 사는 데 30분이나 허비해야 했다.

이 사람은 지독히 운이 없었을 뿐이다. 능력 있는 형제들이 모두 손을 씻거나 폭력대책법의 폭풍우를 피하지 못하고 교도소에 간 상황에서 어쩔 수 없이 가부키초의 영역을 관장하게 되었다.

이렇다할 특기가 없는 대신 자신이 해야 할 일은 실수 없이 처리한다. 만약 샐러리맨 세계라면 이런 사람은 출세할 수밖에 없으리라. 다만 그곳이 샐러리맨 세계가 아니라 야쿠자 세계였다는 것이 남편의 비극이었다.

시게타의 감언이설에 속아 유흥업소를 몇 개 개업한 것이 결정적인 실수였다. 과당경쟁의 그늘 속에서 애당초 경영에 재능이 없는 남편의 빚은 눈 깜짝할 사이에 눈덩이처럼 불어났다. 시게타는 그런 분야에 남편이 무능하다는 사실을 알고 일부러 함정을 판 것이다.

남편이 시게타를 없애려고 한 것은 어쩔 수 없었을 뿐만 아니라 당연한 결단이었다. 그런데 하필이면 킬러가 표적을 착각하다니…….

"미안해, 시즈코. 당신에게는 고생만 시켰어."

"무슨 말이에요?"

그녀는 수건으로 남편의 등을 닦고 모포로 감싸주었다. 낡은 아파트 창문을 통해 신도심의 마천루가 눈에 들어왔다.

"저것 보세요. 커다란 반딧불 같아요."

숨을 쉬듯이 깜빡거리는 붉은 빛을 가리키며 시즈코가 말했다.

"초록색이었다면 좋았을 텐데. 반딧불은 빨간색이 아니야."

반딧불이 초록색이었던가? 시즈코는 아련한 기억을 더듬었다.

지방 소도시의 폭주족이었던 시절, 남편과 둘이 논두렁에서 반딧불을 잡은 적이 있었다.

"그래요. 초록색이었어요."

그들은 손으로 잡은 반딧불을 황홀하게 바라보다가 처음으로 입을 맞추었다. 샤코탄의 글로리아를 타고 도쿄로 도망친 것은 폭주족 선배에게 두 사람의 관계를 들켰기 때문이다. 두 살이나 많은 여자에게 손을 댄 사실이 드러나면 죽지 않을 정도로 흠씬 두들겨 맞을 건 불을 보듯 뻔한 일이었다.

"이사무 형님이 없었으면 우린 죽었을지도 몰라."

"하지만 그를 만나지 않았다면 손을 씻고 평범하게 살았을지도 몰라요."

위로가 되지 않으리라고 생각하면서도 시즈코는 그렇게 말할 수밖에 없었다.

남편은 지난 20년의 인생을 후회하고 있는 게 틀림없다. 아무 것도 생각하게 해선 안 된다.

"인간으로서 해서는 안 될 일도 저질렀지."

"그만해요!"

그녀는 남편의 회한을 가로막았다. 아무리 인생을 후회한다고 해도 그 일만큼은 떠올리고 싶지 않았다.

"미안해, 여보."

두 사람 사이에 아이만 있었으면 야쿠자의 울타리에서 벗어날 수 있을지도 모른다. 그러나 둘 다 마흔을 넘긴 나이에 다시 자식을 얻으리란 희망은 가당찮았다.

"그만해요, 당신답지 않아요."

금기를 입에 올린 남편은 소리를 죽이고 울었다. 시즈코는 흔들리는 남편의 어깨를 감싸며 자세를 바로했다. 이 사람과 함께 과거를 한탄해서는 안 된다. 가령 그 한탄이 나에게 보내는 넘치는 사랑이라고 해도.

"후회하지 말아요. 틀림없이 행복하게 살고 있을 거예요."

남편은 그녀의 팔을 잡고 목구멍을 쥐어짜듯이 말했다.

"난 아기를 버렸어. 당신 배를 아프게 하고 태어난 아기를 버렸어……"

이윽고 남편은 그녀의 팔 안에서 편안한 숨소리를 내기 시작했다. 이런 식으로 몸과 마음을 맡길 곳이 있는 이 사람은 그래도 행복한 것이리라.

어둠 속에서 눈을 감자 즉시 졸음이 엄습해왔다. 그녀는 7년 전의 어느 더운 여름날부터 꿈을 잃어버렸다. 그날을 경계로 꿈은 저주스러운 기억의 재현으로 바뀌었다. 잠의 세계로 들어가면 마치 비디오 테이프를 재생하듯이 그 여름날의 기억은 정확하게 되살아났다.

매미의 울음소리가 지긋지긋할 정도로 신경을 날카롭게 자극했다. 보육원의 응접실에 들어간 다음에도 보육원의 선생은 계속 그녀의 마음을 바꾸려고 노력했다. 그녀의 팔에는 아직 젖도 떼지 않은 갓난아기가 잠들어 있었다.

'예로부터 자기가 먹을 건 자기가 가지고 태어난다고 했어요. 사람들은 누구나 이 세상에 태어난 이상 저마다 살 방도가 있는 법이에요. 나는 밭일을 하면서 아이를 네 명이나 키웠답니다.'

이 얼마나 무책임한 말인가. 집도 있고 부모도 있고 남편도 교도소에 들어가지 않았다면 나도 얼마든지 아이를 키울 수 있다.

'왜 남편 친구들에게 도와달라고 하지 않죠? 그런 분들일수록 의리나 인정이 많을 텐데요.'

집행유예 중에 일어난 사건이기 때문에 징역은 피할 수 없었다. 아마 3년이나 4년은 살아야 할 것이다. 그러나 그동안 조금이라도 동료들의 원조를 받으면 남편은 평생 야쿠자의 세계에서 빠져나올 수 없다.

그런 속사정을 정의의 수호신 같은 보육원 선생이 이해할 리가 없다. 그래서 그녀는 온몸의 살점이 떨어져나가는 심정으로 거짓말을 했다.

'난 어린아이를 좋아하지 않아요. 원해서 생긴 아이도 아니구요.'

경멸에 가득 찬 선생의 한숨소리를 들으며 그녀는 생각했다.

그렇게 애타게 기다리던 아이를 한 번만이라도 남편의 품에 안겨주고 싶었는데…….

'미안해요, 여보. 아이를 버렸어요.'

도쿄 구치소의 접견실에서 그렇게 말했을 때, 투명한 플라스틱 칸막이 건너편에 있던 남편의 얼굴이 새하얗게 질리는 것을 보았다.

'당신 미쳤어? 왜 당신 맘대로 한 거야?'

분노의 목소리는 즉시 공기가 빠진 풍선처럼 한심할 정도로 줄어들었다.

그때도 지겨운 매미의 울음소리를 들었던 것 같다.

그녀는 남편의 질문에 대답할 수 없었다. 다만 말로 표현할 수 없는 자신의 마음을 남편만은 이해해주기를 바랐다.

나는 당신의 인생과 우리 아들의 인생을 저울질했어요. 아내의 입장과 어머니의 입장을 저울질했어요. 난 야쿠자의 돈으로 그 아이를 키우고 싶지 않았어요. 당신과 함께 다시 새출발하고 싶었으니까요.

부탁이에요. 이 애절한 마음을 이해해주세요.

"형수님, 손님이 오셨어요."

불침번을 서고 있는 젊은 고붕의 목소리에 시즈코는 잠에서 깨어났다.

"알았어, 금방 나갈게. 그런데 누구시지?"

"오야붕…… 아니 다케다 오야붕의 친구라고 하던데요."

오늘 불침번은 죽은 다케다 이사무의 고붕이었던 준이치이다.

"너도 아는 사람이니?"

"예, 오야붕과 친하게 지냈던 변호사 선생님이세요."

그녀는 남편이 깨지 않도록 소리를 죽이고 재빨리 몸단장을 했다. 다케다의 죽음으로 인해 매일 악몽에 시달리고 있는 남편과 만나게 해서는 안 되는 손님이었다.

이제 이 비좁은 아파트에서도 옮겨야 할 것 같다. 불침번인 고붕은 거실 소파에서 자야 하고, 그리고…… 좋지 않은 기억이 너무도 많은 곳이다.

무슨 일인지는 모르지만 남편이 깨어나기 전에 손님을 쫓아 버려야 한다.

"남편이 자고 있어서 그러는데 가까운 커피숍으로 갈까요?"

현관으로 나가서 그렇게 말했더니 품위 있게 생긴 방문객은 다정한 미소를 지으며 대답했다.

"시간을 많이 빼앗지는 않을 겁니다. 그냥 이 현관에서 5분 정도면 충분합니다."

남자는 마치 오랜 친구 같은 눈길로 시즈코를 바라보았다. 평범한 사람 같지 않은 붙임성 있는 태도에 시즈코는 의아한 생각이 들었다.

"준이치는 오야붕에게 가 있어. 침실에는 자물쇠를 채우고."

"깨울까요?"

"아니, 그냥 주무시게 해."

다케다의 고붕이었던 소년은 예의는 바르지만 경계심이 없다. 지금 그 말은 위험한 순간이 닥치면 오야붕의 방패막이가 되라고 한 말인데…….

남자는 힐끔 침실 문을 쳐다보고 나서 기묘한 질문을 했다.

"다케다는 아무래도 딴사람 대신 살해당한 것 같은데, 혹시 짐작되는 게 없으신가요?"

짐작되는 거라면 있다. 긴자의 시게타를 죽이기 위해 고용한 킬러가 하필이면 다케다를 죽여버린 것이다.

"예에?"

그녀는 놀라는 척하며 시치미를 뗐다. 여자가 마흔이 넘으면 시치미떼는 솜씨가 능숙해지는 법이다.

"이치카와 씨는 여러 방면으로 폭넓게 일하고 계시니까, 혹시 아는 게 없으신가 해서 찾아왔습니다."

그녀는 최대한 오야붕의 아내라는 표정을 지으며 남자를 똑바로 쳐다보았다.

"실례지만 지금 다케다 씨가 우리 남편 대신에 살해당했던 건가요? 당치도 않아요!"

질문에 대한 대답으로는 거짓말이 아니다. 정확하게 말하면 남편이 고용한 킬러가 시게타와 착각해서 다케다를 죽여버린 것이니까.

"우리 남편은 분명히 다케다 씨보다 위험한 일을 해왔어요. 그러나 미안하지만 누구한테 원한을 살 만한 일은 하지 않았어요."

남자는 말의 진위라도 확인하는 것처럼 잠시 그녀의 얼굴을 쳐다보았다.

이 남자는 누구일까? 다케다의 친구라고 하는데 어디선가 만나본 듯한 기분이 든다. 그것도 한두 번이 아니라 상당히 많이, 그리고 아주 가까운 곳에서.

"이치카와 씨와 부인에게 고맙다는 말을 하고 싶군요."

"고맙다니요? 무슨 뜻이죠?"

"내…… 아니, 다케다의 고붕들을 거두어주셔서요."

그제야 그녀는 마음을 열었다. 젊은 시절부터 자신들을 보살펴준 다케다의 은혜를 잊은 것은 아니다.

그녀는 비밀이라도 털어놓듯이 목소리를 낮추었다.

"당신에게만 하는 얘긴데요, 준이치와 다쿠는 기회를 봐서 손을 씻게 할 거예요. 남편이 뭐라고 해도 내가 그렇게 만들겠어요. 반드시 평범하게 살아가도록 만들 거예요."

그 말을 듣자 그녀를 바라보는 남자의 눈동자에 물기가 어렸다. 이 사람은 누구일까? 눈물이 고여 있는 이 눈은 몇 번인가 본 적이 있다.

"시이 짱……."

아주 가까운 사람만이 부르는 시즈코의 애칭이 남자의 입에서 흘러나왔다.

"고맙습니다. 다케다를 대신해서 진심으로 감사의 말씀을 드립니다. 정말 감사합니다. 그리고 무슨 일이 있어도 이치카와를 떠나지 마세요. 그 녀석은 시이 짱이 없으면 하루도 살 수 없으니까요. 그 녀석이 진심으로 믿고 의지하는 건 시이 짱밖에 없습니다."

자기 부부에 관해서 이렇게까지 이해해주는 사람이 있다니……. 그녀는 남자를 수상쩍게 생각하기에 앞서 가슴이 뭉클해지는 느낌에 휩싸였다.

"이치카와를 부탁합니다. 난 그 녀석에게 아무것도 해줄 수 없었지요."

남자는 그 말을 남기고 손수건으로 눈초리를 닦으며 돌아갔다.

멍하니 현관에 서서 시즈코는 죽은 다케다를 떠올렸다. 집을 찾아온 다케다를 이 현관에서 쫓아보낸 적이 있었다.

'난 아이를 버렸어요. 그러니까 이제 돈은 필요 없어요! 나 혼자 여기서 그 사람을 기다릴 거예요!'

그때 다케다는 그녀의 뺨을 때리고, 지갑 안에 들어 있던 돈과 슈퍼마켓의 비닐봉투를 내던지고 돌아갔다.

아마 그 사람만은 자신의 마음을 이해해주었을 것이다.

아사쿠사 6구區에 있는 골목길을 여름의 빗방울이 칙칙하게 감쌌다.

초라한 네온사인이 빨강과 파랑의 무의미한 빛을 발산했다.

레인코트의 옷깃을 세우고 사냥모자의 챙을 들어올리며 고로는 바늘처럼 쏟아지는 비에 얼굴을 드러냈다. 그리고 몸에 스며들어 있는 피 냄새와 포탄의 연기를 빗발이 씻어주기를 기다리는 것처럼 잠시 동안 꼼짝도 하지 않았다.

가게야마 고로……. 이름도 그렇고 모습도 그렇고 존재감도 그렇고, 일본영화 100년의 금자탑인 〈인의 없는 싸움〉의 캐스팅에 그만큼 어울리는 사람도 없으리라.

어쨌든 그가 등장하는 이 장면에 〈인의 없는 싸움〉의 음산한 주제곡을 삽입할 수 없는 것은 참으로 유감스러운 일이다.

"거기 잘생긴 오라버니, 시간 있어요?"

인적이 끊긴 아케이드 상점가에서 매춘부가 걸어오며 말을 걸었다. 빗발을 올려다본 채 고로는 뒤도 돌아보지 않고 대답했다.

"시간은 있지만 계집년을 안고 있을 시간은 없다."

멋있다. 이 대사 하나로 관객들은 그의 캐릭터를 알게 되리라.

"오라버니, 나랑 놀아요."

고로는 슬픈 표정으로 여자를 쳐다보더니 즉시 시선을 발밑으로 떨구며 부츠의 뒤축으로 물웅덩이를 밟았다. 그리고 레인코트에 팔짱을 끼는 여자의 손을 매정하게 뿌리치고는 나지막한 목소리로 야단쳤다.

"나에게 손대지 마라. 너처럼 아름다운 여자를 안을 수 있을 만한 사내가 아니다."

고로는 주머니에서 돈다발을 꺼내서는 세어보지도 않고 여자의 가슴에 찔러넣었다.

"가끔은 혼자 자는 것도 좋겠지."

"예……? 그러면 이건……."

"신경 쓸 것 없다. 어차피 썩어빠진 돈이니까. 그래도 꺼림칙하면 네 기둥서방에게나 주거라."

그 말을 끝으로 고로는 모자의 챙을 내리고 레인코트의 깃에 몸을 깊숙이 묻으며 걸음을 내디뎠다.

가게야마 고로. 본명 미상. 연령 미상. 말투로 보면 출신지는 히로시마인 것 같지만, 히로시마 사람들이 들으면 어색하기 짝이 없는 사투리이다. 그는 사실 〈인의 없는 싸움〉에 나오는 대사를 통째로 암기했을 뿐이다.

그나저나 6구에 있는 노점에서 술집을 그냥 지나친 것은 뼈아픈 실수였다. 마지막 전철을 놓치고, 그렇다고 30퍼센트의 할증 요금을 받는 심야 택시를 타고 오미야까지 돌아가기는 아까웠다. 오늘은 그냥 관음보살님께 잘못을 속죄하고 나서 캡슐 호텔에라도 들어가자.

생각이 거기에 미쳤을 때, 사내는 "아!" 하고 소리를 지르며 뒤돌아보았다. 영화의 기분에 빠져 무심코 여자에게 거금을 주고 말았다. 그렇게 많은 돈을 줄 바에야 그 여자와 근처에 있는 호텔로 들어가면 되지 않는가. 파도처럼 밀려온 나이로 인해 섹스가 귀찮아진 건 어쩔 수 없다고 쳐도, '가끔은 혼자 자는 것도 좋겠지'라는 대사는 침대에 들어가고 나서 해도 좋았으리라. 아니, 그러는 편이 훨씬 효과적이었다고 사내는 통렬하게 반성했다.

당연하지만 쏟아지는 빗속에서 여자의 모습은 보이지 않았다.

사내는 싸늘한 기운을 느끼고 아케이드 상점가를 걸어갔다. 그의 미학美學에 따르면 비를 피해 걸어가는 건 용서할 수 있는 추락이었지만, '전설의 킬러'는 결코 뇌졸중이나 심근경색으로 죽어서는 안 된다.

상점문이 닫힌 아케이드는 제2의 고향인 히로시마를 연상시켰다. 하지만 그곳에서 머문 기간은 불과 한 달도 되지 않는다.

똘마니 야쿠자 생활 한 달 만에 야쿠자 간의 대리전쟁이 시작되었고, 그러자마자 그는 목숨이 아까워 재빨리 도망쳤다. 그러나 그 이후에 개봉된 〈인의 없는 싸움〉을 보고 자신의 비겁함을 통렬하게 반성했고, 진짜 남자가 되기 위해 참가한 오사카 전쟁에서도 역시 목숨이 아까워 삼십육계 줄행랑을 쳤다.

귀신을 실제로 본 사람은 결코 그 이야기를 입에 담지 않는다. 생각을 떠올리는 것조차 끔찍하기 때문이다. 그에 비해 귀신과 비슷한 것을 본 사람은 입에 침이 마르도록 떠들어댄다. 귀신에 대해 말을 해도 그렇게 무섭지 않기 때문이다.

그런 '체험담 학설'과 함께 '싸움에 참가하지 않았다는 마음의 상처'를 가지고 있는 사내는 어느새 자신을 전설의 킬러라고 여기게 되었다. 다행히 〈인의 없는 싸움〉은 모든 시리즈를 테이프가 닳을 정도로 섭렵해서, 허구의 세계는 완벽하게 구축해놓았다. 또한 최근에는 약간의 치매기도 더해져서, 날조된 기억은 스스로도 의심하지 않을 정도로 완벽하게 자리를 잡았다.

한밤중의 아케이드 상점가에 부츠의 뒤꿈치 소리가 메아리쳤다. 사냥모자에서 떨어지는 빗방울이 회한의 눈물처럼 눈동자를 찔렀다.

사내는 히로시마 사투리를 간사이 지방 사투리로 바꾸며 나지막하게 투덜거렸다.

야쿠자 영화를 눈이 아플 정도로 많이 본 사내의 언어적인 자아自我는 완전히 무너져 있었다. 즉 도쿄와 간사이 지방, 히로시마의 사투리를 제각기 어울리는 장면에서 자유자재로 구사할 수 있었다.

긴자의 길거리에서 전혀 상관없는 녀석을 쏘았을 때, '히익! 우야면 좋노? 잘못 봤데이. 이거 딴 녀석 아이가?!' 라고 소리친 것은 겉으로 보면 잘못은 아니라고 생각한다. 가령 도쿄 말이나 히로시마 사투리로 말하면 상당히 긴박감이 떨어지거나 얼빠진 녀석처럼 보였으리라. 그런 때는 역시 간사이 지방 사투리로 '히익! 우야면 좋노? 잘못 봤데이. 이거 딴 녀석 아이가?!' 라는 말밖에 없으리라.

사내는 스스로를 납득시키며 아케이드 상점가를 빠져나가 또 다시 비가 쏟아지는 어둠 속으로 들어갔다. 앞쪽에 있는 나무들 끝에 어두컴컴한 관음전의 기와지붕이 우뚝 솟아 있었다.

그나저나 인간의 입에서 나온 소문보다 믿을 수 없는 게 어디 있으랴. 시간을 때우기 위한 교도소 안의 시시껄렁한 농담이 형기를 마칠 때마다 진실의 기미가 더해지고, 폐쇄된 환경과 한가함 속에서 사내는 어느새 농담도 과장도 아닌 전설의 킬러로 추앙받는 존재가 되어 있었다.

교도소에서 출소한 뒤, 정부에서 주는 연금으로 느긋하게 생활하고 있을 때 어디서 어떻게 조사했는지는 모르지만 낯선 자로부터 전화를 걸어달라는 연락이 있었다. 혹시나 하고 두려움에 떨면서도 한가함을 주체하지 못해 전화를 걸어보니, 어느 커다란 조직 산하의 제법 이름이 알려진 현역 오야붕이라는 남자가 전화를 받았다.

의뢰인의 이름은 시게타.

처리비는 1,000만 엔.

표적은 형님에 해당하는 '미나토야의 데쓰', 하치스카 데쓰조.

실제로 살인을 저지른 적이 없는 고로는 어찌할 바를 몰랐다. 그러나 그 시기에 우연히 혈당치가 올라가 있었고, 맛없는 음식을 먹으며 오래 사느니 차라리 맛있는 음식을 먹으며 빨리 죽는 게 낫다는 인생관도 한몫 거들어서 일단은 의뢰를 받아들이기로 했다.

그런데 기이하게도 그로부터 며칠 뒤, 예전에 교도소에서 일면식이 있던 야스라는 자에게서 전화가 왔다. 어디선가 들은 적이 있는 '미나토야의 데쓰'는 야스라는 자의 오야붕에 해당하는 인물이었다. 순간적으로 살인 청부를 맡은 것이 탄로난 줄 알고 식은땀을 흘렸지만 그렇지는 않았다. 야스는 또 다른 의뢰를 제, 안한 것이다.

처리비는 1,000만 엔.

표적은 아우에 해당하는 이치카와라는 신주쿠의 보스.

고로는 또다시 안절부절못했지만 생각해보면 살인의 이중 계약은 그렇게 나쁜 상황이 아니다.

그런데 그 다음 날, 이번에는 발신인을 알 수 없는 이메일이 도착했다. 그는 거의 영감으로 이번 의뢰인은 이치카와라는 오야붕이라고 확신했다.

처리비는 1,000만 엔. 이미 연금수취용 계좌로 입금시켰다고 한다. 그리고 표적은 긴자에서 금융업을 하고 있는 시게타.

오늘날에는 어느 조그만 나라의 지역 항공사에서도 하지 않는 치사한 삼중 계약이었다.

　고로의 안절부절못함은 극에 달했지만 최근에는 노인의료비도 무시할 수 없었고, 더구나 앞으로는 복지정책에도 기대할 수 없을 것 같아서 눈앞이 캄캄하던 참이었다. 그 고통을 생각하면 한 사람을 처리하는 것이나 두 사람을 처리하는 것이나 세 사람을 처리하는 것 사이에 별다른 차이가 없을 것 같은 생각이 들었다.

　이렇게 해서 그는 심사숙고한 끝에, 아니 거의 사고가 정지된 상태에서 잇달아 뛰어들어온 살인의뢰를 모두 떠맡았다. 이런 상황을 예를 들어 쉽게 설명한다면 나오키 상을 수상한 직후의 소설가와 똑같은 상태라고나 할까? 본래 일이라는 것은 당사자의 실적과 능력에 따라 조금씩 늘어나야 하는 법이다. 그러나 그때까지 고양이처럼 한가한 시간을 주체하지 못하던 그는 나오키 상을 수상한 것도 아니고, 실적도 능력도 환상에 불과한 상태에서 어느 날 갑자기 일의 폭주상태에 빠진 것이다.

　세 명의 의뢰인이 곧 목표라는 기괴하기 짝이 없는 이 연쇄고리에는 고르고 13(일본에서 가장 많이 팔린 만화의 주인공. 직업은 철두철미한 킬러. 현재 30년이 넘게 연재 중)이라도 머리카락을 쥐어뜯으며 고민에 빠질 것이다. 그러나 생각할 틈도 없이 3,000만 엔이라는 엄청난 처리비는 연금수취용 은행계좌로 연이어 들어왔다.

　돈을 가지고 남미南美로 튈까? 그는 그렇게 생각하고 현금을 모두 시티뱅크의 계좌로 이체시켰지만 양심의 가책을 견딜 수 없었다. 히로시마 대리전쟁, 제1차·제2차 오사카 전쟁까지 세 번에 걸쳐 도망친 기억이 네 번째 줄행랑의 용단을 내리지 못하게 한 것이다.

사이타마 시의 임대주택 바닥에 숨겨놓은 콜트(자동 연발식 권총)는 환상을 현실로 만들기 위해 예전에 폭주족 형님에게 구입한 것이다. 그것을 손질할 때의 표정만은 완전히 전설의 킬러로 바뀌었다.

남미로 도망치기 전에 세 가지 의뢰 중 하나는 처리해두고 싶었다. 그렇지 않아도 이미 대금 지급이 끝난 의뢰인 겸 목표들은 매일 집요할 정도로 실행을 재촉했다.

그들의 이야기를 종합해보면 하느님이 보우하사 6월 중순의 어느 날, 세 명이 한꺼번에 긴자의 클럽에 간다고 한다. 세 명의 의뢰인 겸 목표는 "부탁한다"라고 이구동성으로 말했다.

고르고 13도 머리카락을 쥐어뜯으며 고민에 빠질 이 상황을 가게야마 고로가 냉정하게 판단할 수 없는 것은 당연했다.

시게타는 데쓰조를 데리고 나오겠다, 데쓰조는 이치카와를 끌어내겠다, 이치카와는 시게타를 유인해내겠다고 하면서 술에 취해 클럽에서 나올 때를 노리라고 했다. 제각기 보내온 사진 속 인물은 디지털 카메라의 성능이 나쁜지 고로의 프린터가 구식인지 모르지만 거의 구별할 수 없을 정도로 비슷하게 생겼다. 애당초 야쿠자 오야붕이란 것은 모두 얼굴이 크고 피부가 까무잡잡한 데다 머리칼이 짧다. 흔히 말하는 깍두기 형님들이다. 더구나 사진을 찍을 때는 한껏 기합을 넣기 때문에 거의 비슷한 용모가 될 수밖에 없다.

그러나 고로에게 그것은 아무래도 상관없는 일이었다. 지금은 누구를 살해해도 틀림이 없으니까 말이다.

성능이 좋지 않은 총이라도 여러 번 쏘면 맞게 마련이다. 더구나 이번에는 많이 쏘지 않아도 누군가를 맞추기만 하면 되니까, 식은 죽 먹기보다 쉬운 일이 아닌가.

그래서 고로는 세 명이 지정한 길거리에서 세 명이 지정한 시간에 목표를 기다렸다. 그야말로 영화에서나 본 목표물을 기다리는 킬러의 심정이었다.

하나만이라도 확실하게 일을 마치고 남미로 날아간다. 다음 날 아침 나리타 행 첫 익스프레스 티켓도 주도면밀하게 준비해놓았다. 이렇게 해서 오랜 환상은 현실이 되고 인생의 평안을 얻은 그는 남미의 수영장이 딸린 초호화저택에서 유유자적하게 여생을 보낼 예정이었다.

'누군진 모르지만 맨 먼저 나오는 녀석은 지지리도 운이 없는 녀석이군.'

그는 그렇게 생각하면서 혹시라도 기회를 놓칠까봐 일단 계단에서 내려온 사내를 쏘았다. 날카로운 총성이 귓가를 스쳤다.

그러나 가로등 아래에 쓰러진 남자의 얼굴은 흐리멍덩한 사진 중 어느 것과도 비슷하지 않았다. 가슴을 치고 통탄할 예상치 못한 실수였다.

"히익! 우야면 좋노? 잘못 봤데이. 이거 딴 녀석 아이가?!"

적절한 간사이 지방 사투리를 남기고 고로는 살인현장에서 도망쳤다. 그는 도망치면서 생각했다. 3분의 1의 확률로 죽는 사람도 운이 없지만, 그 확률 이외의 실수로 죽는 사람은 초수학적인 확률로 운이 없다. 세 명 가운데 누군가가 받아야 할 패를 하필이면 구경꾼이 받아버린 것이다.

그래도 어쨌든 사람을 죽였으니 그는 환상을 현실로 만든 셈이다. 그러나 생각지도 못한 함정이 그를 또 기다리고 있었다. 그는 애초에 여권이라는 것을 가지고 있지 않았던 것이다.

이렇게 해서 그는 상상하기도 끔찍한 험악한 시간을 보내게 되었다.

쏟아지는 빗속을 뚫고 그는 관음전의 돌계단을 올라갔다.

이쯤에서 그의 뇌리에 흐르는 배경음악은 〈인의 없는 싸움〉의 스산한 테마곡에서 〈사자무늬 모란꽃〉의 화려한 멜로디로 바뀌었다.

도입 부분을 소홀히 해서는 안 된다. 짠 짜짜 짜라리라 짠 짜짜 짜라리라. 선명하고 단조로운 도입부문의 멜로디가 가슴에 되살아나자 그는 즉시 〈사자무늬 모란꽃〉의 주인공, 협객 하나다 히데지로로 변모했다.

고로는 닫힌 문 앞에 서서 약간 고개를 숙이고 두 손을 마주 잡았다.

"관음보살님, 고로입니다. 부디 제 불효를 용서해주십시오."

불효고 뭐고, 그는 부모의 얼굴도 모른다. 그런데 이런 슬픈 대사를 입에 담아야 하는 뼈아픈 자신의 심정을 어릴 때부터 알

왔던 관음보살님만은 이해해주리라 생각한다. 자신을 지탱해주는 꿈 따위는 없지만 손을 마주 잡자 어느 정도 마음이 가벼워졌다.

어머니는 전쟁에서 돌아오지 않는 아버지를 애타게 기다리다 젊은 나이에 죽었다고 한다. 천애의 고아이기는 하지만 자신의 인생은 불효가 틀림없었으리라. 만약에 저 세상에서 부모를 만날 수 있다면 통한과 고뇌를 털어놓기보다 미안하단 말과 고맙다는 말을 하고 싶다. 그 두 마디 말을 할 상대를 찾지 못해서 인생을 처참하게 보냈기 때문이다.

그는 주머니 안에 있는 지폐 다발을 세지도 않고 새전함에 집어넣은 다음 바로 후회하면서 관음전을 내려왔다.

그런데 인기척이 없는 경내의 돌계단 위에 처음 보는 소년이 자신을 보고 서 있었다.

"가게야마 고로 씨죠?"

"아니오. 다카쿠라 겐(일본 최고의 남자배우. 〈사자무늬 모란꽃〉의 주인공. 주로 야쿠자 역할을 많이 했다. 〈철도원〉의 주인공으로 잘 알려져 있다)이오."

순간적으로 뻔한 거짓말을 했다. 아무리 당황했다고는 하지만 이래서는 "그래요, 내가 가게야마 고로요"라고 대답한 거나 마찬가지가 아닌가.

소년은 어둠 속에서 형형하게 빛나는 눈길을 정확히 고로에게 고정시켰다.

"부모의 원수를 자식이 갚는 건 세상의 도리입니다."

소년은 그렇게 말하더니 허리춤에서 권총을 빼들고 고로의 가슴에 똑바로 총구를 겨누었다.

멋있다. 아니, 멋있지 않다. 이 녀석은 다른 사람 대신 살해당한 그자의 고붕이다. 그렇다면 역시 멋있다. 아니, 역시 멋있지 않다.

고로는 동요하면서도 자신도 모르게 대답했다.

"세상의 도리를 거부하지는 않겠소. 어느 조직의 젊은이인지는 모르지만 부디 마음껏 하시구려."

그 말을 내뱉은 순간, 왠지 가슴에 쌓여 있던 응어리가 내려가는 듯한 느낌이었다. 그 말이 거짓도 영화의 대사도 아니고, 처음으로 마음 깊은 곳에서 나온 자신의 진심이라는 사실을 깨달았다.

이제야 겨우 죽을 곳을 찾았다. 이것은 모두 관음보살님의 공덕이 아니겠는가. 고로는 평화로운 미소를 지으며 불당을 돌아보았다.

소년이 방아쇠를 당기지 못하고 주저하고 있을 때 어둠 속에서 검은 그림자가 뛰어나왔다.

"그만둬, 다쿠!"

결코 야쿠자 같지 않은 키가 큰 남자가 뒤에서 소년을 끌어안고 만류했다.

"이거 놔요! 놓아줘요!"

권총소리가 비 오는 하늘에 울려퍼졌다.

"멍청한 녀석! 이게 무슨 짓이냐?"

정체를 알 수 없는 남자는 권총을 빼앗더니 소년을 번쩍 들어 멋지게 내리꽂았다. 그래도 다쿠라는 소년은 눈물에 젖은 목소리로 소리치면서 사내의 허리춤에 매달렸다.

"오야붕의 원수를 갚는 거예요! 부탁해요!"

"안 돼! 허락할 수 없어, 다쿠."

그 소리에 소년은 흠칫 놀라며 남자를 올려다보았다. 그리고 눈을 크게 뜬 채 입술만으로 중얼거렸다.

"누구죠? 설마 오야붕은 아니겠지요?"

지금 자신의 눈앞에서 무슨 일이 일어나고 있는 것일까? 고로는 이해할 수 없는 장엄한 광경을 꼼짝도 하지 않고 지켜보았다.

소년을 쳐다보는 남자의 눈길은 아버지처럼 따뜻했다. 남자는 입술을 깨물며 잠시 망설이다가 부드럽게 미소지으며 말했다.

"그래, 다쿠. 늦지 않아서 다행이구나. 하마터면 너에게 사람을 죽이게 할 뻔했어. 정말 다행이야, 다쿠."

"오야붕이세요? 정말로 오야붕이세요?"

남자가 고개를 끄덕이자 소년은 남자의 허리춤에 매달려 울음을 터뜨렸다. 쏟아지는 비를 올려다보며 남자는 뜨거운 사랑을 느낄 수 있을 정도로 다정하게 소년의 이름을 불렀다.

"다쿠, 난 너에게 무엇 하나도 가르쳐줄 수 없었지. 부모다운 일은 하나도 하지 못한 채 어이없이 죽어버렸다. 하지만 이제 딱 한 가지를 가르쳐주겠다. 잘 듣거라, 다쿠……."

"네."

소년은 돌계단 위에서 무릎을 꿇었다.

"살인을 하면 안 된다! 거짓말은 해도 좋다. 때로는 배신도 할 수 있겠지. 하지만 살인만은 절대로 안 된다. 다른 사람을 죽여야 하는 상황에 빠지면 차라리 자기 자신을 죽이거라. 불쌍한 너에게 해줄 수 있는 말은 이것뿐이구나."

사내는 그렇게 말하고 나서 소년의 머리를 껴안고 총구를 고로에게 돌렸다.

고로는 눈을 감고 조용히 총알을 기다렸다. 이 세상에 살았던 흔적으로 얼굴도 모르는 아버지의 진실한 가르침을 들을 수 있었다. 이것도 관음보살님의 공덕이리라. 이제 죽음은 두렵지 않다.

"으음…… 의심하는 게 아니라 너무 갑작스러워서 말이다……."

할아버지는 팔짱을 끼고 고개를 갸웃거렸다.

면회실의 창문에는 소나기구름이 잔뜩 끼어 있었다.

"거짓말이 아니에요. 렌 짱은 무서운 일을 당할 것을 각오하고 진실을 말해주었어요."

요스케는 주위 사람들에게 신경 쓰면서 목소리를 짜내어 호소했다. 할아버지의 따뜻한 눈길이 나를 뚫어지게 바라보았다.

"지옥에 떨어질 것을 알면서도 낳아준 부모를 만나고 싶다는 거니? 사정이 그렇다면 가령 규칙을 깨뜨렸다고 해도 부처님의 자비가 있지 않을까?"

나는 고개를 흔들었다. 그것은 인간이 멋대로 상상하는 희망적인 관측에 불과하다.

"왜지?"

"그곳은 공무원 사회니까요. 저승은 중유청이라는 공무원 사회니까 그곳에 자비라든지 특혜는 있을 수 없어요."

오랫동안 공무원으로 일했던 할아버지는 이해하겠다는 듯이 고개를 끄덕였다. 이제야 겨우 내 말을 믿어준 것이다.

"쓰바키야마 씨."

간호사가 큰 소리로 부르면서 면회실로 들어왔다. 입원한 사람들이 모두 노인들이기 때문에 간호사의 목소리도 자연히 커지는 것이리라.

"혈압이 조금 높으니까 오늘은 외출하지 않는 게 좋겠어요."

그러자 할아버지는 가볍게 미소지으며 대답했다.

"괜찮아요. 모처럼 손자가 여자친구를 데려왔잖소? 잠시만 산책하고 올 테니까 걱정 말아요. 내 컨디션은 내가 가장 잘 안답니다."

간호사는 조금 불안한 얼굴로 요스케에게 말했다.

"그럼 이 근처에서 산책해야 돼. 소나기가 올지도 모르니까 우산을 가지고 가렴. 그 대신 전철을 타고 멀리 가면 안 돼."

나와 요스케는 각각 할아버지의 양쪽 손을 잡고 일어섰다.

"다시 한 번 묻겠지만 넌 분명히 네기시 유타 군이지?"

당황하면서도 할아버지는 내 말을 믿어주었다.

"네, 정말이에요."

나는 몸을 숙인 할아버지의 눈을 똑바로 바라보며 대답했다.

"그러면 지금부터 네 진짜 엄마랑 아빠를 만나러 가자꾸나. 그쪽은 어떻게 생각할지 모르지만 네 소원을 이루어주도록 하지."

우리는 손을 잡고 노인병원을 나왔다. 정류장까지 걸어가서 버스를 타자 돌연 하늘이 새까매지면서 소나기가 쏟아졌다.

"잘 들어, 렌 짱. 아니, 네기시 유타 군. 할아버지는 오늘 아침에 너희 엄마한테 전화해서 신주쿠에 있는 호텔에서 만나기로 약속했단다. 물론 처음에는 널 데리고 갈 생각이 없었어. 진짜 엄마랑 아빠는 네기시 유타 군이 이미 교통사고로 세상을 떠났다는 사실을 모르니까. 이제 와서 그들에게 그 사실을 말해줄 생각은 없었거든. 일단 포기한 아이의 소식을 전하는 건 주제넘은 짓이고, 세상의 규칙에서도 벗어나니까 말이다. 다만 할아버지는 네 부모님이 어떤 사람이고 아이를 포기한 뒤에 어떤 심경으로 살아가는지 알고 싶었단다."

그렇지 않다. 할아버지는 과학으로는 증명할 수 없는 내 정체를 어렴풋이나마 눈치채고 있었다. 병원의 면회실에서 내가 모든 사실을 털어놓았을 때도 할아버지는 그렇게 놀라지 않았다.

"가엾게도……."

빗물이 버스 창문을 세차게 때렸다. 할아버지는 내 얼굴을 따뜻한 가슴으로 감싸주었다. 뺨 위에 뚝뚝 물방울이 떨어졌다. 뜨거울 정도로 따뜻한 할아버지의 눈물이다.

나를 이해해준 것이다. 키워준 부모님도, 진짜 부모님도 이해하지 못한 내 마음을 생판 남인 할아버지가 이해해주었다.

어라? 어떻게 된 걸까? 나도 할아버지의 마음을 이해할 수 있게 되었다.

할아버지는 병사兵士였다. 전쟁에 패배하고 포로가 되어 시베리아의 추운 숲 속에서 오랫동안 강제노동을 했다. 일본으로 돌아왔을 때, 할아버지는 생각했다. 돈도 필요 없다. 사치도 해서는 안 된다. 앞으로는 불쌍한 사람들을 위해 평생을 살아가겠다.

그런데 할아버지의 눈에 비친 세상은 불쌍한 사람들로 넘치고 있었다.

할아버지는 계속 미안하다는 말을 하고 있다. 어째서일까? 할아버지는 나쁜 일을 하지 않았는데.

세상을 떠난 할머니에게도, 요스케의 아빠에게도 계속해서 미안하다고 한다. 요스케에게도, 요스케의 엄마에게도, 시마다라는 아저씨에게까지 계속 사과하고 있다. 어째서일까?

"미안하구나, 유타 군……."

할아버지는 눈물을 흘리면서 내 귓가에 속삭였다.

이제 알았다. 할아버지는 이 세상의 모든 불행을 자기 책임이라고 생각하는 것이다. 굉장하다! 할아버지는 남자 중의 남자이다!

커피숍의 큼지막한 창문을 타고 흘러내리는 빗물이 시즈코의 시야를 일그러뜨렸다. 자리에 앉고 나서 남편과는 한마디도 나누지 않았다.

이상한 전화가 걸려온 것은 다케다의 친구를 자처하는 변호사가 돌아간 지 얼마 되지 않았을 때였다.

오랫동안 사회복지에 관계된 일에 종사해왔다는 노인이 급하게 만나고 싶다고 했다. 노인이 알고 있다는 보육원의 이름을 들은 순간, 시즈코는 온몸에 소름이 돋았다.

남편에게는 보호관찰 중인 고붕의 소식을 듣고 싶어서 연락이 온 것 같다고 거짓말을 했다. 그러나 남편은 알고 있었다. 입에 담은 적은 없지만 남편도 그녀도, 자신이 버린 아이를 생각하지 않은 날은 하루도 없었다.

"저기, 여보…… 다시 찾아올 수는 없을까?"

커피 잔을 입에 댄 채 남편은 눈을 살짝 위로 치켜뜨고 그녀를 쳐다보았다.

그녀는 대답 대신 한숨을 쉬었다. 언젠가 그 이야기가 나와서 애타는 심정으로 보육원에 연락해본 적이 있었다. 그러나 자신이 버린 아이는 이미 오래전에 입양되었다는 실망스런 대답을 들어야 했다. 그 이후, 부부 사이에 그 화제는 입에 담아서는 안 되는 금기 사항이 되어 있었다. 그래서 오늘 아침에 전화를 받고 그들은 일말의 희망을 가지고 약속한 호텔 커피숍으로 찾아온 것이다.

물론 함정인 경우를 대비해서 옆자리에는 품속에 권총을 숨겨놓은 고붕 두 명을 앉혀놓고, 조금 떨어진 자리와 입구에는 보디가드를 배치해놓았다.

정적을 뚫고 고붕의 휴대폰이 울었다. 전화를 받은 고붕은 부부 사이에 얼굴을 들이밀고 자그맣게 말했다.

"오야붕. 걱정할 필요 없을 것 같습니다. 늙은 영감탱이가 꼬마 두 명을 데리고 이쪽으로 오고 있답니다."

"두 명이라고?"

남편은 이마를 찡그리며 그녀를 힐끔 쳐다보았다.

"알았어요. 너희들은 자리를 좀 비켜줄래?"

그녀가 그렇게 말하자 옆자리에 있던 고붕들은 다른 자리로 옮겼다.

어떻게 된 걸까? 그러나 어쨌든 노인이 데려오는 한 아이는 자신의 아이일 것이라고 그녀는 생각했다.

아이를 입양한 부모가 사정이 생겨서 아이를 돌려보내려고 하는 것일까? 그렇지 않으면 그냥 한번 만나게 해주려는 것뿐일까?

"여보, 무서워요."

양심이 그녀의 심장을 조이는 것 같았다. 마음속에 뒤얽혀 있는 공포와 기대로 그녀의 얼굴과 마음은 산산조각났다.

그녀의 떨리는 어깨를 남편이 감싸안았다.

이윽고 성냥개비처럼 마른 노인이 피곤한 발을 이끌며 커피숍으로 들어왔다. 노인의 양쪽에는 제각기 소년과 소녀가 손을 잡고 있었다. 오히려 두 아이가 노인을 가까스로 지탱하고 있는 것처럼 보였다.

남편과 그녀는 재빨리 의자에서 일어섰다.

"아니에요. 유타가 아니에요."

그녀는 힘없이 고개를 가로저었다. 성장한 자식의 얼굴을 알 리가 없는데도 그녀는 왠지 소년이 유타가 아닌 것 같은 생각이 들었다. 그리고 그 생각은 확신에 가까웠다.

오히려 그녀는 소녀 쪽으로 마음이 움직였다. 이유는 알 수 없다. 남편의 눈도 소녀를 쳐다보고 있었다.

"이치카와 씨죠?"

노인은 비에 젖은 모자를 벗고 정중히 인사하더니, 먼저 느닷없이 전화한 무례함부터 사과했다.

"무슨 일이신가요?"

그렇게 묻는 남편의 목소리에는 당혹감이 배어 있었다.

"이치카와 씨, 그리고 부인. 자세한 말씀은 드릴 수 없구려. 부디 아무 말씀도 하지 마시고, 이 늙은이의 평생의 소원을 들어주시구려."

그녀는 아무런 이유 없이 깊은 감동을 받았다. 노인은 전쟁터에서 돌아온 병사처럼 등을 쭉 펴더니, 흐르는 눈물을 닦으려고 하지도 않고 남편만을 쳐다보았다.

남편은 노인을 똑바로 쳐다보며 고개를 끄덕였다.

"고맙소. 지금부터 이 소녀가 하는 말을 잠자코 들어주시구려."

"잠자코 듣기만 하면 됩니까?"

"그래요, 그러면 충분해요. 부디 아무것도 묻지 말고 그냥 잠자코……."

노인은 오열과 동시에 말을 끊더니 가볍게 소녀의 등을 밀었다.

인형처럼 맑고 깨끗하게 생긴 소녀는 비에 젖어 흐트러진 앞머리의 한 줄기까지도 사랑스러워 보이는 해맑은 아이였다.

테이블을 사이에 두고 남편 앞에 선 소녀는 빛나는 눈동자를 치켜들었다. 그리고 선언하듯이 단호하게 말했다.

"아빠, 은혜를 갚지 못해서 죄송해요. 난 아주 행복했어요. 정말로, 정말로 죄송해요."

그런 다음 소녀는 그녀를 보았다. 그리고 무슨 말을 하려다 말고 입술을 깨물더니 돌연 가슴속으로 뛰어들었다.

"고마워요, 엄마. 나를 낳아줘서 고마워요. 정말 고마워요."

흐느끼는 소녀를 꼭 껴안으며 그녀는 빗소리를 들었다.

이 소녀가 누구이고 무슨 말을 하고 있는지, 그런 것은 아무래도 상관없었다.

남편도 자신도, 이 소녀의 말에 구원을 받은 듯한 느낌이었다.

그때 테이블을 흔들며 노인이 쓰러졌다.

"아, 할아버지!"

소년이 깜짝 놀라 소리를 질렀다. 대체 어떻게 된 걸까? 소녀와 부부의 만남을 지켜본 노인은 이제 안심이 된다는 듯 그 자리에 무너져내렸다.

"이 녀석들, 왜 멍청히 서 있는 거야? 구급차를 불러서 빨리 병원으로 모셔!"

남편은 당황해하는 고봉들한테 호통을 치면서 노인을 안아 일으켰다.

"영감님, 대체 어떻게 된 겁니까? 이유를 말씀해주십시오! 왜 목숨을 걸고 이런 일을 하시는 겁니까?"

남편이 사람들 앞에서 흐트러진 모습을 보이는 것을 그녀는 처음 보았다.

"이해하지 못해도 괜찮다오……. 부디 쓸데없는 생각은 하지 마시구려. 고맙소, 이치카와 씨. 내 억지를, 이런 늙은이의 고집을 받아주어서……."

"뭐가 억지예요? 왜 저한테 고맙다는 거예요? 고맙다는 인사는 저희가 드려야지요. 안 그래, 시즈코? 그렇지?"

생각이 말로 나오지 않는 상태에서 그녀는 눈물을 흘리며 고개를 끄덕였다. 그녀가 알고 있는 건 단 한 가지……. 이 정체를 알 수 없는 노인이 목숨을 걸고 자신들을 비참한 고통 속에서 구해주었다는 것뿐이다.

"요스케, 요스케……."

노인은 마지막 힘을 짜내어 소년의 손을 잡았다.

"마지막으로 너에게 해둘 말이 있단다. 가령 어떤 잘못을 저질렀더라도, 피를 물려준 부모를 미워해서는 안 된다. 약속하거라, 요스케."

"싫어요! 그러면 아빠가 너무 불쌍해요. 불쌍해서 견딜 수 없다구요."

소년은 눈물로 뒤범벅이 된 얼굴을 세차게 흔들었다.

"그렇지 않아. 할아버지가 왜 너를 여기까지 데려왔는지 모르겠니?"

소년은 눈물에 젖은 얼굴을 소녀에게 향했다.

"렌 짱……."

"그래. 할아버지는 렌 짱의 말을 너에게 들려주고 싶었어. 아빠는 하나도 불쌍하지 않아. 불쌍한 사람은 오히려 엄마랑 시마다 아저씨야. 자기 자식에게 사랑받지 못하는 부모만큼 불쌍한 사람이 어디 있겠니? 요스케, 알았지? 할아버지와 약속해주렴. 사나이 대 사나이로 약속하는 거야. 앞으로는 엄마랑 시마다 아저씨를 미워해서는 안 된다."

지금 무슨 일이 일어나고 있는 걸까? 시즈코는 마치 영화의 한 장면을 보는 것처럼 눈앞에서 일어나는 광경을 멍하니 보고 있었다.

소년은 한 번 눈을 꼭 감더니 결심한 듯이 크게 고개를 끄덕였다.

"좋아. 그러면 됐어……."

노인은 소녀의 손을 잡더니 마치 연극 무대의 막을 내리듯이 평온하게 흙빛 눈꺼풀을 감았다.

그날 밤, 난 할아버지가 실려 가신 병원에서 요스케와 헤어졌다.

여름의 밤하늘에는 별님이 빼곡히 박혀 있었다. 이제 곧 내 영혼은 지구를 떠나 저 가운데 어느 하나의 별로 갈 것이다.

할아버지는 숨을 거두었다. 마치 자신을 데려가라는 듯이 내 손을 잡았지만 할아버지와 나는 갈 곳이 다르다. 평생을 다른 사람을 위해 살아오신 할아버지는 극락, 저승의 규칙을 깨뜨린 나는 지옥.

요스케의 얼굴은 완전히 눈물로 뒤범벅이 되었다. 하긴 무리도 아니다.

벤치 위에서 엉덩이를 옆으로 비키며 난 요스케를 껴안았다. 자신의 감정을 말로 표현할 수 없을 때, 사람들은 이렇게 하는 수밖에 없을 것이다.

응급실 입구는 야단법석이었다. 맨 먼저 뛰어온 사람은 요스케의 엄마. 그 다음에 시마다 아저씨도 헐레벌떡 뛰어왔다. 두 사람 모두 미안하다고 하면서, 할아버지의 시신에 매달려 눈물을 흘렸다. 그 뒤를 이어 수많은 사람들이 달려왔다. 모두가 큰 소리로 울음을 터뜨린 것은 아마 할아버지께서 훌륭한 사람이었기 때문이리라.

별님이 참 아름답다. 내가 돌아갈 곳은 어느 별일까?

안녕이란 말은 하고 싶지 않다. 안녕이란 말을 할 수 있는 이별은 정말로 슬픈 이별이 아니다.

꿈 같은 기억이라도 좋다. 환상이라도 좋으니까 나는 평생 요스케의 마음속에서 살고 싶다.

"요스케, 눈을 감아봐."

"왜?"

"이유는 묻지 말고 빨리."

응급실 입구에는 많은 사람들이 모여 있었지만 등나무 밑에 있는 이 벤치는 보이지 않을 것이다. 설사 보인다고 해도 상관없다.

난 눈을 감은 요스케의 입술에 키스했다. 기나긴, 영화에서나 볼 수 있는 키스신이다.

슬픈 일이나 괴로운 일은 모두 잊어도 인생의 첫 키스는 잊으면 안 돼. 나도 절대로 잊지 않을 테니까, 요스케도 잊지 마.

입술을 떼고 난 요스케의 귓가에 대고 속삭였다. 내 지난 7년간의 모든 사랑을 담아서.

"내 몫까지 살아줘, 요스케……."

머리 위로 드리워지는 검은 그림자를 느끼고 나와 요스케는 황급히 몸을 떼었다. 큰일났다. 키스하는 장면을 들키고 말았다.

이 사람은 누구지? 예쁘고 날씬한 아줌마다. 그런데 어디선가 만난 듯한 기분이 든다. 어라? 검은 환생가방을 들고 있다. 나와 똑같은 가방이다.

"아! 쓰바키 아줌마."

요스케는 손등으로 입술을 닦으며 일어섰다. 쓰바키 아줌마가 누구지?

"할아버지께서……."

"알고 있어. 기운을 내렴, 요스케."

쓰바키 아줌마는 많이 피곤한지 눈이 움푹 들어가고 눈 밑에 검은 그림자가 생겨 있었다. 그러나 눈동자에서는 반짝반짝 빛이 났다.

"아 참, 요스케. 아줌마랑 캐치볼하겠니?"

쓰바키 아줌마는 밝은 목소리로 말했다.

"캐치볼이요? 하지만……."

"공이랑 글러브라면 여기 있어."

쓰바키 아줌마는 검은 가방의 지퍼를 열더니 마술을 하듯이 야구 도구를 꺼냈다. 공도, 글러브도, 캐처 미트도.

"어머나! 소프트볼이 아니잖아? 어른들이 하는 하드볼인데 괜찮을까?"

난 왠지 기분이 좋아져서 주제넘은 참견을 했다.

"괜찮아요, 아줌마. 요스케를 어린애 취급하지 마세요."

필요한 건 무엇이든지 나오는 신기한 가방. 그래요, 쓰바키 아줌마. 이제 요스케한테 필요한 건 부드러운 소프트볼이 아니에요. 프로야구 선수와 똑같은 하드볼이에요.

쓰바키 아줌마가 캐처 미트를 끼고 주저앉자 요스케는 공과 글러브를 들고 뛰어갔다.

"됐어, 던지렴!"

동그란 가로등 불빛 아래에서 요스케는 팔을 크게 휘둘렀다. 오오, 멋있다. 요스케는 틀림없이 학교에서 에이스일 것이다.

시원한 소리와 함께 공은 쓰바키 아줌마의 캐처 미트로 들어갔다.

"스트라이크! 잘했어, 요스케."

마치 아빠 같은 말투로 쓰바키 아줌마가 말했다.

아빠 같은 말투…… 그래, 알았다! 그렇구나.

쓰바키 아줌마는 공을 되던지면서 나에게밖에 들리지 않는 작은 목소리로 중얼거렸다.

"요스케, 이제 나를 잊으렴. 나를 잊어버려야 돼."

알아요, 쓰바키 아줌마. 그 마음, 나도 알아요. 나도 엄마랑 아빠가 더 이상 우는 건 바라지 않아요.

"네 출생에 대해 한탄할 시간이 없어. 인생은 네가 생각하는 것만큼 길지 않단다. 눈물을 흘리거나 미워하거나 고민하기 전에 한 발짝이라도 앞으로 나아가야 돼. 그 자리에 멈추어 서서 뒤를 돌아보는 사람은 결코 행복해질 수 없어."

요스케는 잠시 신기한 듯이 공을 쳐다보았다.

"왜 그래? 빨리 던져, 요스케. 왜 멍청히 공을 쳐다보고 있는 거야?"

쓰바키 아줌마는 캐처 미트를 주먹으로 치며 공을 던지라고 재촉했다. 그리고 목소리를 짜내어 자그맣게 중얼거렸다.

"그래. 요스케, 나를 잊어버려. 완전히 잊어버리는 거야."

요스케, 넌 지금 세상에서 가장 행복한 아이야. 다른 아버지와 아들 사이에선 평생이 걸려도 나눌 수 없는 대화를 넌 이 짧은 순간에 하고 있어. 넌 아빠한테 목숨보다 소중한 인간의 영혼을 받았어. 있는 힘을 다해서 너다운 직구를 던져야 해.

"가요, 쓰바키 아줌마!"

눈이 번쩍 뜨이는 듯한 요스케의 직구를 쓰바키 아줌마는 가슴의 정면에서 받았다.

대왕생

　새하얀 꽃이 흐드러지게 피어 있는 사라수 밑동에 쓰바키야마는 멍하니 서 있었다.

　몸은 깃털처럼 가볍고 기분은 상쾌했다. 초여름의 향기로운 바람이 스쳐지나가는 가로수 길 끝에 있는 스피리츠 어라이벌 센터의 새하얀 건물이 눈에 들어왔다

　그는 손을 쳐다보고 양복을 확인하고 발을 바라보았다. 어느새 가즈야마 쓰바키의 육체가 아니라 쓰바키야마 가즈아키의 육체로 돌아와 있었다.

　사자死者들이 천천히 그를 추월해갔다. 그는 심호흡을 크게 하고 검은 가방 안에서 휴대폰을 꺼냈다. 어쨌든 무사히 돌아왔다고 마야에게 보고해야 하리라.

　전원을 켜고 ☆ 버튼을 눌렀다. 긴 호출음 뒤에 나른한 마야의 목소리가 들려왔다.

　"아아, 소광도성거사 님이세요? 무사히 돌아왔어요? 당신은

아주 잘했어요. 음행에 대해서도 납득하셨고 남겨둔 일도 잘 처리하셨고. 하지만……."

마야는 허탈한 한숨을 내쉬었다.

"혹시 다른 두 사람은……."

"그래요. 그 혹시예요."

"예에?! 두 사람 다 말인가요?"

"그 덕분에 난 시말서를 두 통이나 쓰고, 윗사람한테 30분이 넘게 잔소리를 들어야 했어요. 다행히 생리 중이라서 목이 잘리지는 않았지만 보너스에는 영향을 미칠 거예요."

"지금 두 사람은 어디에 있지요?"

"그들은 무서운 죄를 저지른 탓에 지금 SAC의 감별실에 있어요. 연공웅심동자는 정체를 밝힌 죄. 의정원용무협도거사 님은 정체를 밝힌 데다가 복수까지 하고 제한시간도 오버. 이건 현세로 말하면 강도살인에다 사체유기죄까지 저지른 거나 마찬가지예요."

"그래요……. 그건 그렇고 난 지금부터 어떻게 하면 되죠?"

"지난번과 마찬가지로 스피리츠 어라이벌 센터로 가세요. 〈특〉표시를 따라가면 번거로운 수속은 하나도 없을 거예요. 그러면 수고 많았어요."

"수고했습니다."

그는 전화를 끊고 사라수 가로수 길을 걷기 시작했다.

규칙을 깨뜨릴 수밖에 없었던 두 사람의 심정은 마음이 아플 정도로 이해할 수 있었다. 오히려 규칙을 깨뜨리지 않은 자신이 이상한 게 아닐까?

"안 돼, 안 돼. 내가 이러고 있을 때가 아니야."

그때 혼잣말을 하면서 눈에 익은 뒷모습이 그를 추월해갔다. 아버지다.

"아버지! 아버지!"

아버지는 젊은이처럼 가벼운 발걸음으로 정신없이 뛰어갔다.

"아버지, 잠깐만요. 왜 그렇게 서두르시는 거예요?"

그제야 아버지는 달리면서 뒤를 돌아보았다.

"오오, 누군가 했더니 너로구나. 너야말로 이런 데서 뭐하고 있냐?"

사건의 전말을 얘기하면 한없이 길어지기 때문에 그는 적당히 거짓말을 했다.

"아버지를 마중 나온 거예요."

"그래? 그거 고맙구나."

"아버지, 몸에 좋지 않으니까 천천히 걸어가세요."

"아니야. 지금은 서두르지 않으면 안 돼. 그리고 지금 상황에서 몸에 좋지 않을 게 뭐가 있겠니? 더구나 이렇게 기분이 좋은데!"

"죽은 사람이 조깅을 즐기다니, 어쩐지 이상해요."

"그렇다면 넌 천천히 걸어오거라. 마중 나오느라 수고했다!"

아버지의 질주는 도저히 따라갈 수 없을 것 같았다. 과연 제국의 군인답게 육체적으로 잘 단련되어 있었다. 사자들 사이를 헤치며 뛰어간 아버지는 어느새 모습을 감춰버렸다.

황급히 쫓아갈 필요는 없으리라. 어차피 함께 극락왕생할 테니까.

SAC의 문으로 들어가자 옥상 스피커에서 청아한 목소리가 흘러나왔다. 백화점 방송을 담당했던 아내의 목소리를 떠올리고 그는 쓴웃음을 지었다.

"여기에 모이신 여러분께 알려드립니다. 걱정할 것은 하나도 없습니다. 다들 개인적인 말씀은 삼가시고 담당자의 지시에 따라주십시오. 여러분의 사전 지식은 아무런 도움이 되지 않습니다. 지정된 화살표를 따라 질서를 지키고 나아가십시오."

물론 아버지는 강습 면제이리라. 며칠 전에 이곳에서 만난 노파와 마찬가지로 사람들의 박수와 찬사를 받으며 극락행 에스컬레이터를 탈 것이다. 무사고 무위반 인생은 현세에서 공명을 떨치기보다 훨씬 어려운 일이리라.

북적이는 사람들 속에서, 아니 정확하게 말하면 북적이는 영혼들 속에서 마야가 말한 〈특〉 표시를 발견했다. 화살표를 따라 걷는 사이에 작은 아크릴판이 눈에 들어왔다.

'감별실鑑別室'. 그는 잠시 주저하고 나서 눈에 띄지 않는 철제 문을 열었다.

안에는 창문이 없는 좁은 복도가 길게 이어져 있었다. 자신의 왕생에 대해 이의를 제기하고, 교관과 심사관의 조언에 귀를 기울이지 않다가 결국에는 현세역송 중에 금기를 깨뜨리는 사자가 그렇게 많을 리는 없다.

자신이 그 두 사람에게 해줄 수 있는 일은 없을까?

복도 끝에 있는 방에서 험악한 대화가 새어나오고 있었다.

그는 잠시 문 앞에서 귀를 기울였다.

"전혀 말이 통하지 않는 사람이군. 잘 듣게, 애당초 국가기관은 사람들을 관리하기 위한 기관이 아닐세. 그런 일이라면 특별히 공무원의 손을 번거롭게 하지 않아도 컴퓨터가 다 알아서 하겠지. 공무원의 역할은 사람들의 생활을 지금보다 더 편리하게 만드는 거네. 그런데 본연의 일은 하지 않고 거만하게 행동하니까 사람들이 공무원을 보고 세금 도둑이라고 손가락질하는 게 아닌가? 세금 한 푼은 사람들의 피 한 방울이야. 자네들은 그런 혈세로 먹고산다는 사실을 자각하지 않으면 안 되네."

아버지의 목소리다. 저승의 공무원들에게 일장연설을 하고 있는 것 같다.

그는 질주하던 아버지의 뒷모습을 떠올렸다. 아버지는 무엇 때문에 그렇게 서두른 것일까?

"내가 좋다고 하는데 무슨 상관인가? 불합리한 것 같으면 어서 말해보게."

자신의 지론을 주장할 때, 아버지는 한 발짝도 양보하지 않았다. 그리고 아버지의 주장은 언제나 정의였다. 자신의 이해관계를 따지지 않고 사물의 옳고 그름만을 생각하는 사람을 그는 아버지 외에는 본 적이 없다.

"그것 봐. 이치에 맞는 반론을 할 수 없지? 당연하지. 지금까지 자네들이 몇백 년 동안 세금 도둑질을 해왔는진 모르지만, 나는 지난 40년간 진정한 공무원으로 생활해왔네. 자네들에 비하면 고작해야 시청의 말단 공무원에 지나지 않겠지. 하지만 결코 혈세를 낭비하지 않았다는 점에선 자네들의 100배도 넘는 자부심을 갖고 있네. 한마디로 나는 정의일세. 결코 틀린 주장은 하지 않네. 그러니 아까 말한 내 주장을 재가해주기 바라네."

"아버지……."

그는 그렇게 중얼거리며 망연한 표정을 지었다. 아버지가 무엇을 요구하고 있는지 알 수 있었다.

"아직도 주저하는 건가? 가엾은 아이를 현세의 굴레 속으로 보내놓고 규칙인지 뭔지를 깨뜨렸다고 벌을 주다니, 아무리 앞뒤가 꽉꽉 막힌 공무원이라도 이건 좀 너무하지 않은가? 그런 말도 안 되는 얘기를 나더러 참으라는 건가?!"

아버지는 흥분을 이기지 못하고 책상을 쾅 두들겼다.

그만두세요, 아버지. 당신이란 사람은 왜 그렇게 남만 생각하는 겁니까? 왜 자신은 돌보려고 하지 않는 겁니까?

문손잡이를 잡으려다가 그는 손을 밑으로 내렸다. 그러지 말라고 아버지를 만류할 수 없었다. 아버지는 너무도 위대하기 때문이다.

"왜 그런가? 무엇을 주저하지? 무엇을 겁내지? 자네들이 진정한 공무원이라면 약한 자를 도와줘야 하지 않나? 법을 어기면서라도 정의를 지키는 용기를 가지게!"

아버지, 아버지, 아버지. 제발 부탁이에요. 이제 그만두세요.

"이 어린애 대신 나를 지옥으로 보내주게!"

쥐 죽은 듯이 조용한 안쪽에서 이윽고 서류를 들추는 소리가 들려왔다.

어린 시절에 아버지에게 혼난 뒤에 관사의 현관 자락에서 그렇게 한 것처럼, 그는 그곳에 웅크리고 앉아 무릎을 껴안고 울었다.

어머니가 세상을 떠난 뒤로 계속 둘이만 살아왔는데 자기는 아버지에 대해 아무것도 모르고 있었다. 이해하지 못한 것은 아니다. 그 정도로 자신은 아버지에게 응석을 부리고 있었던 것이다.

문이 열리고 큼지막한 손이 그의 어깨를 잡았다. 아버지가 아니다. 야쿠자의 얼굴로 돌아온 다케다 이사무가 새하얀 치아를 드러내고 미소를 짓고 있었다.

"여어, 형제! 자네 아버님 정말 대단한 분이시더군. 남자 중의 남자야. 난 일곱 번 다시 태어났다 일곱 번 다시 죽는다 해도 자네 아버님의 발끝에도 미칠 수 없을 거네."

다케다는 현세에서 무슨 일을 하고 돌아온 걸까? 앞으로 지옥에 떨어질 거라고 하는데도 그의 얼굴은 밝은 태양 밑에 있는 것처럼 환하게 빛나고 있었다.

"다케다 씨. 시베리아는 어떤 곳이지요?"

"시베리아? ……글쎄. 그러고 보니 어린 시절에 그런 빵을 먹은 적이 있지. 알고 있나? 카스텔라 사이에 양갱을 끼운 건데."

만주의 전쟁터에서, 포로가 된 시베리아의 거친 들판에서 아버지는 대체 무엇을 보고 무엇을 한 것일까? 그때의 고생담은 한 번도 들은 적이 없었다.

누구보다 강한 의지로 약한 자를 도와주고 부조리에 저항했던 병사는 살아서 고국 땅을 밟았다.

치밀어 오르는 분노를 철저하게 따뜻함으로 바꾸고, 아버지는 그 이후의 인생을 살아왔음이 틀림없다.

"운이 없다고 생각했는데 난 역시 운이 좋아."

재떨이가 없는 복도에서 거칠게 담배를 물고 다케다는 크게 웃음을 터뜨렸다.

"운이 좋다니요?"

"자네 아버님과 함께라면 무서울 게 하나도 없다는 뜻이야."

다케다는 엔카(演歌. 일본의 애조 띤 노래)를 읊조리면서 성큼성큼 복도를 걸어갔다. 그의 위풍당당한 뒷모습은 결코 죄인으로는 보이지 않았다. 아마 자신의 결심에 확신을 갖고 규칙을 깨뜨린 것이리라.

아버지가 소년의 손을 잡고 나왔다. 그리고 복도에 웅크리고 앉아 있는 아들의 모습을 발견하고 깜짝 놀라는 표정을 지었다.

"애야."

"네."

"미안하지만 이 애를 부탁한다."

피를 나눠준 아들에게만 과묵한 아버지가 그는 답답해서 견딜 수 없었다.

"그리고 네 어머니한테 안부를 전해다오."

그는 짤막한 말에 담긴 깊은 사랑을 헤아리지 않으면 안 되었다.

아내에게도 아들에게도 과묵했던 것은 가족이 자신에게 속한 거라고 생각했기 때문일지도 모른다. 아버지는 철두철미하게 사사로움이 없었던 사람이다.

　어머니가 세상을 떠난 다음, 어린 그는 매일 저녁 현관의 전등 밑에서 무릎을 끌어안고 아버지의 귀가를 애타게 기다렸다. 저녁 찬거리를 들고 돌아오면 아버지는 아무 말도 하지 않고 머리를 쓰다듬어주었다.

　그렇다. 아무 말도 하지 않고…….

　아버지의 따뜻한 손이 이제는 완전히 벗겨진 그의 대머리를 쓰다듬었다. 역시 아무 말도 하지 않았지만 마디진 손가락을 통해서 아버지의 생각이 그의 가슴으로 흘러들어왔다.

　애야, 어머니한테 전해주지 않겠니?

　언젠가 그쪽에서 만나면 무릎을 꿇고 사죄하려고 했지만 이 아버지의 고집 때문에 그것조차 할 수 없게 됐구나.

　마키코. 난 당신의 인생을 엉망으로 만들어버렸소. 당신을 사랑하지 않은 건 아니라오. 말은 하지 않았지만 난 당신을 진심으로 사랑했소.

　자신의 가장 가까운 사람부터 행복하게 해주는 게 인간의 도리라고 생각하오. 하지만 난 그 도리를 지킬 수 없었소.

　난 전쟁에서 수많은 부하들을 죽게 만들었다오. 시베리아의 눈보라 속에서 수많은 전우들이 죽어가는 걸 두 눈 뻔히 뜨고 지켜보았다오. 그런 내가 단지 사랑한다는 이유만으로, 가족이라는 이유만으로 누구보다 먼저 당신을 행복하게 해줄 수 있다고 생각하오?

그토록 사랑하던 당신에게 단 한 번도 사랑한단 말을 하지 않은 건 그 때문이라오. 사랑한다는 말을 입에 담으면 난 그 말에 책임을 느끼고 당신을 행복하게 해주지 않으면 안 되니까 말이오.

마키코. 나 같은 남자를 남편으로 둔 당신이 얼마나 외로웠을지 생각하면, 그 이후의 내 고생은 천벌이라고 생각해야 마땅할 정도요.

웨딩드레스도 입혀주지 못하고, 결혼반지 하나도 사주지 못하고, 호강 한번 시켜주지 못하고 난 당신을 죽게 만들었소.

사실은 사랑한다고 말하고 싶었소. 그쪽에서 만나면 그때야말로 주위사람들이 모두 들을 수 있을 정도로 큰 소리로 백 번이고, 천 번이고, 만 번이고, 백만 번이고 꼭 그 말을 해주고 싶었소.

마키코. 이제 돌이킬 수 없는 나의 고집을 용서해주구려. 내가 비정한 사람이 아니라 남자는 본래 이런 삶을 살아가는 법이라고 생각해주구려.

당신을 사랑하오. 그 이후로도 계속. 물론 앞으로도 계속 말이오.

그는 아버지의 한 손을 잡고 멍하니 올려다보고 있는 소년의 다른 손을 잡았다.

"슬퍼하지 마, 렌 짱."

그가 그렇게 말하자 소년은 흐느끼며 울음을 터뜨렸다.

"할아버지께서 아무 말하지 말고 가만히 있으라고 해서 얘기를 듣고 있었는데, 점점 얘기의 내용을 알게 됐어요……. 저 때문이라면 괜찮아요. 할아버지, 이렇게 하시면 제가 비겁한 사람이 되잖아요."

아버지는 대답하지 않고 나를 쳐다보더니 "부탁한다, 얘야"라는 말을 남기고 소년의 손을 놓았다.

"여어! 다케다 씨라고 하셨나? 기다리게 해서 미안하구려. 자, 이제 그만 가지요."

아버지와 다케다는 술이라도 마시러 가는 오랜 친구처럼 시원한 웃음소리를 날리며 걸음을 내디뎠다.

"할아버지!"

그는 아버지에게 뛰어가려고 하는 소년을 끌어안았다.

아버지는 뒤를 돌아보지 않았다.

"할아버지, 전 잊지 않을게요. 이 세상 사람들이 모두 할아버지를 잊어도 전 잊지 않을 거예요!"

앞을 향한 채 가볍게 손을 드는 아버지 옆에서 신체가 건장한 직원들이 따라갔다. 아버지는 아무 말도 남기지 않고 그대로 사라졌다.

"꼬마야, 걱정하지 마. 그리고 행복하거라. 안녕!"

다케다가 아버지 대신 대답하고 아버지의 뒤를 이어 사라졌다.

두 사람만 남게 되자 소년은 잠시 그의 어깨에 얼굴을 묻고 흐느꼈다.

"아저씨가 요스케의 아빠라는 건 몰랐어요."

"난 아빠가 아니야. 요스케의 아빠는 따로 있어."

"하지만 요스케는 아저씨를 잊지 않을 거예요. 할아버지도 요."

"그러면 안 되지. 나 같은 사람은 빨리 잊어버려야 하는데."

"절대로 잊지 않을 거예요. 잊어버린 척은 하겠지만 평생 잊지 않을 거예요. 전 알고 있어요. 요스케는 그런 녀석이에요. 짧은 기간이었지만 요스케에 대해 알게 됐어요. 요스케는 규칙과 예의를 모두 지킬 수 있는 녀석이에요."

"오호, 그래?"

그의 입에서는 감탄사가 흘러나왔다. 그럴지도 모른다. 규칙과 예의는 비슷한 것 같지만 전혀 다른 것으로, 그것을 모두 지키는 일은 결코 쉽지 않다. 그렇다면 요스케는 언젠가 사회를 이끌어가는 큰 인물이 될 수 있지 않을까?

"난 자식에 대해서 팔불출이군."

그는 혼자 중얼거리고 나서 천천히 일어섰다.

어쨌든 이 아이를 기다리고 있는 사람에게 데려다주어야 한다.

"부모의~ 애타는 심정~ 알고 있어요~ 휘몰아치는 6구區의 바람이여~ 어허라~!"

계단강의실 뒷자리를 힐끔 올려다보며 교관은 연방 헛기침을 했다.

"쌓이고 쌓인~ 이 엄청난 불효~ 어떻게 사죄할까~ 어머니 ~ 어허라~!"

교관은 더 이상 참지 못하고 버럭 소리를 질렀다.

"이봐요! 아직 법명이 정해지지 않은 고로 거사 님! 여기가 어딘 줄 알기나 해요?"

사자들의 꺼림칙한 시선이 일제히 쏟아져도 고로는 조금도 주눅들지 않았다.

"내가 뭐 바본 줄 아슈? 복도의 맨 끝에 있는 100번 강의실 아니요? 그렇다면 이자들은 모두 살인자들인가? 크크크, 그래서 이렇게 인상이 고약하구먼!"

특별히 심통을 부리려는 건 아니다. 학교라고 해봤자 초등학교밖에 다니지 않았고, 그것마저도 전쟁 중에 잠시 피난갔던 절의 본당이었다. 그래서 강습이 시작되자마자 따분함을 주체하지 못하고 노래라도 부르지 않으면 시간을 죽일 수 없었던 것이다.

"어쨌든 〈사자무늬 모란꽃〉의 주제가는 이제 그만둬요. 우리 스피리츠 어라이벌 센터에선 악인은 모두 지옥으로 떨어져야 한다는 시대에 뒤처진 말은 하지 않습니다. 기본적인 영권정신 靈權精神에 입각하여, 가령 살인을 저질렀더라도 극락왕생할 수 있도록 최고의 서비스를 제공하고 있습니다."

교관의 입에서 '극락왕생'이라는 단어가 나온 순간, 강의실에 있는 사자들은 일제히 환호성을 질렀다.

고로도 환호성을 지르며 자기도 모르게 엉거주춤 일어섰다. 솔직히 말해 자신이 지옥으로 떨어지는 것은 작년 천황상(天皇賞. 봄가을 2회, 서러브레드만 출전하는 경마 경주)에 빛나는 테이엠 오페라오의 승리보다 더 틀림없는 사실이라고 믿어 의심치 않았다. 더구나 극락왕생이라고 하면 구입한 마권을 모두 적중시킨 것과 같은 기적이 아닌가.

〈사자무늬 모란꽃〉도 좋지만 지금은 참아야 한다고 고로는 생각했다.

"한 번 한다고~ 결심하면~ 끝까지~ 해낸다~ 어허라~."

"제발 그만두세요!"

"어럽쇼? 〈인생극장〉도 안 되나?"

"여기서는 노래를 부르면 안 돼요!"

"……네에."

번들거리는 안경 너머로 다시 고로를 노려본 교관은 조금 맥빠진 표정으로 강습을 마무리했다.

"어쨌든 여러분도 생전에 저지른 죄에 대해서는 충분히 인식하고 있다고 생각합니다. 그래서……."

교관은 다시 기운을 추스르고 날카로운 눈길로 사자들을 노려보았다.

"이제 책상 위에 있는 빨간색 버튼을 주목해주십시오. 이 강의실에는 형법상 속죄의 유무, 또한 살인의 발각과 미발각, 고의냐 우연이냐에 관계없이 25명의 수강자가 있습니다. 생전에 저지른 살인죄에 대해서 '아아, 정말로 나쁜 짓을 했다. 잘못했다' 하고 반성하시는 분은 그 버튼을 누르기만 하면 죄를 면할 수 있습니다. 그럼 준비가 되셨나요?"

사자들은 퀴즈 대회에 참가하기라도 한 것처럼 온몸에 기합을 넣고 버튼을 누를 자세를 취했다.

그때, 고요한 정적을 깨고 딩동 하는 얼빠진 소리가 났다.

"이런, 큰일났어!"

고로의 앞자리에서 흉포하게 생긴 거구의 사내가 몸을 움츠렸다.

"어떡하지? 실수로 미리 눌러버렸어요. 선생님, 한 번 더 할 수 없나요?"

"걱정하지 마세요. 하지만 다음에도 실수하면 실격입니다."

강의실에는 심상치 않은 긴장이 감돌았다. 빨리 눌러도 아무런 특전이 없지만 이렇게 귀가 솔깃한 이야기에는 왠지 정원이 있을 것 같았기 때문이다.

"그러면 누르세요!"

고로는 방아쇠를 당길 때처럼 손가락에 힘을 담고, 어두운 밤에 서리가 내리듯이 천천히 빨간색 반성 버튼을 눌렀다.

검은 전광판의 표시는 즉시 '25'라는 만장일치를 표시하고 멈추었다. 그러자 팽팽했던 긴장감이 일시에 풀어졌다. 사자들은 일제히 박수를 치고, 처음 보는 살인자들끼리 손을 맞잡고 어깨를 껴안으며 서로에게 축하 인사를 보냈다.

"그러면 강습표에 도장을 찍겠습니다. 교단 앞으로 나와 한 줄로 서십시오."

고로는 생각지도 못한 뜻밖의 왕생을 순순히 기뻐했다. 돌이켜보니 언젠가 경마장에서 메지로파머가 우승해서 엄청난 우승 상금을 챙겼을 때도 이렇게까지 기쁘지는 않았다.

이제 극락으로 가는 것이다. 그렇다면 아카사카의 관음전 앞에서 자신의 목숨을 빼앗은 남자에게 고마워해야 하지 않을까?

"도장을 받으신 분은 1층으로 내려가서 담당자의 지시를 따르세요."

"극락에는 관음보살님이 계시겠지라우? 꼭 만나뵙고 인사를 드리고 싶은디."

재빨리 선택한 히로시마 방언이 제법 잘 어울렸다. 신기하게도 히로시마 방언은 선과 악의 양쪽 캐릭터에 모두 어울렸다.

"가시면 알게 될 겁니다."

교관은 고로를 향해 만면에 미소를 지으며 대답했다.

1층의 홀은 러시아워 상태였다. 강습이 끝난 대부분의 사자들은 극락왕생의 환희에 취해 있었다.

그 가운데 고로 혼자만이 어두운 표정을 짓고 있었다. 어떤 곳이든지 복잡한 곳은 딱 질색이었다. 사람들 사이로 들어가면 전쟁이 끝난 직후의 우에노 역 지하철을 떠올리게 된다. 그는 지저분한 몸으로 웅크리고 앉아 하루 종일 지나가는 사람들의 발밑을 쳐다보았다. 다들 자기 입에 풀칠하기도 급급한 상태라서 부랑아에게 따뜻한 말을 걸어주는 사람은 없었다.

아버지는 고로가 태어나기 전에 이름 모를 전쟁터에서 사망했다고 한다. 아동피난소에 어머니의 부고가 도착한 것은 공습에서 한 달이나 지난 벚꽃이 필 무렵이었다. 부모님은 모두 자신에게 뼈 한 조각도 남겨주지 않았다.

학식도 없고 몸도 약한 그는 부랑아로 살아갈 수밖에 없었다.

자신에게 밥을 먹여주는 사람에게는 비위를 맞추고, 몸에 위협을 느끼면 의리와 인정을 버리고 재빨리 도망쳤다. 자신의 언어도, 일정한 생각도 가지지 못한 채 잠잘 곳도 없는 부랑아로 성장하고, 그리고 그렇게 늙어갔다.

그런 자신에게는 지옥이 더 편할지도 모른다. 귀신들에게 쫓기며 바늘산을 올라가고, 피의 연못을 떠다녀야 하는 지옥이…….

그때 울려퍼진 거창한 징소리에 사자들은 일제히 뒤를 돌아보았다.

"압송!"

제복을 입은 하늘의 공무원들은 일제히 등을 펴고 입을 모아 소리쳤다.

"압송!"

"압송자 두 명! 0번 에스컬레이터를 사용하겠습니다."

"알겠습니다. 압송자 두 명, 0번 에스컬레이터로!"

철제문이 열리고 아무리 봐도 악인처럼 생기지 않은 노인이 나왔다. 그 뒤를 이어 직원이 따라 나오며 뒤쪽에 있는 에스컬레이터로 인도했다.

그 다음에 나온 남자를 본 순간, 고로의 입에서는 비명이 새어나왔다.

그자다. 한밤중 긴자의 길거리에서 자신이 다른 사람으로 착각해서 죽여버린 사내가 틀림없다.

"잠깐만! 왜 저 사람이 지옥으로 떨어져야 하는 거지?"

사내의 모습을 쫓아서 고로는 사람들 틈을 헤치고 들어갔다.

"비켜줘! 안으로 좀 들어가게. 이봐, 어째서 그 사람이 지옥으로 떨어지는 거지? 이건 암만 생각해도 이상하잖아? 그 사람을 죽인 나는 극락행인데 살해당한 사람이 지옥행이라니, 이게 말이 된다고 생각해?"

에스컬레이터 앞에서 사내는 고로를 돌아보았다. 그리고 빙그레 미소를 지었다. 청명한 가을 하늘보다 더 맑은 그런 웃음을 고로는 그때까지 본 적이 없었다.

고로가 아는 웃음은 아부나 경멸이나 추종이나 어색함이나 자랑이나, 어쨌든 살아가기 위해 만들어야 하는 추악한 표정이었다. 지금까지 웃음은 그런 것이라고 생각했다.

"여어! 잘 있었소, 형제?"

사내는 밝은 목소리로 인사했다.

"잘 있었을 리가 없잖아? 이게 어떻게 된 거지? 난 말이야…… 난, 당신을……!"

"알고 있어. 그렇게 말하면 피장파장이야."

"더구나 난 당신의 형제가 아니야!"

"왠지 남 같은 생각이 안 드는군. 그러니까 형제라고 해도 되잖아?"

"아는 사람인가?"

사내의 옆에 있는 노인이 물었다.

"전혀 모르는 것은 아닌데, 그렇다고 안다고 할 정도도 아닙니다."

직원이 두 사람을 재촉했다. 고로는 에스컬레이터에 가까이 가서 밑에서 불어오는 후텁지근한 바람에 시선을 고정시켰다. 새까맣게 소용돌이치는 어둠 속에서는 가끔 불꽃이 튀었고, 귀를 기울이자 망자의 아비규환도 희미하게 들려왔다.

에스컬레이터를 타려고 하는 노인과 사내의 얼굴에 지옥의 바람이 스쳤다.

고로는 눈물을 흘렸다. 아픔도 슬픔도 아닌 눈물의 맛을 고로는 처음으로 알았다.

인간으로 태어나서 인간의 본질을 모르고, 남자로 태어나서 남자가 무엇인지도 모르고, 공허한 무대의 그림으로밖에 생각할 수 없는 세상을 원망하면서 끊임없이 방황해왔다. 그는 눈에 보이는 신神을 찾듯이 남자들 중에서 진정한 남자를 찾고 있었던 것이다.

그러다 이제야 진짜 남자를 만났다. 이 사람은 관음보살님의 화신이다.

사내는 갑자기 미소를 거두더니 정색을 하고 날카로운 눈길로 고로를 쳐다보았다.

"삼가 말씀드리겠습니다. 저는 범죄를 저지르고 이제 여행을 떠나야 합니다. 그러니 멋대로 인의를 말씀드리고자 합니다. 이 다케다 이사무는 태어나서 지금까지 천애의 고아에다 외톨박이 신세였지만, 그래도 남자입니다. 남자의 체면을 세우지 않고 왕생하면 천상의 연대蓮臺가 바늘방석이고, 남자의 체면을 세우고 떨어진다면 지옥이 극락이 아니겠습니까? 그러면, 형님. 이것으로 인연을 끊기로 하지요. 죄송합니다."

그런 인의에 어떻게 대답해야 하는지 모르는 자신이 한심하기 짝이 없었다. 고로는 최대한 몸을 곧게 펴고 사내를 쳐다보았다.

노인과 남자는 한 치의 망설임도 보이지 않고 에스컬레이터의 트랩을 밟더니 이윽고 어둠 속으로 모습을 감추었다.

"아직 법명이 정해지지 않은 고로 거사 님. 사이타마 현 사이타마 시에서 오신 고로 거사 님."

자신의 이름을 부르는 직원의 목소리에 고로는 제정신으로 돌아왔다. 그리고 "네에……" 하고 얼빠지게 대답했다.

"여기에 우두커니 서 계시면 안 돼요. 자, 당신은 이쪽이에요. 서두르세요. 다음 강습이 끝나면 또 혼잡해지니까요."

직원의 손짓에 따라 홀을 반 바퀴 돌아서 고로는 에스컬레이터 입구에 섰다.

"저기, 난 뭐가 뭔지 모르면 안절부절못하는 스타일인데요."

말을 하면서 고로는 고개를 갸우뚱거렸다. 그리고 입에서 미끄러지듯이 나온 순수한 말투에 공연히 기분이 좋아졌다.

"걱정하지 마세요. 당신에게도 마중 나올 분이 계시니까요. 자, 어서 타세요."

직원의 다정한 말에 힘입어 고로는 에스컬레이터를 탔다.

고개를 들자 아득한 천상에서는 핑크빛이 빛나고 있었다. 천천히 혼잡한 아래쪽이 멀어져갔다. 문득 어렸을 때 살았던 우에노 역의 대합실을 높은 곳에서 내려다보고 있는 듯한 기분에 휩싸였다.

어머니의 부고를 들은 그는 도저히 가만히 있을 수 없어서 도쿄로 향했다. 신슈의 산골짜기 마을에서 600리나 되는 길을 걸으면서 그는 계속 '엄마'를 불렀다.

전쟁이 끝난 다음에는 어머니를 찾다 지쳐서 우에노 역에 자리를 잡았다.

혼잡한 광경이 멀어져간다.

거친 밧줄로 반바지의 허리를 묶고, 상처 난 맨발을 차가운 콘크리트 위에서 끌면서 그는 폭격으로 파괴된 하늘 창문에서 새어들어오는 빛을 바라보았다. 그리고 빈 깡통에 담배꽁초를 모아 길거리에 있는 재생담뱃가게에 팔면서 배고픔을 달랬다. 몸도 작고 마음도 약했던 그는 다른 강인한 소년들처럼 도둑질을 할 수 없었다.

저주스런 기억은 이윽고 핑크빛에 감싸여 보이지 않을 정도로 희미해졌다.

그는 앞쪽에 있는 천상을 올려다보았다. 에스컬레이터는 아직 아득한 앞쪽까지 이어져 있었다.

조금 앞쪽에 양복차림의 남자가 소년의 손을 잡고 서 있었다. 불안을 견디지 못하고 그는 에스컬레이터의 계단을 올라가서 두 사람에게 가까이 다가갔다.

"저기…… 쓸데없는 질문일지도 모르지만……."

"네, 무슨 질문인데요? 뭐든지 물어보십시오."

남자는 백화점 점원 같은 말투와 행동으로 대답했다.

"우리는 앞으로 어떻게 되는 건가요?"

"죄송하지만 실은 저도 앞으로 어떻게 될지 잘 모릅니다. 다만 직원들의 설명에 따르면 이 에스컬레이터를 타고 끝까지 올라가면 각자 마중 나올 분이 있다고 하더군요."

그 말을 들은 고로의 마음은 한없이 우울해졌다.

"난 마중 나올 사람이 없는데요. 법명은 물론이고 연고자도 없답니다."

그러자 남자의 손을 잡고 있던 영리해 보이는 소년이 고로를 올려다보며 말했다.

"아저씨, 사람이었지요?"

"그야 물론이지."

"그렇다면 걱정하실 필요 없어요."

무슨 뜻일까? 소년이 말한 의미를 생각하는 사이에 핑크빛은 선명한 붉은 빛으로 바뀌었다.

그리고 그 한가운데를 꿰뚫 듯이 푸른 하늘이 열렸다. 초원을 지나가는 바람이 고로의 뺨을 어루만졌다.

"아, 할머니랑 할아버지다!"

소년이 에스컬레이터 계단을 뛰어올라갔다.

"위험해, 렌 짱. 뛰면 안 돼!"

"괜찮아요. 걱정하지 마세요. 할머니~! 할아버지~! 제가 왔어요!"

소년은 빛을 향해 힘껏 달려나갔다.

에스컬레이터는 드디어 극락에 도착한 것이다.

양복차림의 남자는 "아아!" 하고 한숨을 토해내더니, 비틀거리면서 푸른 잔디 위로 걸음을 내디뎠다.

"애야, 여기란다."

남자보다 젊은 여자가 두 손을 활짝 펼쳤다. 남자는 앞으로 고꾸라질 듯이 걸으면서 울먹였다.

"아버지께서 말이죠, 아버지께서 어머니를 많이많이, 많이많이 사랑했대요. 지금까지 계속 사랑하고 있었대요. 그리고 앞으로도 계속 어머니를, 마키코를 사랑하겠대요. 그러니까 아버지를 용서해주세요."

지평선까지 끝없이 이어지는 아름다운 초록빛 초원. 부드럽고 포근한 바람에 꽃들은 미소짓고, 물가에는 말들이 무리지어 있었다.

멀리 보이는 빨강과 노랑과 파랑 기와집에서 희미하게 피어오르고 있는 것은 아침밥을 짓는 연기일까?

가령 연고자가 없어도 여기는 극락이 틀림없다고 고로는 생각했다.

그때 앞쪽의 초원에서 모래먼지를 일으키며 말 한 마리가 달려왔다.

말 위에 있는 젊은이는 햇볕에 그을린 강인한 얼굴에 미소를 담으며 고로의 이름을 불렀다.

"아~버~지!"

고로는 지친 몸을 바들바들 떨면서 소리쳤다. 그리고 소중한 보석처럼 줄곧 가슴속에 담아두었던 말을 모두 목소리에 담았다.

　"아버지, 죄송해요! 고맙습니다! 고맙습니다!"

　말 위의 아버지는 빙그레 미소를 지으며 채찍을 들더니 어머니가 기다리고 있는 아득한 마을을 가리켰다. ■

유머와 눈물, 감동이 어우러진
아사다 지로 최고의 걸작!

푸하하하하! 훌쩍훌쩍……. 푸하하하하! 훌쩍훌쩍…….

이 책을 읽는 동안 나의 입에서는 연방 웃음과 울음소리가 쏟아져나왔다.

아사다 지로.

그는 왜 이토록 사람을 웃기고 울리는 것일까?

나는 왜 웃음 반, 울음 반의 일그러진 표정으로 이 책에서 눈을 떼지 못한 것일까?

아사다 지로.

그에게는 분명 사람을 울리는 재주가 있다.

『철도원』이 그러했고, 『천국까지 100마일』이 그러했다.

그러나 그에게 사람을 웃기는 재주가 있다는 것은 이번에 처음 알았다.

그것도 단순한 웃음이 아니라, 가슴 밑바닥에서 스며나오는 진한 감동의 웃음을 말이다.

쓰바키야마.

40대 중반의 백화점 여성복 제1과 과장.

띠동갑인 아내와의 사이에 아들 하나를 둔 평범한 이 시대의 중년 남성.

'초여름 대 바겐세일'의 첫날, 그는 거래처 사람들과 만난 자리에서 갑자기 쓰러져 그대로 숨을 거둔다. 그러나 그렇게 그냥 저승으로 갈 수는 없었다. 그에게는 현세에 남겨놓은 일이 너무도 많았다. 얼마 전에 구입한 집의 대출금도 그렇지만 치매에 걸린 아버지는 어떡한단 말인가!

그런 그에게 하늘의 공무원들은 현세로 돌아갈 수 있는 기회를 준다. 현세로 돌아가서 남은 일을 처리하고 올 수 있게 사흘 동안의 시간을 준 것이다.

그러나 공무원들이 누구인가? 머릿속엔 규칙과 규율만 있을 뿐, 인정머리라곤 손톱만큼도 없는 사람들이 아닌가. 그것은 하늘이라고 해서 다르지 않았다. 그들은 도저히 지킬 수 없을 것 같은 조건을 세 가지나 제시한다. 제한시간 엄수, 복수 금지, 정체의 비밀 유지. 그리고 그것을 어기면 "무서운 일을 당한다"고 연방 엄포를 놓는다.

쓰바키야마는 하늘의 공무원들과 굳게 약속하고 현세로 내려온다. 현세에서 살아 있었을 때와는 정반대의 모습으로……. 그리고 현세로 돌아온 그는 혼란의 세계에 휘말리게 된다. 생전의 그가 알고 있던 사실과는 정반대의 현실이 눈앞에 펼쳐지고, 그는 자신의 인생이 자신이 생각해왔던 것과는 전혀 달랐다는 것을 절실히 깨닫게 된다.

이 이야기는 인간의 삶과 죽음에 관한 이야기이다.
작가의 시점은 특히 죽음에 고정되어 있다.
죽음을 통해 인간의 삶을, 나아가서는 인생 자체를 조명하려고 하는 것이다.
그런데 앞에서도 말했듯이 나는 이 책을 읽는 동안 울음과 동시에 웃음이 끊이지 않았다.
인간의 죽음을 이렇게 유쾌하고 통쾌하게, 그리고 감동적으로 그려낸 작품이 어디 있으랴!

사람들은 아사다 지로의 따뜻한 인간미를 그의 인생 행적에서 찾곤 한다.

부유한 어린 시절, 갑작스런 집안의 몰락, 야쿠자 생활, 자위대를 거쳐 다시 야쿠자 생활로……. 시쳇말로 산전수전 공중전까지 모두 겪은 작가이기에 사회의 소외계층에게 따뜻한 시선을 보낼 수 있다는 것이다.

그러나 파란만장한 인생을 보냈다고 해서 누구나 다 그처럼 따뜻한 시선을 가질 수 있을까?

인간에 대한 따뜻한 시선은 그가 태어나기 이전부터 가지고 있었던 것은 아닐까?

그렇게 생각하자 문득 야쿠자와 자위대 시절의 그를 만나보고 싶어졌다.

그 시절에도 누구보다 인간미 넘치는 따뜻한 사람이었을 것 같은 그를…….

이 책에는 아사다 지로의 유머와 눈물이 빼곡이 담겨 있다.

단어에도, 문장에도, 그리고 행간 사이사이에도…….

그래서 한 번 읽을 때와 두 번 읽을 때, 세 번 읽을 때의 감동이 사뭇 다르다.

아마 독자 여러분도 이 책을 손에 들면 최소한 세 번은 읽고 싶은 마음이 들지 모른다.

그동안 메말라 있었던 자신의 가슴을 따뜻한 웃음과 감동으로 가득 채우려고 말이다.

옮긴이 이선희

아사다 지로淺田次郎

1951년 도쿄의 큰 부잣집에서 태어난 아사다 지로는 아홉 살 때 가족이 뿔뿔이 흩어지는 쓰라린 경험을 했다. 그 충격으로 불량소년으로 살아가다 간신히 고등학교를 졸업했다. 20대부터 본격적인 야쿠자 생활을 시작했다가 자위대로 도망쳐 육상 자위대원으로 복무했으나 다시 야쿠자 세계에 빠져들었다. 그후 다단계판매로 큰돈을 벌어 고급 부티크 등을 경영했다.

"뛰어난 작가의 문장을 손으로 직접 베껴 써보라"는 고교 선배의 권유와 일본의 노벨상 수상작가 가와바타 야스나리가 쓴 "몰락한 명문가의 자제가 소설가가 되는 경우가 많다"는 문장을 읽고 소설가의 길을 걷게 되었다. 36세 때 야쿠자 시절의 체험을 그린 『당하고만 있을쏘냐』를 발표하면서 작가생활을 시작하여 1995년 『지하철』로 요시가와 에이지 문학상 신인상을 수상하고, 1997년 『철도원』으로 나오키상, 2000년 『칼에 지다』로 시바타 렌자부로상을 수상했다. 『창궁의 묘성』 『진비의 우물』, 에세이 『용감한 루리의 색』 시리즈 등 다수를 집필했으며, 최근에 중국 청말 시기의 이야기를 그린 대하소설 『중원의 무지개』(전 4권)를 완결했다.

이선희李鮮姬

1962년 서울에서 태어나 부산대학교 일어일문과를 졸업하고 한국외국어대학교 일본어 교육대학원에서 수학했다. 여러 대학과 기업 및 일본 영사관 등에서 강의하며 일본어 전문번역가로서도 활발하게 활동 중이다. 지금까지 히가시노 게이고의 『아내를 사랑한 여자』 『흑소소설』 『비밀』, 기시 유스케의 『검은 집』 『푸른 불꽃』, 아사다 지로의 『창궁의 묘성』, 야마모토 후미오의 『내 나이 서른하나』 『잠자는 라푼첼』을 비롯해 수많은 책들을 아름다운 우리말로 옮겨왔다. 애니메이션과 영화 등을 소개하는 일에도 힘을 기울이는 그녀는 늘 한 권의 책이 좋은 독자를 만나 세상의 소담스러운 꿈을 키우는 데 보탬이 되기를 기원하며 살고 있다.

E-mail : sunnylee@an-korea.com

* 이 책은 『안녕 내 소중한 사람』(전 2권)을 합본해서 재출간한 것임을 밝힙니다.

새우와 고래가 함께 숨 쉬는 바다

쓰바키야마 과장의 7일간

지은이 아사다 지로
옮긴이 이선희

펴낸곳 도서출판 창해
펴낸이 전형배
출판등록 제9-281호(1993년 11월 17일)

3판 3쇄 발행 2016년 2월 29일
3판 1쇄 발행 2016년 2월 24일
2판 1쇄 발행 2008년 3월 22일
1판 1쇄 발행 2003년 3월 3일(《안녕, 내 소중한 사람》)

주소 서울시 마포구 토정로 222(신수동 448-6) 한국출판협동조합 A동 208-2호
전화 02-333-5678
팩시밀리 02-707-0903
E-mail chpco@chol.com

ISBN 978-89-7919-592-7 03830

이 도서의 국립중앙도서관 출판시도서목록(CIP)은
e-CIP 홈페이지(http://www.nl.go.kr/cip.php)에서 이용하실 수 있습니다.
(CIP제어번호 : CIP2016003555)